모래의 왕국

砂の王国

모래의 왕국

上

오기와라 히로시 지음

장세연 옮김

손안의책

1장

기도를 바쳐야 할 곳은,
우리의 아래

1

길바닥에 누워 거리를 바라보면, 확실히 인생관은 변하게 된다. 크리스마스가 다가오는 주말 번화가에서 나는 그것을 깨달았다. 인도에 몸을 누인 건 변덕 때문도, 술에 취해서도 아니다. 하루 밤낮을 걸어 다닌 다리가, 자신을 혹사하는 주인에게 파업을 일으켜 움직이기를 거부한 것이다.

몸을 웅크리기만 할 생각이었지만, 엉덩이가 아스팔트에 닿으니 더는 버틸 수 없었다. 상반신도 힘을 잃고 그 자리에 맥없이 쓰러진다. 나는 최근 일주일의 대부분을 걸어 다니며 보냈다. 음식은 제대로 입에 대지도 못했고, 하루 수면 시간도 얼마 되지 않았다.

다리를 끌어안은 태아 같은 자세는 금세, 한동안 잊고 지냈던 큰 대(大)자가 되었다. 인력과 포유류 진화의 법칙을 거스르며 직립해온 등이, 항의인지 환성인지 모를 비명을 질렀다. 머리는 몽롱한데도, 감각만은 예민해져 있었다. 음식물 쓰레기 냄새가 무척 강하게 코를 찌른다. 바깥 도로에서 한 블록 들어간 샛길이다. 거리 여기저기에서

24시간 내내 나의 등을 다그치던 라디오의 크리스마스 캐럴이 여기까지 쫓아 왔다.

같은 곡을 몇 번이나 들었을까. 이제 지긋지긋하다. 오른쪽에 우뚝 솟은 빌딩 상가의 장식물은 트리를 본뜬 것일 테지만, 바로 밑에서 올려다본 나의 눈에는 코드가 얼기설기 얽힌 시커먼 전구 더미로밖에 보이지 않았다. 깜빡이는 건 독살스러운 싸구려 네온사인뿐, 올려다본 하늘에 별은 없다.

때때로 머리 위로 통행인들이 지나간다. 몸을 뒤집을 기력도 없어, 내려다보는 혹은 얼굴을 돌리는 한 사람 한 사람을 감정이 죽은 시선으로 마주 봐줬다. 나를 그저 장해물로 여기며 무표정하게 피해 가는 물장사 여자. 귀찮을 일이 생길까 봐 시선을 피하는 샐러리맨. 작게 비명을 지르고 혀를 차는 커플. '괜찮소?'하고 말을 건네는 기특한 사람은 단 한 명도 없다. 말은커녕 누구의 눈에서나 모멸에 찬 비난의 눈길을 볼 수 있었다.

어째서 그런 눈으로 나를 보는 거야.

하룻밤에 천백 엔짜리 인터넷 카페도 못 가게 되어 길바닥에서 지내기 시작한 건 지난주 토요일부터다. 수염은 살짝 자랐을 뿐이고, 옷도 지저분하지는 않다. 2년 전, 아직 회사를 다니던 시절에 산 폴 스미스의 치노 바지와 나이키 윈드브레이커다. 한겨울 행색치고는 조금 얇지만, 자유업이나 휴가 중인 샐러리맨으로밖에 보이지 않을 텐데. 약간의 식량을 찾아 백화점 지하 시식코너를 한 바퀴 돌았을 때도, 사람들은 나를 그렇게 얕보았었다. 술 냄새를 풍기지도 않는다. 술을 살 돈이 있었으면 지금쯤 한 봉지 90엔 하는 롤빵을 먹고 있었을 거다.

인도에 드러누웠을 땐, 위급한 환자인 줄 알고 구급차가 달려오지 않을까──그런 기대도 있었다. 실제 요 나흘간 여섯 개 든 롤빵 한 봉지와 국밥 한 그릇, 시식용 어묵이나 비엔나소시지 조각밖에 먹지 못한데다, 매일 도서관이나 의자가 준비된 책방에서 잠깐 잠들었던 것이 고작인 나는, 이미 병자임이 틀림없다고 생각한다.

다행히 병원으로 옮겨지면, 오늘 하룻밤은 따뜻한 침대 위에서 잘 수 있다. 오랜만에 제대로 된 밥을 얻어먹는 행운도 얻을 수 있을지 모른다. 흰죽과 흰살생선 조림과 푸성귀 나물. 아무 맛도 없는 병원식이 지금은 최고의 성찬처럼 느껴졌다. 하지만 이놈이고 저놈이고 모두 나 몰라라 하는 얼굴이다. 옆으로 쓰러진 채 방치된 자전거를 대하는 태도나 마찬가지, 아니 그 이하였다.

길 한복판에 드러누운 것도 아니다. 한쪽 구석이다. 그런데 필요 이상으로 거리를 두며 돌아간다. 안 본 셈 치자──그런 표정을 지으며.

왜 피하는 거냐. 내가 개똥이냐.

노골적으로 나를 노숙자라고 깔보는 행동이었다.

지금까지 살던 맨션에 더는 있을 수 없게 되어 인터넷 카페에서 숙식을 시작한 것이 3개월 전. 카페가 심야요금 할인을 시작하는 오후 10시까지 거리를 어슬렁거리는 생활을 시작하니, 곳곳에서 노숙자와 마주치게 되었다. 지금 생각하면, 길고양이가 따뜻한 곳을 찾아 모여드는 것과 똑같은 얘기이지만, 그때도 나는 노숙자들을 나와는 다른 세계의 사람이라고 생각했었다.

사회 낙오자. 나태함 끝에 땅에 떨어진 무리들. 나쁜 상황이 연이어 일어나는 바람에 정주하던 땅을 잃은 나와는 전혀 다른 이들.

심야요금제가 시작될 때까지의 길고 긴 시간을 보내기 위해 찾아간 공원에서 노숙자들을 발견했을 때, 나는 어떤 얼굴을 했을까. 아마 지금 지나가는 녀석들과 똑같았을 것이다. 시선이 마주치지 않도록 주의하면서 오물이라도 쳐다보는 시선. 본능적으로 오므리는 콧구멍.

체취인가? 지난주 금요일까지는 하루걸러 한 번씩 100엔짜리 인터넷 카페 샤워실을 이용했다. 5일 전에는 공중화장실에서 부들부들 떨며 온몸을 찬물로 씻었다. 백화점 지하 시식코너에서 쫓겨나고 싶지 않아서였다.

고개만 들어 겨드랑이 냄새를 맡아 본다. 옷깃 언저리에서 미국 대통령이 연설하고 있었다. 방한을 위해서 윈드브레이커에 채워 넣은 신문지가 비어져 나와 있었던 것이다. 이게 보인 건가.

윈드브레이커 안에는 스웨터 하나뿐이다. 비벼서 부드럽게 만든 신문지를 옷 안에 채워두면 면 셔츠 한 장과는 비교도 되지 않게 따뜻하니까, 밤에는 늘 이러고 있다. 5일 전에 이 사실을 알게 되어 시험해 보지 않았다면, 과장이 아니라 벌써 동사했을지도 모른다.

신문지를 빼버리면, 모두들 동정하며 부축해 줄까.

당연히 무리한 바람이다. 그걸 알면서도 내 몸은 움직이지 않는다.

오랜만에 누운 몸이 안도한 것은 처음 얼마뿐이었다. 금방 아스팔트의 냉기가 꼬리뼈로 기어올라, 등골 전체를 떨리게 하기 시작했다. 게다가 위를 보고 누운 자세는, 쓸데없이 공복을 자극한다.

몸을 돌려 길을 등졌다. 텅 빈 위장을 달래기 위해, 가지런히 모은 팔꿈치를 배에 밀어붙인다. 일방적으로 공격당하는 복서처럼. 양수 속의 태아처럼. 정말로 태아로 돌아갈 수 있다면 얼마나 좋을까. 눈을 감고, 길게 심호흡을 하고서 천천히 눈꺼풀을 들었다. 지금까지의 1주일이, 아니 악운의 연속이던 몇 년의 시간이 전부 꿈이고 미나코와 사는 집 침대에서 눈을 뜨지 않을까, 그런 공상을 하면서.

눈앞에는 좁은 골목길과 쓰레기봉투 더미가 있을 뿐이었다.

아스팔트가 체온을 빼앗아 간다. 온몸이 얼어붙어 더 이상 드러누워 있지 못하게 될 때까지 남은 시간은 앞으로 얼마일까. 앞으로 5분. 제발, 3분이라도 좋아.

한밤중에 귀가한 다음 날 짜증나는 알람 소리에 두들겨 맞듯 아침잠에서 깨는 일상이 얼마나 행복한지를, 나는 절절히 깨닫고 있었다. 온몸으로——.

깜빡깜빡 졸기만 할 뿐 제대로 된 수면을 취하지 못했는데도 정신은 멀쩡하다. 차가운 바람이 졸음을 빼앗고 있었다.

거리에서 마주치는 노숙자들이 늘 낮잠만 자고 술이나 마시는 건, 녀석들이 방종(放縱)하기 때문이라고 나는 생각했다. 하지만 길거리생활을 시작하자 곧, 그것만이 이유가 아님을 깨달았다.

밤에는 추워서 잘 수가 없었다. 몸을 데울 술값도 종이상자 하우스도, 누더기 담요 한 장조차 없는 나의 상황은 그들 이상으로 혹독했다. 매일 밤, 해 질 무렵부터 해가 중천에 뜰 때까지 계속 걸어 다닌 건, 그렇게 하지 않으면 추위를 견딜 수 없기 때문이었다.

히스테릭한 여자의 비명 같은 소리를 내며 빌딩 사이로 바람이 불어들 때마다, 얼어붙은 나이프가 온몸을 난도질한다. 입이 벌어진 비닐봉지에서 음식물 쓰레기 냄새를 실어 온다. 튀김기름 냄새다. 그 냄새에 한심하게도 위장이 꼬르륵거렸다.

마지막으로 제대로 된 밥을 먹은 건, 이틀 전. 무료급식소 국밥이었다.

역 근처 광장에서 노숙자를 대상으로 하는 급식이 정기적으로 있다는 사실은, 인터넷 카페 시절부터 알고 있었다. 주최자는 기독교 계열 단체다. 요일을 몰랐던 나는 길바닥에 내던져진 이후, 매일 점심시간이 가까워지면 광장 주변을 어슬렁거렸다.

행렬은 이미 길게 꼬리를 물고 있기에 황급히 제일 뒤에 붙었다. 적지 않은 숫자의 노숙자들이, 너덜너덜해진 성서나 단체의 소책자를 손에 들고 있는 모습에 놀랐다. 길거리생활을 오래 하다 보면 사람은 종교에 매달리고 싶어지는 건가, 밥을 주는 사람이 하느님으로 보이는 건가. 나는 그런 의구심도 들었었다.

자욱하게 퍼진 수백 명의 무시무시한 냄새에 콧구멍을 오므리며 지나가는 사람들이 보기에도, 성서와 노숙자라는 조합은 눈길을 끄는 광경이었던 모양이다. '어쩌면 다른 곳에서는 얻기 힘든 가르침이나 구원이 있는 게 아닐까' 그렇게 비쳤는지도 모른다. 멈춰서는 이는 별로 없었지만, 호기심 어린 많은 시선이 모였고, 소책자를 받아가는 사람도 간간이 있었다. 그 중 몇 명이 입교를 생각했다 해도 이상하지는 않았다.

고기며 채소가 거대한 냄비에서 익어가는 소리가 나기 시작하자, 노숙자 행렬 사이에서 조용하고도 깊은 술렁임이 일었다. 전날에 롤빵을 한 봉지 먹은 게 전부인 나는 다리가 후들거렸다.

하지만 금방 국밥을 얻어먹을 수는 없었다. 냄비에 물이 채워지고, 된장 향기가 감돌기 시작할 무렵, 신부인지 목사인지, 단체의 리더로 보이는 남자가 오래된 낡은 목제 단상에 섰다. 제법 풍뚱한 몸에 따뜻해 보이는 코트를 걸친 초로의 남자였다.

── 이제부터 하느님의 말씀을 여러분에게 전하겠습니다.

남자는 국밥이 끓는 냄비 옆에서 설교를 시작했다. 행렬 순서대로 세워진 줄은 족히 3백 명은 된다. 그중 불룩하게 누더기 옷을 껴입은 남자들과 몇 명의 여자들은 공허한 눈으로 그것을 듣고 있었다.

── 하느님께서는 우리가 어떤 처지에 있든, 언제나 우리들을 사랑하십니다.

고마운 설교였다. 아무튼, 듣기만 하면 공짜 밥을 얻을 수 있다. 빨리 끝내고, 국밥을 먹게 해 주면 훨씬 고마우리라.

── 주님께서는, 자신이 옳다고 생각하는 사람을 인도하시지 않습니다. 깊은 죄를 깨달은 이를 인도하십니다.

어떤 종교든, 어떤 종파든 그들이 하는 소리는 모두 지당하다. 이론 (異論)이 끼어들 여지를 주지 않는 정론. 나중에 내는 가위바위보.

건더기를 끓이기에는 지나치게 길 정도로 시간이 지나고, 빈속에 조바심도 더해져 위가 욱신거리기 시작했을 무렵, 이번에는 찬송가 카드가 나누어졌다. 전자 오르간에 맞춰 찬송가를 노래하란다. 모두 5곡. 현기증이나 가사를 읽을 수 없었다.

나는 노랫소리가 아니라 한숨을 토했지만, 노숙자 중에는 성서를 껴안고 눈물을 흘릴 기세로 감정을 담아 목소리를 높이는 사람도 있었다. 세뇌당하고 있는 거 아닌가 하는 생각이 들 만큼 기이한 모습이었다.

합창이 끝나고, 스티로폼 용기를 나누어 받은 것은 시작한 지 1시간 반. 대체로 조건이 안 좋은 휴대전화 사이트의 인재파견을 나가도 천 엔 이상은 벌 수 있을만한 시간이 지난 후였다.

'너의 이웃을 사랑하라'고 방금 배웠으면서, 순서를 다투며 여기저기서 실랑이가 벌어졌다.

간신히 손에 들어온 국밥은, 쌀밥에 돼지고기 국물을 뿌린 게 고작인 물건으로, 흐릿한 향기는 코에 닿기도 전에 장내의 악취에 씻은 듯 사라졌다. 얼마 전의 나라면 돈을 준다 해도 먹지 않았을 테지만, 그때만은 쌀과 된장 맛이 손가락 끝까지 온몸으로 퍼졌다. 길고 긴 서론은 지나치게 묽은 국밥의 고마움을 가르쳐 주기 위해서 있었나 싶을 정도였다. 좀 더 음미할 것을 하고 생각했을 때는 국물 한 방울 남지 않고 그릇은 비어 있었다.

노숙자들이 성서나 소책자를 들고 있었던 이유는 금방 알게 되었다. 스태프는 손에 그걸 들고 있는 사람을 노골적으로 편애했던 것이다. 하나 앞에 있던, 성서를 가슴에 품고 큰 목소리로 노래하던 남자는, 얼굴을 아는 사이 같은 배식담당 여자 앞에서 마태복음인지 뭔지하는 1절을 외워 보이고, 수북이 담긴 그릇을 얻어 냈다. 내게 주어진 것은 컵라면 모양의 용기에 양은 반 정도. 고기는 한 조각도 없었다.

소책자는 회장 한 귀퉁이의 간이테이블에 놓여 있어, 마음대로 가지고 돌아갈 수 있다. 그 옆에서는 낡은 포켓판 성서도 500엔에 팔리고 있었다. 노숙자에겐 싸지 않은 가격이지만, 사는 사람은 몇이나 있었다. 길게 보면 이익이라는 얘기일 테지. 요컨대 그냥 식사권이다.

나는 처음부터 손이 닿지 않을 성서는 물론, 소책자에도 손을 뻗지 않았다. 이제 무료급식소에 올 일은 없으리라 생각했다. 그날 중에라도, '타지마'를 찾아내 녀석에게 뺏긴 돈을 되찾을 작정이었다.

끝없이 울리는 라디오방송이 '징글벨' 경음악에서 빙 크로스비의 '화이트 크리스마스'로 바뀌었다. 일주일 동안 백번은 들었던 곡이다.

뭐가 크리스마스냐. 다들 들떠가지고.

공복은 분노를 낳는다. 모든 것에 화가 났다. 전 재산과 휴대전화와 가방과 필드파카를 들고 도망친 타지마가. 나를 여기로 밀어뜨린 수많은 사건이며 인간들이. 이번 주 들어 더욱 혹독해진 날씨가. 타인의 불행에 무관심하고, 동정심 하나 없는 통행인들도. 음식물 쓰레기 냄새에 배를 꼬르륵거리는 자신도. 빙 크로스비도.

아임 드리밍 오브 어 화이트 크리스마스.

작작 좀 해. 여기에 눈까지 내리면, 나는 확실하게 얼어 죽을 거다. 아니, 그 전에 굶어 죽으려나.

음식물 쓰레기봉투가 열려 있는 건, 여기 쓰러지기 직전에 내가 그랬기 때문이다.

지금까지 음식 찌꺼기는 뒤지지 않는다는 것이, 산산이 부서진 내 마지막 남은 한 조각의 프라이드였지만, 햄버거가게 뒤편에서 로고가 인쇄된 포장지가 비쳐 보이는 비닐봉지 더미를 발견한 순간, 얼마 없던 프라이드는 맥없이 배고픔에 지고 말았다.

매뉴얼 규정 시간이 지난 햄버거는 즉시 폐기된다는 소문을 떠올렸던 것이다. 만든 지 고작 몇 분 지났을 뿐인데 버리다니, 지금의 내게는 의분(義憤)으로 몸이 떨릴 만큼 난폭한 행동처럼 느껴졌다. 무슨 그런 아까운 짓을. 8억 인류가 굶주리는 이 시대에. 그런 건 음식 찌꺼기라고 하지 않아. 그러니까 나는 먹어도 괜찮은 거야. 억지스러운 삼단논법이 봉지에 손을 대게 만들었다.

봉지를 연 순간, 햄버거가게에 들어섰을 때와 똑같은 냄새가 코를 간질였다. 휘파람을 불고 싶은 기분이었다. 멜로디는 물론, I'm lovin' it.

옛날과는 사정이 다른지, 기대했던 햄버거 완제품은 없었다. 내용물은 따로따로 버려진 빵과 고기, 그리고 대량의 프라이드포테이토였다. 뭐, 좋아. 세트 메뉴다. 음료가 없는 게 아쉽군, 같은 농담을 아직 이때는 머릿속에서 던지고 있었지만.

손을 뻗어 쥔 순간, 뭉클——하고 빵이 뭉개졌다.

물을 잔뜩 머금고 있었다. 포테이토도 마찬가지였다. 손안에서 매시트포테이토가 되었다. 노숙자가 꼬이지 않도록 물을 뿌려둔 것이다. 게다가 담배꽁초를 함께 버렸다.

어떤 봉지를 열어봐도 마찬가지였다. 담뱃재 범벅이 된 물컹물컹한 포테이토를 먹어야 할지 말아야 할지, 망설이는 자신에게 놀랐다. 결국, 고개를 저으며 손바닥에 묻은 음식이라고는 부를 수 없는 물체를 털어냈지만, 확실히 3초 이상은 망설였다. 그리고 그 순간, 동기를 잃은 다리가 움직이지 않게 된 것이었다.

가장 증오스러운 햄버거가게 점원을 향한 노여움이 지금 이 순간 되살아났다. 제길. 그런 짓을 해서 너희들한테 무슨 득이 있는 거냐. 그저 악의라고밖에 생각할 수 없었다. 화풀이하려고 한쪽 다리를 뻗어 봉투를 찼다. 그 김에 굴러다니던 빈 깡통도. 요란한 소리를 내며 골목길 안으로 굴러갔다.

봉투를 또 한 번 발로 차려고 다리를 치켜드는데, 가게 뒷문이 열렸다.

"뭐 하는 거야, 이 자식."

점원이 다가온다. 그럭저럭 스무 살, 나와는 더블스코어가 될 정도. 바로 몇 미터 떨어져 있는 카운터와 그 너머의 관계로 만났다면 동전과 맞바꿔 한 잔의 커피와 웃음을 건넸을 테지만, 그 젊은 남자에게 0엔짜리 스마일은 없었다.

"봉투를 엉망진창으로 해놨잖아. 누가 그 뒤처리를 하는 줄 알아?"

녀석은 녀석 나름의 이유가 있어 화를 내는 모양이었다. 나는 나대로 분개하고 있어서 마주 노려보았다.

갑자기 넓적다리를 힘껏 차였다. 상대는 막대기처럼 마른데다 추위에 마비된 탓인지 아픔은 느껴지지 않았다. 일어서서 맞받아칠까 생각했지만, 아쉽게도 그럴 기력도 체력도 없었다.

내 눈이 어지간히 살기등등했는지, 애송이는 한 대 더 찰지 망설여진 모양이었다. 서로 노려보고 있는데 한 명이 더 얼굴을 내밀었다. 이쪽은 20대 후반의 남자다. 한 손에 물통을 들고 있다.

"물 뿌려, 저런 녀석들한텐 물이 제일 잘 듣거든."

젊은 남자가 발걸음을 돌린다. 물통을 받으러 갈 생각인 모양이다. 그 사실을 안 순간, 한 걸음도 움직이지 못했던 몸이 튀어 올랐다. 그들에게는 장난 반인 행동일 테지만, 물을 맞으면 동사다.

무거운 다리를 움직여 필사적으로 달렸다. 안식의 땅을 찾아서. 지금의 나에게 그런 곳은 이미, 어디에도 없지만.

약국 뒷골목에 쌓인 종이상자를 뒤지고 다니는 사이, 일회용 기저귀 포장 박스가 가장 두껍고 사이즈도 크다는 사실을 알았다. 기저귀를 찬 토끼와 아기 곰이 그려진 상자 4장을 끄집어낸다. 둥글게 뭉쳐진 에어캡 포장재도 한 묶음 발견했다. 신문지보다 보온성이 좋아 보인다. 이것도 가져가기로 한다.

추위와 배고픔과 피로로 깜빡깜빡 거리는 머리, 그나마 간신히 가동하는 부분을 움직여 생각하고, 나는 결심했다. 이제 누구에게도 의지하지 않겠다. 이렇게 되면 나도 종이상자 하우스를 만들어 주겠어. 음식 찌꺼기를 뒤져서라도 살아남는 거다.

남에게 도움을 청하려 한 게 잘못이었다. 이 나라의 국민이 아사하거나 동사하다니 말도 안 돼. 더 이상 나빠질 수 없을 만큼 곤궁하니 당연히 누군가가 구제의 손길을 뻗어 주겠지, 그런 안이한 생각을 했던 내가 바보였다.

그래, 이제 이 나라는 자기 책임의 나라다. 경쟁에 패배한 이에게 상은 주어지지 않는다.

나라가 빈틈없이 기능하고 있는 듯 보이는 건, 다들 패배를 인정하지 않기 때문이다. 누구나 생각한다. 나는 승리자다. 혹은, 언젠가는 승리자가 될 수 있다——고.

승리자 기분만 낸다는 손쉬운 방법도 있다. 가까이에 있는 가장 불쌍한 누군가, 아니면 매스컴이나 인터넷이 매도하고 비난하는 이들 중에서 패배자를 찾아내 안도하면 되는 것이다. 국내에 적당한 패배자가 보이지 않으면 외국인에게 이를 드러내면 된다.

이기네, 지네 하지만 상하를 엄격히 구분하는 피라미드가 있는 건 아니다. 실제로는 빙글빙글 돌며 의자 뺏기 게임을 하느라 날을 새고 있을 뿐이다. 내가 앉을 곳이 언젠가 사라질지도 모른다는 불안을 품으면서도, 나에게만은 나쁜 일이 일어날 리가 없다고 믿으면서. 의자가 모두에게 돌아가지 않는다는 사실을 잊은 척하면서. 다른 사람의 폭신폭신하고 안락한 의자를 시샘하면서.

나 혼자 다 안다는 듯이 굴 생각은 없다. 얼마 전까진 나도 똑같았다. 게임의 규칙을 뒤늦게나마 이해한 것은, 게임에서 탈락한 지금의 내가 손가락을 입에 물고 바깥에서 그것을 바라보고 있기 때문이다.

처음에는 경찰에 울며 매달렸다. 인터넷 카페에서 돈과 휴대전화를 도난당했다고 파출소에 호소했다. 피해 신고서를 쓰는 와중에 내가 주거부정(住居不定)이라는 사실을 안 순간, 정중했던 경관의 태도가 변했다.

"그 짐이라는 게, 정말로 당신 거였소?"

그 말에 머리가 부글부글 끓어올라, 부서져 가던 프라이드가 고개를 쳐들어 버린 것도 좋지 않았다. 누가 묻지도 않았는데, 작년까지 이름만 대면 누구나 아는 증권회사에 다녔다는 얘기를 했다. 세간에서는 그럭저럭 나쁘지 않은 출신 대학 이름까지 꺼낸 나는, 바닥부터 차근차근 올라온 듯한 경관에게, 한층 더 냉랭한 어조로 이런 말을 들었을 뿐이었다.

"그래서 어쨌다는 거요. 결국, 집 없는 신세잖아."

확실히 그 말이 맞다.

"그런 사람들, 요즘 드물지 않으니까 말이야. 인터넷 카페는 조심해야죠. 날치기는 늘 있으니까."

타지마는 내가 직접 찾아내는 수밖에 없다는 사실을, 그 순간 이해했다. 오랫동안 홈그라운드로 삼았던 이 거리를 녀석이 그렇게 멀리 벗어나지는 않았을 것이라고 나는 예상했다. 아니면 자신의 행실을 부끄러워하며 돈을 돌려주러 오지는 않을까 하고도. 1주일 전의 이 시점에서는. 이틀 후에 단념할 때까지.

당장 오늘 밤 숙박할 돈도 없다고 호소하자, 김이 피어오르는 배달 라면을 후루룩거리던 다른 경관이 구청에 가보라는 말을 했다.

"긴급임시보호센터라는 게 있으니까요."

구청 직원의 대응은, 도리어 경관들이 인정미 넘치는 편이었다는
생각이 들 정도로 차가웠다. 이쪽은 복지사무소로 가라는 말뿐이다.
어디 있는지 물어봐도, 입구의 안내도를 보라고만 할 뿐. 안내도를
봤더니, 별것도 아니게 같은 부지 안에 있었다. 그러면 처음부터 그렇
게 말할 것이지.

복지사무소에선 지금까지와 반대로, 나의 멀쩡한 차림새가 화가
되었다. 돈도 없다, 의지할 사람도 없다고 해도 믿어주지 않았다.

"그건 당신의 노력이 부족한 것 아닙니까."

노력해서 어떻게 될 거였으면 이런 곳에 올 리가 없잖아.

옥신각신한 끝에, 담당자는 마지못해 패를 보여주듯이 말했다.

"긴급임시보호센터의 입소는 월 1회 추첨제입니다. 2주 후의 추첨
일에 다시 와 주세요."

뭐가 긴급이냐.

"당 지역의 센터는 고령자나 질병 때문에 일할 수 없는 사람들을
우선으로 보호한다는 방침을 취하고 있습니다. 그럼에도 불구하고
걸핏하면 이곳을 이용하려는 사람이 많아서 곤란하다니까요. 당신
같은 나이에 이런 곳에 매달리다니, 좀 한심하지 않습니까."

결국, 조카뻘은 될 만한 어린 담당자에게 장황하게 설교를 듣고
'헬로 워크'의 지도를 건네받았다.

헬로 워크에는 작년부터 다니고 있다. 회사에서 해고된 후, 이 정도
경력이라면 재취직은 그렇게 어렵지 않을 터라고 안이한 예상을 했던
나의 프라이드를 산산이 부수었던 곳이다. 해고 당시 딱 마흔이 되었
던 나에 대한 세간의 평가는, 단 한 살 차이로 현격히 혹독해졌다.

주거지가 있던 무렵에도, 제대로 된 취직자리를 찾을 수 없었다.

그러니 주거부정인 인간을 고용할 일자리가 헬로 워크에 있을 리가 없다. 휴대전화 인재파견이라면 이력서가 필요 없는 경우도 많지만, 휴대전화를 잃어버린 지금은 그런 일자리도 얻을 수 없었다.

직업도 주소도 없는 나에게, 이 나라는 이제 미개의 정글이나 무인도와 마찬가지였다. 로빈슨 크루소처럼 혼자서 살아가는 수밖에 없는 것이다.

종이상자를 꺼안고 느릿느릿 거리를 배회했다. 걷는 건 괴로웠지만 멈춰 서면 추위가 밀려온다. 정말이지 교묘한 고문이다.

배고픔의 고통은 파상공격으로 찾아왔다. 잠시 동안 묵직한 위통으로 바뀌지만, 조금 지나면 다시 텅 빈 위장이 기아를 호소하며 구슬픈 비명을 지른다.

나는 지금까지 먹다 남겼던 갖가지 음식들을 떠올렸다.

선술집에서 다 먹지 못할 걸 알면서도 주문해 버린, 테이블 가득한 술안주.

손님이 다 먹을 수 없도록 차리는 게 서비스라고 생각하는 듯한 온천 숙소의 저녁 식사.

어린 시절, 도저히 먹을 수 없었던 콜리플라워[1]가 든 급식 스튜.

식사를 준비하고 나의 늦은 귀가를 기다리던 미나코에게, 오늘은 접대하느라 먹고 왔다며 물리게 했던 저녁 식사.

그것들을 전부 모으면, 지금의 나에겐 몇 달 치의 식사가 되겠지. 어쩌면 1년 치 이상일지도 모른다.

음식뿐만이 아니다. 옷도 그렇다. 내가 입사한 무렵의 증권회사 급여는 대학을 갓 나온 애송이가 바보짓 하기에 충분할 만큼 많았고,

---

[1] cauliflower. 지중해 연안이 원산지인 배추과의 한해살이풀. 꽃양배추.

아직 독신이어서 명품 브랜드 옷에 아낌없이 돈을 쏟아 부었다. 사기는 했지만 마음에 들지 않아, 제대로 입지도 않고 버려두었던 옷이 얼마나 많았던가. 그때의 사이즈가 안 맞는 코트며, 배색이 묘했던 재킷이 지금 눈앞에 있다면, 앞으로의 몇 년 치 수명과 바꿔도 아깝지 않겠다.

잃어버린 10년이 회복되려면 멀었네, 어쩌네 하면서도 이 나라는 여전히 풍족하다. 쓸데없이. 아무 근거도 없이. 멸망의 전조일지도 모르는데. 하지만 지금 나는 바로 그곳에서 튕겨져 나왔다.

주머니에는 3엔. 편의점이나 슈퍼마켓을 다니며 남은 돈을 1엔이라도 유용하게 쓰기 위해서 꼼꼼히 셈하며 사는 사이에 그렇게 되었다.

막상 찾기 시작하니 남은 음식 뒤지기도 의외로 어렵다는 사실을 알았다. 노숙자들의 일상식 중 하나인 편의점 폐기 도시락을 노렸지만, 시간대가 안 좋은 건지, 이 일대의 점포 대부분이 상가빌딩이나 맨션 입점 상점이라 집하장이 내부에 있는 건지, 가게 주변에는 반입용 컨테이너만 쌓여 있을 뿐, 커다란 플라스틱 통이나 쓰레기봉투는 놓여 있지 않았다.

하는 수 없이 동전 줍기로 방향을 전환했다. 자판기의 동전 반환구를 손가락으로 후벼서 떨어뜨리고 간 동전을 찾는 것이다. 이건 닷새 전부터 하고 있다. 거리를 어슬렁거리는 동안 새삼스레 깨달았다. 어디를 가도 어이없을 정도로 많은 자판기가 넘쳐흐르고 있다는 사실을.

하지만 현재로선 성과는 제로였다. 사람이 근처에 없을 때를 노리거나, 누군가 볼 때는 텅 빈 지갑에서 동전을 꺼내는 척하는, 프라이드를 완전히 버리지 못한 그런 군더더기 연기가 효율을 떨어뜨리고 있음은 알고 있었다.

이제 수치도 체면도 없다. 오늘 밤에는 남의 눈도 상관하지 않고 손에 잡히는 대로 동전 반환구를 뒤졌다. 햄버거가게의 점원에게 차인 다리가 이제 와서 아프기 시작했고, 금방이라도 연료 램프를 깜박이며 멈출 듯한 몸을 계속해서 움직이기 위한 목적이 필요하기도 했다. 중간부터는 길에서 주운 철사를 갈고리 모양으로 구부려 한 대, 한 대 바닥을 쑤셔 보았다.

열 몇 대째의 자판기에서, 깜빡하고 가져가지 않은 담배를 발견했다. 담배를 피우지 않는 내게는 필요 없는 물건이었지만, 아무튼 첫 수확이다. 주머니에 찔러 넣는다.

30대를 넘었을 무렵에 수확이 있었다.

철사를 빼낸 순간, 원형의 금속이 굴러 나와 가로등 불빛에 흐릿하게 반짝였을 때는, 무심결에 목소리를 높이고 말았다.

"빙고."

게다가 그 녀석은 은색으로 반짝이고 있었다.

100엔짜리 동전이다.

불운의 연속이었던 내게 참으로 오랜만의 행운이 찾아왔다. 아니, 노력의 산물인가.

바로 100엔숍 중 하나가 머리에 떠올랐다. 식료품이 다양한 가게다. 매일 밤 배회하고 다니느라, 이 근처 어디에 어떤 가게와 시설이 있는지 상세히 지도를 그릴 수 있을 정도로 파악하고 있다. 그 가게까지 한쪽 다리를 끌며 느릿느릿 걸어선 20분 이상 걸릴 것 같았다. 하지만 다리는 주저하지 않고 그곳으로 향한다. 20여 분. 호화로운 디너를 위해서라면, 기다리지 못할 시간은 아니다.

누구에게 빼앗기는 것도 아닌데, 종이상자를 뒷골목에 숨기고 나서 가게에 들어간다. 백화점 지하에서 그러듯이 무엇을 살까 하고 망설일 그럴 여유는 없었다. 가짜 등세공 소품이나 중국에서 만든 일본식 칠기 선반을 빠른 걸음으로 지나쳐, 가장 안쪽의 식료품 코너를 향해 발걸음을 서두른다.

길거리로 막 쫓겨난 무렵에 몇 번이나 먹었던, 지금은 그리움조차 느껴지는 개당 25엔짜리 바나나에 기대를 걸었지만, 신선식품 코너에는 바나나도 다른 알짜배기도 없었다. 즉시 스낵 선반으로 이동한다.

그 자리에서 포장을 뜯어 덥석 물고 싶은 충동을 억누르며, 하나하나 음미했다. 요즘은 식료품 대부분에 칼로리가 표시되어 있다. 보통은 낮은 식품을 환영할 테지만, 지금의 나는 다르다. 1킬로칼로리라도 더 많은 것을 찾았다.

초콜릿 맛 스펀지케이크, 여섯 개들이, 810킬로칼로리. 이것이 최선이라 생각되었다. 100엔이라고는 생각되지 않는 듬직한 사이즈였다.

계산대로 향하려는데 가격이 적힌 카드가 눈에 들어왔다. '100엔'이라고 표시된 커다란 글자 밑에, 눈에 띌까 염려하듯이 연두색 글자로 단서가 달려 있다.

'세금 포함 105엔'

뭐?

부족하다. 주머니 속의 3엔을 더해도, 2엔이나.

고작 2엔에, 몸에서 혼이 빠져나갔다.

회사의 딜링룸에 소속되어 있던 시절, 시세 동향을 잘못 판단해 순식간에 억 단위의 돈을 잃고도, '아아, 저질러 버렸네!'하며 혀를 한 번 차고 말았던 일이, 저 먼 세계의 일처럼 생각되었다.

이 세상에는 안개처럼 존재가 희박한 수억 엔이 있는가 하면, 사람의 운명을 가르는 몇 엔도 있는 것이다.

값이 비싼 편의점에서는 100엔을 쓸 방법이 별로 없어, 주먹밥 하나도 살 수 없다. 좀 더 분발해 10엔짜리 동전을 찾을지, 내일 슈퍼마켓이 문을 열 때까지 기다릴지 고민했다.

못 기다려——하고 위장이 말했다.

한 블록 건너 편의점에 들어간다. 정확히 100엔에 팔고 있는 빵 중에, 가장 양이 많은 멜론빵을 골랐다. 일주일 동안 하루에 몇 번이나 그래 왔던 것처럼, 잡지를 읽으며 잠시 동안의 온기를 취하고 싶었지만, 지금은 추위보다 배고픔이 절박했다. 신명 나게 편의점을 나와 봉지를 뜯는 시간도 아까워하며 멜론빵을 덥석 물었다.

그다지 좋아하는 음식은 아니었지만, 지금의 내게는 결혼기념일마다 미나코와 다녔던 이탈리안 레스토랑의 코스요리보다도, 내 돈으로는 사 먹지 않을 접대 자리의 고급음식보다도 맛있게 느껴졌다.

싸구려 설탕의 달콤함이 혀 위에서 녹아내렸다. 안달하는 위아래의 이를 달래며, 애써 천천히 씹는다. 이렇게 하면 다소 뱃속이 든든할 테지.

위장이 진정되자 멈춰 가던 머릿속의 안개가 걷히며 조금씩 돌아가기 시작했다. 편의점으로 돌아가 몸을 데워도 어차피 한때. 계속 서 있기만 하면 계속 걷고 있는 것과 다르지 않을 만큼 괴롭다는 사실은 절절히 느끼고 있다. 아무것도 사지 않고 버티고 있으면, 점원의 시선도 점차 따가워진다.

어딘가에 잠자리를 만들자. 아무튼 지금 내게는 종이상자가 있다. 에어캡 충전재도. 단 한 개의 멜론빵이 나를 긍정적으로 만들었다. 남에게 노숙자처럼 보이고 싶지 않다는 생각만으로 계속 무리를 한 게 잘못이었던 거다. 순순히 인정해 버리는 편이 편하다.

까짓 거 되어 주지, 노숙자.

알루미늄 캔 수거, 폐지 줍기, 막노동 등 가리지 않고 뭐든 하다 보면 조만간 인터넷 카페의 리클라이닝 시트로 돌아갈 수 있으리라. 휴대전화를 새로 구해 인재파견 일자리를 가리지 않고 받아서, 그렇게 모은 돈으로 싼 아파트를 빌리는 거다. 주거지를 가지고, 과거의 경력에 대한 미련을 버리면 재취직도 가능할 터다.

작년부터 올해에 걸쳐, 지나친 욕심을 부리며 재취직자리를 고른 덕분에 상황은 점점 악화되었고, 초조해진 나는 취직자리로 터무니없는 최악의 제비를 뽑아버렸다. 다단계 회사였다. 급료는 약속한 금액의 60프로 정도. 게다가 몇 달 치가 밀린 채 회사는 사라졌다. 두 번 다시 같은 실패를 되풀이하고 싶지 않았다.

주머니 속에 든 알루미늄 동전 세 개를 쥐며 나는 결의한다.

3엔의 역습이다.

종이상자 네 장을 껴안고 걷기 시작했다. 빙 크로스비가 '당신의 미래가 환하게 빛나기를'하고 노래하고 있었다.

종이상자를 껴안고, 얼어붙은 손가락을 그대로 주머니에 넣어 데우고, 기계처럼 묵묵히 다리를 움직인다. 피로는 극에 달했지만, 재출

발을 위한 반환선의 밑바닥이다. 확실하게 장소를 고르고 싶었다.

어디를 어떻게 걸었을까. 데코레이션 케이크처럼 전선으로 화려하게 장식된 빌딩을 지나친 순간, 오른쪽에 공원이 나타났다.

꽤 멀리까지 온 모양이다. 눈에 익지 않은 공원이었다.

번화가 대로에 면한 공원치고는 그럭저럭 괜찮은 크기다. 테니스 코트 4면 정도는 되리라. 심야에 가까운 시각이지만, 의외로 사람들도 오가고, 입구 근처에는 길거리 점술가가 자리 잡고 있다. 비스듬한 건너편에 편의점. 양쪽으로는 음식점이 나란히 늘어서 여기저기에 플라스틱 드럼통이 놓여 있는 것이 보인다.

세 방향을 둘러싼 나무숲은 차가운 바람을 막아 줄 것 같다. 부지 안쪽에는 느티나무인지, 한층 커다란 수목이 심벌 트리처럼 서 있고, 그 앞에는 지붕이 달린 벤치도 있다.

제법 괜찮은 물건이었다. 그렇다는 건 ──.

머릿속에 경계신호가 깜빡였다. 그렇다는 건, 이미 선주민이 있을 가능성이 높다. 그것도 여러 명.

산울타리 너머로 몸을 뻗어 안을 들여다본다. 텐트도 종이 하우스도 없다. 이상한데. 이 거리에 까마귀급 규모로 서식하는 노숙자들이 이곳을 놓칠 리가 없을 텐데.

각별한 특등석인 지붕 달린 벤치를 응시한다. 가로등 불빛에서 벗어나 있어, 처음에는 깨닫지 못했다. 벤치 밑 어둠 속에, 담요 한 장을 덮고 드러누워 있는 사람의 실루엣이 보였다.

역시.

나는 일주일 전에 있었던 일을 떠올렸다.

인터넷 카페에 숙박할 돈조차 없어 거리를 배회하기 시작한 첫날의 일이다. 지금 생각하면 바보 같은 짓을 했다. 불안한 마음에 식욕은 전혀 없었고, 전 재산 900엔에 처음으로 산 건 몸을 데우기 위한 캔 커피였다. 손난로 대신 캔을 두 손으로 쥐고 조금씩 마시면서, 목적지도 없이 걷는 사이에 비가 내리기 시작했다.

지난주는 지금보다 훨씬 따뜻했지만, 겨울비의 냉기는 각별하다. 비를 피하고자, 어린이 공원의 한구석을 가로지르는 고가 밑으로 피난했다. 그곳이 노숙자들의 소굴이라는 사실을 깨달은 것은, 이미 뛰어든 다음이었다. 두 개 있는 고가 기둥 한쪽으로 종이상자 하우스가 두 개. 또 다른 한쪽에는 폐자재로 네 귀퉁이를 둘러싸고, 파란 방수포로 덮은 텐트.

당황해서 나가는 건 분했다. 얼마 남지 않은 캔 커피를 흘리지 않도록 조심히 마시고, 시간 없는데 곤란해졌다는 표정을 지으며 하늘을 올려다보고 있는데, 큰 쪽 종이상자 하우스의 담요가 꿈지럭 움직이더니 니트 모자 밑으로 멋대로 자란 백발을 늘어뜨린 노인이 얼굴을 내밀었다. 때에 찌든 작업복을 겹쳐 입고 있었다.

"신입?"

'새로 들어온 노숙자인가' 하고 물었다는 사실을 금방 깨닫지는 못했다. 동료라고 간주당했다는 게 이상했던 것이다. 무시하며 손으로 빗줄기를 확인하고 있으려니 편의점 도시락을 한 손으로 내밀면서 다시 말을 걸어왔다.

"먹을래? 유통기한 어제까지니까, 안심해도 돼. 100엔이면 돼."

이가 빠져 알아듣기 힘든 목소리다. 말없이 고개를 저었더니 혀 차는 소리가 들려왔다.

"아닌 척해도 안다고. 갈 데 없는 사람 걸음걸이는, 금방 알아."

그 후에도 한참 이 빠진 목소리로 혼잣말인지 나를 향한 매도인지, 알 수 없는 소리를 떠들어댔지만, 그러다 곧 흥미가 떨어진 모양인지 담요 속으로 기어들어가 버렸다.

오래 있어 봐야 득이 될 게 없다는 건 알고 있었지만, 오기를 부리며 여전히 버텼다. 비가 그치기는커녕 점점 거세어져 갔던 것이다. 그러자 이번에는, 텐트에서 방수포 커튼을 헤치고 다른 한 명이 나타났다. 머리를 짧게 친, 나와 동년배처럼 보이는 그 남자는 입술을 끌어올리며 웃어 보였다.

"당신도, 여기에 살 텐가?"

노인에 비하면 말쑥했지만, 도날드덕이 그려진 핑크색 추리닝이 살집 좋은 몸과 어우러져 굉장히 뒤죽박죽인 차림새였다.

이것도 침묵으로 대응하자, 남자가 다가왔다. 몸을 긴장하며 살짝 뒤로 뺀 내게, 여봐란듯이 웃음 띤 얼굴을 가까이 대고 한 손을 내민다. 지나치게 사이즈가 작은 추리닝 상의 옷자락 밑으로 문신이 보였다.

"자릿세, 한 달에 2천 엔인데 말이야. 신입이면 처음 한 달은 천 엔으로 봐 줄 게."

그만 날카로운 목소리를 내고 말았다.

"나는 노숙자 같은 거 아니오."

그 순간, 문신한 남자의 표정이 변했다.

"그럼 나가, 여긴 내 구역이야."

말 안 해도 나갈 거다. 빗속으로 뛰어나가려는 순간, 목덜미를 붙들렸다. 폐기 도시락을 주식으로 삼는 사람치고는——아니 그렇기 때문인지 남자는 제법 뚱뚱해서, 호리호리한 나는 금세 고가 밑으로

도로 끌려왔다.

"잠깐, 비 피한 값, 내놔."

윈드브레이커 주머니에 손을 쑤셔 넣는 것도 막지 못했다. 남자가 500엔짜리 동전을 끄집어내는 걸 맥없이 보고만 있었다.

진짜 통행인이었다면 경찰이 올 만한 이런 짓은 하지 않을 터다. 내가 갈 곳 없는 몸이라는 사실을 알고, 발목을 잡은 것이다.

바지 주머니에 남은 300엔이 안 되는 동전을 지키기 위해서, 있는 힘껏 남자의 팔을 뿌리쳤다. 하지만 거기까지였다. 500엔을 힘으로 되찾을 용기는 없었다. 나는 굴욕감에 떨면서, 고가 밑에서 도망쳐 나와 호되게 비를 맞았다.

공원 안으로 들어가 보았다. 노숙생활 1등지 같은 장소이지만, 역시 주민은 벤치 밑의 그림자뿐이었다. 혼자 지배하는 것을 보면, 이 녀석도 무서운 전직 야쿠자인가. 자그마한 산처럼 담요를 솟아오르게 만든 몸은, 거대하다고 해도 될 만큼 몸집이 컸다. 완력에 자신이 있을 테지. 고작 일주일을 멀찍이서 슬쩍 엿보았을 뿐이지만, 노숙자 사회에도 파벌이 있어서, 살아남기 위해 완력과 빈틈없는 행동이 필요한, 원숭이 떼와 비슷한 세계라는 사실을 나는 이미 이해하고 있었다.

동거인이 어떤 인간인지 모르는 이상, 섣불리 다가가지 않는 편이 현명했다. 점술가라는 존재가 눈에 거슬렸지만, 입구 근처에 일단 거점을 설치하기로 한다.

에어캡 충전재를 조각조각 잘라, 윈드브레이커 안에 채운다. 면바지를 벗어 허벅지에도 감고 다시 입었다. 제법 결과가 좋았다. 신문지보다 따뜻하다. 무엇보다 몸을 움직여도 소리가 나지 않는다.

기저귀 찬 토끼가 엉덩이춤을 추는 종이상자 두 장을 지면에 깔고, 아기 곰이 물구나무서기를 한 나머지 두 장을 해체해 주위를 둘러싼다.

새집 완성이다. 미나코와 결혼할 때 그녀가 고집하는 야경이 아름다운 맨션을 찾아 부동산사무소를 이리저리 뛰어다녔던 때를 생각하면, 얼마나 손쉬운 일인지.

하지만 아직 한참 배울 게 많은 초심자였다. 종이상자 한 장으로 만든 얇은 벽은 금세 쓰러져버린다는 사실을, 나는 바람이 분 순간 알게 되었다. 다시 조립해 세운 다음 테이프로 보강하면 어떻게든 될 것 같았지만, 없는 걸 생각해봤자 소용도 없고, 게다가 새로운 건축자재를 찾기에 나는 너무 지쳐있었다.

벽 재건은 단념하고 종이상자를 ㅅ자로 구부려 이불로 삼기로 했다. 하늘에 구름은 많지만 비가 내릴 낌새는 없었다. 지금으로서는.

구름 낀 밤하늘에 딱 하나 뜬 별을 바라보며, 한숨을 쉬었다.

어째서, 이렇게 되어 버린 걸까. 길거리에서 종이상자를 이불 삼아 덮고 있는 자신의 모습이, 심술궂은 농담이라는 생각밖에 들지 않았다.

석 달 전인 9월 하순, 맨션 집세라는 중압감과 소비자금융의 빚 독촉으로부터 도망쳐 다니느라 완전히 지쳐버린 나는, 8년간 살았던 방 두 개에 거실이 딸린 도심지의 집을 나왔다.

아직 돈은 다소 여유가 있었다. 은행에는, 소비자금융에 갚을 생각이 없는 예금이 약 40만. 뉴스 방송에서 봐서 존재를 알고 있던 인터넷 카페에서 먹고 자면서, 거기서 새로운 집과 일을 찾을 생각이었다.

심야할인이 매우 큰 업소를 고른 탓인지, 소문대로 카페에는 장기

체류 중인 단골들이 몇이나 있었다. 오래 있다 보면 자연스레 얼굴은 아는 사이가 되지만, 사람을 사귀기 싫어할 듯 보이는 이들뿐이었고, 이쪽도 젊은 그들과 친해질 생각은 없었다.

하지만 타지마는 달랐다. 나와 마찬가지로, 개인실에 틀어박히기 보다 공용공간에서 만화책을 즐겨 읽던 그와는 조금씩 이야기를 나누게 되었다. 타지마는 이곳에 있는 다른 사람들처럼 세상에 등진 눈을 하고 있지 않았다. 구김살 없이 웃는 호청년, 그것이 첫인상이었다. 스무 살. 상경한 지 3년. 만화가나 애니메이터가 되는 것이 꿈이라고 이야기했다. 실제로 열심히 만화를 읽곤 했고, 사인펜으로 냅킨에 그려서 보여준 그림은 놀라울 만치 잘 그렸다. 숙식을 제공하는 곳에서 신문 배달 아르바이트를 하면서 전문학교에 다니기 위한 돈을 모으고 있었는데, 일하는 중 넘어지는 바람에 골절을 당해 움직일 수 없게 되었고, 반년 전부터 인터넷 카페에서 먹고 자게 되었다고 한다. 나에게는 인터넷 카페 난민 선배님이다.

휴대전화로 파견회사에 등록하는 방법을 가르쳐 준 것도 타지마였다. 마흔이 넘으면 일자리도 적어지고, 있다 해도 내게는 굴욕적인 일들뿐, 결국 일을 한 것은 다 합쳐서 닷새 정도였지만.

주거지는 정해지지 않은 채 돈만 줄어들었지만, 나는 낙관적으로 생각하고 있었다. 10월 말, 옛 직장 선배로부터 연락이 들어온 것이다. 회사를 그만두고 금융 자문가로 독립한 사람으로, 주소부정이 되었다는 사실을 솔직히 고백했더니, 연초부터 자기 사무소로 오라며 권유받았다. 급여를 가불하게 해 줄 테니, 그걸로 아파트를 빌리면 된다고도 했다.

그 이야기가 갑자기 흐지부지된 건 12월 초다. 데이트레이딩으로 손실을 크게 내버려, 도저히 사람을 고용할 상황이 아니라고 오히려 그쪽이 울며 매달려왔다.

망연자실해 있던 이때의 나에게, 눈치 빠른 타지마가 친절하게 말을 걸어 주었다.

"무슨 일이 있었는지 모르겠지만, 괜찮아요. 어떻게든 될 겁니다. 이런 나도 반년 동안 어떻게든 버텼으니까요."

타지마에게는 의지할 만한 사람이 없었다. 부친은 태어났을 때부터 안 계셨고, 모친은 중2 때 돌아가셨다고 한다. 그래서 고등학교 졸업과 동시에 친척 집을 나와 상경했다고 했다. 처지가 안돼 보였다. 내 경우 아버지가 돌아가신 건 7년 전. 의붓어머니가 돌아가신 건 3년 전. 크게 불편함 없이 자랐고, 대학에도 당연한 듯이 진학했다. 내가 의지할 사람이 없는 건 옛날 친구들에게 지금의 모습을 보이고 싶지 않기 때문이었고, 오랫동안 돌아가지 않은 고향에도 곤경에 처한 내게 힘이 되어 줄 만한 친척이 없기 때문이었다.

괴로운 건 나뿐만이 아니다. 그라는 존재가 무척 위로가 되는 듯 느껴졌다.

매일 같은 카페에 있던 타지마의 모습이 보이지 않게 된 건, 10일 정도 전의 일이었다.

지난주 금요일, 식당에서 저녁으로 덮밥을 먹고, 취업정보지를 사서 늘 가던 인터넷 카페에 갔더니, 입구에 타지마가 서 있었다. 기온이 지금보다는 나았지만, 그래도 겉옷으로 요트파카 하나를 걸쳤을 뿐인 타지마의 모습은, 12월에는 너무 추워 보였다.

"무슨 일이야? 이삼일, 안보이던데."

타지마는 안색이 꽤 안 좋아 보였다. 듣자니 요 사흘간 길거리에서 지내며 아무것도 먹지 못하고, 거의 자지도 않았단다.

며칠 전, '직통'으로 일을 얻은 주급제 아르바이트 직장에 돈을 받으러 갔더니, 회사 셔터는 내려져 있고 당분간 휴업한다는 알림이 붙어 있었다고 한다. 인재파견회사 중 한 군데에 아직 받지 않은 돈이 2, 3만 엔 있지만, 그것을 받으러 갈 교통비도 없다. 타지마는 공허한 얼굴로 그렇게 호소했다.

나는 타지마를 위해 편의점에서 고기만두와 카레만두를 사주고, 교통비를 빌려 주었다. 인터넷 카페 사용료를 내줄 여유는 없었지만, 그 대신 내가 빌린 개인실을 몇 시간 그에게 내주기로 했다.

"안색이 좋지 않아, 잠깐 자고 가. 나는 몇 시간 밖에서 시간을 죽이고 올 테니까."

왜 그런 소리를 해 버렸을까. 이십 대 시절에 딜러로 일했던, 각색을 가한 나의 무용담을 흥미진진하게 들어 주었던 타지마 앞에서, 연장자답게 굴며 변변치 않은 허세를 부리고 싶었는지도 모른다.

나는 며칠 전에 보증금과 사례금이 공짜나 마찬가지인 매우 싼 아파트를 찾아내서, 점점 빈궁해져 가기만 하는 인터넷 카페를 떠날 결의를 굳히고 있었다. 그래서 이별 선물을 대신할 생각도 있었다.

ATM은 시간대에 따라서는 수수료가 든다. 그것이 아까워 현금은 전부 찾아 가방 안에 넣어 두었다. 늘 몸에서 떼지 않고 다녔고, 인터넷 카페 개인실에는 열쇠가 없어서 가방을 가슴에 품고 자곤 했다.

그때도 망설였지만 결국 짐을 가지고 나가지 않은 것은, 그러면 타지마에게 상처를 줄 거라는 생각이 들었기 때문이다. 친척 집을 전전하면서 자라 '나는 사람의 정 같은 건 쉽게 믿지 않기로 했거든요' 하고 웃으며 말하는 그에게, 사람의 정을 보여주고 싶었던 것이다.

3시간 후, 커피 한 잔만으로 버텼던 햄버거가게에서 돌아오니, 개인실에 타지마의 모습은 없었다. 아파트 보증금과 사례금, 선월세를 치러도 10만 정도는 수중에 남으리라 계산했던 현금이 든 가방도. 어차피 어디서도 올 일이 없어 테이블에 내던져 두었던 휴대전화도. 한겨울을 대비해 바로 얼마 전에 샀던 필드파카도.

남은 돈은, 주머니에 쑤셔 넣었던 천 엔짜리 지폐에서 커피 값을 뺀 900엔뿐이었다.

그렇다. 사람의 정 같은 건, 쉽게 믿어서는 안 된다.

이제 와서 후회해봤자 소용없는 일이다. 종이상자 이불 속에서 몸을 뒤척였다. 오늘 밤의 추위는 어떻게든—— 어디까지나 고통스럽지는 않다는 정도로—— 넘길 수 있을 듯했지만, 전 재산 3엔으로 시작될 내일 하루를 생각하면, 졸음은 좀처럼 찾아오지 않았다.

감기지 않는 눈꺼풀을 주체하지 못하고, 저쪽 노상에서 영업 중인 점술가를 별생각 없이 쳐다보았다. 손님이 들 낌새는 전혀 없이, 담배만 피우고 있다. 내가 주머니에 쑤셔 넣은 담배와 같은 상표인 듯 보였다. 돈을 얻을 수 있을지도 모르는 찬스는 뭐든 살려봐야겠지. 나는 종이상자 이불에서 벌떡 일어났다.

등 뒤에서 점술가에게 말을 걸어 본다.

"담배, 사지 않겠소. 200엔—— 아니, 210엔이면 돼."

좀 더 놀랄 줄 알았는데, 점술가는 점잖게 고개를 돌렸을 뿐이다. 내가 가로등 불빛 아래서 내민 담배를 멍하니 바라보더니, 잘못된 해답을 아쉬워하는 퀴즈쇼의 사회자 같은 목소리로 말했다.

"아깝군. 그거 '6'이지? 내 건 '8'이라서."

담배를 싫어하는 미나코를 위해 결혼을 계기로 금연을 시작한 지

10년이 넘었다. 포장도 많이 바뀌어버려서, 어느 것이나 똑같아 보였다. 그런 차이는 모른다.

"당신, 노숙자?"

부정할 기력도, 애초에 근거도 없다. 끄덕였다.

"아아."

아직 완전히 버리지 못한 프라이드가 쓸데없는 한 마디를 덧붙이긴 했지만.

"일주일 됐는데."

"죽을상이 나왔어."

무심결에 뺨을 쓰다듬었다. 며칠 동안, 얼굴을 제대로 보지 못했다. 나흘 전에 세수하며 본 얼굴은, 딴 사람을 비추고 있나 싶을 정도로 폭삭 늙어 있었다. 그 후로는 공중화장실이나 백화점 화장실을 가도 볼일을 다 보고 나면 손도 제대로 씻지 않고 얼른 나온다.

점술가가 말했다.

"가짜손님 안 해보겠어. 당신, 옷도 그렇게 더럽지 않으니까. 여기에 앉아서 말이야, '어, 맞았어, 어떻게 알았어'라든가 '정말 잘 맞추잖아' 이런 소리를 요란하게 해 주면 돼. 손님이 한 명 들 때마다, 100엔에 어때."

2

이 세상에는 신도 부처도 없다. 있는 건 운과 불운뿐이다.

과거 2년 동안 경험했던 수많은 재난을 통해, 나는 그렇게 믿기에 이르렀다. 인생에서 노력이나 재능으로 이룰 수 있는 일이란 뻔하다. 운이라는 거대하고 불확실하며 무작위적인 존재 앞에서는, 순식간에 무의미해져 버린다.

변두리 점술가가 건넨 말은, 내 귀에는 불운의 마지막 숨결처럼 들렸다.

100엔에 어때.

그것이, 일찍이 클릭 한 번에 억 단위의 돈을 움직이던 자신에게 향해진 말이라는 사실을, 머리로는 이해해도 마음은 제대로 받아들 이질 못했다.

증권업계의 세도가 좋았던 시절엔 일 년에 두 번, 수백만 엔의 보너 스를 손에 쥐던 나의 가치는, 지금은 얼마나 부려 먹힐지 알 수도 없는, 무료노동이 될 가능성도 있는 노동시간에, 100엔?

몇 달 전이었다면, 아니 인터넷 카페에서 생활하며 교통비 포함 일당 7천 엔, 그마저도 파견회사에 알 수 없는 명목으로 뜯기던 시절 조차, 일 초도 망설이지 않고 콧방귀 뀌며 제안을 웃어넘겼으리라.

하지만 지금의 내 머릿속에 굴욕이나 자학보다 먼저 떠오른 것은, 나타났다가 사라지는 텔레비전 광고의 플래시백 화면처럼, 100엔에 살 수 있는 먹거리의 선명한 영상들이었다. 한 상자에 810킬로칼로리인 스펀지케이크. 바나나 네 개들이 팩. 식빵 한 봉지. 우동생면 세 타래. 날달걀 여섯 개. 덕용 포장된 참깨 전병. 잼이 들어간 중국산 쿠키.

점술가를 마주 바라보며 몇 번이나 눈을 깜빡였다. 수상쩍은 남자였다. 나이는 나보다 열 살 정도 위일까. 금테 안경과 깎아 다듬은 가는 수염. 수수한 코트에 짙은 색 양복이라는 행색이 어쩐지 더욱 수상쩍어 보였다.

"100엔?"

목소리에 불만을 담을 작정은 아니었지만, 내심 기쁜 마음을 들키지 않으려 한 탓인지 무뚝뚝한 말투가 나왔다.

아무래도 손님이 오지 않는다는 초조함에 그냥 변덕으로 해 본 소리인 모양이다.

"싫으면 됐어."

점술가는 안경을 밀어 올리며 이쪽을 흘깃 보더니, 선선히 말하곤 시선을 돌려 버렸다.

"희망과 맞지 않는 일자리밖에 없습니다만, 사치스러운 소리나 하고 있다간 아무 일도 찾을 수 없습니다."

최근 1년 동안 헬로 워크 창구에서 몇 번이나 보았던 반응이었다. 그렇게 지금까지와 같은 모습으로 있으려는 생각이 분에 넘치는 바람이라는 것도 모르고, 창구 직원의 말을 빌려 '사치스러운 소리나 해' 온 결과가 지금의 이 꼴이다. 점술가의 얼굴을 돌아보게 하려고 건넨다는 것이, 그만 말투가 빨라졌다.

"아니, 싫다고는 하지 않았어. 하지만 조금 더 붙여줬으면 하는데."

"더? 100엔 이상은 안 돼. 난 싸게 장사하니까."

테이블 가장자리에 내려둔 습자지를 가리켜 보인다. 검은색 글자로 '감정료 2천5백 엔'이라고 적혀 있었다.

"소비세 포함해, 105엔에 안 될까."

코웃음이 돌아왔지만, 절실한 문제였다.

"좋아. 출혈 대서비스다."

금테 안경 속의 가는 눈이 더욱 가늘어졌다. 웃어 보이려는 생각이 있었는지 모르지만, 눈이 웃지 않으니 그렇게 보이지는 않았다.

테이블 앞에 놓인 의자는 천을 댄 조잡한 접이식이었지만, 오랜만에 앉은 의자는 내 몸을 편안히 쉴 수 있게 해주었다. 지면의 냉기에 꼬리뼈가 떨리지 않는 것만도 고마웠다. 끊임없이 부들거리던 몸이 간신히 멈췄다.

점술가가 턱을 괴고 있는 것은 자그마한 간이테이블이다. 테이블 다리 중 하나는 테이프로 보수되어 있었다. 손금을 보는 점술가가 쓸 법한 등롱은 없었고, 조잡한 테이블과도 그 남자와도 어울리지 않는, 예쁜 글라스 캔들에 불이 켜져 있었다.

가로등 불빛이 닿지 않는 곳이었다. 점술가는 뒤로 공원의 수목을 등지고 있다. 기둥이 굵고, 지표 가까이 뻗은 나무의 가지들이 꿈틀거리는 뱀의 모습을 연상시킨다. 짙은 남색 코트와 양복이 나무의 시커먼 실루엣에 녹아들어, 촛불에 비친 얼굴만이 기둥에 뚫린 구멍처럼 두드러져 보였다.

그 모습이 영험하게 보이는 것도 아니다. 수상쩍음이 몇 배 더 늘어났다고 할 수 있겠다. 하지만 아무튼, 그것을 바라보고 있는 건 나쁜 이었다. 한밤중을 지난 거리는 사람의 모습이 점차 줄어들기 시작했고, 손님이 발길을 멈출 낌새는 없었다.

점술가는 나를 싼값에 사들인 장사도구로밖에 보지 않는 모양이다. 말도 건네지 않았고, 시선도 마주치지 않으면서 담배만 피웠다. 발치에는 한 갑은 될 듯한 담배꽁초가 흩어져 있었다.

귀퉁이가 치켜 올라간 사각 프레임 안경도 그렇고, 입술을 따라 가늘게 다듬은 수염도 그렇고, 성실함이나 고지식함이라는 단어와 전혀 어울리지 않는 남자였다. 수수한 코트와 양복이 급조한 무대의 상처럼 보인다. 담배를 들고 있지 않을 때의 손은 글라스 캔들 위에 올리거나 손난로를 넣어둔 모양인 주머니 속으로 넣었다 뺐다 하는 모습이, 시종 침착하지 못해 뭔가에 안달하는 듯 보였다.

나를 앉힌 지 얼마 지나지도 않았는데 말없이 자리를 뜨더니, 공원 화장실에 갔다가 장사도구 일체를 놓고 그대로 어디론가 가버렸다. 이쪽을 신용한다기보다, 도둑맞으면 곤란한 물건이 애초에 없는 것이리라.

몇 분 후, 캔 커피를 손에 들고 돌아왔다. 기대도 하지 않았지만, 자기 것뿐이다. 따뜻해 보이는 캔을 손바닥에서 한바탕 굴리고 나서 한두 모금 마시더니, 캔들을 이용해 다시 담배에 불을 붙인다. 먼저 말을 걸어 보았다.

"저기, 내가 말하는 것도 뭣하지만."

점술가의 눈이 가늘어진다. 아까와는 다르게 기분이 나빠 보이는 눈초리였다. 대답 대신에 담배 연기가 돌아왔다. 한 손으로 연기를 날리며 나는 말을 이었다.

"담배, 조금 줄이는 게 좋지 않겠어."

잠들지 못하고 멍하니 쳐다봤을 때부터 이 남자는 그다지 장사할 생각이 없어 보였다. 아니 그 이전에, 처음부터 일을 향한 의욕이 느껴지지 않았다. 가짜손님을 두기 전에 해야 할 일이 여러 가지 더 있을 것 같았다. 아까까지는 남의 일이었으니 별로 상관없었지만, 지금은 곤란하다. 이래선 105엔이 언제 손에 들어올지 모른다. 멜론빵에 어중간하게 자극당한 위장이 벌써 소리를 내기 시작하고 있었다.

"정말로 파리 날립니다——하는 것 같아. 게다가 이런 장사는 여자 손님이 많잖아? 분명 담배 연기 싫어할걸. 요즘 같은 시대에 흡연자는 마이너스 이미지야. 배려가 부족하다는 인상을 심어 버린다고. 담배만 피우고 있는 점술가는 그다지 신용을 얻지 못할 것 같은데. 악재료뿐이잖아."

"노숙자 주제에 건방지군."

점술가는 화가 난 기척도 없이 그렇게 말하고는 연기를 내뿜었다.

"쓸데없는 참견, 하지 마. 담배가 맛없어졌잖아."

조언을 받아들였는지 어떤지 표정에는 드러내지 않는 채, 아직 다 마시지 않은 캔 커피에 꽁초를 집어넣으려 하기에, 황급히 손을 뻗었다.

"아아아, 아깝잖아. 필요 없으면 내가 마시지."

대답을 듣지 않고 캔을 낚아챈다. 카페인이며 알코올을 끊은 지 벌써 며칠이 됐을까. 갈망은 날이면 날마다 커지고 있었다.

점술가가 다시 콧방귀를 뀌었지만, 며칠 동안 낡은 걸레만큼 난폭한 취급을 받아온 나의 프라이드에는 생채기 하나 생기지 않았다. 한번 길바닥에서 자면서 세상 사람들에게 업신여김을 당해보면, 무서운 게 없어진다. 적어도 자신의 내적 문제에 관해서는.

쉰은 된 남자가 마시기엔 우유와 설탕이 지나치게 들어간 커피였다. 쓸데없는 단맛 속에서 쓴맛과 카페인의 자극을 찾으며 목구멍으로 흘려 넣는다. 천천히 마실 생각이었지만, 순식간에 비워 버렸다. 입에 들어오는 건 한시라도 빨리 집어넣으려는 길고양이 같은 습성이 벌써 몸에 배어 버린 것이다. 미지근해졌지만, 그래도 캔 반 정도의 커피가 뼛속까지 얼어있던 몸에 자그마한 등불을 밝혀주었다.

캔을 점술가에게 돌려주고, 한 마디 더 쓸데없는 참견을 한다.

"뭔가 얘기를 하면서 상황을 지켜보는 편이 좋지 않을까. 나는 가짜 손님이잖아? 이렇게 시무룩한 얼굴로 맞대고 있으면, 손님처럼 보이지 않을 거 같은데."

끄덕이지는 않았지만, 점술가는 이제야 눈앞에 앉혀 놓은 인간이 광고용 간판이 아니라는 사실을 인식한 듯 보였다. 몸을 내민다.

"그럼, 당신의 과거와 미래를 봐 주지."

한 손을 들어 절레절레 흔들었다.

"사양할게. 세상 돌아가는 얘기라도 하지 않겠나."

붙임성이 없는 이런 남자라도 얘기를 나누고 싶었다. 요즘 사람과 대화다운 대화를 나눠보지 못했다. 딱히 사교적인 성격은 아니지만, 사람에게 둘러싸여 존재를 인정받지 못하는 시간이 오래 계속되는 이런 상황은 상상 이상으로 마음을 좀먹는다. 타지마를 상대로 수다를 떨어댄 것도, 인터넷 카페에서의 시간이 고독했기 때문이란 생각이 든다.

정보에 굶주리기도 했다. 휴대전화를 잃어버리고 나니, 사회와 간신히 이어져 있던 보이지 않는 로프가 몸에서 뜯겨나간 기분이 들었다. 신문도 제대로 읽지 못했다. 벌써 며칠째 신문은 읽을거리가 아니

라 속옷이었기 때문이다. 거리에 쓰레기통이 줄어든 요즘은 신문지
란 게 그렇게 쉽게 얻을 수 있는 물건이 아니다. 특히 충분히 마른
것은.

지금 세상이 어떻게 돌아가고 있는지. 며칠 전, 가전제품대리점
창문 너머로 들은 뉴스는 그 후에 어떻게 되었는지. 사임되리라는
소문이 돌던 총리대신은 아직 현직에 남아있는지. 뭐든 좋으니, 나를
향한 말을 듣고 싶었다. 누군가가 나의 말을 들어 주길 바랐다.

"총리대신은 역시 사임하는 건가?"

이번에는 점술가가 한 손을 저었다.

"나는 노숙자와 정치토론을 하는 취미는 없어. 사양하지 마. 커피
를 훔쳐 마시는 녀석한테 돈 따위는 받지 않아. 출혈 대서비스다.
공짜로 해 주지."

점을 봐 주지 않아도, 지금 나의 운세라는 것이 이 이상 나쁠 수
없을 만큼 나쁘다는 사실은 잘 알고 있다. 점을 봐 주었으면 하는
미래도 없었다. 알고 싶은 건, 내일도 먹을 것을 얻을 수 있을지 어떨
지 뿐이다.

"미안하지만, 점은 믿지 않거든."

옛날부터 그랬다. 회사 여직원들이 잡지나 텔레비전 점술 코너에
일희일비하는 모습이 정말 신기했다. 미신이나 관례 등을 신경 쓰는
타입이 아니었던 미나코도 점만은 얘기가 달라서, 내 눈엔 사기꾼으
로밖에 보이지 않는 점술가가 출연하는 방송에 매번 채널을 고정했
고, 내가 찬물을 끼얹는 소리를 해도 시끄러워할 뿐이었다.

증권회사의 고객 중에는 점으로 매매를 결정하는 사람이 있었는
데, 그걸로 벌었다는 이야기는 들은 적이 없다. 반대라면 있다. 어느

전통 있는 요릿집의 젊은 주인은, 점술가의 계시라면서 무모한 애버리징[2] 다운을 연거푸 하다가, 부모로부터 상속받은 수억 엔의 돈을 휴지 조각으로 만들어 버렸다.

나는 이해할 수가 없다. 믿는 이들에게, '별로 믿지는 않아, 즐기는 것뿐'이라면서 부정은 하지 않았던 미나코 같은 이들에게, 물어보고 싶다.

어째서 같은 별자리나 같은 혈액형의 운세가 텔레비전 방송이며 잡지마다 전혀 다른 건지.

점성술은 태양계 행성의 움직임이 판단 요소가 된다고 하던데. 그럼, 어째서 명왕성이 행성에서 제외되어 버린 지금도 성립하는 건지.

타로나 트럼프 점은 '카드를 잘 섞어서, 다시 해 봐'라고 하면 어쩔 작정일까. 예언이 사실이라면, 몇 번을 해도 같은 카드가 나와야 한다.

사주라고 하던가? 생년월일로 사람의 운세가 결정된다는 점이 있다. 같은 해의 같은 날에 태어난 인간이 같은 운명을 더듬어 가는 거라면, 쌍둥이는 어떤가. 완벽히 동시에 트러블을 겪고, 동시에 행운이 찾아오고, 같은 날에 죽는 건가? 오 사다하루[3]는 어렸을 때 죽은 쌍둥이 누나가 있었다고.

이 세상에는 사고나 재해, 전쟁이나 테러가 일어나, 한순간에 몇 백, 몇 천, 몇 만이나 되는 인간들이 죽을 때가 있다. 손금도 별자리도 생년월일도 액년도 다른, 온갖 점에 따라 달라지는 운과 불운, 행과

---

[2] averaging : 증권투자 시 가격등락을 불문하고 일정액을 일정 간격으로 특정증권이나 포트폴리오에 계속 투자하는 투자방법
[3] 王貞治 : 왕정치. 전 일본 프로야구 선수이자 야구 감독. 868개의 홈런으로 일본 및 세계 최다 홈런 기록함.

불행을 예언 당했을 인간들이, 어째서 쉽사리 같은 운명을 맞이해 버린 것인가. 그런 걸 예견했다는 사람 얘기는 들어 본 적이 없다.

미래가 보인다는 점술가는, 점 따위로 푼돈을 벌지 말고 주식이나 도박에 돈을 쏟아 부을 일이다. 순식간에 부자가 될 테니까. 왜 그렇게 하지 않지?

뭘 어떻게 생각해도 모순투성이다. 물론 각각의 점술가는, 그런 의문에 그럴듯하게 용의주도한 이론으로 무장하고 있을 테지만, 평소엔 논리를 넘어선 장황한 소리를 늘어놓으면서 변명에만 논리를 들고 나오는 것은 이상하지 않은가.

글라스 캔들의 온기를 좀 얻어 볼까 해서 한 손을 뻗자, 흘러내린 안경 위로 이쪽을 찌릿하고 노려본다. 임금 105엔이라고는 해도 상대가 클라이언트라는 사실을 떠올리고, 마지못해 손을 물렸다. 안경을 밀어 올리더니 점술가가 말했다.

"나는 점 같은 건 안쳐. 그저 볼 뿐이야. 당신의 미래. 혹은 과거를."

실은 아까부터 이상하게 생각했었다. 테이블 위에는, 점칠 때 쓰는 젓가락 통 비슷한 도구도, 손금을 보기 위한 돋보기도 없다. 수정구도 타로도 관상도도 없었다.

"거기에 점친다고 적혀 있잖소."

점술가가 헛기침을 한다.

"편의상 적은 거야. 내가 하는 건, 스피릿추얼 카운슬링이다."

고용주가 아니었으면 코웃음을 쳐줬을 거다. 수호령(守護靈)이 이랬네, 전생이 저랬네 하는 그건가. 점보다 더 신용할 수 없다. 가족의 영(靈)을 빙의시킬 수 있다면, 좀 더 고유명사를 얘기해보시지. 정말로 수호령과 얘기를 할 수 있다면, 적어도 외국인 수호령일 때는 확실하게 외국어로 메시지를 전하란 말이다.

카운슬링이라면 이미 받았다. 1년 반 정도 전의 일이다. 아는 사람에게 소개받은 심리 테라피 클리닉을 다녔던 적이 있었다. 마음이 병들었다는 자각은 없었지만, 자신이 무너져가고 있는 건 아닐까 하는 공포에 시달리던 때였다. 숨을 토해내기도 힘든 가슴속 묵직함의 정체를 가르쳐 줘. 할 수 있다면 날마다 커지는 마음의 응어리를 외과 수술을 하듯이 몸에서 떼어내 줘. 마음이 그런 SOS를 보내고 있었던 것이다.

그때까지의 나는 스스로를 마음이 강한 사람이라고 생각했다. 그러나 그것은 착각이었다. 강한 인간 따윈 없다. 마음이 약해지면 사람은 무엇인가에 —— 무엇이든 상관없으니 —— 매달리고 싶어지는 법이다.

진료실은 따뜻한 간접조명 빛으로 가득 찬, 분위기가 온화한 곳이었다. 중앙에 긴 테이블이 있고, 상자가 하나 놓여 있었다.

커다랗고 평평한 상자다. 안에는 하얀 모래가 깔려 있었다. 삼십 대 여성 테라피스트는 그 앞으로 나를 이끌더니, 방 한쪽의 선반을 가리켰다. 선반에는 진료실이라 불리는 방과는 어울리지 않는 물품들이 늘어 놓여 있었다. 미니어처 인형, 인형용 가구, 철도 디오라마용 나무며 건물, 액세서리 소품, 자그마한 오브제 등등. 테라피스트는 그것들을 상자 안에 배치해보라고 말했다.

"모형정원 요법이라고 해요. 아이들 놀이 같다고 웃으실지도 모르겠습니다만, 선생님의 마음속 레이아웃을 아는 데 필요한 것이랍니다."

뭘 해도 상관없다. 해석이나 타인의 평가는 신경 쓰지 않아도 된다. 그 말에 따라, 모래를 왼쪽 구석에 모아 산을 만들었다. 모래라서 완만한 산밖에 만들어지지 않지만, 가능한 한 높게 만들었다. 그러고 나서 산 정상에 조개껍질을 쌓아올렸다. 무너지지 않도록 신중하게 몇 개고 몇 개고. 무의식적으로 손을 움직이는 사이에 그렇게 되었다. 제한 시간이 끝날 때까지 계속 그랬다. 모래 산 위의 조개껍질은 결국엔 탑이 되었다. 아다시노염불사(化野念仏寺)의 석탑 같은 모습으로. 자기가 말한 것처럼, 테라피스트는 내가 하는 일에 전혀 참견하지 않았고, 문진을 시작하고서도 모형정원을 화제로 삼거나 하지 않았다.

그곳을 방문할 때마다 탑을 만들었다. 모형정원 만들기가 치료의 메인이었던 것이다. 어떨 때는 평평한 돌로, 다음 날에는 목제 블록으로. 주위에 인형이나 건물이나 나무들을 배치할 때도 있었다. 결코 싸지 않은 카운슬링 요금을 챙기면서 다 큰 어른에게 왜 이런 것만 시키는 거냐, 그런 노여운 마음은 들지 않았다. 테스트라기보다 말 그대로 치료법이기도 했던 모양인지, 모래나 '소재'라고 불리는 소품들을 만지고 있으면 이상하게도 마음이 편안해졌기 때문이다.

몇 번인가 통원하는 사이에 회사에서 잘리게 되었고, 시간도 카운슬링 요금을 낼 경제적 여유도 사라지는 바람에 그만둬 버렸으니, 자신이 그 상자에 어떤 마음을 그리고 있었는지는, 결국 듣지 못한 채 끝나고 말았다.

"어이어이, 듣고 있어?"

점술가의 목소리가, 따뜻한 빛으로 가득 찬 진료실과 손가락을 간질이며 흘러 떨어지는 하얀 모래의 환영을 날려버리며, 차가운 바람과 전 재산 3엔이라는 현실로 다시 끌어냈다.

"뭐, 시험해봐. 나는 다른 녀석들하고는 다르니까."

콧수염을 만지작거리며 말한다. 상당히 자신이 있다는 말투다. 손님이 오지 않자 어이없어하며 설교조의 잔소리를 했다는 사실에 꽁해 있는지도 모른다. 이대로는 임금 105엔짜리 일자리를 잃어버릴 것 같았다. 하는 수 없이 끄덕인다.

"그럼, 한번 해 보든가."

점술가가 집게손가락을 들고, 굳이 말하자면 빠른 말투였던 지금까지의 어조를 느릿하고 조용하게 바꾸었다.

"우선, 소지품을 뭔가 하나 보여 주십시오……. 뭐든 상관없지만, 당신다운 것이 좋겠지요……."

어색한 영업용 토크를 거기서 중단하고, 히히 하고 웃는다. 치열이 고르지 않다. 거친 일상이 상상이 되는 치열이다.

"라고 해봤자, 어차피 아무것도 안 가지고 있겠지. 뭐, 없어도 카운슬링을 못하지는──."

테이블 위에 지갑을 휙 던진다. 십 년 정도 전에 산 명품이다. 알지도 못하는 사람 앞에 지갑을 드러내는 것이 기분 좋은 일은 아니지만, 어차피 한 푼도 들어있지 않았다. 지갑을 불룩하게 만드는 카드는 사용 정지된 것들뿐. 겉보기엔 멀쩡하지만, 알맹이는 텅 비었다. 나답다면 나다운 일이다.

텅 빈 지갑의 브랜드 로고를 보고 점술가는 의외라는 얼굴을 했지만, 그것도 한순간, 그 이상의 흥미는 표하지 않고 지갑에 한 손을 올리고는 눈을 감았다. 잠시 그러더니, 음──하고 한 번 신음하고는 시선을 맞춰왔다.

"우선, 당신의 과거를 봐 주지."

"네네, 해 보십시오."

"노숙자가 되기 전에는, 회사의 샐러리맨이었군."

"아아, 알겠나."

점술가가 안경테 중간에 가운뎃손가락을 대고 안경을 밀어 올렸다. 이 정도에 점이 맞았다며 잘난 척할 생각은 아닐 테지. 어차피 노숙자에게는 어울리지 않는 지갑을 보고, 순간적으로 나온 말이리라. 혹은 처음부터 추측하고 있었나. 인터넷 카페 생활을 시작하게 된 이후로도 나는 옛날처럼 무난한 머리형을 유지하고 있다. 수염을 깎고 말쑥하게 양복을 입으면, 누가 봐도 샐러리맨으로 보일 터다.

글라스 캔들을 이쪽 가슴 부근으로 쑥 내밀었다. 촛불에 비친 나의 어깻죽지 근처를 응시하며 말한다.

"그리고 잠깐…… 점점 보이기 시작했어. 근무했던 곳은 금융 관계 회사로군…… 은행…… 아니…… 보험회사…… 아니, 증권회사로군."

어? 어떻게 알았지? 점술가의 어조에 망설임은 느껴지지 않았다. 주저하는 듯한 말은, 마치 마지막 단언을 효과적으로 들리게 하기 위한 서론이기라도 한 듯하다. 무심결에 뺨을 쓰다듬어 버렸다. 증권회사 사람들은 '이 업계에 오래 있으면 인상이 나빠진다' 같은 위악적인 소리를 하곤 하지만, 실제로는 극히 수수한 겉모습에, 딜러나 트레이더가 아닌 한 비즈니스맨의 드레스 코드 표본 같은 사람이 많다. 양복을 입고 다닐 때였다 해도, 직장을 벗어나면 직종은 알아맞히지 못하리라.

"경기가 좋은 회사였는데 말이야. 시대가 이래서인가, 우두머리가 능력이 부족했나, 최근 십 년 정도는 좀 별로였던 모양인데. 하지만 당신, 회사와 멀어진 걸 지금도 후회하는 구석이 있지……."

이것도 맞췄다. 전통 있는 회사라는 사실만 믿고 팔짱을 낀 채, 시대를 따라가지 못하는 경직된 체질. 조령모개(朝令暮改)식 구조조정 안만 되풀이하는 경영진. 회사에 불만은 잔뜩 있었지만, 1년 반이 지난 지금도 매일 생각한다. 돌아갈 수 있다면 돌아가고 싶다고.

"그럭저럭 괜찮은 회사였을 거 같은데……. 나는 그쪽 업계는 밝지 않지만, 대기업이라고 할 수 있겠군, 여긴."

"뭐어, 대기업이라면 대기업이지……. 여기?"

"아아, 방금 사옥이 보였어. 엄청나게 큰 빌딩이군. 회사의 전면에 커다란 간판이……. 호오, 간판이라고 해도 회사 이름을 새긴 돌이야, 있지 그런 거?"

마지막으로 근무한 곳은 중간 규모의 지점이었지만, 일찍이 재적(在籍)했던 본사 앞에는 확실히 화강암 명판이 있었다.

"회사 이름은…… 으음, 당신이 있었던 회사는……."

영상을 쫓아가듯이 공중을 헤매던 점술가의 시선이, 다시 나를 응시한다. 옅은 수염을 어루만지더니 나직한 목소리로 말했다.

"고와증권은 아니겠지."

의자에서 펄쩍 뛸 뻔했다. 뛰는 대신에 일어섰다.

"……어, 어떻게."

"응?"

점술가는 턱을 괸 얼굴을 갸웃거렸다. 뭘 그렇게 놀라느냐는 듯이.

"어떻게, 알았어?"

이 남자와 전에 만난 적이 있는지 어떤지, 기억의 서랍을 닥치는 대로 휘저었다.

한 번도 없을 터다. 회사나 업계는 물론, 지점영업부 시절의 고객으로서도.

점술가가 자아, 진정하고 앉아——라는 듯이 한 손을 팔락거렸다.

"말했잖아, 아는 게 아니야. 보인다고, 나한테는. 이 지갑이며 당신 등 뒤로, 이렇게, 뭐랄까, 안개처럼 피어오르는 광경을 보는 것뿐이거든. 플라스마 텔레비전처럼 갑자기 선명해지지는 않지만 말이야. 처음에는 흐릿하지만 조금씩 선명하게. 뭐, 이제부터야. 조금 더 시대를 거슬러 올라가 볼까."

놀라는 나를 내버려두고, 점술가가 어깻죽지로 시선을 던져온다. 그 시선에 이끌리듯이 따라서 돌아보고 말았다. 물론 내 눈에는, 인적이 끊어져 가는 길거리밖에 보이지 않았다.

"아아, 젊은 시절의 당신은, 지금과는 좀 다른 모습이군. 머리스타일이나 복장도 그렇지만, 마음이 특히. 기력도 충실하고 의욕에 가득 찼어. 발걸음도 당당하군. 꽤 우수한 사원이었던 모양이잖아."

딜링룸 시절의 나일까. 분명 그 시절에는 매일 충실했었다. 아무튼 인기 부서다. 내가 걷고 있는 곳은 햇빛이 잘 드는 대로이고, 그것이 미래까지 이어져 있으리라 믿었다. 설마 마흔을 넘어 노숙자가 될 거라고는 꿈에도 생각하지 못했다.

"상사에게 혼이나 언짢은 얼굴을 한 당신이 보여. 어디를 가도 상사 복이 없었던 게 인생의 갈림길이었군. 당신의 능력은 늘 정당하게 평가받지 못했어. 윗사람에게 보는 눈이 확실히 있었다면, 벌써 한두 단계 위까지 올라갔을 테고, 이렇게 노숙자 같은 게 되지는 않았을 텐데. 내가 말해봤자 소용없지만, 정말, 안됐군."

그렇다, 그 말이 맞다. 미나코나 학생 시절의 친구들에게 몇 번이나 늘어놓았던 불평을 테이프로 재생해 듣고 있는 것 같았다.

"당신은 깨닫지 못했을 테지만, 당신이 모르는 곳에서 발목을 잡던 녀석이 있었어."

역시 그랬나. 그래서 나는 마흔이 되어도 만년 계장이었던 거다. 업무에서 연거푸 실수한 것도, 미나코 때문만은 아니었던 거다. 그만 목소리가 거칠어지고 말았다.

"누구야?"

점술가가 어깨를 움츠린다.

"이름까지 알 정도면, 한 번에 2천5백 엔 하는 쩨쩨한 장사는 안 하고 있거든. 매일 경마장을 다녔지. 당신이 알 거 아냐. 그 왜, 안경을 쓴, 좀 뚱뚱한 남자."

모리모토다. 틀림없다. 딜링룸 시절의 2년 후배. 실장을 향한 불만만 토하던 남자다. '그렇게 생각하지 않으십니까, 야마자키 씨' 동의를 구하는 모리모토의 말에 끄덕여버린 적이 몇 번이나 있었다. 그런가, 이제야 알겠다. 사내(社內) 딜러는 스포츠 선수만큼이나 젊은 사람을 선호하는 것은 사실이지만, 경험도 기력도 충실했던 삼십 대 초반에 지점영업으로 떨어진 건 지금도 납득가지 않는다.

"모리모토인가?"

힘주어 묻자, 점술가가 어이없다는 목소리로 대답했다.

"그러니까 모른다고. 모습이 어렴풋하게 보일 뿐이라니까. 목소리라면 약간은 들려. 뭔가 그, 말투가 거슬리는 녀석이야."

맞다. 모리모토는 새된 목소리로 뭐든 빙빙 돌려 말하는 남자였다.

"녀석이 무슨 짓을 한 거야. 실장에게 밀고? 나에 관해 묘한 소문을 사내에 퍼트렸나? 어느 쪽이야."

숨을 삼키며 점술가의 다음 말을 기다렸다.

"둘 다야."

단언하더니, 달래듯이 말을 건네 왔다.

"이봐, 이제 그만뒀잖아. 우물우물 회사 얘기를 하고 있어봤자 소용없잖나. 그보다 이번에는 최근의 당신에 관해서, 그리고 앞날에 관해서 봐 주지——."

점술가가 다시 지갑에 손을 내려놓고, 내 등 뒤로 시선을 향했다. 몇 번인가 고개를 갸웃거리더니 입을 열었다.

"……최근에, 돈을 잃어버리지 않았나? 금액까지는 모르겠지만, 당신에게는 큰 금액이야."

모리모토를 향한 분노로 뜨거워졌던 머리가 갑자기 차가워졌다. 이 남자는, 모든 것을 맞추고 있다.

글라스 캔들에서 멀어진 점술가의 얼굴은, 어둠에 묻혀 표정이 확실히 보이지 않는다. 한편 촛불에 비친 나의 표정은 일목요연하리라. 스스로도 알 수 있었다. 쩍하니 입을 벌리고, 눈은 크게 뜨고 있다.

등줄기가 싸늘해진 건 차가운 바람 탓만은 아니리라. 뭔가 특별한 장치라도 있는 건가 싶어 테이블을 쳐다보다가, 점술가의 코트와 양복을 응시하고, 자신이 앉아 있는 의자에까지 시선을 돌렸다. 물론 트릭도 장치도 없었다.

"어때? 금전문제라고 해도 되려나, 아무튼 그런 일이 있었지."

대답하려 했지만, 목구멍에서는 말이 나오지 않았다. 그저 고개를 끄덕였다.

"스스로 깨닫지 못한 사이에도 몇 번이나 속았어. 당신, 보기와 달리 사람이 좋은 데가 있으니까 말이야. 스스로 쿨하게 보이고 싶은 모양이지만, 남을 만나면 그만 친절하게 대해버리는 성격이잖아."

이 남자는, 정체가 뭐지? 사람을 겉모습으로 판단하지 마. 아까까지 주위 사람들에게 마음속으로 퍼부었던 욕이, 그대로 나 자신에게 돌아온 것 같았다.

점술가가 나의 왼손 약지에 시선을 떨어뜨리더니, 고개를 갸웃거렸다.

"어째서 반지를 안 끼고 있는 거야? 여자의 그림자가 보이는데."

"여자의 그림자? ……아아, 마누라하고는 일이 좀 있어서."

"부인과는…… 잘되지 않고 있군……. 아니, 잘되지 않았다고 해야 하나."

이것도 맞췄다. 미나코는 작년 초에 집을 나갔다. 거실 테이블에 자신의 도장만 찍은 이혼서류를 남기고.

모든 걸 꿰뚫어보고 있다. 그렇게 깨달은 순간, 있는 힘껏 부리던 허세가 종잇장처럼 벗겨져 떨어졌다. 양손으로 얼굴을 가리고, 손가락 사이로 흘러나오는 나의 목소리는 신음으로 변해 있었다.

"……전부, 당신 말이 맞아……. 앞으로, 어쩌면 좋을까."

"나한테 묻지 마. 당신 인생이잖아. 뭐 그래도, 죽지는 마."

점술가의 말투가 풍채에 어울리지 않게 온화해진다.

"죽으면 차라리 편해진다, 그런 생각을 하진 않았나. 슬쩍 머리를 스치는 정도였다 해도. 하지만 결국, 죽을 수 없었어."

요 며칠, 몇 번이나 죽음을 생각했다. 추위와 배고픔과 피로, 그런 현실적인 고통으로부터 도망치고 싶어서. 저 앞에 기다리고 있을 암흑이 두려워서. 그러지 않은 건 수면제를 살 돈도, 전철에 뛰어들기 위한 표 값도 없었기 때문이다. 무일푼 신세가 자살을 막은 것이다.

자세를 바로 하고 앉아 비스듬하게 쳐다보고 있던 점술가의 얼굴을 똑바로 바라보았다. 목구멍에서 목소리를 쥐어짜 낸다.

　"이봐, 어떻게 한 거야. 어떻게, 그렇게까지 나에 대해서 아는 거야."

　"꽤 맞았지."

　꽤——정도가 아니다. 점이라기보다 투시다. 어둠에 녹아들었던 점술가의 얼굴이, 이쪽으로 다가왔다.

　"믿든 안 믿든, 당신 마음이지만 말이야, 세상에는 가짜만 있는 건 아니라고. 얼마 안 되지만, 정말 진짜배기가 존재한다고."

　내가 그래——라는 듯이 점술가는 가슴을 두드려 보이고는 아무렇게나 던지듯이 말을 이었다. 서쪽 출신임을 알려주는 억양이 조금 강해졌다.

　"하지만 말이야, 진짜배기라는 건 가끔 불우(不遇)하거든. 이거고 저거고 전부 맞춰버리고 진실을 말해 주면, 거꾸로 거북해하니까. 사실을 말하는데, 믿어주질 않아. 아무런 힘도 없는 주제에, 손님 귀에 듣기 좋은 소리를 불어넣거나 위협하듯이 허풍을 치는 녀석들이 돈을 벌지. 묘한 세상이야."

　점술가가 어둠 속에서 염세적인 한숨을 떨구었다. 알 것 같았다. 이 정도의 힘을 가지고 있으면서, 이 남자에게 일하려는 의욕이 느껴지지 않는 이유도. 종종 능력 없는 인간이 위세를 떨친다. 그건 20년 가까운 샐러리맨 생활을 하며 아플 정도로 마음에 새겨졌다. 아마 나는 일보다 의자 뺏기 게임에 열중한 그런 녀석들의 손에 바깥으로 내동댕이쳐진 것이리라. 이렇게 길거리에까지.

　점술가가 다시 나의 어깻죽지에 시선을 고정하고, 목소리를 낮췄다.

"나부터가 옛날에는 점이라든가 심령술 같은 걸 바보 같다고 생각했어. 하지만 말이지, 10년 전에 교통사고를 당해서 말이야. 두개골 골절이라는 중상이었지. 그 후로, 어째선지 여러 가지 것들이 보이게 된 거야. 병원 침대에서 깨어났을 때, 의사 뒤에 기모노를 입은 머리 긴 여자가 서 있는 걸 봤을 때는, 내 머리가 어떻게 돼버린 건가 싶었지——."

그 장면을 재현해 보이듯이, 천천히 머리를 든다. 이끌리듯이 나도 녹슨 수도꼭지처럼 어색하게 고개를 뒤로 돌아보았다.

누군가가 서 있었다. 머리가 긴 여자였다.

비명을 지르기 전에 순서를 기다리는 손님이라는 사실을 간신히 깨달았다. 점술가가 '얼른 자리를 비워'라는 듯이 한 손을 흔들었다. 아직 나의 미래를 가르쳐 주지 않았다. 다음 얘기를 듣고 싶었지만, 하는 수 없이 자리에서 일어났다.

일단 공원 앞에서 멀어지기 위해, 대로 길을 걸어간다. 바람은 여전히 차가웠지만, 내 머릿속은 뜨겁게 끓고 있었다.

믿어지지 않는 이야기였지만, 믿을 수밖에 없었다. 저 남자는 진짜다. 점술가라든가 영매라든가, 그런 단어로는 치부할 수 없는 힘을 가지고 있다. 본인은 깨닫지 못하는지도 모르지만, 단적으로 표현하자면——.

초능력자.

나는 모든 현상을 현실적으로 처리하고, 파악하고자 하는 사람이다. 초능력에 관해서도 전면적으로 긍정하지는 않는다. 하지만 외국에서는 범죄수사에 초능력자의 협력을 요청한다는 얘기도 종종 들었고, 러시아나 미국이 그런 특수한 능력자를 군사목적으로 이용한다는 소문도 들은 적이 있다. 적어도 점술이나 영감보다 과학적 근거가 있어 보인다.

세상을 등진 채 용돈벌이로 밖에 생각하지 않는 저 남자를, 어떻게든 바꿔 볼 수 없을까. 세상은 분명 놀라겠지. 도박에는 써먹을 수 없는 모양이지만, 주식이라면 어떨까. 모든 딜러들은 몇 초 후의 미래조차 예측하지 못해 갖은 고생을 한다. 사회나 경제계의 앞날을 아주 약간만 알아도, 딜링은 압도적으로 유리해진다. 백만 정도의 밑천만 있으면, 몇 십억이나 되는 돈을 만들어낼 때까지 그렇게 오래 걸리지 않을 거다. 저 남자가 가지지 않은 스킬을, 나라면 제공할 수 있을 터. 나는 윈드브레이커 속의 에어캡을 사락사락 흔들면서 생각했다. 전 재산 3엔으로부터의 역습방법을.

목적지가 있었던 건 아니라서, 조금 전의 손님이 돌아가면 또 저곳으로 돌아가야 한다. 적당한 때를 봐서 오른쪽으로 꺾어, 처음 눈에 들어온 골목길로 들어가 귀로를 터벅터벅 더듬어갔다.

골목길을 잠시 걷다 보니 공원 뒤쪽이 나왔다. 여기서는 지붕 달린 벤치가 잘 보인다. 예의 선객(先客)은 푹 잠들어 있는 듯했다. 두껍게 겹쳐진 종이상자 위의 담요는 미동도 하지 않는다. 소지품이 들어있는지, 둥그렇게 부푼 종이봉투가 몇 개나 벤치 밑에 밀어 넣어져 있었다.

점술가에게는 이미 새로운 손님이 붙어 있었다. 눈짓을 보내고, 순서를 기다리는 손님을 가장해 몇 걸음 뒤쪽에 선다. 점술가가 테이블 밑으로 '더 떨어져'라는 듯 개라도 쫓아내는 것처럼 손짓했지만, 상관하지 않고 귀를 기울였다. 이 남자의 능력이 어느 정도인지 알고 싶었던 것이다. 일단 타지마의 행방을 물어보고 싶었다. 이 남자라면 '보일'지도 모른다.

손님은 이번에도 여자. 삼십 대 초반일까. 아까의 손님은 물장사 냄새가 났지만, 이쪽은 평범한 회사원으로 보였다.

"연애도 일도 잘되지 않는다……. 당신은 그것을 자신이 야무지지 못해서라고 생각하고 계시지 않으신가요……. 흐음, 역시…… 하지만 말이죠, 그건, 당신만의 탓이 아니에요. 당신의 진짜 매력과 재능을, 세상이 깨닫지 못하고 있는 탓도 있답니다."

테이블 위에는 자그마한 가죽 케이스. 정기권 케이스일까. 카운슬링은 이제 막 시작된 모양이었다.

"또 한 가지, 이유가 있다면……. 그래, 당신은 소녀 시절에 소중한 사람을 잃지는 않으셨나요."

여자의 고개가 위아래로 움직였다.

"그분은 남성…… 아니, 여성이야……. 얼굴이 보이기 시작했어……. 어딘지, 당신을 닮은 듯 보이는 건 어째서일까."

여자가 가느다란 목소리를 쥐어짜 냈다.

"어머니예요. 십 년 전이니까, 소녀 시절은 아니지만요."

"아아 십 년 전인가요……. 당신은 나이보다 젊게 보일 때가 많지요…….역시…… 내 눈에는 10년 전의 당신은, 완전히 소녀군요."

점술가가 허공을 지긋이 바라보더니, 여자의 얼굴로 시선을 돌렸다.

"병……이 아니군, 사고다. 병원에서, 어머님은 괴로움을 겪으셨을 테지요……."

"교통사고였어요. 즉사에 가까운 상태라……."

"그랬었지요. 하지만 의식은 있었어요. 괴로웠을 테지요. 마지막으로 당신에게 어떻게든 전하고 싶은 것이 있었는데, 말로 전하지 못했던 겁니다. 당신도 어머님에게 전하고 싶은 말이 있었을 테지요. 그런데 전하지 못했어……."

여자가 다시 끄덕인다. 아까보다 세차게.

"저는 돌아가신 분의 목소리를 듣는 것까지는 못합니다. 하지만 입술은 읽을 수 있지요…… 응? 누군가의 이름을 부르고 있어. 처음 한 글자는, 유?…… 아?…… 마지막은, 코…… 인가……."

"마리코? 마리코가 아닌가요. 제 이름이에요!"

"아아, 그런가, 마리코인가. 마리코 씨, 어머님에게 비밀이 있었군요."

"…… 비밀?"

"네, 십 년도 더 된 이야기에요. 죄가 될 일은 아닐지도 모르겠지만. 당신은 잘 숨기고 있었다고 생각해도, 어머님은 그것을 알고 적잖이 가슴 아파하셨지요. 그 일을 어머님의 영혼에 사죄하면, 분명 당신의 운세는 트이게 될 겁니다. 아무튼, 다른 누구도 아닌 어머님께서 수호령처럼 당신을 지켜보고 있으니까요. 연애에도 일에도 주춤하고 있는 당신의 등을 가만히 밀어주실 테지요."

여자가 백에서 손수건을 꺼내 눈에 가져다 댔다. 점술가의 은밀한 목소리가 어둠 속에 이어진다.

"짐작 가는 데가 있으실 테지요……. 물론 저는 남에게 떠들어대거나 하지 않아요. 여기서만 하는 얘기로 하죠. 자아, 얘기하고 끝내버리세요."

"…… 고등학생 시절에…… 물건을 훔쳤다가 잡힌 적이 있어요. 집

근처 슈퍼마켓에서."

"그랬군. 그래서 당신의 소녀 시절이 보인 거로군."

"……친구들이 꾀어서……슈퍼마켓 주인에게 울며 부탁해서, 경찰에도 부모님에게도 연락은 가지 않았지만……그걸 어머니에게 비밀로 했던 일이, 계속 마음의 무거운 짐이 되어서……그 슈퍼마켓에서 어머니와 장을 보거나 할 때는, 정말이지……정말이지……."

여자가 소리를 내며 울기 시작했다.

여자가 사라지자, 점술가는 다시 얼굴을 맞댄 내게 '업무 후의 한 대야'라고 변명하고서 담배에 불을 붙였다.

"뭘 한 거야."

"뭐냐니, 당신한테 한 것과 똑같은 카운슬링이지."

"어떻게 맞춘 거야?"

"그러니까, 보인다니까. 처음에는 흐릿하게, 조금씩 분명하게. 방금 손님 같은 경우는, 머리에서 피를 흘리는 한창때 여자가 뒤에 서 있었어."

아니, 이 남자는 투시를 한 것도 신이 내린 것도 아니다. 제삼자로서 냉정하게 대화를 들어보니 알 것 같았다. 나한테는 목소리가 들린다고 했었는데, 여자에게는 입술의 움직임밖에 보이지 않는다고 했다. 게다가 정말로 입술을 읽었다면, 전혀 다른 움직임일 터인 '유'와 '마'를 틀린다는 건 이상하다. 아마, 평소의 말투와는 어조가 딴판으로 바뀌는 녀석의 화술에, 뭔가 트릭이 있다.

"어떻게 내가 고와증권에 있었다는 걸 안 거야. 회사명은 어떻게 맞춘 거지? 요즘 내게 있었던 일을 안 건, 무슨 방법을 쓴 거지?"

"당신, 건방지잖아, 정말로. 105엔에 고용해줬는데."

화가 났다기보다 재밌어하는 어조로 시원스레 말했다.

"기업비밀이야. 그런 걸 가르쳐 줄 리가 없잖아."

"담배를 그만 피웠더니 손님이 왔잖아. 당신에게 어떤 종류의 재능이 있는 건 인정하지. 하지만 그걸 잘못 쓰고 있어. 포지티브하게 쓰려 하질 않아. 내가 조금 더 어드바이스하게 해 주면, 더 잘──."

"어, 드, 바, 이, 스?"

빈정거림을 잔뜩 담아 똑같이 따라 말한다. 가짜 초능력자라는 걸 알아 버렸는데도, 나는 점술가를 끈질기게 설득했다. 자신도 이해 불가능한 정열에 충동질 당하며.

"앞으로도 나를 써 줘. 절대 손해는 나지 않게 하지."

"내일도 여기서 장사를 할 거라는 소리, 한 적 없어."

"와 줘. 당신 조수를 할 게. 돈 벌게 해주지."

돈 벌게 해주겠다. 리테일 영업 시절, 손님에게 몇 번이나 이런 소리를 했을까. 그때는 그저 영업 멘트였지만, 지금은 진심이었다.

"기술을 훔치거나 하겠다는 생각은 안 해. 아마 나는 흉내 내려 해도 할 수 없을 테지. 아무나 할 수 있는 게 아닐 테니까. 오랜 경험과 연습에, 당신의 타고난 재능이 있어야 비로소 할 수 있는 일이잖나?"

점술가가 글라스 캔들을 끌어당겨 새 담배에 불을 붙였다.

"출혈 대서비스다. 가르쳐 주지."

만족스러운 듯이 벌렁거리는 콧구멍으로 연기를 뿜어낸다.

"먼저, 처음에 전직 샐러리맨이라고 맞췄던 것. 그건, 당신이 말을 건 순간부터 알았어. 블루칼라와 화이트칼라는 말투가 달라. 공사판에서 낙오되어 노숙자가 된 사람은, 마이너스 이미지라든가 배려라든가 하는 어려운 단어는 입에 담지 않는다고. 말투뿐만이 아니라, 거동도, 앉는 방법 하나까지 엄청 달라. 오랫동안 양복을 입고 산 녀석들은, 어떤 옷을 입고 있더라도 야외에 있는 의자에 앉을 땐 지저분하지 않은지 어떤지 흘끔 확인하거든. 습성이라는 거지. 이런 장사를 하고 있으면 거의 백발백중이야."

그것만으로는 설명되지 않는다.

"거기까지는 알겠어. 하지만 어떻게 내가 증권회사에, 그것도 고와증권에서 일했다는 것까지 맞춘 거지?"

"그것도 간단해. 당신, 나에게 황송한 어드바이스를 해주셨을 때, 이런 단어를 썼어. '악재료', '상황을 지켜본다'. 그건 증권계 말이잖아. 당신은 늘 하던 일이었으니 의식도 안 했을 테지만, 요즘 악재료 같은 표현은 항간에선 사어(死語)라고. 그래서 뭐, 증권 관계 일을 했겠구나 추측했지."

"그래서?"

"증권거래를 하는 건 증권회사만이 아니니까 말이야, 혹시 몰라서 슬쩍 떠봤거든. 은행……보험……그렇게 말하면서 당신의 안색을 살폈어. 증권이라는 데서 눈알이 커지더군. 아아, 역시 맞았구나 생각했지. 판단이 서지 않을 때는, 말을 천천히 나열하면서 손님의 반응을 보는 거야. 완벽하게 무표정한 인간이란 없으니까. 철면피 같은 녀석이라도, 찬찬히 관찰해보면 어딘가에서 감정이 나오거든. 눈썹, 눈, 눈꼬리, 시선, 콧구멍, 팔자 주름, 입가. 숨소리나 손짓, 발짓 같은 것에도. 판별하려면 노련함이 좀 필요하지만. 특히 자기를 점쳐 달라고 오는 사람은 정신적으로 무방비하니까. 나한테 걸리면 한 방에 끝이야."

"그럼, 회사 이름을 맞춘 건?"

"이것도 당신이 스스로 자백한 거나 마찬가지야. '그럭저럭 좋은 회사'라고 처음에 내가 말했을 때, 당신은 불만스러운 얼굴이었어. 그래서 당장, 방향을 선회해 '대기업이라고 할 수 있겠군'이라고 말을 고친 거라고. 그 말도 낚시 중 하나지. 그랬더니, 당신은 이렇게 말했어. '대기업이라면 대기업이지'라고 코를 실룩거리면서. 이름을 말하고 싶어 죽겠다는 얼굴이었지. 그렇다면 대기업 중의 대기업, 최고 대기업이지. 아까 증권업계를 모른다고 했지만, 실은 약간은 알아. 증권회사 중에서 당당히 대기업이라 할 수 있는 건, 기껏 3사 정도잖아? 확률 3분의 1이다. 위에서부터 순서대로 늘어놓았을 뿐이야. 게다가, 내가 뭐라고 물었는지 기억하나?"

"고와증권이 아닌가, 였어."

"아니, 정확히는 '고와증권은 아니겠지'였어. 이렇게 묻는다면, 당신이 어떻게 대답하든 내 말은 맞게 되거든. 생각해 봐. 맞았으면 당신은 놀랄 테지. 맞지 않아도, 나는 '아니겠지'라고 했으니까, 틀린 건 아니야. 이렇게 말하면 '역시 아니군, 그럼, 노무라일까'라는 식으로 말을 돌릴 수도 있거든. 여기서 당신은 나를, 이 녀석 진짜다──라고 생각한 거지."

"……아아, 뭐어."

"그렇게 되면, 이제 차려놓은 밥상이야. 당신은 나를 믿게 되어버렸으니 눈치도 못 챘을 테지만, 그 후에 한 얘기는 전부 누구에게나 들어맞을 만한 일이야. 어떤 샐러리맨이든 자신은 상사 복이 없다고 생각하는 법이거든. 자신은 타인의 평가 이상으로 우수하다고 생각하는 것도 그래. 사람이 노숙자가 되는 이유는 하나야. 돈. 즉 금전트러블이라고 하면 틀릴 일 없지. 트러블이라는 말은 상대가 멋대로 이런저런 해석을 해 주거든. 돈 문제라는 건 실제로 사기를 당하는 경우가 많고, 아니더라도 대부분의 사람들이 그 녀석 말을 믿었기 때문이라든가, 그 자식이 그런 짓만 안 했어도 라든가 하면서, 누군가에게 사기당했다고 생각하는 법이야. 마누라인지 전처인지 모르겠지만, 노숙자가 될 만한 남자한테 당연히 여자는 정나미가 떨어지지. 잘 지내고 있을 리가 없어."

듣고 보니 전부 맞는 소리다. 어디서 어떻게 배운 건지는 모르겠지만, 이 남자는 사람의 심리를 교활하게 조종하는 화술을 구사했던 것이다.

"다만, 이것뿐이라면 금방 바닥이 드러나 버려. 그러니 때를 봐서, 수법을 또 하나 쓰는 거야. 상대가 부정할 도리 없는 말로 다그치는 것. 당신이 모르는 곳에서 발목을 잡던 녀석이 있었다니 ── 당신 자신도, 다른 누구도 확인할 수 없는 얘기잖아. 하지만 당신은 믿었지. 내가 맞춘 게 아니야. 손님이 멋대로 맞췄다고 믿는 거지. 모리모토인지 야마모토인지 모르겠지만, 내가 보기에 샐러리맨의 반은 좀 뚱뚱한 안경잡이지. 자기 발목을 잡아끈다고 믿는다면, 그 녀석 목소리가 원래 어땠건 떠올릴 때는 말투가 거슬리지 않겠어."

점술가는 달변이었다. 자신의 테크닉에 자신감이 있고, 독자적인 기술론도 있는 것 같다. 하지만 그것은, 남에게 인정받고 칭찬받을만한 종류는 아니다. 내 부추김에 넘어와 술술 떠들기 시작한 걸 보면, 분명 남에게 말할 기회를 갖고 싶었던 거다. 좀처럼 다루기 어려운 타입처럼 보이지만, 올 가망이 없는 손님을 혼잡한 인파 속에서 기다리고 있는 이 남자도 길바닥의 고독에 갉아 먹히고 있었는지 모른다.

"아까 손님은 당신보다 간단했지. 뭔가 얘기하면 바로 힌트를 흘려줬거든. 소중한 물건을 보여 달라고 했을 때 정기권 케이스를 꺼낸 시점에서 알아봤지. 안에 누군가의 사진이 들어 있구나 하고. 남자와 헤어진 지 얼마 안 됐다고 했으니, 남자 사진은 아냐. 앞서서 맨션에 살고 있다는 사실을 알아냈으니, 애완동물일 가능성도 낮아. 그렇다면 가족이지. 그것도 이미 죽은 사람. 나머지는 표정을 읽으면서 절대 이쪽이 '틀리지 않을' 질문을 해가면 돼."

시시한 기술이지만 교묘한 수법이다. 고작해야 2천5백 엔을 벌기 위해 쓰기에는 아깝다는 생각이 들 만큼.

"너무 흥에 겨워서 중간에 아슬아슬했던 순간도 있었지만 말이야. '소녀 시절'이라는 허풍은 여러 가지로 들어맞으니까 젊은 여자한테는 어지간하면 틀리지 않지만, 삼십 대 여자에게는 조금 무리였는지도. 하지만 나중에 제대로 커버했잖아. 그런 미스를 만회할 비밀 기술도 여러 가지 있거든——."

문득 점술가가 입을 다물었다. 나의 지나치게 진지한 표정에 불안을 느꼈는지도 모른다. 갑자기 말을 끊고, 크게 기지개를 켰다.

"자, 그럼, 오늘 매상은 5천 엔인가. 뭐, 그런 거지. 수고했어. 이제 문 닫는다."

조금 더 얘기를 듣고 싶었지만, 이제 '부추김'은 통하지 않으리라. 이번에는 '도발'해 보았다. 내가 발휘할 수 있는 심리 조작 테크닉은 영업하며 익힌 그 두 가지 패턴밖에 없다.

"사고를 당하고 나서 영혼이 보이게 되었다는 거, 완전 거짓말이었군."

"보이면 큰일이지. 지금쯤 나는 돌아가신 할머니에게 백 번은 얻어

터졌을걸."

"결국, 사기였다는 건가."

점술가가 눈을 가늘게 떴다. 차가워진 눈으로 억지웃음을 던진다.

"듣기 안 좋은 소리 하지 마. 내가 하는 일은 사람을 돕는 거야. 아까 그 손님도 구원받았다는 얼굴로 돌아갔잖아. 나는 손님이 믿고 싶은 꿈을, 본인을 대신해 얘기해 줄 뿐이야."

"내 미래 얘기는? 나는 아직 구원받지 못했어."

"그건 할 수 없지. 당신은 공짜였으니까. 거기까지 요구하지 마."

간이테이블을 정리하기 시작하는 등을 향해, 또다시 말을 걸었다.

"내일도 여기에 올 건가."

"몰라."

"나는 여기에 있을 거야. 그러니 내일도 써 줘."

말로는 대답하지 않고 100엔짜리 동전을 건네 왔다. 두 번째 손님은 치지 않는 모양이다. 한 개뿐인 동전을 오른손으로 쥐고서 왼손을 내밀었다. 약속한 나머지 5엔을 받기 위해서.

"아아, 그랬지."

점술가는 얄팍한 지갑을 뒤지더니, 5엔짜리 동전이 보이지 않았는지 고개를 젓더니, 눈이 웃지 않은 얼굴로 미소를 띠며 내 왼손에 동전을 떨어뜨렸다.

"출혈 대서비스다."

10엔짜리 동전이었다. 이것으로 재산은 113엔. 몇 시간 전을 생각하면, 대단한 성과다.

공교롭게도 거스름돈은 없어서 —— 라는 농담이 생각났지만, 어차피 또 억지웃음을 띤 냉랭한 시선밖에 돌아오지 않으리라. 입 밖에 내어 말하는 건, 그만두기로 했다.

3

추위에 잠이 깼다. 종이상자 이불은 어느새 바람에 날아가 버렸는지, 밝아오기 시작한 공원에 내 몸뚱이 하나만이 뒹굴고 있었다. 크게 재채기를 하고, 몇 번이나 코를 훌쩍인다.

그래도 노상에서의 첫 잠자리는 그렇게 나쁘지 않았다. 요즘 계속 나를 괴롭히던, 일어날 때의 허리 통증이 오늘은 심하지 않았다.

오랜만에 몸을 평평하게 눕혔기 때문이다. 시트에서 자야 하는 인터넷 카페에서는, 글자 그대로의 의미로 누워 잘 수가 없다. 리클라이닝 시트 각도를 최대한 젖혀도 기껏해야 130도 정도. 마흔 먹은 남자에게는 혹독한 자세다.

대로 건너 빌딩 벽에 설치된 디지털시계는 오전 6시 35분을 가리키고 있다. 이 시계는 알고 싶지도 않은데 기온까지 가르쳐 준다. 섭씨 2.5도라는군.

초과요금을 물기 전에 일어나야만 하는 인터넷 카페와 달리, 길바닥이라면 다시 잠드는 호기를 부릴 수도 있다. 다시 몸을 눕히고,

옆으로 구부리며 아직 인적이 드문 인도를 향해 재채기한다.

그 순간, 거기에 답하듯이 등 뒤에서 하품소리가 들려왔다.

지붕 달린 벤치 쪽이다. 내 귀에는 그 목소리가 육식동물의 포효처럼 들렸다.

이 공원의 임금님이 기침하셨다.

여닫음이 뻑뻑한 문처럼 삐거덕거리며, 등 뒤로 고개를 돌렸다. 임금님을 처음 알현하는 순간.

임금님은 아직 침대 안에 있었다. 지금 기온을 생각하면 너무 얇은, 때가 껴 번들거리는 담요를 푹 뒤집어쓰고 있다. 머리 부근인 듯 보이는 곳이 부스럭부스럭 움직인다.

밖으로 보이는 건 다리밖에 없다. 길이가 짧은 건지 입고 있는 검은 바지 밑단은 복사뼈보다 꽤 위로 올라가 있다. 그 밑으로는 맨발에 샌들. 발목에 벨트를 감는 스타일이지만, 이쪽도 사이즈가 맞지 않아 무척 답답해 보였다. 정강이 길이와 담요 밖으로 한참 비어져 나온 두 다리를 보면, 상당히 몸집이 큰 남자 같다.

어쩔까? 다툼이 일어나기 전에 여기에서 나갈까?

하지만 길바닥에서 자는 안락함을 알아 버린 지금, 추위를 견디기 위해서 하룻밤 내내 걸어 다니는 건 이제 사양이었다. 다른 곳으로 옮길 생각도 들지 않는다. 생각할 수 있는 한에선, 여기보다 지내기 편할 만한 장소는 없을 것 같다.

인터넷 카페의 심야할인을 기다리던 시절부터 이 지역은 물론이고 주변 역 일대까지 걸어 다녔던 경험으로 말하자면, 통행인 발에 차일 걱정 없는 널찍한 장소나 비바람을 피하기에 적당한 고가나 다리 밑, 커다란 차양이 있는 건조물 밑에는 반드시 방수포 텐트나 종이상자 하우스가 세워져 있다. 평범한 시장 원리다. 조건이 좋은 물건부터 차례대로 팔려간다. 조금의 로스도 약간의 틈새도 없이.

그리고 양질의 환경에는 대가가 필요하다. 즉, 어디로 가든 안락한 곳에 정주하려면, 다른 노숙자들과의 투쟁이며 화평이며 교섭이 불가결해진다.

일주일 만에 학습했다. 노숙자에게는 노숙자의 구역과 관례라는 것이 있어서, 그것을 무시하고는 그들의 세계에서 살아갈 수 없는 구조라는 것을. 그리고 그 독자적인 룰을 관장하거나 멋대로 자신의 기득 권익(權益)으로 삼는 녀석이 있다는 사실을. 길 위의 자유인이네, 유랑하는 철학자네 하면서 세상은 때때로 노숙자를 치켜세우지만, 속사정은 야박하다. 회사에서 떨려 나와도 의자 뺏기 게임은 끝나지 않는 것이다. 이곳을 멀리 떠나 다른 곳으로 옮겨가 봤자, 식량을 손에 얻기 쉬운 도회지에서 생활하고자 하는 한 사정은 바뀌지 않으리라. 자신만이 독점할 수 있는 황금마을 따윈, 이 나라에는 어디를 찾아봐도 없다.

그렇다면, 바로 저기 있는 담요 알맹이에 우호적으로 접근해 동거를 허락받는 방법이 제일 상책 같아 보였다. 회유해야 할 상대는 단 한 명. 단체와의 교섭에 비하면 훨씬 쉽다. 하지만 나는 망설였다. 이만한 토지를 혼자서 독점하고 있다는 사실이 마음에 걸린다.

최근 일주일 동안 학습한 건 그 밖에도 많았다. 예를 들면, 노숙자도 가지각색의 타입이 있다는 것. 사흘 전의 광장 무료급식은 흡사 그 견본시장 같았다.

나처럼 노숙생활을 시작한 지 얼마 되지 않았는지, 다소 돈을 벌 수단이 있어서 가끔은 어딘가에 묵을 수 있는 건지, 언뜻 보기에 멀쩡한 차림으로 보이는 사람은 제법 많았다. 버려진 잡지를 길거리에서 파는 사정 때문인가. 도서관에서 낮잠을 잘 때 쫓겨나지 않도록 신경을 쓰고 있기 때문인지도 모른다.

그런 패거리들 중에는 야쿠자 쪽도 있다. 별 의미도 없이 소매를 걷어붙이거나, 이렇게 추운데 가슴을 드러내며 문신을 슬쩍슬쩍 보여주니까 금방 알 수 있다. 자릿세나 잡일 책임자 같은 일로 돈을 버는 모양이라, 다른 노숙자보다 주머니 사정이 좋아서 여자까지 있는 경우도 있다. 당연하지만, 여자도 노숙자다.

물론 대다수는 겉모습을 꾸미길 단념한, 딱 봐도 노숙자임을 알 수 있는 무리들이지만, 그들은 그들대로 이발만은 제대로 하고 있어서 머리 위로는 비교적 멀쩡한 타입, 머리와 수염은 자랐지만 옷에는 최저한으로 신경을 쓰는 타입, 옷은 너덜너덜하고 머리와 수염도 덥수룩한 야인 타입 등 이런 식으로 몇 단계나 구분할 수 있다. 아직 존안을 뵙지 못한 임금님은, 과연 어느 타입일까.

일단 사교의 증표로 먹을거리나 음료를 사올까. 타인에게 우호적으로 접근하려면 그게 제일이다. 갖고 있는 돈은 113엔이니 컵 술은 못 사겠지만, 네 개들이 팩 바나나 중 하나를——아니 아니, 귀중한 전 재산을 그렇게 간단히 쓰고 싶지 않아. 하물며 남에게 나눠주다니——하는 생각을 하며 꾸물거리는 사이에, 다시 하품소리가 들려왔다. 낮고 긴 그 소리는, 마치 연주 전에 소리를 맞춰보는 오케스트라의 콘트라베이스 같다.

다음 순간, 갑자기 담요에서 머리가 튀어나왔다.

처음에 보인 건 해초 같은 머리카락이었다. 어깨 밑까지 자라서 여기저기가 얽히고 꼬여있다. 고개를 숙이고 눈을 비비는 얼굴은 머리카락에 가려있어, 짙은 수염이 그리는 윤곽밖에 알 수 없다.

야인인가. 속으로 머리를 끌어안았다. 제대로 된 대화가 성립하지 않을 가능성이 높았다. 노숙생활의 고독이 마음을 갉아먹는지, 노숙자 중에는 중얼중얼 혼잣말을 중얼거리거나 갑자기 괴성을 지르는 패거리가 적지 않았다. 그중 다수가 야인 타입이다. 게다가 이 무리들은 냄새가 난다. 무료급식 때도 여기저기 있었는데, 다른 노숙자들도 얼굴을 찌푸리며 거리를 두곤 했다. 혼자서 공원에 군림하고 있는 건 그래서인가.

뭐, 야쿠자 타입은 아닐 것 같은 게 불행 중 다행이다. 머리가 맛이 갔다면 적당히 맞춰주면 된다. 생각해보니 지금까지도 얘기가 통하지 않는 인간들 말에 귀를 기울이는 척하며 한껏 박자를 맞춰주고 살지 않았나.

머리가 화석처럼 굳은 증권회사 상사들. 욕심에 눈이 멀어 발밑의 구덩이를 깨닫지 못하는 무모한 고객. 툭하면 '1엔이라도 적게 쓰고, 1엔이라도 많이 벌어라'라는 자작 격언을 떠들어대는 다단계 사장. 다 똑같은 거다. 마음을 다잡고 남자에게 다가갔다.

남자는 나라는 존재를 전혀 깨닫지 못한 것 같았다. 때가 코팅되어 반은 드레드(dread) 헤어가 된 머리카락을, 머리를 길게 기른 할리우드 배우 같은 손길로 쓸어 올린다.

이쪽으로 돌린 얼굴은 노숙자 평균연령을 생각하면 젊다. 삼십 대 정도일까. 오랜 길거리생활이 주름을 만들고 이를 빠지게 하고, 인상을 실제 나이 이상으로 들어 보이게 만든다는 사실을 고려해도 마흔하나인 나보다 연하처럼 보이는 이런 노숙자는, 무료급식소에서도 그렇게 많지 않았다.

상대가 젊다는 사실이 마음을 가볍게 만들었다. 대여섯 걸음 떨어져서 말을 걸어 본다.

"여어."

들렸을 텐데도 전혀 안중에 없다는 듯이 포효 같은 하품을 되풀이한다.

위협하는 걸까. 야생동물과 대치하고 있는 기분이 들었다. 여기서 물러나면 얕보인다. 아무렇지도 않은 듯이 가장하며 이번에는 허물없이 '안녕'하고 말을 걸어볼 생각으로 한 손을 들었다.

그 순간, 남자가 이쪽을 돌아보았다.

놀랐다. 남자는, 들려던 손이 멈춰 버렸을 정도로 생김새가 단정했던 것이다.

음영이 깊고, 콧날이 오뚝하고, 눈도 입도 본래는 이런 형태로 있어야 한다며 미남이라 자부하는 세상의 이들에게 설교라도 하듯이 배치되어 있다.

"……안, 녕."

내 목소리는 주눅이 들어 있었다. 남자의 용모는 '그가 이런 곳에 있다니 뭔가 잘못된 게 아닐까' 싶은 생각이 들 정도로 힘이 있었다. 덥수룩한 머리카락과 있는 대로 자란 수염이 지나칠 정도로 단정한 얼굴을 오히려 두드러지게 만든다. 지저분한 역할을 맡아 연기하는 배우 같았다.

남자는 책상다리를 하고 담요를 몸에 두르고, 내게 흘깃 시선을 보낸다. 내 눈이 아니라, 내 콧등을 바라보는 듯한 애매한 시선. 검은 자위가 크고 눈썹이 긴, 분유 광고의 아기 같은 눈이었다. 동성을 상대로 허둥거려 버렸다.

"그게 그러니까, 어제, 저기서 마음대로 잠을 좀 잤는데……."

어째선지 어조가 비굴해졌다. 그런 걸 왜 일일이 양해를 구하는데 ── 하고 되묻듯이 남자가 고개를 갸웃거린다. 의외로 말을 알아듣는 녀석인지도 모른다.

남자가 더욱 고개를 갸웃거리자, 시원한 소리가 났다. 목뼈에서 소리를 냈을 뿐인 모양이다.

반대쪽으로도 고개를 기울이며 다시 한 번 뼈에서 소리를 내고는, 양손으로 벅벅 머리를 긁는다. 봉두난발 한 머리에서 대량의 비듬이 ── 아니 좀 더 다른 불길한 것인지도 모를 하얀 알갱이가 ── 흩어져 공중에서 춤을 췄다.

담요를 치우고, 비듬을 후광처럼 사방으로 뿌리며 일어선다. 두 손을 높이 들고 기지개를 켰다.

거대한 남자였다. 190센티미터나, 그 이상은 될 것 같다.

키 큰 남자들이 보통 그렇듯이 뼈가 가늘게 느껴지지는 않는다. 그렇다고 뚱뚱하거나 근육이 두꺼운 것도 아니고, 거한 특유의 갑갑한 위압감이 있는 것도 아니다. 무슨 사정으로 노숙자가 되었는지는 모르겠지만, 겉모습만 봐서는 신의 축복을 한 몸에 받은 남자였다.

나도 평균보다 조금 큰 키이고, 소싯적에는 그럭저럭 여자한테 인기 있던 용모도 아직 못 써먹을 정도는 아니라고 생각했지만, 이 남자를 앞에 두니 자신이 보기 흉한 불량품처럼 여겨진다.

어째선지 턱시도를 몸에 걸치고 있었다. 물론 새 제품일 리가 없다. 어디서 얻었는지 소매도 밑단도 너무 짧고, 벌써 한참을 입었는지 여기저기가 헤져 있었다.

조금 사정이 있어서 말이야, 당분간, 저기를 빌려도 괜찮을까 ──

그런 말을 머릿속에 떠올리고 있었지만, 남자의, 어른의 눈치고는 너무나 맑은 눈이 응시해오자, 다른 말이 입을 뚫고 나왔다.

"일주일 전부터, 노숙자거든."

내 입으로 자신을 노숙자라고 신고한 것은 처음이었다.

"나도 여기에 살아도 되겠나."

대답 대신인지, 남자가 느긋하게 웃는다. 고양잇과 육식동물이 낮잠을 자는 듯한 웃음이었다.

나도 웃었다. 교섭 성립이라며 회심의 미소를 지은 건 아니다. 남자의 웃는 얼굴에 이끌려 자연스레 뺨이 풀어진 것이다. 제시된 견본을 따르려 하듯이. 냉소도 억지웃음도 아닌 웃음을 지은 것은 얼마 만일까. 이럴 땐 어떻게 감사 인사를 하면 좋을지 망설이는 사이에, 상대가 휙 몸을 돌렸다. 뭘 하려나 싶어 보니, 갑자기 체조를 시작했다.

고개를 돌렸다가, 양손을 등 뒤로 돌렸다가, 한쪽 다리를 뻗어 버티며 근육을 늘렸다가. 뭔가 스포츠를 하기 전의 스트레칭 같기도 하고, 노인네 건강 체조 같아 보이기도 하는 동작이었다.

눈을 감은 채 뻗은 양손 끝을 열심히 흔들거리고 있는 남자에게 물었다.

"이런 생활은 오래 했나?"

흔들흔들흔들. 대답은 없다.

"밥은 어쩌고 있어? 초심자라 모르는 일투성이거든. 가르쳐 주겠나."

흔들흔들흔들. 말을 못하나? 장애인인가. 하지만 귀는 들리는 것 같다.

"가령, 폐기 도시락을 얻는 법이라든가——."

그 말에는 반응하며 한쪽 눈을 떴다. 잠깐 기다리라는 건지, 한 손만 흔들흔들을 멈추고 손바닥을 펼쳐 이쪽으로 쑥 내민다. 딱히 어떻다 할 것도 없는 몸짓이지만, 이 남자가 그렇게 하니 따르지 않을 수 없는 위엄 있는 포즈 같아 보인다. 입을 다물고 남자의 말을 기다렸다.

말은 없었다. 이번에는 앞으로 숙이기 운동을 시작했다.

아까부터 새삼 꼬르륵거리는 배가 또다시 버저를 울렸다. 멜론빵의 효력은 어젯밤 사이에 다 떨어졌다. 잠이 들기 전까지 종이상자 위에서 뒤척이면서, 주머니 속의 113엔을 어떻게 쓸지만 생각했었다. 100엔숍의 식품 코너로 달려가려는 자신을 몇 번이나 타일렀다. 길거리생활을 시작하고 처음으로 번 돈이다. 어떻게 쓸지 신중하게 정하고 싶었다.

체조가 끝나자, 남자는 벤치 아래를 더듬는다. 거기에는 불룩한 비닐봉지 몇 개가 들어차 있었고, 앞쪽에는 벤치 끝에서 끝까지, 꼼꼼하게 라벨이 벗겨진 500㎖ 페트병이 나란히 늘어서 있다. 약제사 같은 신중하고 익숙한 손놀림으로, 그중에서 두 병을 꺼내 한 병을 이쪽으로 쑥 내밀었다.

마실 물이라면 필요 없다. 이 공원에는 공중화장실이 있고, 거기엔 수돗물이 있다. 무엇보다, 라벨이 벗겨진 병의 내용물은 3분의 2 정도 줄어있었고, 나중에 채워 넣은 듯한 정체불명의 액체는 탁한 연둣빛을 띠고 있었다.

"고마워……. 하지만."

목은 마르지 않거든.

사양하려 하자, 남자가 다시 낮잠 중인 라이언의 얼굴로 웃고는,

병을 흔들어 보였다. 그러자 어째서일까, 뜻에 반해 몸이 움직였다. 남자에게 다가가 수수께끼의 액체를 받았다.

나중에 마시는 척하고 버리면 되겠지. 속으로 그렇게 생각하며 미소로 답한다. 하지만 그 웃음은 도중에 쑥 들어가 버렸다. 자기 몫의 뚜껑을 연 남자가, 병의 내용물을 머리에 뿌리기 시작했기 때문이다.

놀라서 쳐다보고 있으려니, 손을 멈추고 이쪽으로 흘깃 시선을 보내왔다. 저쪽은 저쪽대로 왜 자신과 똑같은 행동을 하지 않는지 의아해하는 표정이다.

"이거, 뭐야?"

대답 대신에 웃는 얼굴이 돌아왔다. 본보기를 보여주겠다는 듯이, 남자가 다시 한 번 똑같은 동작을 되풀이한다. 정발제처럼 조금씩 액체를 머리에 뿌리고 벅벅 문질렀다. 머리끝이 어깨뼈 중간까지 닿을 정도로 길다.

역시 야인은 야인. 길거리생활의 독기가 머리에까지 퍼져버린 것이리라. 여기서 공존하기 위해 조금은 장단을 맞춰줘야 할까.

뚜껑을 연다. 냄새를 맡아 보았다. 희미한 녹차 향. 하지만 평범한 녹차음료도 아니다. 자세히 보니, 병의 바닥에 수상쩍은 거품이 나는 하얀 가루가 가라앉아 있었다.

두피 마사지 같은 행동을 마친 남자는, 손바닥에 액체를 덜어내 목덜미에 바르기 시작한다.

뭘 하는 거야?

그러다, 이번에는 손바닥을 목 언저리로 찔러 넣었다. 턱시도 밑에 입고 있는 건, 노인네들이 잠방이와 함께 걸치는 낙타 색 내복이다. 아무래도 겨드랑이 밑에 액체를 바르는 모양이다. 겨드랑이 작업을 양쪽 다 마친 후, 손바닥 냄새를 맡는다.

이제야 이해가 갔다. 액체는 향수 대신이다. 체취를 없애려 한 것이다.

그러고 보니 남자에게선——땀을 흘리지 않는 겨울이라는 점을 감안하더라도——제멋대로 자란 머리카락과 수염을 보면 당연히 예상되는 지독한 냄새는 없었다.

하지만 이런 수고를 들일 바에는 화장실 물로 몸을 닦는 편이 빠르기도 하고, 훨씬 효과가 있을 것도 같지만, 아무튼 이쪽은 초심자. 게다가 얌전한 듯이 보여도 상대는 넓은 공원을 독점 지배하고 있는 야인이다. 갑자기 벌컥 화를 내거나 해도 이상하지 않다. 얌전히 따르기로 했다. 어디까지나 의례적으로 아주 약간 머리에 뿌리고, 몇 방울을 목덜미에 문질렀을 뿐이지만.

남자는 발가락 사이에도 정성 들여 액체를 문질러댄다. 청결 의식이 끝나자, 덥수룩한 머리카락을 빗고, 고무줄로 묶었다. 차가운 액체를 문질러 바르느라 추웠는지, 부르르 몸을 떨었다. 다른 종이봉투를 끌어당겨, 거기서 천을 한 장 꺼낸다. 원래는 흰색에 가까운 색이었을 테지만, 꽤 누레져 있다. 대형 타월이다. 서양의 문장(紋章)을 연상시키는 로고마크가 오톨도톨하게 새겨져 있다. 어디 호텔의 비품 같아 보였다.

타월을 외투처럼 걸친다. 보아하니 남자의 옷은 지금 입고 있는 턱시도뿐인 것 같았다. 몸이 너무 커서 사이즈가 맞는 옷을 구하기가 어려운 것이리라.

낡은 턱시도에 타월 케이프[4], 끈 달린 샌들. 그런 묘한 차림을 하고

---

4) cape : 어깨·등·팔이 덮이는, 소매가 없는 망토식의 겉옷.

공원 밖으로 걸어 나간다. 흔들흔들 몸을 흔들며, 보폭은 크지만 한 걸음 한 걸음이 완만한, 산책하는 듯한 발걸음이다. 오랫동안 노숙자 생활을 하면 저렇게 걷게 되는 걸까.

"어디 가는 거야. 밥을 뒤지러 갈 거면 나도 데려가 주게."

황급히 소리를 높이자 남자가 돌아보더니, 미안한 기척도 없이 '잊고 있었다'는 듯 눈을 깜빡였다. 이쪽을 향해 끄덕이며 한 손을 팔락거려 부른다. 불손하게 보일 수도 있는 몸짓이었지만, 나는 자신의 존재가 잊히지 않았다는 사실에 안도하며 서둘러 뒤를 쫓았다.

토요일 아침의 오피스 주변에는 통행인이 많지 않았다. 남자는 아침놀 속을 흔들흔들 걸어간다. 슬슬 까마귀가 활동을 시작할 시간이다. 어물거리다간 먼저 음식 쓰레기를 헤집어 놔버릴 거다. 매일 아침까지 거리를 배회하고 다니느라, 딱 지금 시간대에 공이 울리는 노숙자와 까마귀의 쓰레기봉투 쟁탈전을 몇 번이나 목격했었다. 1년 반 전까지 나의 라이벌은 타사의 영업자나 부내 인간이었지만, 이제는 까마귀였다.

남자의 목적지는 공원 뒤쪽 길가에 있는 편의점인 모양이다. 그곳은 어젯밤, 접술가에게 손님이 든 동안 시간을 때우는 김에 들여다보았다. 맨션 1층에 있는 가게의, 쓰레기 집하장인 듯이 보이는 곳에는 철문이 설치되어 자물쇠가 잠겨 있었다.

집하장에 출입할 수 있는 뒷문이라도 알고 있나 싶었지만, 망설임 없는 발걸음으로 향하는 곳은 정면 편의점 입구였다.

안으로 들어갈 생각인가? 남자가 냄새나지 않는다는 건 어디까지나 야인치고는 그렇다는 얘기지, 한참을 신은 양말이 코앞에서 대롱거리는 듯한 독특한 냄새가 전혀 없다는 소리는 아니다. 실제로 바람을 마주하며 그의 등 뒤에서 걷는 나는 코로 숨을 쉬지 않고 있다. 무엇보다, 이런 꼴을 하고 있으니 뭔가 살 돈이 있다 해도 바로 내쫓길 게 분명하다.

남자가 문 앞에서 멈춰 섰다. 미안하지만, 동료라고 생각되긴 싫다. 앞장서는 척하며, 손님을 가장해 나만 편의점으로 들어간다. 아까의 공원에서 당분간 생활하기로 하긴 했지만, 나는 '겉모습은 일반인'이라는 노선으로 갈 생각이었다. 바로 옆에 있는 이 편의점에 노숙자라는 사실이 들키면, 잡지를 읽는 척하며 온기를 쬘 수 없게 된다.

편의점 안에는 다행히 손님의 모습은 없었다. 점원도 한 사람뿐. 계산대 앞에서 하릴없이 우두커니 서서, 휴대전화로 문자를 보내고 있었다.

남자는 망설인 게 아니었다. 한 손으로 문을 살짝 열고, 다른 한 손으로 편의점 로고가 그려진 유리문을 두드렸다. 얼굴에는 고양잇과 미소를 띤 채. 괜찮은 걸까, 저 남자. 노숙자 스승으로 모실 인간을 잘못 골랐나.

점원이 돌아본다. 아르바이트생이리라. 아직 앳된 얼굴에, 가게 규칙이라 어쩔 수 없이 염색했다고 주장하는 까만 고슴도치 헤어. 카운터 안이 아니라 편의점 앞에 쭈그리고 앉아 노닥거리고 있어도 이상하지 않을 타입이다.

남자의 모습을 포착한 순간, 점원이 목소리를 높였다.

"아, 수고하십니다."

등을 펴며 휴대전화를 뒤로 감췄다. 마치 놀고 있다가 점장에게 들키기라도 한 듯한 반응이다. 두 사람은 아는 사이인가.

"잠깐 기다리세요."

점원이 잰걸음으로 가게 뒤로 사라졌다. 무슨 일이 일어난 거지. 남자는 여전히 멍하니 서 있다. 지금까지 뭔가 한 게 있다면, 그건 문을 노크한 정도일까.

잠시 후 점원이 돌아왔다. 한 손에 비닐봉지를 들고 있다. 문 앞까지 가더니, 봉투를 양손으로 공손히 남자에게 내밀었다. 그 안에 든 건, 어떻게 하면 얻을 수 있을지 도무지 알 수 없었던 폐기 식품이다.

"오늘은 이것밖에 없거든요."

예의 바른 청년처럼은 보이지 않는 점원이 몇 번이나 머리를 조아리며, 본래라면 남자가 할 법한 소리를 한다.

"죄송합니다."

남자는 타월 케이프에서 한 손을 빼내 의젓하게 흔들었다. 신경 쓰지 마——라고 격려하는 듯한 얼굴로. 어떻게 봐도 구걸하는 인간의 태도는 아니지만, 이렇게까지 당당하면 그다지 이상한 광경도 아닌 듯이 보이니 신기하다.

"고마워."

그 말이 남자의 입에서 나온 소리라는 것을, 바로 깨닫지는 못했다. 마치 하늘에서 내려온 듯 낭랑한 목소리였기 때문이다.

뭐야, 제대로 말할 수 있잖아.

조금 낮은 듯하면서 탄력 있는 목소리. 용모뿐만 아니라, 목소리 톤까지 배우 같다. 남자가 웃어주자 점원은 안도한 표정을 지으며, 수줍은 웃음으로 답했다.

유유히——라고밖에 형용할 수 없는 태도로 남자가 문 앞에서 사라진다. 서서 잡지를 읽는 척하던 나는 뒤를 쫓았다.

그 남자는 이웃한 주류가게 입간판에 비닐봉지를 내려놓고 내용물을 확인하고 있었다. 점원은 '이것밖에 없다'고 했지만, 봉지는 가득 차 있었다. 나도 들여다본다. 하나 정도 몫을 떼어 주었으면 하는 바람으로.

봉지의 내용물은, 주먹밥이 네 개에 빵이 세 개. 목구멍에서, 아니 위장에서 손이 나올 것 같다.

커다란 손이 주먹밥 두 개를 한 번에 움켜쥐어 턱시도 주머니에 넣는다. 빵도 두 개를 한꺼번에 쥔다. 그리고서 탐이 나는 얼굴을 하고 있던 내게 봉지째 내밀었다.

"어, 나한테 주는 거야?"

남자는 천천히 끄덕이고 봉지를 내 손에 쥐여 주었다. 꿈인지 생시인지.

"이렇게나……. 고맙게 받을게."

한심하게 목소리를 떨면서 그렇게 말을 흘렸지만, 거만한 말투였다는 기분이 들어 정정한다.

"덕분에 살았습니다."

남자가 입술을 '응'이라는 입 모양으로 미소 짓는다. 믿어지지 않는다. 누구나 자기 이익밖에 생각하지 않는 세상인데. 이 남자는 정말 하느님이다.

남자는 손에 들고 있던 빵 중 하나는 주머니에 찔러 넣었지만, 남은 초콜릿 데니쉬는 여전히 손에 들고 있었다. 그것을 내 앞에 쑥 내밀고, 고개를 갸웃거리며 근심 어린 시선을 보내왔다. 평등하게 이등분하고 하나 남은 이걸 어떻게 하지——라고 묻는 모양이다.

"아아, 물론, 자네가 가지게."

남자를 흉내 내 낭랑한 목소리를 만들어 보았다. 내 목소리가 싫어졌을 뿐이다. 남자의 입술이 '응'이라는 모양이 되었다.

다시 흔들흔들 걷기 시작한 등에 대고 묻는다.

"저 점원과는 안 지 오래된 사이인가."

고개를 옆으로 흔든다. 묶은 머리가 강아지 꼬리처럼 흔들렸다.

"그럼, 어떻게 자네를 따르게 만든 거야?"

이번에는 고개를 갸우뚱할 뿐이다. 무슨 뜻인지 모르겠다는 듯이.

주먹밥은 팥밥과 참치 마요네즈였다. 유통기한은 어느 것이나 아직 한나절밖에 지나지 않았다. 돈가스빵에 이르러서는 고작 몇 시간. 미나코가 떠난 후 늘 편의점 신세만 졌었고, 이 정도 유통기한이 지난 건 별일도 아니라는 사실은 잘 알고 있다. 하느님이고 부처고 다 소용없다——그렇게 결심했을 터인데, 돌연한 요행에 나는 뭔가에 기도하고 싶은 기분이 들었다.

한시라도 빨리 공원으로 돌아가 먹고 싶지만, 남자는 공원 샛길로 돌아와도 발을 멈추지 않는다. 다음에는 어디로 가는 걸까.

공원 앞 대로를 건너 왼쪽으로 걸어간다. 아까의 편의점과는 다른 계열의 편의점 앞에 멈춰 섰다. 또 아주 약간 문을 연다. 바로 노크를 하지 않은 건, 계산대 앞에 손님이 있었기 때문이리라.

역시나 타인인 척하고 싶은 상황이었지만, 주먹밥과 빵을 얻은 은혜가 있다. 이번에는 편의점에 들어가지 않고, 남자 비스듬히 뒤쪽에서 상황을 살폈다.

밖에 나와 있는 점원은 이곳도 한 명. 삼십 대 후반으로 보이는 좀 뚱뚱한 여자다. 주부 파트타이머치고는 출근 시간이 이르니, 사장의 아내일지도 모른다. 왜 내가 이런 이른 아침부터 일해야만 하는 거냐, 사장 부인이 되면 팔자가 핀다는 얘기는 어떻게 된 거냐——

추측하건대 그런 불만에 무뚝뚝한 얼굴을 하고, 손님을 대하는 태도도 붙임성이 없다.

유일한 손님이 나가자, 남자가 문을 노크했다.

여자가 돌아본다. 살림에 찌든 딱딱한 얼굴이 순식간에 흐물흐물해졌다. 흐트러진 머리를 한껏 신경 쓰며 다가온다. 남자가 문틈을 좁혔다. 냄새가 새어 들어가지 않게 하려는 건가.

자그마한 여자는 40센티미터 위에 있는 남자의 얼굴을 우러러보며, 뭔가 속삭였다. '예의 그건가요'하고 말하는 듯. 노숙자임을 알고 있을 텐데, 소녀처럼 별이 반짝이는 눈동자를 남자에게서 떼려 하지 않는다. 옆에 있는 나 따위는 안중에도 없는 모습이었다.

여자의 얼굴이 화사해졌다. 남자가 예의 미소를 보여준 모양이다. 여자가 또 뭔가 속삭이고 남자의 얼굴을 바라보며 뒷걸음질하다 신문 스탠드에 넘어질 뻔하더니, 미련이 남는 듯이 등을 돌린다.

"굉장한 걸, 자네. 팬이 많구먼."

말을 걸었지만 남자는 돌아보지도 않고, 대답도 하지 않는다.

여자는 선반을 물색해 도시락을 쓸어 담기 시작했다. 몇 개나 겹쳐 쌓아 카운터 앞으로 옮겨온다. 아까 손님이 있을 때는 비닐봉지에 던져 넣듯이 담던 동작이, 이번엔 무척 정중하다.

여자가 문을 열고 나오자, 남자는 바람이 향하는 방향으로 몸을 비켰다.

"자! 지금 시간이면 어차피 못 팔고 남을 테니까."

누구에게 하는 소린지 변명하듯이 말하고, 공물을 바치는 듯한 손길로 도시락이 몇 개나 담긴 봉지를 남자에게 건넨다.

"고마워."

남자 입에서 나오자, 평범한 상투어가 연극 속의 결정적 대사처럼 들렸다. 여자는 통통한 양손을 가슴 앞에서 마주 잡고, '응응, 상관없어'라는 듯한 얼굴로 몇 번이나 끄덕인다. 남자는 한마디 말을 더 덧붙였다.

"덕분에 살았습니다."

내장까지 울려오는 목소리였다. 나한테조차 그렇게 들렸으니, 눈이 부신 듯이 남자를 바라보고 있는 저 여자에게는 더욱 그랬으리라. 남자의 말도 거동도, 도저히 계산된 모습으로 보이지 않는다. 그래서 몸속에까지 울리는 것인가.

여자가 눈을 살짝 내리뜨며 당치도 않다는 듯이 고개를 젓는다. 그녀의 머릿속에서 로맨틱한, 혹은 에로틱한 스토리가 부풀고 있는 건 분명했다.

"잠깐 기다려봐."

엉덩이로 문을 열고, 남자가 떠나버릴까 경계하듯 돌아보는 자세 그대로 뒷걸음질해 편의점 안쪽으로 달려간다.

다시 나타났을 때는, 녹차 페트병을 손에 들고 있었다. 우선 카운터 안으로 들어가, 이것 보라는 듯이 자기 지갑에서 돈을 꺼내 금전등록기에 넣고 문 앞으로 돌아온다.

"이거, 괜찮으면 받아, 내가 사는 거야. 바깥은 춥잖아. 힘내세요."

노숙자보고 뭘 힘내라는 거냐.

녹차는 뜨겁게 데워진 것 같았다. 나도 따뜻한 음료에는 굶주려있었지만, 당연하게도 병은 하나밖에 없다.

남자에게 건넨 순간, 여자가 코를 벌름거렸다. 이제야 냄새를 깨달은 모양이다. 옆에 서 있는 나도.

여자의 시선이 나를 향한다. 바닥에 떨어져 있는 더러운 양말을 비난하는 듯한 눈초리였다.

어이, 아니야. 내가 아니라고.

이 세상에 신이나 부처는 존재하지 않아도, 하늘의 조화라는 말은 믿어야 할지도 모르겠다. 정말이지 불공평하다. 선물을 잔뜩 껴안고 세상에 태어나는 인간이란, 분명히 존재한다.

공원으로 돌아오자 남자는 또다시 수확물을 공평하게 나눠주었다. 네 개 있는 도시락 중 두 개를 건네준다. 어느 쪽이나 유통기한은 몇 시간 남았다. 내 몫은 홍연어김도시락과, 유부초밥과 김초밥 세트다.

"고마워. 덕분에 살았습니다."

나는 남자가 아까 했던 말을 그대로 따라 하고 있었다. 영화관을 나갈 때, 영화 주인공에게 감화되어 무의식적으로 비슷한 몸짓을 해버리듯이. 나보다 어린 남자에게 영향을 받다니 바보 같군——하고 마음속으로 쓴웃음을 지은 순간, 생각이 났다. 그것이 조금 전 나자신이 남자에게 건넸던 말이라는 사실이.

남자가 지붕 달린 벤치 밑에서 도시락을 열기 시작하자, 나도 바람이 불어오는 쪽을 골라 앉아 함께 밥을 먹기로 했다. 먼저 유통기한이 지난 주먹밥. 노숙자 생활의 앞날을 축하하며 팥밥부터. 쌀과 팥, 한 알 한 알을 입속 전체로 맛본다. 팥밥이란 게 이렇게 맛있었던가.

"늘 그렇게 해서 도시락을 모으는 거야?"

물어보니 닭튀김도시락을 입 안 가득 우물거리며 끄덕였다. 쓰레기봉투를 뒤지는 것 외에 방법이 없다고 믿었지만, 점원과 친해져 폐기 도시락을 얻는다는 방법도 있었던 것이다. 그래 봤자 다른 사람이라면 그렇게 간단히 입수할 수는 없을 테지만.

"거기 말고도 잘 가는 가게가 있나?"

닭튀김을 씹어 넘기면서 또 고개를 위아래로 흔들었다. 제대로 닦지 않을 텐데, 이도 그렇게 지저분해 보이지 않는다. 아마 길거리에서 생활하는 덕분에 피부가 겨울에도 햇볕에 타기 때문일 거다. 피부가 거무스름하면 이는 하얘 보인다.

남자의 얼굴을 정면에서 바라보며 새삼 생각한다. 텔레비전이나 영화, 패션 잡지 속에서나 볼 수 있을 얼굴이다. 아니, 미남 배우든 모델이든, 인간의 얼굴이란 어딘가 좌우가 언밸런스한 법인데, 이 남자는 완벽한 좌우동형이다. 어딘가 현실과 동떨어진 용모였다. 이 외모를 살려 인생을 걸어갈 방법도 있었을 텐데, 왜 노숙자가 되었을까.

내 시선을 깨닫고 남자가 얼굴을 들어 히죽 웃는다. 입가에 밥알이 붙어 있다. 매력적이기는 하지만, 그다지 영리하다고는 할 수 없는 웃음이다.

"어째서 노숙자가 되어버렸나."

물어봤지만, 예상대로 대답은 없다. 뭐, 상관할 바 아닌가. 나부터가 왜 여기서 폐기 도시락을 먹는 신세가 되었는지, 아직 잘 모르겠으니.

남자는 잘 먹었다. 도시락을 눈 깜빡할 사이에 해치우고 주먹밥에 덤벼든다. 포장과 함께 김도 벗기고 베어 문다.

이제 막 알게 된 사람에게 자기 몫의 반을 양보하다니, 한없이 욕심이 없는 사람이다. 아까는 눈물이 날 정도로 감격했지만, 근처 편의점에 얼굴을 내밀고 노크하기만 해도 간단히 손에 넣을 수 있는 이 남자에게는 어차피 남아 버리는 쓸데없는 물건이었는지도 모른다. 김을 좋아하지 않는 것이리라. 내게 건네준 도시락은 어느 쪽이나 김이 들어가 있다.

그러고 보니 아직 자기소개를 하지 않았다.

"나는 야마자키야. 야마자키 료이치. 잘 부탁해. 자네 이름은?"

설마 모르는 건 아닐 테지 —— 하는 의심이 들 만큼 시간이 지난 후, 밥알과 함께 대답이 날아왔다.

"나카무라."

이름은 의외로 평범했다.

남과 악수하는 습관은 없지만, 이 남자라면 모양이 날 것 같아서 손을 내밀었다. 나카무라는 뭔가 주려나 하는 얼굴로 내 손을 쳐다보다가, 마주 쥐었다. 크지만 부드럽고, 손가락이 길었다. 손톱은 제대로 깎여 있다. 자신의 용모가 타인에게 가져오는 효과를 확실히 파악하고 있는 것 같지는 않지만, 고의라기보다 본능에 이끌리듯이 최저한의 몸단장은 게을리하지 않는다. 묘한 남자다.

나카무라는 도시락과 주먹밥 한 개씩과 초콜릿 데니쉬를 해치우고는, 정성껏 쓰레기를 정리한 후, 전 재산인 듯한 세 개의 종이봉투 중 하나에서 뭔가를 꺼냈다.

하얀 가루가 가득 들어있는 봉투였다. 여점원이 바친 녹차를 거의 입에 대지 않은 채 손에 들고, 병 안에 가루를 쏟아 넣는다. 녹차가 거품을 일으키며 탁해졌다. 조금 전 수수께끼 액체의 정체는 이 녀석이다.

"그건, 뭔가?"

대답 대신에, 봉투를 건네주었다.

시판하는 대용량 상품이다. '명반'이라고 적혀 있다. 들어본 적이 있는 듯도, 없는 듯도. 표시에 따르면 식품첨가물로 '제과, 제빵, 절임, 조림에 최적'인 모양이군. 액체를 바른 목덜미에 뭔가 이상이 생기지는 않을까, 아까부터 신경이 쓰여 문질러댔는데, 위험한 것은 아닌 모양이다.

어째서 이것에 소취(消臭) 효과가 있는 건지 —— 정말로 있는지 어떤지도 모르겠지만 —— 물어보고 싶었지만, 어차피 대답은 돌아오지 않으리라. 대신에 다른 걸 물어보았다.

"앞으로 어떻게 할 건가? 밥을 먹여준 답례를 해야지. 내가 할 수 있는 일이 있으면, 돕겠네."

일용직 일이든, 빈 병을 줍든, 폐지 모으기든. 지금의 나는, 노숙자에게 어떤 일이 가능한지, 그 일을 어디서 구하는지를 전혀 모른다. 아무튼, 돈을 벌 수단이 필요했다.

답은 또다시 보디랭귀지였다. 수제 소취제를 꼼꼼하게 순서를 밟아 종이봉투에 집어넣더니, 나카무라는 벌렁 옆으로 누워 담요를 푹 둘렀다.

과연 ——.

따라 하기로 했다. 우선 내처 걸어 다녔던 일주일 동안의 피로를 회복하자. 당장 안달할 필요는 없었다. 식량은 잔뜩 있다. 도시락 2인분과 빵 한 개. 담뱃재가 범벅된 감자튀김에까지 손을 뻗으려 했던 어젯밤에 비하면, 천국이다.

해가 높이 뜨자 요 며칠 눈이 내려도 이상하지 않았던 추위가 누그러지더니, 길거리에 내동댕이쳐진 이래 가장 지내기 수월할 만큼 맑은 날씨가 되었다. 실제로 그다지 기온은 변하지 않았지만, 배가 차고 정신적으로 여유가 생겨 그렇게 느끼는지도 모른다.

도로를 바라보며 오른쪽, 인도를 따라 심은 수풀 안쪽으로 수목이 밀집해 있는 장소를 나의 근거지로 삼았다. 낮이 되자 공원에는 드문드문 사람의 모습이 나타나기 시작했지만, 여기라면 개를 산책시키거나 이른 점심을 먹는 그들 쪽에서는 사각지대다. 주변과 머리 위로 우거진 잎이 있으면, 바람도 막을 수 있고 만약 비가 내려도 아무것도 없는 것보다는 낫다. 방수포를 얻게 되면 가지 사이에 쳐서 지붕을 만들자고 생각 중이다.

종이상자 한 장을 지면에 깔고, 두 장을 이불 삼고, 쓰레기통에서 주운 페트병에 물을 채워 홀짝홀짝 마시면서, 윈드브레이커에서 한 장씩 신문을 뽑아내 읽었다. 낮에는 돈가스빵도 먹어 버렸다. 내일도 나카무라가 폐기 도시락을 나눠주리라는 보장은 없지만, 저 남자가 손에 넣은 도시락 중에 김도시락이 있다면, 아마 오케이일 거다. 내가 직접 편의점에 교섭해 보는 방법도 좋겠다. 어제까지는 죽음조차 각오했었는데, 저 남자의 우아한 모습을 보고 있자니 뭐 어떻게든 될 것 같다는 생각이 들어 버린다.

나카무라는 남의 시선은 전혀 신경 쓰지 않는 모양새로 공원 일등지에서 낮잠을 자고 있다. 깨어난 건 점심시간이 지나서다. 담요를 말아 한쪽 옆구리에 껴안고, 타월 케이프를 두르고 걸음을 옮기기에, 서둘러 뒤를 쫓았다.

"어딜 가나."

그렇게 물어봐도, 히죽히죽 웃음을 지어 보일 뿐. 편의점에는 눈길도 주지 않고, 역 앞의 번화가 방향으로 걸어간다.

스크램블5) 육교 교각 밑에서 발을 멈추고, 담요를 펼쳤다. 담요 안에는 길고 가는 두꺼운 종이가 있었다. 둘로 접힌 그것은, 펼쳐보니 의외로 폭이 넓다. 종이에는 멋들어진 검은 글자로 이렇게 적혀 있다.

'평화기원'

뭘 할 생각이냐.

조금 떨어진 곳에서 누군가를 기다리는 척 서성이며 확인하기로 한다. 길바닥에서 살아남기 위한 지혜라면 어떤 것이라도 흡수하고 싶었다.

나카무라는 '평화기원'이라고 적힌 두꺼운 종이를 갓길에 기대 세운다. 귀퉁이를 가지런히 맞춘 담요를 반듯하게 사각으로 접고, 그 위에 책상다리를 하고 앉았다. 주머니에서 대접을 꺼내 앞에다 내려놓는다. 바닥이 얕은 붉은색 대접은, 꾀죄죄한 모양새가 오히려 멋스러워, 사연 있는 명품처럼 보인다. 등을 곧게 펴고 살짝 눈을 감은 나카무라는, 명상하는 듯이 보였다.

요즘 같은 때, 이런 고전적인 구걸로 돈이 들어오려나. 아니나 다를까, 몸집 커다란 괴이한 남자의 모습에 통행인들은 시선을 멈추었고 때로는 발도 멈추지만, 그뿐이다. 영문을 알 수 없는 기도에 돈을 던질만한 사람은 좀처럼 나타나지 않았다.

실제로는 이미 손목에 없는 손목시계로 시선을 떨어뜨리는 척하면서 잠시 모습을 보고 있었지만, 보고 있는 이쪽이 지치기 시작했다. 한 시간 정도 지나 인파가 드문드문해졌을 즈음, 말을 건다.

---

5) scramble : 교통량이 많은 교차점에서, 모든 방향의 차량을 정지시킨 뒤에 보행자가 어느 방향으로나 자유롭게 갈 수 있도록 한 교차점.

"늘 이렇게 하는 건가?"

나카무라는 살짝 눈을 뜨고, 멍한 시선으로 내 얼굴을 응시한다. 시끄러워하지도 않고 조용히 끄덕인다.

"이걸로 정말 돈이 벌리나."

이 말에는 고개를 갸웃거렸을 뿐이었다. 그럴 테지. 효율 높은 벌이가 되리라는 생각은 도저히 들지 않는다. 협력하기로 했다. 바지 주머니를 뒤져, 얼마 없는 113엔 중에서 십 엔짜리 동전과 일 엔짜리 동전 세 개를 꺼내, 대접에 던져 넣는다.

나카무라가 한쪽 눈만 뜨고, 이유를 묻는 듯한 시선을 보내왔다.

"얼마 안 되지만, 점심때 도시락값이야. 받아."

통행인에게는 들리지 않는 목소리로 말을 이었다.

"이런 건 처음부터 돈을 넣어두는 게 더 잘 돼. 한 개든 두 개든. 다른 사람이 돈을 낸다고 생각하게 하면, 마중물6)이 될 거야."

증권영업적으로 말하자면, 신규 고객을 포켓주로 벌게 해주고 워런트7)로 끌어들이는 것과 마찬가지다. 손님, 어느 어느 분은, 이런저런 걸로 이렇게나 이익이 났답니다——.

효과는 십 분도 지나기 전에 나타났다. 지팡이를 짚고 지나가던 노파가 멈춰 서더니, 불상을 우러러보듯이 나카무라를 바라보기 시작했다. 그러는 사이에도 부스럭부스럭 손가방에서 지갑을 꺼내 몸을 웅크리고 동전을 대접에 놓는다. 백 엔.

동전이 연주하는 소리에 나카무라가 눈을 뜬다. 가볍게 고개를 숙

---

6) 펌프에서 물이 잘 나오지 아니할 때 물을 끌어 올리기 위하여 위에서 붓는 물.
7) warrant : 일정수의 보통주를 일정 가격에 살 수 있는 권한, 또는 같거나 비슷한 표면 금리를 가지는 고정금리채권을 살 수 있는 권한을 증권소유자에게 부여하는 증서를 가리킴. 증권 용어 중 하나.

이자, 노파가 두 손을 합장했다.

"수고하십시오."

뭐가 수고하십시오, 인지.

나카무라는 한쪽 눈만으로 나를 응시하며, 미소를 지어 보인다. 이걸로 조금은 빚을 갚은 걸까. 하지만 조언이 효과를 본 건 이 남자의, 노파에게는 성스럽게 보일만 한 용모가 있었기 때문이다. 똑같은 행동을 해봤자 내게는 한 푼도 베풀어 주지 않을 테지. 이 '비즈니스'는 나한테는 맞지 않는다. 개별 행동을 취하기로 했다. 일단 새로운 생활을 위한 자료를 수집하자.

나카무라는 여기서 움직일 생각이 없는 모양이다. 헤어질 때 다시 말을 걸어보았지만, 눈은 뜨지 않고 낮게 신음할 뿐이었다.

"쿠."

자고 있었다.

날이 저물 때까지 거리 이곳저곳과 공원을 몇 번 왕복하면서, 종이 상자 열 몇 장, 마른 신문지와 오래된 잡지 각 한 묶음, 쓰레기봉투 네 개를 손에 넣었다. 대부분은 쓰레기 집하장이 밖에서 훤히 보이고 자유롭게 출입할 수 있는 작은 맨션에서 얻어 온 것들이다.

종이상자는 새로운 보금자리를 위한 건축자재, 신문은 의류 또는 침구용이다. 오래된 잡지를 가져온 건 활자와 정보에 굶주려서. 아무 것도 가지지 못한 생활을 시작해보니 원하는 것들의 우선순위를 알게 되었다. 내 경우는 식욕, 수면욕, 다음은 정보였다. 그것이 절벽 밑에 늘어뜨려진 가는 로프라 해도 자신을 밀어낸 사회와 이어져 있고 싶었다. 쓰레기봉투는 그 자리에서 내용물을 뒤질 수 없으니, 보일 때마다 까마귀처럼 재빨리 강탈해 본거지로 옮겨 들였다. 길거리에서 지나치는 사람들은 묘한 얼굴을 했지만, 신경 쓰고 있을 여유는 없었다. 남의 시선에 일일이 따끔거리고 있다간, 앞으로 길바닥에서는 살아갈 수 없을 터.

복주머니를 여는 기분으로 쓰레기봉투를 뜯는다. 전부 타는 쓰레기다.

처음 두 개는 종잇조각과 음식물 쓰레기뿐. 사용 후 티슈에 말아서 버린 콘돔을 집어 들었을 때는, 가져온 걸 후회했다.

세 번째는 낡은 옷이 버려져 있었다. 죄다 여자 옷이라서 거의 도움이 되지 않았지만, 칠 부 소매 트레이너만은 억지로 몸을 쑤셔 넣었더니 어떻게든 입을 수 있었다. 감동적일 만큼 따뜻하다. 핑크색에 곰돌이 푸우 일러스트가 그려져 있지만, 윈드브레이커를 걸치고 있는 한 문제없다.

여자용 속옷과 팬티스타킹도 있었다. 이건 수확이다. 그렇다고 여자 속옷을 모으는 취미가 있는 건 아니다. 그것을 감추기 위해 싼 것이 남자용 와이셔츠였던 것이다.

2L 사이즈라는 걸 안 순간, 이건 나카무라에게 주자고 생각했다.

물론 폐기 도시락 몫을 나눠 받기 위한 교역품으로서지만, 저 남자에게 뭔가 해주고 싶다는 생각도 마음 어딘가에 있었다. 저 남자와 함께 있다 보면, 편의점 점원들이 하인처럼 행동하는 마음이 어쩐지 이해된다. 나카무라에게는 사람을 두려워하게 만들고, 연모하게 만들며, 모르는 사이에 조금씩 자기편으로 끌어들이는 신기한 자력이 있는 것이다. 평범한 단어로 표현하자면, 아우라 같은 것 ——.

쓰고 버린 팬티가 어딘가에서 팔리지 않을까 생각해봤지만, 요즘 같은 때에 그런 업소도 별로 없을 테고, 중년 남자가 팔러 가봤자 사 줄 것 같지도 않다. 단념하고 공원 쓰레기통에 버린다.

네 번째 봉투에서 먹고 남은 도시락을 발견했다. 어제까지라면, 자학적인 마음에 고통스러워하며 손을 내밀었을 테지. 하지만 지금은 다르다. 낮에 먹은 돈가스빵의 기름기가 아직 위장 속에 남아 있었다. 트림하며 봉투에 도로 넣고, 이것도 버린다.

오래된 잡지 묶음 안에는 날짜가 오래되지 않은 물건은 없었다. 몇 권째인가에 손에 잡힌 에로 만화잡지를 넘기고 있는 사이에 해가 완전히 지고, 주위는 어두워졌다. 나카무라는 아직 돌아오지 않는다. 조금이라도 벌기 위해서 버티고 있는 건지, 앉아서 잠든 채 깨지 않은 건지. 아마 후자 쪽이리라.

지금은 내 주거지의 탁상시계가 된 대로 건너편의 벽시계에 따르면, 시각은 아직 5시가 지났을 뿐이었다. 겨울밤은 길다. 가로등 불빛에 의지해, 비현실적인 사이즈의 유방과 '아아, 주인님! 어서 육봉을 ──' 같은 대사를 눈을 끔벅거리며 보고 있는 게 바보 같아져서, 만화잡지를 내던졌다.

슬슬 종이상자를 조립할까. 일어서니, 공원 입구 부근에 몸을 웅크린 사람의 그림자가 눈에 들어왔다. 수수하지만 수상쩍은 코트. 어제의 점술가다.

"뭐야, 안 올 것처럼 얘기해놓고는."

뒷모습을 향해 말을 던지자, 점술가가 고개를 움츠리며 몸을 돌렸다. 나라는 걸 안 순간, 입술 밑에 주름을 꾹 지으며 대답도 하지 않고 다시 설치 작업을 하기 시작했다. 테이블 조립을 도와줬더니 냉랭한 한 마디를 던진다.

"이런 거 해 봤자, 돈은 안 준다고."

이쪽도 점술가에게는 대답하지 않고 몸소 세팅한 간이의자에 멋대로 앉았다.

"자, 그럼. 영업개시로군."

"지금은 빌리는 시간이야. 당신 같은 거 없어도 괜찮다고. 꺼져."

토요일 저녁. 식당가가 가까이에 있어서인지, 확실히 노상에는 사람이 많았다.

"그런가. 한 명. 105엔. 어제와 똑같은 시세면 되겠지."

나는 이쪽으로 다가오는 사무직 분위기의 일행 세 명을 곁눈질로 응시하고 있었다. 그녀들이 몇 걸음 앞까지 다가왔을 즈음, 목소리를 높인다.

"에엣! 어떻게 알았어요?"

자신도 놀랄 만큼 큰 목소리가 나왔다. 수치나 프라이드라는 개념은, 지금의 나의 가치관 중에 우선순위가 상당히 하위로 떨어져 있다. 돈가스빵 아래, 에로 만화보다 조금 위 정도일까.

지나치게 일부러 내는 듯한 목소리였지만, 그 정도가 딱 좋았던 모양이다. 세 명 일행 중 한 명이 발을 멈췄다. 조금 더 밀어본다.

"이런이런이런, 맞았어! 믿어지지 않는데. 당신, 영능력자인지 뭔지 그런 거야?"

입술을 일그러뜨리며 벌레 씹은 표정을 짓던 점술가도, 한 명을 따라 나머지 두 사람도 이쪽을 보고 있는 것을 알자, 바로 박자를 맞춰 왔다.

"아뇨아뇨, 저는 맞추는 게 아닙니다. 보이는 거거든요. 당신의 과거와 현재, 미래가."

믿어지지 않는다고 말로 하는 대신에 고개를 저으며 녹다운된 연기를 할 생각으로 비틀비틀 일어나자, 회사원 여성들이 다가왔다. 동조는 젊은 아가씨들 사교의 기본. 잘하면 세 명 모두 손님이 될 터다. 몰래 윙크를 날려주었지만, 점술가는 세 명에게 복스러운 미소를 지으며 곁눈질로 한 번 노려볼 뿐이었다.

"315엔이었지."

붙임성 한 조각 없는 얼굴로, 점술가는 백 엔짜리 동전 세 개를 테이블에 던졌다. 또 오 엔짜리는 없었던 모양이다. '출혈 대서비스다'라고 매번 하는 소리를 하며 20엔을 추가한다. 붙임성 좋은 목소리로 대답한다.

"늘 감사합니다."

"당신, 오늘은 꽤나 밝은걸. 뭔 일 있었나."

"말할 필요가 있던가. 내 과거와 현재가 보이는 거 아니었나."

점술가가 공중을 향해 콧김을 뿜는다.

"어제, 죽을상이 나왔을 때가 그나마 귀염성이 있었는데."

죽을상 따윈 보이지도 않으면서, 잘난 척은. 지금은 어떤 얼굴일까. 점술가에게 물어보고 싶었다.

"지금 노숙자 연수 중이거든. 저쪽 사람한테 여러 가지 배우고 있어."

공원의 지붕 달린 벤치로 얼굴을 돌린다. 어느새 돌아와 있었는지, 담요가 자그마한 산을 이루고 있었다.

"아아, 겐조 말이군."

"저 남자를 아나."

"가짜손님을 부탁한 적이 있지. 하지만 저 녀석은 안 돼. 금방 졸거든. 게다가 한 번 잠들어버리면, 끄떡도 안 해. 저 덩치에 여기서 잠들어봐. 의자에서 끌어 내리는 건, 4톤 트럭에서 냉동 참치를 맨손으로 내리는 일이나 마찬가지라고."

그 말을 듣고 깨달았다. 나카무라가 가지고 있던 두꺼운 종이로 만든 입간판 '평화기원'이라는 글자는, 상당한 달필이었다. 점술가의 테이블에 늘어뜨려진 습자지의 '감정료 2천5백 엔'과 같은 필체다.

"어떤 남자일까."

"글쎄올시다, 나한테 물어봤자. 모처럼 남자다운 얼굴을 하고 있는데, 머리는 조금 둔하거든. 늦된 것도 아닐 테지만. 어디 공사판에서 철골에 머리를 맞고선 저렇게 돼버렸다는 소문은 들었는데."

"소문?"

"아아, 노숙자들 소문이니까, 믿을 수는 없지만 말이야."

"왜 저기에 혼자 있는 걸까. 해를 끼치게 생기진 않았는데."

"열 받으면 손을 댈 수가 없는 모양이야. 예전에, 녀석에게 접근했던 어떤 녀석이 병원 신세를 진 모양이거든. 뭐, 이것도 소문이지만."

"병원 신세? 누가?"

"저 녀석, 오카마가 잘 노리거든."

오카마? 게이 말인가?

"이 근처에 많잖아, 오카마. 나도 손금 좀 봐달라고 해서 하는 수 없이 봐줬더니, 갑자기 손을 잡힌 적이 있어. 앉으라고 하니까, 무릎에 앉는 녀석이라든가. 하물며 녀석은 저렇게 생겼잖아. 억지로 돈을 쥐여주고, 엉덩이를 따려고 한 녀석이 있었던 모양이야. 그래서 놀란 녀석은 저항했지. 저항이라고 해도, 체격이 저렇잖아. 적당히 라는 말을 알 것 같지도 않고. 상대는 갯장어 뼈 가르기 하듯이, 여기저기 뼈가 부러졌다는 얘기야."

"경찰이 출동하진 않은 건가."

"뭐, 동기가 동기니까, 고소할 수 없었던 거 아닐까. 그 오카마라는 게, 이거였던 모양이고."

점술가가 뺨을 위에서 아래로 쓸어내렸다. 야쿠자를 가리키는 고풍스러운 사인.

"어디까지나 소문이야, 소문. 하지만 그 이후, 아무도 녀석 곁에는 다가가지 않아. 노숙자 중에는 약에 손을 댔다가 떠돌이 신세가 된 전직 어깨들도 많지만, 그런 녀석들조차 건드리지 않거든."

소문이라면서 무척 자세히 안다. 젊은 여자 그룹이 다가온 것을 깨닫고, 나는 다시 목소리를 높였다.

"진짜 맞았어, 믿어지지 않아. 당신, 영능력자?"

아쉽게도 이번에는 그물에 걸려들지 않았다. 인원수가 너무 많았는지도 모른다. 놀란 얼굴로 이쪽을 쳐다보았지만, 그뿐이었다. 525 엔이 됐을지도 모를 다섯 명이 지나가는 모습을 곁눈질로 배웅하고, 헛기침하며 점술가의 냉소를 흘려보낸다.

"그러고 보니 당신, 이름은? 나는 야마자키야."

"노숙자에게 댈 이름은 없어."

그러면서도, 어째선지 신이 나서 테이블 밑에서 책 한 권을 꺼낸다. 콧구멍을 벌름거리며 이쪽으로 밀어낸다. 단행본치고는 얇다. 이런 제목이었다.

〈금전운이 트이는 얼굴이 된다!! 신비의 비법 · 중국관상술〉

"내 책이야."

저자명은 '니시키오리 류사이' 펜네임까지 수상쩍다. 지금 하는 장사도 이 이름으로 하고 있다면, 개명하는 게 좋을 것 같다. 점술가가 입술로만 웃음을 지어 보인다.

"문필업도 하고 있거든. 본업이라고는 할 수 없지만."

글라스 캔들에 가까이 대고 팔락팔락 넘겨본다. 발행처는 이런 업계에 밝지 않은 나도 아는, 일반인이 자비출판으로 책을 낼 수 있는 출판사다. 발행된 시기는, 약 십 년 전.

"그런가, 대단한걸."

반쯤 빈정거리려고 한 말이지만, 기분이 좋아진 듯 위세 좋게 손뼉을 쳐서 소리를 냈다. 증권회사 상사도 자주 하던, 중년 남자가 기합을 넣는 퍼포먼스다.

"아까 그 호객, 의외로 먹힐지도 모르겠는걸. 또 해 보지."

거만한 말투에 눈썹을 찌푸려 보인다. 어제와 달리, 오늘내일 먹을 음식이 궁하진 않다. 모레는 모르겠지만. 강경한 태도로 나가니, 다행스럽게도 근로조건 인상을 들이댔다.

"그게 잘 되면, 한 사람당 백오십 엔을 내지. 오늘은 벌이가 없으면 안 된단 말이야. 경륜으로 날려버려, 빚이 생겼어. 오늘 밤 안으로 3만 엔을 못 만들면 여인숙 잡을 돈도 없게 된다고."

여인숙? 간이여관을 말하는 건가?

니시키오리 류사이가 너무 떠들었다고 후회하는 표정을 지으며, 고개를 휙 돌린다.

뭐야, 이 녀석도 떠돌이였나.

통행인을 겨냥해 끌어들이는 공격적인 가짜손님 작전은 그 후에도 공훈(功勳)을 쌓아, 오후 8시까지 여덟 명의 손님을 모았다.

눈앞에 당근을 매달아 놓을 생각인지, 류사이는 손님이 돌아갈 때마다 보수를 지불했다. 손님에게는 아낌없이 뿌려대는 애교를 여전히 나에게는 한 조각도 던지지 않지만, 기분이 좋다는 건 손님을 기다리는 동안에 나오는 콧노래를 들으면 알 수 있었다.

여덟 명째 손님이 돌아간 후에는 '이거, 신기록 달성도 꿈이 아니겠는걸'하고, 내가 아니라 지폐를 넣는 지갑에 대고 말을 걸었다. 몇 년째 이 장사를 하고 있는지 모르겠지만, 창업 이래 최고의 페이스인 모양이다. 녀석이 필요로 하는 매상 3만 엔까지, 내 몫을 빼도 앞으로 다섯 명. 그때가 되면 이쪽 보수도 2천 엔 가까이 될 터였다.

"그거, 무슨 노래야?"

오늘 밤 몇 번째인지 모를 음정이 맞지 않는 콧노래가 시작되기에 물어보았다. 부르는 부분은 늘 어중간한 몇 소절. 옛날 유행가 같았다.

미끄러져 내려온 안경 위로 내 얼굴을 마주 본다. 좁아진 눈썹이 '너하고 쓸데없는 소리 할 마음은 없다'고 말하는 것 같았지만, 담배를 문 입가는 느슨해져 있다. '출혈 대서비스'라는 어조로 가르쳐 주었다.

"때로는 어머니 없는 아이처럼."

"누가 불렀어?"

서비스 타임에 기회는 단 한 번밖에 없는 모양이다. 답 없는 대답만이 돌아왔다.

"당신은 모를걸. 20세기 최고의 여가수다."

길 맞은편의 빌딩이 20:33을 가리켰을 때, 아홉 명째의 손님이

들었다. 출근하는 길인 듯한 중년의 오카마다. 처자식 있는 일반인 남자를 향한 짝사랑 연애상담. 류사이의 언변은 최고조였다. 짧게 각을 줘서 친 머리에 듬직한 가슴근육으로 점퍼 속의 V넥 스웨터가 불룩한 오카마에게, 그의 18번 '당신의 진짜 매력을, 그는 아직 깨닫지 못했다'를 던지며 그에게, 아니 그녀에게 파우치 핸드백에서 레이스 손수건을 꺼내게 만들었다.

조금 떨어진 곳에서 귀를 기울이고 있던 나는 '당신의 수호령인 아름다운 시동(侍童)이 그에게 사랑의 화살을 쏘아, 멀지 않아 당신을 돌아보게 만들 것이다'라는 예언을 들었을 즈음, 제한 시간 15분이 될 때까지 시간을 죽이러 산책을 나섰다. 바지 앞주머니에 손을 찔러 넣어, 오늘의 보수인 적지 않은 수의 동전들 감촉을 확인하면서.

네 명째부터 한 사람당 150엔으로 오른 보수는, 이 시점에서 1,220엔. 재산은 전부해서 1,320엔으로 뛰어올랐다. 어젯밤엔 고작 3엔을 그렇게나 소중하게 쥐고, 재기를 맹세하던 모습을 생각하면 꿈만 같은 액수다. 그럴 마음만 있으면, 호사스러운 식당의 런치를 먹을 수 있는 돈.

좀 사치를 부려도 괜찮을까 —— 하고 나는 생각 중이었다. 물론, 레스토랑 런치에 헛돈을 쓸 생각 따윈 머리 구석에라도 없었다. 아직 도시락 2개가 온전히 남아 있다. 사치라는 건, 내일 나카무라에게서 나눠 받을 게 없을 경우 혹은 그 남자가 폐기 도시락을 모으러 가지 않을 경우를 대비해 거르려 했던 저녁을 먹는다는 얘기다. 자, 홍연어 김도시락과 유부초밥, 어느 쪽을 들어볼까. 하루 세끼, 지금의 내게는 당치도 않은 사치였다.

하지만 손님이 사라진 접이식 의자로 돌아온 후에는, 류사이의 시무룩한 얼굴만 쳐다보는 신세가 되었다.

토요일 번화가는 평일보다 밤의 장막이 드리워지는 시간이 이르다. 오후 9시를 지나자 발길은 뚝 끊겼다. 목소리를 높이려 해도 지나가는 사람들은 눈에 띄게 줄었고, 표적으로 삼고 있던 젊은 여자는 남자 일행이 있는 이들뿐. 남자와 함께 있을 때의 여자는, 점 따위는 필요로 하지 않는다.

10시를 넘었을 무렵, 가짜손님을 단념하고 직접 호객을 시작했다. 밤이 깊어감에 따라 추위가 혹독해지기 시작했고, 가만히 앉아있기가 괴로웠다.

이쪽은 예상대로 역효과였다. 점은 바나나와는 달리 떨이 판매는 안 통한다. 얼굴을 찌푸린 커플이 크게 우회하며 가버린 것을 끝으로 터덜터덜 의자로 돌아온다. 류사이는 어깨를 으쓱이고, 그 어깨를 직접 주무르기 시작했다.

"이제 여기까진가. 뭐, 열심히 힘냈지만 말이야."

녀석의 하루 최고기록이 몇 명인지는 모르겠지만, 그것에 가까울 터인 매상이 자기 혼자만의 공이라는 말투다. 계속 소리를 질러댄 덕분에 목소리가 쉬어 버린 내 노력은 인정하지 않는 것 같았다. 자기 손으로 자기 어깨를 두드리면서, 양해의 말 한마디 건네지 않고 자리에서 일어서 모습을 감춰 버렸다. 소변을 자주 보는 남자이니, 또 화장실을 간 걸 테지.

류사이는 좀처럼 돌아오지 않았다. 남은 네 명의 손님을 모으는 건 상당히 힘들어져 가고 있었다. 1분도 허투루 쓸 수는 없을 터다. 별로 녀석을 동정하는 건 아니지만, 손님이 될 만한 통행인이 나타날 때마다 구멍 뚫린 지갑에서 동전이 빠져나가는 듯한 초조함에 휩싸였다.

간신히 돌아온 류사이는, 컵 술을 손에 들고 있었다. 당연하다는 듯이 한 개뿐이다.

"술은 안 되잖아. 포기하지 않는 게 좋을 것 같은데."

풀 탭을 손을 걸친 얼굴은 왜 너 따위에게 설교를 들어야 하느냐는 표정이다.

"됐어, 이제 가게 문 닫는다."

아직 열 시 반. 막차까지 두 시간은 남았다. 왜 포기하지. 목표 3만은, 조금만 더하면 되는데. 사기꾼 영매이긴 하지만, 사람의 표정을 읽는 것에 관해서는 천재적인 남자다. 이쪽 생각은 훤히 보이는 모양이라, 아무 말도 하지 않았는데 대답이 돌아왔다.

"나는 쓸데없는 노력은 하지 않는 주의거든. 토요일은 늘 이래. 이 시간에는 젊은 여자들은 누구든 간에 남자하고 호텔에 틀어박혀 있을 거라고."

컵 술을 입으로 옮기지 않고 뾰족하게 내민 입술을 컵에 가까이 대면서 부산스럽게, 하지만 '한 방울이라도 흘릴까 보냐'라는 강한 의지가 느껴질 정도로 신중하게, 한 입을 홀짝인다. 쭉 참고 있었는지, 목을 울리며 작게 지르는 신음에는 희열이 흘러넘쳤다.

어떤 종류의 재능은 있을 테지만, 향상심(向上心)이나 노력이라는 단어와는 인연이 없는 남자 같았다. 아깝다. 녀석의 독특한 '읽기'와 화술은 오늘도 날카롭게 깨어있어서, 손님들을 놀라게 했었다. 유명한 점술가가 되었어도 이상하지 않을 이 남자가 입에 풀칠을 못하고 있는 이유는 필시 그 부분에 있을 것이다.

"하지만 어떻게 할 거야. 이래선 빚은 갚을 수 없잖아. 소비자금융에서 빌린 건가."

이쪽을 무시하며 테이블 위에 장사도구를 정리하기 시작하던 손이 멈춘다.

"소비자금융?"

내 말을 코웃음으로 날린다.

"항! 사채를 빌릴 수 있었음, 옆집에서 빌렸지."

그럼 누구한테 빌린 거야——하고 물으려 하기 전에, 또 마치 진짜 초능력자같이 독심술을 발휘했다.

"누구한테 빌리든, 당신하고는 상관없잖아."

술 냄새나는 숨결이 여기까지 닿는다. 불쾌해야 할 냄새가, 한심하게도 잊고 있던 알코올의 거나한 느낌을 떠오르게 만들었다.

왼쪽에서 거친 구두 소리가 들려왔다. 몸집이 커다란 그림자가 이쪽으로 달려온다. 뭔가 소리치고 있었다. 세 모금째를 마시려던 류사이의 등이 펴지며, 겁먹은 비둘기가 떠오를 정도로 재빨리 발소리가 나는 방향으로 고개를 비틀었다. 눈도 비둘기같이 동그래졌다.

"뭐 하는 거야, 이 자식."

목소리의 주인공은 옷자락이 긴 코트를 입은 호스트 같아 보이는 남자였다. 그가 소리친 것은 우리보다 훨씬 앞에 있는 사람을 향해서였다. 구역 다툼인지도 모른다. 아우성치면서 눈앞을 달려간다. 젊은 여자 손님이 적어 초조해하고 있는 건 길거리 점술가만은 아닌 모양이다.

길거리 건너편에 있던 그림자가 골목길로 끌려들어 가는 것을 동그랗게 뜬 눈으로 살펴보던 류사이는, 컵 술을 갓길에 내려놓고 허겁지겁 다시 장사도구를 정리하기 시작했다. 테이블을 접고, 턱짓으로 내게 일어서라고 명령하며 의자도 정리한다. 누군가가 찾아올까 봐 두려운 듯 보였다. 서슬 퍼런 호스트의 모습이 류사이에게 뭔가 좋지 않은 사태를 생각나게 한 모양이었다.

접이식 테이블을 한 손에 들고, 또 한쪽 팔에 의자를 끼우고, 장사 도구 일체가 가득 찬 종이봉투를 손에 걸어 늘어뜨리고 나니, 양손이 막혀 버렸다는 사실을 깨달은 모양이다. 아직 반쯤 남아 있는 컵 술에 슬픈 시선을 흘린다.

"그거, 주지."

은혜를 베푸는 듯이 말하고는 나와 3만 엔 달성의 가능성을 내버려 둔 채, 역 쪽으로 사라져갔다.

누가 마시다 남긴 술 따위 마실까 보냐. 어제와는 다르다. 마음만 먹으면 직접 살 수 있는 돈이 있다. 아무렴, 어중간하게 마시면 새 술이 마시고 싶어지잖아.

술 냄새를 떠올린 코를 싸구려 술의 들쩍지근한 향기가 유혹해온 다. 나는 넉넉히 반 정도 남아 있는 컵을 손에 들었다. 물론, 얼른 공원 쓰레기통에 던져 넣을 생각으로. 언제까지나 냄새를 풍기고 있 는 건 참을 수 없다.

공원 한구석. 나란히 두 개 놓여있는, 철조망으로 만든 쓰레기통의 타지 않는 쓰레기 쪽으로 던져 넣었다. 텅 빈 컵을——.

마시고 말았다.

위장이 뜨거워졌다. 타고 남은 숯불 같은 은근한 열이 서서히 몸에 퍼진다. 체온이 아주 약간 올라간 것 같았다. 일주일 동안 여기저기 걸어 다니느라 단단하고 무거운 철판이 되어 버린 온몸의 근육이, 느릿하게 풀려가는 것이 느껴진다.

한 잔만 더 있으면 이 추위를, 아픈 몸을, 그리고 아픈 마음마저도 잊을 수 있으리라. 나의 몸은 술의 맛이 아니라 약효를 바라고 있었다. 손이 주머니 속에 든 방금 얻은 동전으로 뻗는다.

하지만 뻗은 손을, 마음의 손이 찰싹 때렸다.

뭘 하는 거야. 한 푼 없던 어제는 죽음마저 각오했으면서 고작 하루, 고작 천 엔 조금 넘는 돈을 손에 쥐었을 뿐인데 이 꼴이냐? 여기서 버티지 않으면 절대 길바닥에서 기어 올라갈 수 없어.

주머니를 더듬던 손을 움츠리고, 하지만 다시 찔러 넣는다.

컵 술 중에는 작은 병도 있다. 그 정도라면 괜찮지 않나. 오늘의 노동에 대해 자신에게 주는 작은 상으로.

몇 번이나 동전을 쥐었다가 놓았고, 그때마다 자문자답을 되풀이했다. 류사이는 어디까지 가서 사 온 건지, 근처에 술 자판기가 보이지 않는 게 다행이었다. 눈앞에 있었다면 망설이지 않고 돈을 집어넣었으리라.

안 된다. 술은 안 된다. 자는 나카무라 외에는 아무도 없는 공원에서 혼자 부르르 고개를 흔들었다. 술을 마셔서 제대로 된 일이 없다. 한 번도.

미나코가 떠난 후 나는 매일 술을 마셨다. 한밤중까지. 때로는 아침까지. 나 혼자에겐 너무 넓은, 방의 공허함을 메우기 위해서. 쫓아내도, 쫓아내도 떠오르는 후회와 의문과 의심을 뿌리치기 위해서. 좀처럼 찾아오지 않는 졸음을 손에 넣기 위해서.

너무 마시는 바람에 다음날 침대에서 일어나지 못해, 꾀병을 부려 결근했던 날이 얼마나 많았던가.

기어가듯이 직장에 출근해도, 깨질 듯한 머리가 숫자를 거침없이 토해내는 고객의 문의전화를 받아들이지 못해, 얘기하는 척하며 벌써 끊어진 수화기를 계속 쥐고 있던 적이 몇 번이나 있었던가.

오후 3시에 후장(後場)이 마감되면 외근을 나가는 것이 영업부의 일과였지만, 대개는 자기 편한 소파가 있는 찻집으로 직행했다. 밤에는 전혀 졸리지 않았으면서, 졸면 안 되는 낮이 되어야 간신히 수마(睡魔)가 찾아오기 때문이다.

회사는 나를 정당하게 평가하지 않는다. 경영진의 무능함 때문에 날아든 실적 부진이라는 청구서를 회사는 나에게 짊어지게 했다. 해고가 결정되었을 때 주위 사람들에게는 분개하며 그렇게 말했지만, 사실은 알고 있었다. 회사는 똑똑히 꿰뚫어보고 있었던 것이다. 나는 이제 써먹을 수 없게 되었다는 사실을.

잘린 직후에 내장이 망가지고 마신 순간 구토감이 덮쳐오게 된 덕분에, 간신히 폭음 습관에서 벗어날 수가 있었다.

술은 사람을 구해 주지 않는다. 익사하게 할 뿐이다. 알코올에 전 뇌수로 아무리 생각해봐도, 나는 미나코가 나간 이유를 알 수 없었다. 그건 지금도 마찬가지다. 그래서 이혼서류에는 사인하지 않았고, 앞으로도 할 생각이 없다.

미나코와 처음 만난 건, 딜링룸에 막 배속되었을 무렵이었다. 증권회사는 암흑의 시대에 돌입했고 동기들은 반수 가까이 줄어들었지만, 인기 부서에 발탁된 나는 출세의 계단을 훌쩍 건너뛰어 오르고 있다고 생각했다.

4살 연하인 미나코와 어떻게 만났는지, 누가 물어보면 친구를 통해서라고 설명했지만, 실은 미팅에서 만났다. 그 당시엔 아직 증권맨은 결혼을 전제로 한 교제 상대로서 손색이 없다고 여자들에게 평가받고 있었다.

처음에는 내가 적극적으로 불러내곤 했지만, 다섯 번째인지 여섯 번째 데이트에서 섹스한 후에는, 오히려 미나코 쪽이 적극적이었던 것 같다. 영문을 알 수 없는 희열에 들떠, 만난 지 1년 만에 프러포즈했다.

확실히 결혼 초기부터 대화가 많은 부부라고는 하기 어려웠다. 단한 번의 실수로 억 단위 돈이 사라지는 직업은, 24시간 내내 스트레스에 시달리게 만든다. 쉬는 날에도 '마음이 편하지 않다, 빈껍데기만 남았다'든가 하면서, 부부끼리 어딘가로 외출하거나 느긋하게 얘기를 나누려고 하지 않았다. 지점영업으로 이동당하고 나서도, 내가 회사에 뭔가 실수를 한 건 아닐까 걱정하고, 그 실수가 무엇인지도 모르는 채 만회하기 위해서 밤도 휴일도 희생하며 일했다.

하지만 회사 일로 미나코에게 불평을 흘린 적은 거의 없었고, 초조해져 화풀이한 적도 없었을 터다. 그건 자신이 '패배자 그룹'이 되었다는 사실을 아내에게 인정해 버리는 꼴이니까. 아이가 있었다면 조금 달랐을까? 하지만 아이를 만들지 않겠다는 선택은 결혼했을 때부터 결정했던 일이다. 만약 아이가 있었다 해도, 제대로 된 아버지는 되지 못했으리라 생각한다.

십 년 동안 딱 한 번 바람을 피웠는데, 그건 결혼한 지 4년째의 일로, 게다가 아주 잠깐이었다. 오히려 나는 미나코가 나간 원인이 그녀가 바람나서라고 의심했었다 ──.

마지막으로 미나코와 이야기를 나눈 건 언제였을까. 미나코의 친정에는 몇 번이나 연락을 취해봤지만, 여기에는 없고 좀처럼 연락도 안 한다는 냉랭한 대답이 돌아올 뿐이었다. 나간 지 얼마 되지 않았을 때는 극히 드물게, 휴대전화에 발신번호 표시제한으로 전화가 걸려왔다. 언제나 똑같은 내용이었다.

'서류에 도장을 찍어주지 않는다면, 이혼소송을 할 거에요.'

지금은 그런 전화조차 없다.

주저하는 사이에, 약간의 술이 준 어렴풋한 열기는 차가운 바람을 타고 순식간에 날아가 버렸다. 바람은 술을 향한 갑작스러운 갈망도 식혀주었다.

나는 어두운 밤을 향해 한 번 한숨을 떨구었다. 화장실 물이라도 마시고 자자. 자신의 '집'으로 돌아가려던 순간, 공원 바깥에서 누군가 말을 걸어왔다.

"어이, 너."

고압적인 어조. 누구야, 건방지게. 노기를 띠며 돌아본 나의 위세는, 공원 입구에 선 실루엣을 본 순간 단숨에 시들어버렸다.

체구가 떡 벌어진 남자였다. 펀치퍼머[8]를 얹어놓은 사각형 얼굴에 패션 선글라스를 끼고 있었다. 진짜 모피처럼 보이는 표범무늬 코트 밑으로 금목걸이가 반짝이고 있다. 선량한 시민이 아님을 스스로 고백하는 패션. 같은 처지인 사람에게서 보잘것없는 돈을 뜯어내려는 노숙자 야쿠자가 아니라, 어엿한 현역 야쿠자처럼 보였다.

법률도 경찰도, 길바닥에 사는 인간은 지켜주지 않는다. 노숙자라는 사실이 들키면 발목이 잡혀 버린다. 있는 힘껏 허세를 부리며 대답했다.

"무슨 일인데."

"여기서 점쟁이 하나 못 봤나."

---

8) パンチパーマ : 짧게 깎은 머리에 잘게 퍼머넌트 웨이브를 낸 남성 머리 모양.

류사이가 두려워했던 건 이 녀석인가. 의리를 내세울 만한 사이는 아니지만, 지금 현재 유일한 일거리의 고용주다. 무사히 있어주지 않으면 곤란하다.

"아니······."

입 밖에 내려던 부정의 말이 목구멍에 걸려 버렸다. 남자가 패션 선글라스를 벗고 이쪽을 노려보았기 때문이다. 가로등에 비친 가느 다란 두 눈은 잘 벼린 나이프 같았다.

"······어땠더라."

남자는 얼굴 속의 나이프를 더욱 날카롭게 갈며, 넓은 어깨를 사나 운 동물이 위협하듯이 으쓱거렸다.

"있었던 것 같은 기분도 드는걸······."

"너, 여기에 살잖아."

들켰나. 금방 대답하지 않자, 안달이 난 듯이 길바닥에 침을 뱉었 다. 나는 '있었습니다'라고 순순히 대답하고 싶어졌다. 남자는 침을 토한 김에 말한다는 듯이, 성급하게 뒷말을 잇는다.

"니시키가 오면, 전해."

"니시키?"

"녀석 이름이야. 녀석이 늘 여기서 장사하고 있는 거, 모르는 거 아니잖아."

"아아······아니, 어어."

"지금까지처럼 여기서 장사하고 싶으면, 낼 건 제대로 내라고. 알 았지."

류사이가 말한 빚이라는 건, 야쿠자에게 낼 자릿세 얘기였던 모양 이다. 옷장에 표범을 한 마리 짊어진 듯한 남자의 뒷모습을 바라보며,

나는 생각했다. 쉬운 일이란 없다. 수입이란 스트레스와 맞바꾸지 않으면 얻을 수 없는 건가. 증권 딜러도, 길거리 점술가도.

4

툭.

이마에 느껴진 충격은, 자고 있던 내게 몽둥이로 쿡쿡 찔리는가 싶을 정도로 강렬해서, 처음에는 그것이 빗방울이라는 사실을 깨닫지 못했다.

툭.

이번에는 방금 뜬 눈을 제대로 친다. 일 초 전에 눈에 들어온 회색 풍경이 흐릿해지며 윤곽을 잃었다.

비다.

종이상자 하우스 생활 이틀째. 나를 깨운 건 추위도 만성화한 근육통도 아니라, 비였다.

언제부터 내렸는지, 이불 삼아 덮고 있던 신문지는 물을 머금어 거무스름해졌다. 황급히 벌떡 일어났다. 어젯밤 열 몇 장의 종이상자로 증축했던 마이 홈은, 손발을 뻗을 수 있을만한 넓이와 지면에서 올라오는 냉기를 대폭 완화해 줄 만큼 두꺼운 바닥, 바람이 불어도 쓰러지지 않는 튼튼한 벽을 갖추게 되었지만, 공교롭게도 지붕에는 손을 대지 못했다.

외벽용 종이상자를 벗겨 머리에 뒤집어쓴다. 빗줄기가 세진 않지만, 옆으로 들이치는데다가 지독하게 차갑다. 아니, 빗줄기가 세니 약하니 같은 소리를 할 수 있는 건 따뜻한 방 안에서 하늘을 올려다볼 때의 이야기고, 하늘 바로 밑에서 자는 몸이 되면, 어떤 비든 내리는 순간 그곳은 안주할 땅이 아니게 된다. 하물며 겨울비다. 지금 감기에 걸렸다간 비유가 아니라 말 그대로 치명상이 되리라.

오전 7시. 동지가 지난 지 얼마 되지 않은 걸 고려하더라도 이미 아침이 시작될 시각이지만, 주위는 구정물 같은 어둠으로 둘러싸여 있었다. 비는 점점 거세어져, 어스름한 배경 속에서 은색 실이 되었다. 피난하는 수밖에 없다. 베개 삼고 있던 잡지 다발 옆에 놓인 김도시락을 껴안고, 지붕 달린 벤치로 향했다.

나카무라는 여전히 벤치 위가 아닌 벤치 옆 땅바닥에 종이상자를 깔고 자고 있었다. 둘둘 만 담요는 흠뻑 젖어 있을 테지만, 언덕처럼 솟은 실루엣은 미동도 하지 않는다.

"어이, 비야."

때가 져 반질거리는 담요를 되도록 만지지 않으려고 노력하며, 머리 부분인 듯한 곳을 손가락으로 쿡쿡 찔렀다. 역시 움직이지 않았다.

"일어나. 다 젖어 버리겠어."

윈드브레이커 안에서 신문지를 끄집어내, 그것으로 장갑을 대신하며 어깨 부근을 흔들었다. 부스럭하고 담요가 움직였지만, 움직였을 뿐이다. 과연 프로 노숙자. 진눈깨비로 변해도 이상하지 않을 이 빗속에서 잘도 숙면을 취할 수 있군——.

그런 감탄 같은 걸 하고 있을 때가 아니다. 목덜미 틈으로 흘러든 비가 등줄기에 냉각수를 주입한 것처럼 몸을 떨게 만든다. 귀 근처에 얼굴을 대고 소리쳤다.

"비라고! 일어나!"

그리고 내게도 벤치 지붕을 빌려 줘.

담요가 벌떡 튀어 올랐다. 나카무라가 눈을 동그랗게 뜨고, 두 귀를 막으며 몸을 일으킨다. 환경의 변화에는 둔감하지만, 귀는 민감한 모양이다.

"비야, 비라고."

나카무라는 큰소리를 내지 말라는 듯이 귀에 손가락을 찔러 넣으며 고개를 흔든다. 눈을 깜빡이고 하늘을 올려다보며 중얼거렸다.

"아아."

손바닥을 내밀어 비가 어느 정도인지 확인하더니, 고개를 위로 구십도 가까이 꺾어 크게 입을 벌렸다. 혀를 길게 내밀어 빗물을 받는다. 묘한 남자다. 둔하게 보이기도 하고 우아하게 보이기도 하는 몸짓이었다.

"아음."

뭘 납득한 건지 살짝 끄덕이고, 종이봉투에서 명반을 녹인 녹차 병을 꺼낸다. 그것을 머리에 뿌리고, 비 아래로 머리를 쑥 내밀더니, 손가락을 구부려 머리카락을 쥐어뜯기 시작했다. 어떻게 된 녀석이냐. 빗물로 샴푸를 하신다.

한바탕 머리를 감더니, 숙이고 있던 머리를 치켜들었다. 긴 머리카락이 공중에 호를 그리며 물방울이 포물선 모양으로 튀었다. 살짝 눈을 감고는, 두 손을 뒤로 돌려 머리카락을 정돈한다. 괴상한 동작이지만, 이 남자가 하면 어째선지 뭔가 중요한 의식처럼 보이니 신기한 일이다.

병을 내밀기에 고개를 저었다. 당치도 않다. 건너편 빌딩 표시로는 기온이 4도. 이쪽은 폭포수를 맞으며 수련이라도 하듯 흠뻑 젖은 나카무라의 모습을 보고 있기만 해도 부들거리는 몸이 멈추지 않는다.

벤치 위에는 등나무 시렁 모양으로 철근이 짜여 있지만, 지붕다운 역할을 하는 건 날개를 본뜬 모양의 투명한 플라스틱이 끼워진 가운데 부분뿐이다. 세상 물정 모르는 공무원이 야심만만한 설계사에게 속았다고밖에 생각할 수 없는 구조라, 비스듬하게 불어 드는 비에는 변변한 도움이 되지 않는다. 조금이라도 비를 피하고자 벤치 위에 서서, 도시락이 젖지 않도록 껴안고 나카무라에게 물었다.

"평소에 비 올 때는 어떻게 해. 어딘가에서 비를 피하나?"

고개를 쑥 내밀고 또 빗방울을 핥아 먹기 시작한 나카무라가 돌아본다. 케이프처럼 몸에 두른 담요로 시선을 떨어뜨리고, 그것이 젖어 있다는 걸 이제야 깨달았다는 표정을 짓는다. 어깨를 움츠려 보이더니 공원 한구석을 가리킨다.

집게손가락이 가리키는 건 공원 화장실이었다. 확실히 제일 손쉬운 장소지만, 내키지는 않았다. 굉장히 냄새나고, 바닥 전체가 소변 때문에 미끈거린다. 볼일이 없는 한 오래 있고 싶지 않은 곳이다.

나카무라는 비에 당황하는 기색도 없이 화장실로 걸어간다. 미안하지만 나만 편의점으로 피난하자. 자란 수염을 긁어내 버리듯 쓰다듬으며 생각했다. 나카무라와는 달리, 아직 나는 일반인으로 보일 테니까. 아마도.

나카무라는 화장실에 들어간 것이 아니었다. 화장실을 우회해 공원을 둘러싼 울타리 근처에 세워진, 페인트로 방재창고라고 적힌 조립식 오두막으로 향했다. 아니, 아니다. 방재창고 뒤로 돌아간다. 웅크리고 앉아 울타리와 창고의 좁은 틈에 손을 찔러 넣고 있다.

양손으로 뭔가를 안아 들었다. 다발로 묶인 우산들이었다. 반은 투명한 비닐우산이지만, 여자들이 드는 컬러풀한 우산도, 손잡이가 나무인 검은 신사용 우산도 있다.

우산을 잔뜩 껴안고 돌아온 나카무라는, 길쭉한 팔을 뻗어 등나무 시렁 무늬 위로 우산을 쑥 내밀더니, 철근 위로 펼쳤다. 손을 떼자 물방울무늬 우산이 툭 떨어지며, 자그마한 지붕을 만든다.

간격을 두고 또 하나. 그리고 또 하나.

투명, 반투명, 하늘색, 핑크, 물방울무늬. 색색의 우산이 등나무 시렁 문양 위에서 꽃핀다. 본인밖에 알 수 없는 규칙성이 있는 걸까, 한 장의 그림을 보는 듯한 배색이다. 순식간에 벤치는 우산으로 그려진 추상화로 뒤덮였다.

지붕을 다 이은 나카무라는, 위에서 뻗어 내린 우산 손잡이 중 몇 개를 이용해, 젖은 담요를 말리기 시작한다.

"으음 그럼, 실례해도 될까."

등나무 시렁 철근의 기둥을 노크하며 머뭇머뭇 물어보았다. 끄덕인 것처럼 보이기에 우산 지붕 밑으로 들어갔지만, 돌아본 나카무라가 고개를 옆으로 저어 버렸다.

"아, 미안."

벤치에 걸터앉으려던 엉덩이를 엉거주춤 띄운다. 나카무라는 내 종이상자를 가리켰다. 자기 있을 곳으로 돌아가라는 뜻인가 싶었지만, 그렇지 않았다. 손가락을 휙 안쪽으로 구부린다. 이쪽으로 가지고 오라는 거다.

"저걸 여기로?"

크게 끄덕인다. 확실히 여기서 종이상자가 더 젖어 버리면, 당분간 써먹을 수 없게 될 터다. 나는 마이 홈을 해체하기 위해서 힘차게 튀어 나갔다.

두 번 왕복해 종이상자를 옮겨 들인다. 나카무라는 고참 죄수처럼 자신의 종이상자 위에 책상다리하고 앉아, 지저분한 타월로 머리를 닦고 있었다. 자세히 보니 타월이 아니다. 가장자리가 레이스 모양이다. 식탁보였다.

비가 내리는 건 익숙한 모양이다. 식탁보를 터번처럼 머리에 감고, 느긋하게 폐기 도시락을 먹기 시작한다. 나는 피해가 작은 종이상자를 깔고, 조금 떨어진 곳에 앉았다. 머리 위에선 비가 우산을 두드리는 소리가 이어지고 있다. 여기저기에서 비가 새고 있긴 하지만, 우산의 지붕 효과는 완벽에 가까웠다.

나카무라는 눈 깜빡할 사이에 도시락을 비우고, 바나나를 한 송이 꺼냈다. 피크닉을 나온 듯한 한가로운 몸짓으로, 하나를 꺾어 껍질을 벗기기 시작한다.

옆에 내던져진 우산 다발은, 지붕 대신 쓰고 있는 걸 빼도 아직 스무 자루 이상이나 남았다. 이렇게 많은 우산을 어디서 모아 온 걸까. 쓰레기로 버려진 것치고는 하나같이 아직 한참은 쓸 수 있어 보이는 것들뿐. 새 제품이나 마찬가지인 것도 있었다.

"이 우산, 어디서 난 거야."

대형고양잇과 동물의 미소가 돌아왔을 뿐이었다. 대답 대신에 바나나를 하나 내민다. 껍질은 새카맣게 변색해 있지만, 그런 만큼 달콤한 향은 강렬하다. 사양하지 않고 받는다.

"오늘도 편의점에 갈 건가."

나카무라가 끄덕인다.

"나도 따라가도 될까."

인심 좋게 고개를 끄덕였다. 이렇게 되면, 또 얻어먹을 수 있을 것 같았다. 갑자기 배가 고파졌다. 나도 도시락을 먹기로 했다. 나카무라가 널어 말린 담요에서는 축축한 양말 냄새가 풍겨오지만, 빗속에서 젖은 생쥐 꼴이 될 걸 생각하면 대단한 문제는 아니다. 콧구멍을 오므리며 김도시락에 덤벼든다. 도시락은 매우 딱딱하게 식어있어서, 젓가락을 박았더니 도시락 전체가 사각형으로 들려 버렸다. 어제까지 기아에 시달린 것에 비하면, 이것도 대단한 문제는 아니었다.

한 시간쯤 지나니, 벤치 아래가 옅은 핑크색이며 파란색으로 물들기 시작했다. 이 추위 속에 낙타색 내복과 턱시도뿐인 얇은 차림으로 자는 나카무라의 뺨은 옅은 보라색이다. 해가 다시 나자 빛이 우산천의 빛깔을 비추기 시작한 것이다.

손을 내밀어 비가 어느 정도 내리는지 확인한다. 꽤 잦아들었다. 고개를 쑥 내밀고 하늘을 올려다보았다. 나도 모르는 사이에 입을 열고, 혀를 내밀고 있었다.

또 ──. 또 나카무라의 행동을 흉내 내 버렸다. 어째서일까. 저 남자의 일거수일투족을 보고 있으면, 나도 똑같은 행동을 해보고 싶어진다. 테라피스트라면 설명할 수 있는 심리일까. 누가 보고 있었던 것도 아닌데 겸연쩍은 마음에 고개를 움츠리고, 누군가에게 변명하듯이 바로 옆에 있는 커다란 등을 향해 말을 걸었다.

"어이, 이제 갰어."

나카무라가 크게 하품하며 일어난다. 널어 말린 담요를 쥐고 얼마나 말랐는지 확인해보지만, 단념한 듯 어깨를 움츠리며 터번으로 감고 있던 식탁보를 목에 감았다. 오늘은 머리를 묶지 않고, 부스스한 머리 그대로 흔들흔들 걷기 시작한다. 나도 뒤를 쫓는다.

나카무라가 발을 멈춘 곳은, 어제 처음에 들어갔던 편의점이다. 점원은 어제와는 다른 사람이었지만 역시 아르바이트생인 듯한 젊은 남자다. 나카무라의 모습을 본 순간, 기쁜 듯이 빰이 풀어져 편의점 뒤로 달려갔다. 도시락이며 빵, 주먹밥이 묵직하게 든 편의점의 비품 바구니를 손에 들고 돌아온다.

"기다리고 있었어요, 슬슬 내 로테이션 때 오지 않을까 싶어서요."

"고마워, 덕분에 살았습니다."

나카무라가 예의 인상적인 목소리로 그렇게 말하자, 점원은 할리우드 영화배우가 '유 아 웰컴'이라고 한 것처럼 요란하게 어깨를 움츠리며, 양손을 펼쳤다.

"아, 봉투 없죠, 금방 비닐봉지에 넣어줄게요."

어제의 젊은이보다 쾌활하고, 나카무라에게 흥미가 있어 얘기하고 싶어 하는 게 훤히 보였다. 스물다섯은 넘었을 나이에 덥수룩하게 파마기가 있는 머리카락과 아니꼬운 검은 테 안경. 밴드 혹은 연극이나 아트를 하는데요, 먹고 살 수 없어서 여기서 일하고 있습니다——라는 분위기다. 옆에 선 내게 아주 잠깐 수상쩍은 시선을 흘깃 보내더니, 나카무라에게로 웃음 띤 얼굴을 돌렸다.

"여전히 수수하시네요."

턱시도에 맨다리, 식탁보 머플러. 이 점원에게는 나카무라의 초현실적인 풍모가, 그가 지향하는 분야의 카리스마처럼 보이는지도 모른다. 나카무라가 한 손을 들어 작별 인사를 하자, 중요한 사명을 완수하기라도 했다는 듯이 가슴을 젖혀 보였다.

첫 번째 편의점부터 대어다. 나카무라는 어제와 마찬가지로 편의점을 나와 바로 있는 입간판 위에서 수확을 확인한다. 놀랍게도, 김을 두른 주먹밥 여섯 개 전부를 내게 내밀었다. 네 개 있는 도시락 중에 김도시락은 없어서, 그것을 자기 쪽으로 끌어당기며 '이쪽은 전부 가져가도 될까'라는 표정을 짓는다.

"물론."

당황해 끄덕이자, 세 개 있는 과자빵 중 초콜릿 소라빵만을 주머니에 찔러 넣고서, 나머지 두 개를 미안하다는 듯이 내게 쥐여 주었다.

얼마나 무사(無私)하고 물욕 없는 남자인지. 무사함이란 요즘은 바보와 동의어나 마찬가지인데. 류사이에게서 들은 이야기를 믿자면 바보는 아니라도, 머리 나사가 조금 느슨해진 모양이지만, 그렇다 해도 요 일주일 남짓, 자기 욕심만 채우는 모습들만 보아 왔던——아니, 일주일 정도가 아니라 최근 몇 년인지도 모른다——내게는, 그가 현실 속의 인간처럼 보이지 않았다.

"고마워, 이 빚은 언젠가 갚을 테니까."

나카무라가 도저히 어른이라고는 생각할 수 없는 맑은 눈동자로 이쪽을 바라본다. 어디를 보고 있는지 알 수 없는, 나의 모든 것을 꿰뚫어 보는 듯한 애매한 시선이다. 무슨 뜻인지 모르겠다는 듯이 천천히 고개를 갸웃거리더니, 부처상처럼 조용히 미소 지었다.

그 얼굴을 본 순간, 나의 뇌리에 어떤 환영이 떠올랐다. 높고 커다란 실루엣이다. 나는 머릿속에서 그 그림자를 올려다보고 있다. 하지만 안개에 둘러싸여 있는지 그것의 선명한 모습은 알 수 없다. 뭘까, 이것은. 머릿속에서 어렴풋한 그림자를 바라보며, 눈앞에 서 있는 나카무라에게 말했다. 왜 그런 말이 입을 뚫고 나왔는지 자신도 잘 모르겠지만.

"자네는, 뭔가 될 사람이야. 분명 언젠가 온 세상이 자네를 필요로 할 때가 올 거야. 뭔가 할 수 있는 일이 있다면, 나도 돕도록 하겠네."

나카무라가 또 곤혹스럽다는 듯이 그리스 조각상 같은 미소를 띠었다.

남에게서 폐기 도시락을 나눠 받고 있는 주제에, 나는 생각했다. 조직에서 일하는 건 이제 싫다고. 의자 뺏기 게임을 하러 돌아가고 싶지 않다. 노숙자 신세를 탈출해 일을 얻는다 해도, 돈을 모아서 뭔가 비즈니스를 시작해야겠다는 생각이 든다. 그것은 그것대로 새로운 의자 쟁탈전의 시작일 테지만, 남에게 명령받으며 눈가리개를 한 채 게임에 참가하는 것과 자신의 의지로 자기 의자를 획득하는 것은, 무척 다를 터다.

나카무라가 다음에 향한 곳은, 도로 건너편의 편의점이다. 하지만 곁눈질로 흘깃 시선을 던지기만 할 뿐 그냥 지나쳐갔다.

어째서일까. 나도 편의점 안을 들여다본다. 계산대에 서 있는 사람을 보고, 곧 이해했다.

어제의 여자가 아니라, 사장 같아 보이는 중년 남자였다. 아무리 나카무라라도 그 존재가 만인으로부터 축복받는 건 아닌 모양이다. 폐기 도시락 수거는, 자신을 지지하는 이들이 혼자서 가게를 지키고 있는 시간대를 노리는 것 같다.

대로를 잠시 걸어가다가 오른쪽으로 꺾는다. 조금 앞쪽에, 들은 적이 없는 체인 이름을 단 자그마한 편의점이 있었다. 요즘 분위기로 개장한 개인 슈퍼마켓인지도 모른다.

나카무라는 문 앞쪽에 멈춰 서서, 고개를 뻗어 안쪽 상황을 살핀다. 나도 옆에서 고개를 뻗는다. 가게 안은 어수선했다. 종이상자에 들어 있는 채로 상품이 여기저기 진열되어 있고, 반찬이며 청과도 늘어놓여 있다. 계산대 앞에는 사람의 모습이 없고 가게 안쪽에 몸을 웅크린 여점원의 엉덩이가 보였다.

나카무라는 자동문 앞에 서서, 문이 열리자 팔만을 안으로 뻗어 문 안쪽을 노크했다.

앞치마 차림의 점원이 돌아본다. 신경질적인 얼굴을 한, 초로에 가까운 여자다.

"실례해도 될까."

나카무라가 말을 건 순간, 여자는 들어 올리려던 종이상자를 바닥에 내려놓았다. 허리 통증을 견디는 듯이 찌푸린 얼굴이 순식간에 웃음을 띠었다.

"아아, 어서 오시게. 오랜만이잖아. 좋을 때 왔어."

어서 와, 어서 와 하며 나카무라를 불러들인다. 부름을 받지는 않았지만 나도 안으로 들어간다.

"이걸 저쪽으로, 부탁해."

부탁이라는 건 페트병이 든 종이상자를 옮기는 일이었다.

"응."

나카무라는 고분고분한 건지 거만한 건지 잘 알 수 없는 대답을 하고, 500㎖x24라고 적힌 상자 두 개를 가볍게 안아 들어 청량음료수

코너로 옮긴다. 과연, 일방적으로 베풂을 받는 건 아닌 모양이다. 점원들과 우호 관계를 쌓기 위해서는 이런 서비스도 필요한 것이다.

나카무라를 따라 한 상자를 들어 올리자, 나를 우연히 함께 들어온 손님이라고 생각했는지, 여자가 놀란 표정을 지었다.

"친구?"

"응."

둘이서 두 번 왕복. 여섯 개의 종이상자를 모두 다 옮기자, 여자가 가게 안쪽에서 도시락이며 반찬 팩을 한 아름 껴안고 나와 나카무라에게 내밀었다. 나카무라는 냄새를 눈치 채이지 않도록 몸을 뒤로 젖히고 있었다. 대형 체인점과는 달리 관리가 구석구석 되고 있다고는 보기 어려운 가게 안에는 비 때문인지 젖은 걸레 비슷한 냄새가 감돌고 있어서, 여자가 나카무라의 냄새를 신경 쓰는 기척은 없었다.

"감자는 상하기 쉬우니까, 크로켓은 먼저 먹으렴."

나카무라의 손목에 앞서 편의점 도시락이 가득 담긴 비닐봉지가 매달려 있는 것을 보더니, 여자는 대항의식이 불타올랐는지 '아직 더 있거든' 하고 가슴 앞에서 손바닥을 펼쳐 보이며 안쪽으로 돌아갔다.

이번에는 종이상자를 끌고 왔다. 안에는 잘라낸 무청, 양배추 겉쪽의 단단한 껍질, 거무스름해진 바나나가 몇 개.

"채소도 제대로 섭취해야지. 별로 못 먹지?"

마치 오랜만에 찾아온 조카에게 말을 건네는 듯한 말투다. 최후의 마무리라는 듯이, 청과 선반에서 너무 익어버린 토마토를 하나 꺼내 들어 상자 안에 넣는다. 토마토를 싫어하나. 나카무라가 얼굴을 찌푸리고 있었다.

"어라, 비 와?"

나카무라의 머리가 젖어 있는 것을 보고, 여자가 또 손바닥을 펼친다. 돌아오는 손에는 비닐우산 두 개를 쥐고 있었다.

"우산 없지. 가지고 가. 놔 둬봤자 어차피 아무도 가지러 안 오니까."

저 대량의 우산을 어디서 입수한 건지, 이제야 이해가 갔다. 비가 내릴 때마다 편의점에서 선물 받는 모양이다. 이런 가게에는 우산을 두고 가는 일이 많아서, 처분이 곤란했으리라.

"고마워."

나카무라가 꿈지럭거리듯 중얼거리자, 여자는 못 말린다니까 이 아이는——이라는 얼굴로 마주 웃어준다. 대량의 공물에 양손이 차 버린 나카무라를 대신해, 내가 우산을 받아들었다.

"고맙습니다."

나카무라를 흉내 낸 그리스 조각상 같은 미소를 띠어보았지만, 쳐다봐 주지도 않았다. 사람에게는 각자 주어진 '몫'이라는 게 있는 모양이다.

한없이 예의 바른 나카무라는 반찬과 도시락의 반을 넘겨주었다. 이것으로 오늘의 노동은 끝인 모양이다. 분배를 마치자, 빠른 발걸음으로 공원으로 돌아가는 길을 더듬어가기 시작한다. 내 몫은 반찬 크로켓과 채소 어묵, 도시락 두 개.

도시락은 두 개 모두 김도시락으로, 새우튀김과 닭튀김은 당연한 듯이 나카무라가 손에 들었지만, 물론 불평을 할 이유는 없다. 바지와 윈드브레이커 주머니 전부를 불룩하게 만들고 있는 조금 전의 주먹밥과 빵들을 합치면, 이삼일은 버틸 수 있는 양이었다. 오히려 칼로리

과다가 걱정이다. 비타민C도 있다. 채소 쪼가리도 나누려 하는 나카무라의 모습에 고개를 저으며 사양했더니, 억지로 토마토를 건네주었다.

교차점에서 신호를 기다리고 있으려니, 잦아들었던 비가 다시 내리기 시작했다. 아까 받은 우산을 펼쳐, 짐 때문에 두 손을 쓸 수 없는 나카무라에게 씌워주었다.

깜빡하고 우산을 가져오지 않고 나온 듯한 사람들이, 가방이며 종이봉투로 머리를 가리고 달려간다. 아무리 많은 걸 소유하고 있더라도, 필요한 때에 필요한 게 없으면 의미는 없다. 비에 쫓겨 달려가는 사람들을, 한때나마 사소한 우월감에 젖어 바라보며 생각한다. 그래, 필요한 때에 필요에 응해 사용하지 않으면, 지폐 다발도 그저 종잇조각일 뿐이다.

비에 이어, 문득 머릿속에서 뭔가가 번뜩였다. 내가 할 수 있는 새로운 비즈니스에 대해서.

"저기, 나카무라 군, 아까 우산 말인데. 저거, 전부 서른 자루는 넘게 있었지."

나카무라는 종이상자를 껴안고 있는 손가락을 세 개 들고, 이어서 두 개를 들었다. 32개라는 뜻인 모양이다.

"그걸 반 정도——아니, 가능하면 비 오는 날에 쓰지 않는 걸 전부, 내게 양보해 주지 않겠나. 공짜로 달라고는 하지 않을게——."

바지 안쪽 주머니에 넣어 둔 1,320엔의 감촉을 확인하고서 말했다.

"한 자루에 10엔이면 어떨까."

나카무라는 고개를 갸웃거렸다. 소득이 문제가 아니라, 내 말의 의미를 모르겠다는 듯이.

"물건이 더 좋은가? 아주 조금이지만 돈은 있거든. 컵 술 정도라면 사 줄게. 술은 마시나?"

고개를 끄덕이고 나서, 옆으로 흔든다. 술은 마시지만 필요 없다는 건가.

"그럼, 뭐가 좋은가, 녹차? 커피?"

"초콜릿 데니쉬."

나카무라가 진지한 얼굴로 이쪽을 돌아본다.

"그 정도쯤이야."

나는 웃는 얼굴로 대답했다. 비즈니스에는 밑천이 필요하다.

5

광장 위를 뒤덮은 낮고 두꺼운 구름 틈 사이로 엷은 빛의 기둥이 지상을 향해 뻗어 있다. 그것이 대성당 천장의 프레스코(fresco)라도 되는 듯 보이는 건, 저 너머의 연단에서 선교사가 스피커를 통해 신의 복음을 떠들어대고 있기 때문이리라.

"주는 말씀하셨습니다. 만약 네가 나의 말을 믿지 않는다면, 너는 너의 죄 안에서 죽을 것이라고."

주변 일대에는, 거룩한 말씀에 그다지 어울리지 않는 국물의 향기가 감돌고 있다.

수요일. 무료급식이 매주 이날에 열린다는 사실은 나카무라에게서 들었다. 들었다고는 하지만, 여전히 이쪽 질문에 끄덕이든가 고개를 옆으로 젓든가 하는 식이라서, 말로써 들은 것은 '수요일, 12시'라는 두 단어뿐이다.

모여든 노숙자 중 가장 앞줄에 있는 무리는, 가득 담아 받고자 성서를 펼치고 선교사의 말에 귀를 기울이는 척하고 있지만, 내가 서 있는 후방에서는 어느 누구나 귀보다 코를 풀가동하고 있었다. 오늘의 급식 메뉴에 관해, 여기저기에서 열심히 논의가 이뤄지고 있다. '고기 우동이 아닐까'라는 의견이 많다. 고마운 일이다. 면류는 오랜만이다.

공원에서 살기 시작한 지 5일이 지났다. 나카무라는 폐기 도시락을 매일같이 모으러 나갔고, 어김없이 반을 나눠주기 때문에 음식은 부족하지 않다. 지금 현재도 공원에 있는 나의 집에는 주먹밥 4개와 김도시락 하나가 저장되어 있다. 이곳에 온 이유는, 평소에는 입수할 수 없는 따뜻한 음식을 먹고 싶었기 때문이다.

설교가 끝나자 군중이 웅성거렸다. 수백 개의 배들이 일제히 꼬르륵거리는 소리처럼 들린다. 하지만 뚱뚱한 선교사 다음으로 등장한 것은, 고기 우동이 아니라 운동복을 맞춰 입은 성가대였다.

자비 깊으신 주 예수는――우리들의 연약함을 알고――가련히 여기시어――.

웅성거림이 실망 어린 한숨으로 변했다. 가장 앞줄에서 합창에 가세한 노숙자의 목소리도 자포자기한 듯이 들린다. 마치 일부러 애를 태우기라도 하는 것 같다. 똑바로 합창에 참여하면 금방이라도 음식을 내 주겠다, 그렇게 말하면 모두가 큰소리로 노래하기 시작할 게 분명하다. 뭔가 마인드 컨트롤 같은 게 아닐까, 의심스러운 기분이 든다.

그날 밤 이래로 류사이는 모습을 보이지 않아, 소지금은 조금 줄었다. 1,065엔. 나카무라에게 사준 초콜릿 데니쉬 150엔과 세 개짜리 일회용 면도기 105엔을 소비했다. 물론 면도기는 쓰고 버리거나 하지 않는다. 첫 번째 것을 매일 쓰고 있다.

재산은 늘었다. 종이상자는 30장. 이제 나의 거주지에는 지붕이 달렸다.

비닐 시트 한 장. 뜯지 않은 포테이토칩 한 봉지. 낮부터 비가 갠 일요일 오후, 멀리 있는 체육공원까지 발걸음을 해 주워 모은 것이다. 아직 내용물이 잔뜩 남아 있던 아몬드초콜릿 한 상자는 평소의 고마움에 대한 보답으로 나카무라에게 주었다. 포테이토칩도 같이 나눌 생각이다.

쓰레기봉투에서 주운 티셔츠 한 장. 찢어진 팬티스타킹 두 장. 물론 전부 껴입고 있다. 그리고 나카무라가 양보해 준 우산 22개.

나카무라도 이곳에 함께 왔지만, 어느새 모습을 감춰버렸다. 자그마하고 나이 든 사람들이 많은 노숙자 사이에서, 머리 하나 더 큰 모습은 눈에 띌 터인데.

성가대의 노랫소리는 아무리 지나도 끝나지 않는다. 이것으로 세 곡째다.

기도하라——눈을 감고——기도하라——마음을 열고——.

나는 기도했다. 한시라도 빨리 합창이 끝나기를.

문득 오른쪽 군중이 둘로 갈라지더니, 거기서 나카무라가 나타났다. 두드러지게 큰 키와 특이하다고 해도 될 만한 미모에 주눅이 든 건지 기분 나빠하는 건지, 모두가 거리를 두며 길을 터주고 있다. 마치 바다를 건너는 모세 같다. 주워 온 모양인 낡은 우산을 들어 올리며, 내 쪽을 보고 웃는다.

구원의 주는――할렐루야――되살아나셨다――할렐루야――.

문득 내 머릿속에 언젠가 보았던 환영이 떠올랐다. 높이 우뚝 솟은 장대한 실루엣. 어렴풋한 그 그림자가 무엇인지, 이번에도 처음에는 전혀 알 수 없었다.

일찍이 어딘가에서 본 풍경 같기도 했고, 자신의 머리가 만들어낸 심상 풍경 같기도 했다.

눈을 감고, 눈꺼풀 안쪽에 환영을 가둬 넣었다. 그리고 머릿속에서 응시한다.

세로로 긴 실루엣이 조금씩 선명해져 갔다.

탑이다. 몇 층이나 겹쳐진 지붕을 이고 있다. 마치 우산을 세로로 이은 것처럼.

생각났다.

그것은, 언젠가 심리 테라피 클리닉에서 상자 정원 요법을 받을 때마다 만들었던, 모래 산 위의 탑이다.

하지만 왜 지금, 그런 것이 머리에 떠오르는 걸까.

승리의 함성을 지르라――할렐루야――그 이름을 찬양하라―― 할렐루야――.

성가대의 노래는 아직도 계속되고 있다.

나는 자신의 머릿속에 세운 탑을, 가만히 바라보았다.

간신히 손에 넣은 고기 우동은, 보다 정확히 말하자면 가는 고기 조각이 지나치게 익힌 우동에 찰싹 들러붙어 있을 뿐인 물건이었다. 커다란 솥에서 바로 떠주는 국물은 뜨거웠고, 최대 지우개 사이즈인 돼지고기는 혀에 살살 녹아들어, 차갑게 식고 딱딱해진 음식물만 먹느라 창자까지 얼어붙어 있던 몸에는 최고의 음식이었다.

기름이 둥둥 뜬 뜨거운 국물을 선 채로 한 입 한 입 음미하면서 홀짝이고 있으려니, 등 뒤에서 목소리가 들렸다.

"저기, 잠깐. 아저씨."

그것이 나를 향한 말임을 깨달은 건, 어깨가 두들겨진 다음이다. 내게 볼일이 있는 인간 따위 아직 세상에 있었나. 뒤에 서 있던 남자에게 내 얼굴을 가리키며 되묻고 말았다.

"나?"

남자가 엷게 웃음을 띠고 끄덕인다. 축구팀의 로고가 들어간 롱코트 밑으로, 배급 자원봉사자가 다 같이 입고 있는 녹색 운동복이 언뜻 보였다. 가슴 부근에 외국인 관광객이라면 좋아할 만한 한자가 프린트되어 있다. 붉은 명조체로 '신의 사랑을 믿자'. 취향이 그다지 훌륭하다고는 할 수 없었다. 남자는 빈 용기를 회수하는 종이상자를 껴안고 있었다.

"네, 아저씨 말이에요."

이십 대 초반일까? 아무 말이나 막 하는 가벼운 느낌은 들지 않는 남자였지만, 성실한 시민활동가 청년이라는 느낌도 아니다. 여기저기 머리를 꼰 헤어스타일은 딱 요즘 젊은이다. 내 쪽이 훨씬 연상일 테지만, 여드름이 남아 있는 얼굴에 띤 미소는 연하를 대하듯이 여유 만만했다.

"한 번, 교회에 오지 않겠어요."

청년이 입술을 추어올리며 웃음을 한 단계 높인다. 종이상자를 내려놓고, 내 손에서 우동 용기를 스윽 빼앗아 쌓아올린 용기에 겹쳤다.

아! 아직 국물이 남아 있는데.

"뭘 위해서?"

의문을 말로 표현했을 뿐이지만, 세 모금은 남아 있던 따뜻한 국물을 빼앗겨 화가 난 마음에 목소리가 뾰족해지고 말았다. 상대에게는 바보 취급하는 어조로 들렸을 터. 하지만 젊은이의 웃음 띤 얼굴에는 조금도 그늘이 지지 않았다.

"선생님의 아까 말씀은, 완전히 초심자용이에요. 부족함이 있었을 테지요. 조금 더 우리들의 교의를 본격적으로 알게 되면, 아저씨도 진리에 가까이 갈 수 있어요."

"진리?"

"그래요, 진리."

남이 머릿속에 집어넣어 준 단어에 아무런 의심도 품지 않는 표정. 상대에게서 Yes 이외의 대답이 있을 거라고는 생각도 하지 않는 확신이 담긴 시선. 누군가를 흉내 낸 것처럼 보이는 말투. 언젠가 어딘가에서 아주 비슷한 사람을 본 적이 있다는 생각이 들었다.

그다지 멀지 않은 옛날에 말이다.

그래, 바로 다단계 회원들이었다.

올해 여름까지 반년이 못 되는 기간 동안 몸담았던 '휴먼 헬스 아카데미'는 건강기구와 건강식품 판매회사로, '웰빙 시대의 뉴 네트워크 비즈니스'를 캐치프레이즈로 삼았지만, 그 판매방법은 지정 상품 일체를 구입한 인간이 회원이 되어 새로운 회원을 획득할 때마다 장려금을 받는, 하급회원이 늘면 늘수록 돈을 버는 시스템이었다. 전형적인 다단계 상법이다.

회장인 요코야마는 쉰이 넘은 나이에는 좀 그렇지 않나 싶은 리젠트[9] 헤어에 묵직해 보이는 금 액세서리를 목이며 손목에 늘어뜨린 수상쩍은 남자였다. 하지만 보는 사람에 따라서는, 그 풍모가 성공한 사람 혹은 부유의 상징처럼 보이는 모양이다. 교묘한 화술이 더해져 중장년이 많은 여성회원 사이에 꽤 인기가 있어서, 요코야마가 설명회 단상에 설 때마다 회장이 끓어올랐다.

HHA는 반년에 한 번, 셀러브리티 멤버라고 이름 붙여진 우수회원 표창식을 여는데, 당일에는 입사한 지 얼마 안 된 나도 행사를 돕기 위해 동원당했다.

행사는 회원들의 카리스마, 요코야마의 연설로 시작되었다. 적당히 만든 표며 그래프가 거대 스크린에 비춰지기 전, 수상쩍은 조어를 뒤섞은 비즈니스 이론을 역설하나 싶더니, 얘기는 어느새 자신의 수많은 성공에 관한 자랑이 되었고, 그러다 회원을 질타하는 인생훈계가 되었다. 내가 보기엔 커다란 목소리로 억지와 궤변을 외치고 있을 뿐이었지만, 회원들은 열심히 귀를 기울이며 메모하는 사람까지 있었다.

회장 인사에 이어, 셀러브리티 멤버 대표 몇 사람이 단상에 선다. 정말이지 어울리지 않는 턱시도며 드레스 차림으로 연설을 하고, 이구동성으로 요코야마와 HHA를 찬양했다.

---

[9] regent : 앞 머리카락을 높이 위로 빗어 넘기고, 옆 머리카락을 뒤로 빗어 붙인 남자 머리 모양.

"뉴 네트워크비즈니스 덕분에 저는 연 수입이 10배가 되었습니다."

"HHA의 회원이 될 수 있는 사람은, 정말로 행운아예요."

"요코야마 회장님의 '앞서 가면 누구라도 해피 이론'은 완벽합니다. 회장님은 천재십니다."

"일단, 이 소책자 〈진실의 소식〉을 읽어 보세요. 아저씨의 인생이 바뀔 겁니다. 확실히 말이죠."

지금 눈앞에서 조잡하게 인쇄된 팸플릿을 쑥 내미는 청년이, 그들과 똑같은 얼굴처럼 보일 뿐이었다. 하는 말도 무척 비슷하다.

"아저씨도 지금 이대로가 괜찮다고는 생각하지 않잖아요. 인생을 바꿔 보고 싶다고 생각하시죠."

실제로는 셀러브리티 멤버 중 적지 않은 수가 요코야마 회장의 친척이나 원래 아는 사이였지만, 일반회원 앞에 세우는 건 그 외의, 실은 극히 적은 수밖에 없는 다단계 상법의 요행을 얻은 사람들이다. 그들은 요코야마의 말을 신봉하고 있었다. "앞서 가면, 누구라도 해피." 사회자가 절규하는 슬로건을 제창하는 회장 안의 사람들도.

요코야마가 툭하면 '여러분, 잘못 알면 안 됩니다. 우리는 다른 곳과는 달라요. 다단계와 악덕 다단계는 다른 거예요. 뉴 네트워크비즈니스는, 합법적인 멀티레벨마케팅을 진화시킨 것입니다'라고 설득했던 것처럼, 다단계판매 자체는 위법이 아니다. 하지만 HHA의 방식은 요코야마가 분개하는 악덕 다단계 그 자체였다. 누구라도 반드시 돈을 벌 수 있다고 허위 사실을 부추기고, 날조한 데이터로 설득한다. 냉정하게 생각해보면 이상하다고 깨달을 테지만, 요코야마의 달변,

회장의 연출, 선동 당하는 집단심리가 의심이나 다른 선택지를 빼앗아 버리는 것이다.

HHA의 영업직은 기본급이 극단적으로 낮은 배당제라, 나의 월수입은 증권회사 시절의 4분의 1로 떨어졌다. 그렇다고 영업 성적이 아주 나쁜 것도 아니었다. 노르마[10]의 허들이 너무 높았을 뿐이다. 어떤 달에는 10명 가까운 신규 회원을 잡았다. 전직한 애초에는 요즘 같은 시대에 이런 장사는 아무도 걸리지 않을 거라며 처음 며칠 만에 그만둘 각오를 했었지만, 있는 거다, 이게.

백 명에게 얘기해 보면, 넘어오는 사람이 한두 명은 있다. 진실을 외치려는 양심을 가슴 한구석의 작은 방에 가둬놓고 잘 설득하면, 그중에 또 1할은 총액 30여만 엔의 'HHA 퍼펙트 헬스 세트'를 구입했다.

딱히 욕심이 지나친 사람들처럼 보이지는 않았다. 정말로 계산에 능한 사람이라면, 빤히 보이는 수법에 걸려들지는 않으리라. HHA의 세일즈 매뉴얼은 '편하게 돈을 벌고 싶다', '남보다 벌리는 일로 이득을 보자'는 누구나 마음속에 담고 있는 그런 사행심에 살며시 다가가, 교묘하게 부채질한다.

이쪽 이야기에 떠밀려서 계약서에 도장을 찍어 버린 사람은, 탐욕스럽다기보다 오히려 유약한 타입이 많았다. 인생에서 자기 스스로 결정을 내리는 일이 힘들어서 남에게 맡기고 싶어 하는 타입. 타고난 성격인지, 살아갈 에너지양이 부족하다고 해야 할지.

요코야마는 말했다. '다단계를 했던 전적이 있는 녀석을 노려라.

---

10) Norma : 개인이나 공장에 할당된 노동이나 생산의 최저 기준량. 또는 각 개인에게 부과된 노동량을 뜻하는 라틴어.

바보 자식, 역효과는 무슨. 한 번 실패했던 사람은 이번에야말로, 하고 생각한다'고. 그 말은 대체로 옳았다. 다단계는 '중독성'이 있는 모양이다.

요즘은 뭐든지 의존증으로 만들어 버리는 게 유행인 모양이라, 알코올뿐만 아니라 도박이나 흡연자도 의존증 환자로 만들어버릴 수 있다. "저 녀석은, 병이야." 일찍이 비유로 사용되던 말이 현실적인 의미로 격상되고 있었다. 그런 측면에서 말하자면, 다단계 상술에 빠지는 사람도 어떤 종류의 의존증일지도 모른다.

청년이 내 손에 팸플릿을 밀어붙였다. 받아들지 않았더니, 눈앞에 페이지를 펼쳐 보였다.

"우리 교단은, 기존의 기독교와는 일선을 긋는 가르침을 실천하고 있거든요."

권유 매뉴얼도 있는지, 정해진 문장을 낭독하는 어조로 말을 잇는다.

"물론, 그렇다고 해서 묘한 오컬트 집단은 아닙니다."

여러분! 잘못 알면 안 됩니다. 우리는 다른 곳과는 달라요.

종교는 어떤가. 일단 빠지면 빠져나오기 어렵다는 점은 의존증과 무척 비슷하다. 그러고 보니 '종교는 아편이다'라던 녀석도 있지 않았던가.

청년에게서 악의는 느껴지지 않았다. 선의도 마찬가지다. 느껴지는 건 자신의 생각——혹은 자신의 생각이라 착각하고 있는 것——에 관한, 몸 한가운데에 놓인 단단한 돌 같은 신념이었다. 신념을 갖는 건 나쁜 일이 아니다. 타인에게 신념을 강매만 하지 않는다면.

"아가페, 즉 무상의 사랑. 보답을 바라지 않는 사랑. 주는 사랑.

그것이 우리들의 이념입니다. 아무튼, 한 번 이야기해 봅시다."

토론도 좋은 일이다. 상대의 의견을 듣고, 자신의 생각을 양보할 여지가 조금이라도 있다면.

"왜, 나한테?"

청년의 대답은 미리 준비하고 있었던 듯이 재빨랐다.

"아저씨, 지적인 일을 하던 사람이죠? 보면 알아요. 아직 노숙자가 된 지 얼마 안 돼 보이고."

그렇게 말하며 주위를 돌아보았다. 우리 오른편에는 앞니가 없는 나이 많은 노숙자가 입 안에서 우동 면발을 가루로 돌아가게 만드는 작업이라도 하듯 아직도 우물우물 우동을 먹고 있었다. 왼쪽에서는 빈 그릇을 이용한 주사위 도박이 시작되고 있다. 둘러싼 원 속의 몇 사람은 취해 있었고, 싸움을 걸듯 으르렁거리는 남자도 있었다. 그 너머로 나카무라의 구부정한 등이 보였다. 뭔가를 줍고 있는 모양인지, 한 손이 땅바닥과 빈 그릇 사이를 왕복하고 있다.

청년은 자원봉사자답지 않은 냉소를 띠고, 시선을 난사해 그들을 순식간에 죽이더니, 다시 나의 얼굴을 들여다보았다. 너무 다가왔다 싶을 정도의 거리였다.

"아저씨는 장래성이 있어 보이니까."

칭찬으로 한 말일 테지만 별로 기쁘지는 않았다. 추위를 견디기 위해 버려진 올 풀린 팬티스타킹을 신은 시점에서, 프라이드 대부분은 버렸다. 청년은 다 안다는 듯 시선을 보내고 있지만, 눈앞의 내가 눈썹을 찌푸리고 있다는 사실도 깨닫지 못하고 있다.

"다른 녀석들은 구하지 않겠다는 소린가? 무상의 사랑이 이념이잖아. 아까 설교할 때도 믿는 자는 구원받는다고 하던데."

지나치게 다가와 있는 물정 밝다고 자부하는 얼굴이, 천천히 옆으로 흔들린다.

"신은, 혼을 자라게 하고자 하는 자만을 선택한답니다. 아가페의 의미도 이해하지 못하는 이들에게 아가페를 설교해봤자 소용없어요. 신에게 선택받는 건 쉬운 일이 아니거든요. 누구나 되는 건 아니에요."

누구든 돈을 벌 수 있습니다. 하지만 한 단계 위인 셀러브리티 멤버는, 누구나 될 수 있는 건 아닙니다. 네트워크를 넓히려는 노력을 게을리하지 않았던 사람들만이 될 수 있는 것입니다.

"선택받는 인간이 되고 싶지 않습니까?"

되고 싶다. 아니, 되고 싶었다. 회사의 중핵 멤버로 선택받는 사원이. 여자들에게 섹스 상대로 선택받는 남자가. 하지만 지금은 아무래도 상관없었다. 배불리 먹을 수 있는 따뜻한 급식과 바꿔주겠다면, 프라이드 전부를 내던질 수도 있다.

"언제까지나 지금처럼 살 겁니까? 교회를 다니며 우리와 얼굴을 익히게 되면, 급식 때도 우대를 받아요. 교의에 관해 공부를 계속하고 이해가 깊어지면, 스태프로 등용될 가능성도 없지는 않아요. 자, 문을 두드려 주세요. 매주 일요일, 장소는──."

스태프? 주거지와 식사를 준다는 소린가? 순간 마음이 동했지만, 그것은 정말로 순간일 뿐이었다. 자신을 억누르며 남의 말만 따르는 인생을 보내온 끝에, 이렇게 길바닥에서 사는 신세가 되었다. 프라이드는 팔아도, 이제 혼은 팔고 싶지 않다.

"나는 됐어. 다른 사람을 찾아봐."

청년은 믿어지지 않는다는 표정으로 나를 바라본다. 나도 믿어지지 않는다는 표정으로 청년의 얼굴을 마주 보았다. 아마 앞으로 몇 시간, 아니 며칠 몇 달을 들인다 해도, 토론은 평행선을 그릴 테지. 고개를 흔들며 떠나려는 청년에게 말했다.

"아까 그릇, 돌려주지 않겠소. 국물이 아직 남았거든."

나카무라가 일어서자, 가까이에 있던 몸집 작은 노숙자가 그 큰 몸을 질렸다는 얼굴로 올려다보았다. 물건 줍기가 일단락된 건가. 종이 용기를 한 손에 소중하게 껴안고, 아이 같은 얼굴을 구기듯이 웃으며 다가온다. 가면 같았던 조금 전 젊은이의 미소가 북풍이었다 면, 이쪽의 웃음은 태양이다. 보고 있는 쪽도 그만 뺨이 풀어져 버린 다.

이것 봐——라는 듯이 그릇을 내밀어 왔다. 안에 들어 있는 건 나사, 못, 단추, 파친코 구슬, 한 짝뿐인 귀걸이, 볼펜, 팔찌, 캐릭터 달린 휴대전화 줄, 그 외 여러 가지.

"굉장한걸."

정말로——. 나카무라가 굉장한 건지, 온갖 물건이 떨어져 있는 도시가 굉장한 건지.

"대체 어디에 쓸 건가."

물어봐도 애매하게 웃을 뿐이었다. 분명 어디에 쓰기 위해서가 아 니라, 모으기 위해서 모은 것이다. 귀걸이를 집어 얼굴 앞에 가져가, 보석감정사처럼 한쪽 눈을 감고 쳐다본다. 눈물 모양의 자그마한 돌 이 다이아몬드였으면 좋겠다는 얼굴이기에, 가르쳐주기로 했다.

"아쉽지만, 그건 유리야. 가장자리가 깨져 있잖아."

커다란 어깨를 움츠리며 귀걸이를 컵 안에 도로 넣는다. 이번에는 팔찌를 집어 들고 묻는 듯한 표정으로 이쪽을 바라보았다. 옅은 황금색의 자그마한 구슬을 이은 것이다.

"그건 수정이지만, 아마 인조일 걸. 팔 수는 없을 거야."

잡화상이 십 대 여자애를 상대로 팔 만한 싸구려 물건이다. 천연수정은 이렇게나 노골적으로 투명하지 않고, 얼룩이나 금이 문양처럼 들어가 있다. 액세서리를 좋아하는 미나코의 말을 빌리자면.

나카무라는 손목에 차려 했지만, 손이 너무 커서 들어가지 않았다. 겸연쩍은 얼굴을 하며 팔찌를 내민다.

"나 주는 거야?"

받아봤자 쓸 데는 없지만, 그가 아이 같은 웃음을 띠며 보물을 자랑하듯이 팔찌를 흔드는 걸 보고 있는 사이에, 반사적으로 손이 뻗고 말았다.

아까의 젊은이여! 보아라——. 이게 진짜 무상의 사랑이다. 누군가에게 선택을 받으려고 악착같이 사는 현실 사회의 인간은, 결코 가질 수 없는 사랑이다.

내 머리에 또다시, 허공 저 높이 우뚝 솟은 찌그러진 탑이 떠올랐다. 진료실 모형정원 속에서 쌓아올렸던 조개껍질과 돌멩이를 거대한 건조물 사이즈로 만든 환영.

그때의 나는 무슨 생각을 하면서 그런 모형을 만들었을까. 생각나지도 않고, 애초에 아무 생각도 없었는지도 모른다.

환상의 허공은 금세 사라졌다. 현실의 하늘 상태가 더 신경 쓰였기 때문이다. 두꺼운 구름은 어느새 하늘 한쪽 구석으로 물러났고, 머리 위에 연약한 겨울 태양이 돌아왔다. 기온이 올라간 탓인지, 광장에 감도는 노숙자들의 냄새가 한층 더 심해졌다.

겨울 날씨는 변덕스러운지라, 내가 고대하고 있는 비는 아직 내리지 않는다.

6

그날의 하늘은 아침부터 잔뜩 구름이 껴있었다. 건너편 빌딩 디지털시계는 기온과 함께 습도도 표시된다. 72프로. 오늘이야말로——내린다.

오전 11시를 지날 무렵, 습도는 75프로를 넘었다. 하늘을 뒤덮은 구름은 축축한 색깔을 띠고 있어, 흡사 짜지 않은 젖은 걸레 같았다.

슬슬 때가 됐다. 나는 며칠 전부터 준비했던 물건을 꺼냈다. 비닐시트에 둘둘 말린 우산 다발이다. 부서지기 쉬운 물건을 다루듯이 껴안고 공원을 나선다.

나카무라에게 양보 받은 우산뿐만 아니라, 그 후에 직접 모은 우산도 있었다. 무거운 우산꽂이를 그냥 내버려두는 무책임한 가게에서, 독자적인 판단으로 필요 없는 물건이라 인정하면서. 살이 부러진 것, 심하게 녹이 슨 것을 빼고도 스물일곱 자루나 된다.

역 앞의 스크램블 육교 아래, 예전 나카무라가 탁발 흉내를 냈던 곳에 비닐 시트를 펼치고 종이 간판을 세웠다.

『리사이클 우산 전 품목 100엔』

뒷면이 백지인 전단을 문구점에 들고 가, 테스트용 매직잉크로 쓴 종이다. 점원의 눈을 피하면서 쓰느라, 글자가 조금 삐뚤삐뚤한 건 어쩔 수 없다. 폐기 도시락 밥알을 풀 대신 써서 종이상자에 붙여둔다.

얼마 지나지 않아 빗방울이 떨어졌다. 길거리생활에서 비는 생활에 큰 피해를 가져오는 천재(天災)지만, 오늘만은 고마운 비다.

시간도 거의 최고였다. 역 앞 로터리에 있는 기념비 시계에 따르면, 이제 곧 12시 25분. 일찌감치 점심을 먹으러 나온 샐러리맨이 사무실로 돌아갈 시각이다.

통행인은 예상보다 적었지만, 드문드문한 정도는 아니다. 여기저기에서 슬슬 우산이 펼쳐지기 시작한다. 나도 가지고 있는 우산 중하나를 썼다. 손님에게 품질을 어필하기 위해서, 비닐우산이 아닌고급스러운 여성용. 색깔은 멀리서도 눈에 띄는 붉은색이다.

비야 비야 내려라내려라 더욱 내려라——

어렴풋이 기억하는 유행가 한 구절이 머릿속에서 되풀이된다.

내 님을 데려오렴——

비야 비야 내려라내려라 더욱 내려라——

그다음은 뭐였더라…….

갑작스러웠다.

볶은 콩을 뿌리는 듯한 소리와 함께, 눈앞이 잿빛의 실로 감싸였다.

본격적으로 비가 내렸다. 예상보다 거세게. 황급히 우산을 펴는사람. 뛰기 시작하는 사람. 빌딩 안으로 도망치듯 들어가는 사람.

노상은 마치 화학반응을 일으킨 액체가 든 비커 밑바닥 같다.

나는 한쪽 팔을 휘두르며 할리우드 영화배우처럼 중얼거린다.

"예쓰."

들고 있는 우산을 상하좌우로 흔들며, 가짜손님 일을 하는 사이에 주저함이 사라진 커다란 목소리로 소리쳤다.

"우산, 100엔. 전부 100엔이오 ──."

머리에 가방을 얹고 달리던 샐러리맨이 돌아보았다. 황급히 다가와 서둘러 지갑을 꺼내, 100엔짜리 동전을 던져온다. 조급한 것치고는, 늘어놓은 우산 중에서 고급품인 신사용 우산을 야무지게 골라내 갔다.

좋아, 좋아, 출발은 좋다. 중고 우산을 팔 수는 없을까 하는 아이디어는 틀리지 않았다. 요즘 같은 시대에 우산은 일회용이다. 우산을 들지 않고 거리로 나왔다가 비를 맞으면, 대부분의 사람이 망설이지 않고 편의점으로 뛰어 들어가 동전으로 살 수 있는 비닐우산을 구입한다. '비를 긋는다' 같은 우아한 말은 이제는 사어(死語)다.

잠깐 버티기 위해 싼값으로 입수한 우산은 깜빡하고 두고 가 버리기 쉽다. 잊었다는 사실을 깨달아도 아무도 되찾을 노력은 하지 않는다. 그리고 아주 조금 낡거나 상태가 나빠지기만 해도 버려진다.

얼마나 아까운가. 지금의 나는 그저 그런 환경론자보다 훨씬 소비사회의 낭비에 민감했다. 길거리에서 지내다 보면, 이놈이고 저놈이고 방대한 자원 낭비를 되풀이하고 있다는 사실을 잘 알게 된다. 아무튼 세상이 버린 걸 뒤지며 살아가고 있으니까.

우산뿐만이 아니다. 음식도, 의복도, 가전제품도 아무튼 다 그렇다. 온 세상이 사람들에게 '버려라' 하고 명령하니까 말이다.

"소비기한 지났습니다."

"유통기한 지났습니다."

"신기종, 탄생! 당신의 그것은 이제 낡았다."

"유행이 바뀌었습니다."

"수리하는 것보다 사는 편이 단연코 이익."

아프리카 기아 어린이들의 소식을 전하는 뉴스가 나오는가 싶으면, 다음 뉴스에서는 표기법 위반 식품이 전부 폐기되었다는 내용이 기쁜 소식이라며 전해진다. 식량자급률 저하를 우려하는 기사 옆에서, 고급요정이 요리를 재사용했다며 혹독하게 규탄한다. 도대체 뭐를 어떻게 하고 싶은 거야?

필요 없다면 내가 갖도록 하지. 충분히 쓸 수 있지만 1엔의 가치도 없다고 판결당한 것에 가격표를 붙일 뿐. 몇 세기에나 걸쳐 인류의 미진한 꿈이었던 연금술은 21세기인 현재, 길거리 어디에나 굴러다니고 있다.

"방치된 우산을 처분하지 못해 곤란하지 않으십니까."

끈기 있게 돌아다니며 귀찮은 일을 떨어 버리고 싶은 가게를 찾아내면, 중고 우산은 한참 더 손에 들어올 것이다. 정기적으로 수거 약속을 하고 공급원을 확보하자. 밑져야 본전이라는 생각으로 역의 유실물 창구에 얘기해본다는 방법도 있을 것 같다. '자원 리사이클 봉사를 하고 있습니다. 수익은 어려운 이웃에게 나누어 주겠습니다. 꼭, 협력해 주십시오.' 어려운 이웃——이라는 건 물론 나를 말한다.

순식간에 두 번째 우산이 팔렸다. 흠뻑 젖어 몸을 떨던 학생처럼 보이는 사람. 요즘 같은 시기의 도쿄는 비가 잘 내리지 않지만, 겨울비는 차갑다. 오히려 지금이야말로 찬스다.

명함이 필요할지도. 염가인쇄는 천 엔만 있으면 케이스째 만들 수 있다. 일단 주소와 전화번호는 얼렁뚱땅 쓰면 돼. 명함에 인쇄할 단체는 무슨 이름으로 할까.

세 번째 우산을 사 간 사람은, 젊은 여자다. 결벽증 있고 돈을 꼼꼼하게 따지는 여자 손님은 그다지 기대하지 않았지만, 이건 기쁜 오산이었다.

그렇다. 괜찮은 우산을 모으면, 비가 오는 날이 아니라도 팔 수 있을지 모른다. 길거리 리사이클숍. 매일이 바자회. 우산뿐만 아니다. 아웃렛이나 앤티크라고 우기지 못할 것도 없는 대형쓰레기나 타지 않는 쓰레기들이 잔뜩 버려진다. 뒷주머니를 두드렸다. 그래, 이 녀석도. 나카무라에게 받고서 버리고 싶어도 버리지 못하고 쑤셔 넣어둔 팔찌다. 역시, 받아 두자.

네 번째 손님이 나타날 때까지는 조금 간격이 있었다. 갑자기 천 엔짜리 지폐를 들이밀기에, 당황해 구두를 벗었다. 소중한 돈이다. 가진 돈은 반으로 나누어 비닐봉지에 넣어 양쪽 구두 밑에 보관해둔다. 나와 동년배인 샐러리맨 손님은, 한쪽 발에서 동전을 꺼내는 내 모습을 보자마자, 혀를 차고는 사라져 버렸다. 놓쳐버린 백 엔은, 딜러 시절의 일억 손실보다 일억 배 나를 낙담시켰다.

그 후에도 빗줄기는 가늘어지지 않았다.

하지만 손님의 발길도 이어지지 않았다.

네 번째가 돼야 했을 손님과 함께 운도 도망친 건지, 나에게 다가오는 사람은 끊어졌다. 손님을 끌어들이기 위해 우산을 흔들 때마다 물방울이 몸에 떨어진다. 목덜미에 떨어진 물방울은 등골이 시릴 정도로 차가웠다.

아니, 운이 다한 것이 아니었다. 역에서 나와 비가 내리는 걸 본 사람은, '리사이클 우산 전 품목 100엔'이라는 간판에 시선을 멈추어도 다가오려 하지 않고 역으로 돌아가 버린다. 구내매점이 가게 앞에 우산을 늘어놓기 시작한 모양이다.

통행인도 마찬가지였다. 내 앞을 그냥 지나쳐, 조금 더 가면 있는 편의점으로 달려 들어간다. 이쪽이 훨씬 싼데도.

버리는 게 아깝지 않은 물품은, 가격 따윈 신경 쓰이지 않는 모양이다. 100엔도 300엔도 별반 다르지 않은 것이다. 편의점으로 달려가는 여사원의 곁눈질은, 열심히 우산을 흔드는 내게 이렇게 말하는 것 같았다.

"어차피 살 거면 새 제품이지. 정체를 알 수 없는 노점이 아니라, 제대로 된 가게에서."

노숙자를 내려다보는 쪽에 있던 시절의 나도, 비를 맞으면 그렇게 했으리라. 처음에 왔던 손님들은 갑작스러운 비에 판단력을 잃었을 뿐이다. 군중이 냉정해진 순간, 묘안처럼 생각되었던 비즈니스가 멍청한 길거리 공연이 되어 버렸다.

오후 두 시 넘어 비가 그쳤다.

결국 팔린 건 세 자루다. 수익은 단 300엔. 모두 다 팔리는 것은 무리라도 반수 이상인 15자루는 팔릴 것이라 예상했었는데.

독장수셈[11]으로는 이랬다.

끈기 있게 비를 기다리면 한 달에 서너 번은 찬스가 있을 테고, 한 달 후에는 5천 엔 정도가 손에 들어온다. 식사는 폐기 도시락만으로 때우고, 필요최소한의 물품은 류사이의 가짜손님 일로 얻은 돈으

---

[11] 실현 가능성이 없는 허황된 계산을 하거나 헛수고로 애만 씀을 이르는 말.

로 사든가, 쓰레기 속에서 줍는다. 나카무라에게 기대고 있을 수만은 없으니까, 독자적으로 편의점과의 연줄을 만든다. 올 나간 팬티스타킹을 신고 있다는 사실에 수치를 느끼지 않는 지금의 나라면, 할 수 있을 듯한 기분이 들었다.

5천 엔을 밑천으로 휴대전화를 구입한다. 본체가 0엔인 대신 기본요금이며 주소확인 등이 번거로운 통상 신규계약보다, 선불폰이 좋을 듯하다. 3천 엔만 내면 석 달은 쓸 수 있을 터.

그 휴대전화로 인재파견회사에 재등록을 한다. 지금까지 등록했던 회사로부터는 한 달에 몇 번밖에 일이 들어오지 않았으니, 여러 사이트를 이용할 생각이었다.

오는 일은 거절하지 않고 어떤 일이든 맡으면, 마흔 넘은 나라도 한 달의 반은 일로 채울 수 있을 터. 그렇게 되면 적게 잡아도, 두 달에 20만은 모인다. 인터넷 카페로 돌아가지 말고, 길거리생활을 계속하며 폐기 도시락으로 계속 견디면, 싼 아파트 정도는 빌릴 수 있으리라.

모든 것은 거기부터다. 주소가 있으면 제대로 된 취직도 가능해진다──.

아무튼 시간은 잔뜩 있었다. 깊이 생각한, 상당히 현실적인 계획이라고 자화자찬하고 있었지만, 현실의 혹독함은 어째선지 늘 자기진단의 최저라인을 밑돈다.

물론, 다른 가능성도 찾아보았다.

무료급식 때, 백발을 하나로 묶은 온화해 보이는 노인 노숙자에게 말을 걸어 물어봤었다. 일할 곳을 찾고 있는데 뭔가 없을까 하고.

노숙자 경력 20년이라는 그 남자는 시원스레 말했다.

"있으면 여기서 줄 같은 걸 서고 있겠나."

예전에는 이 광장에도 매일 아침 모집꾼이 나타나 일용직을 모집했지만, 경기가 나빠지고 나서는 뚝 끊어졌다고 한다. 외국인이나 휴대전화로 쓸 수 있는 젊은 사람이 요즘은 많아져서 어렵다고 했다.

"애당초, 우리에게 제대로 된 일 같은 건 처음부터 없어. 모집꾼이 들고 오는 일용직 일도, 그거 별로 노숙자를 노리고 있는 건 아니거든. 반대지. 일용직을 공친 녀석이 노숙자가 되어 버리는 거야."

캔 커피를 사서 남자에게 건네주었더니, 말투가 꽤 친근해졌다. 정보에 돈은 아끼지 마라. 증권회사 시절 상사의 말이다.

"당신은 아직 젊으니까 말을 걸어줄지도 모르지만, 조심하는 게 좋아. 요즘 모집꾼 중에는 위험한 게 많거든. 저번에도, 산속에 있는 무허가 합숙소에 끌려간 녀석이 도망쳐 나왔어. 작업복 임대료가 만 엔이라든가, 식비가 십만이라든가 하는 엄청난 소리를 하면서, 돈을 전혀 주지 않았대잖아."

그가 하는 일은 폐지 수집으로, 수입은 하루 꼬박 일해서 이삼천 엔. 알루미늄 캔 수집보다 편한 장사라며 가슴을 펴 보였다. 10 kg을 모아야 천 엔뿐인 알루미늄 캔 회수는 라이벌도 많고 주민의 눈이나 지자체의 규제가 엄격해져서, 재미를 볼 만한 일이 아니게 되었다고 한다.

잡지 모으기는 '시류가 아니다'고 한다.

"나도 옛날에는 했었지만. 팔리는 건 요즘 나온 깨끗한 것들이니까, 정기권이나 통행권 같은 걸 주워서 역 안으로 들어가, 방금 버려진 잡지를 노리고 쓰레기통을 뒤지는 게 수거든. 하지만 그 왜, 옴[12]

---

12) 옴진리교(オウム眞理教) : 교주 아사하라 쇼코가 1984년 종말론을 주장하며 창설한 신

사건이 있고 나서, 한때 역에서 쓰레기통이 없어져 버렸잖아. 요즘 쓰레기통은 밖에서는 빼낼 수가 없게 됐고. 애당초 스이카[13]인지 뭔지 하는 카드가 생겨서, 전혀 표가 떨어지지도 않는단 말이지."

노숙자 사회도 취직난의 시대인 모양이다.

"폐지 수집, 할 마음 있으면 책임자한테 얘기해두지. 하지만 요즘 리어카가 빈 게 없으니까, 순번을 기다려야 할 거야. 운이 좋으면 봄까지는 빈 게 나오지 않을까. 이 근처는 겨울에 노숙자가 조금 줄어. 남쪽으로 날아가는 녀석도 있고. 죽는 놈도 있지."

예약은 해 두었지만, 리어카의 월정 임대료 5천 엔은 선불이라고 한다. 어느 쪽이든 지금의 내게는 지불할 돈이 없다.

복지 관계 창구로 가 볼까도 생각했다. 하지만 길거리에 내동댕이 쳐진 날 직원의 대응을 떠올리고 그만두었다. 어쩐지 어제 자원봉사자 젊은이와 똑같은 표정으로, 비슷한 소리나 할 것 같은 기분이 들었다.

지금까지의 재산 1,065엔은 815엔으로 줄어들었다. 지출 내역은 노인 노숙자에게 쓴 정보료인 캔 커피 값 120엔과 나카무라에게 한 사례다.

나카무라에게 오늘 아침에도 폐기 도시락을 잔뜩 얻었다. 내가 늦잠을 잤는데도, 일어나보니 종이상자 하우스 앞에 김도시락 하나와 김으로 싼 주먹밥 네 개가 놓여 있었던 것이다. 니이미 난키치[新美南吉]의 동화 속에 나오는 여우처럼.

홍종교단체. 1995년 3월 20일 도쿄 지하철 전동차 안에서 맹독가스인 사린을 살포한 사건을 일으킴.
13) スイカ : 동일본 여객철도가 도쿄 근교 구간에 처음으로 도입한 IC카드형 교통 카드.

그래서 답례로 현금을 들이지 않으면 좀처럼 얻을 수 없는 초콜릿 빵을 사서 건넸다. 데니쉬가 없어서 초콜릿 소라빵. 130엔.

오늘 수입 300엔을 더해도 1,115엔이다. 며칠이나 생각하고 준비를 해서, 플러스는 고작 50엔.

다음 주에는 해가 바뀐다. 정월을 길거리에서 맞이한다는 건 이미 각오했었지만, 내년 연말도 노숙자인 채로 있을 자신의 모습은, 머리 한구석에서라도 상상하지 않았다. 해가 바뀌면 나도 바뀔 것이다. 아무런 근거도 없이 그냥 그렇게 생각하고 있다.

바뀌는 걸까, 정말로?

이대로는 안 된다. 다른 방법을 생각하지 않으면, 평생 길거리에서 빠져나올 수 없게 된다.

7

류사이가 오랜만에 모습을 나타낸 것은 금요일이었다. 멋대로 가게 준비를 돕고 의자에 앉았지만, 류사이는 아무 말도 하지 않았다. 자릿세 징수에 겁을 먹고, 가게를 접고 도주한 자신을 부끄러워하는 건지도 모른다.

"이제 안 오려나 생각했어."

묵묵부답.

"요전에는, 간발의 차이였지. 당신이 돌아가고 얼마 지나지 않아 돈 걷는 사람이 왔어."

역시 묵묵부답.

가게 준비를 마친 것만으로, 이제 한바탕 일을 끝났다는 듯 담배에 불을 붙인다.

"여기로 돌아왔다는 건, 돈 얘기는 마무리가 지어진 겐가."

갑자기 담배 연기를 이쪽으로 뿜었다.

"쓸데없는 소리 하지 마."

해결한 모양이다. 류사이는 요 전날 밤, 겁먹은 비둘기처럼 재빨리 코트를 펄럭이며 도망쳤던 일을 잊었다는 듯이 거만한 모습으로 태연자약하게 군다.

"어떻게? 다른 데서 빌렸나."

알고 싶었다. 싸구려 숙소를 전전하는 모양인 노숙자 직전의 이 남자에게, 점 외에 어떤 수입원이 있는지를.

"설마, 만들었다고? 하루 만에?"

류사이는 코웃음 치며 고개를 휙 돌렸지만, 시선은 여전히 나를 응시하고 있다. 가지런히 자른 콧수염 밑의 입술이 삐죽거렸다. 자랑을 하고 싶은 모양이다. 의외로 알기 쉬운 남자다. 관심 없는 척하며, '흐응'하고 흥미 없다는 듯 대답을 했더니, 자기가 먼저 떠들기 시작했다.

"경마야. 일요일 나카야마 경마장에서 땄어."

정말로 흥미가 사라졌다. 도박에 대해선 잘 알지도 못하고, 잘 알고 싶다고 생각한 적도 없었다. 아무튼 딜링 자체가 도박이니까, 증권맨에게는 휴식이 되지 않는다.

"만마권(萬馬券). 한방에 6만 7천 엔이라고. 삼쌍승식[三連單式]14), 11부터 일두(一頭)지정으로 60점 구매."

잠시 모습을 보이지 않았던 건, 돈 받으러 오는 야쿠자가 무서워서가 아니라 푼돈을 벌자 일할 의욕이 사라졌기 때문인가. 나의 반응이 불만인지 더욱 기세 좋게 이야기를 늘어놓는다.

"나는 노다지 전문이라서 말이야. 맞으면 크다고."

맞으면 크다. 증권영업 시절에도 똑같은 소리를 하는 손님을 종종 만났다. 당연히 맞지 않았을 경우의 리스크도 '크'지만, 그런 현실은 머릿속에서 지워버리는 사람들이다.

"경마는 자주 하나?"

"아니, 그렇지도 않아. 승부를 걸 만한 때를 고르거든. 나에게 경마는 놀이가 아니니까. 평소에는 파친코 슬롯을 할 때가 많지. 슬롯은 휴식. 경륜은 로망. 경마는 사이드비즈니스."

류사이의 혀는 멈출 줄 모르고 독자적인 '필승이론'까지 떠들기 시작했다. 그랬다. 이 녀석은 자기 자랑을 시작하면 순식간에 달변이 되는 녀석이었다. '확실히 딸 수 있다', '100프로 틀림없다'고 잘난 척 말을 집요하게 되풀이하기에, 빈정거리듯 맞장구를 쳐 주었다.

"대단한걸."

"놀랐나?"

"놀랐지. 그런 필승법이 있으면, 꽤 벌었겠군. 지금까지의 수지는

---

14) 출주마 번호로 3두와 그 도착 순서를 선택해, 그 3두가 선택한 순서대로 결승선에 들어와야 적중하는 마권의 한 종류. 적중률은 낮으며 배당률은 높다.

어느 정도야?"

18번인 코웃음이 돌아왔다.

"수지? 핫, 주식쟁이가 생각할 만한 소리군. 승부에 수지고 개뿔이고 없어. 과거를 계산해서 어쩔 건데. 노다지만 잘 노리면 마이너스 따윈 한방에 뒤집을 수 있단 말이야. 그다음부터는 플러스, 플러스, 플러스라고."

사람의 마음을 읽는 것에 관해서는 천재적이라고도 할 수 있는 남자인데, 자신에 관해서는 전혀 읽지 못한다. 왜 이 녀석이고 저 녀석이고, 나도 그렇고, 남들이 보면 지나친 욕심인 것이 분명한데, 왜 당연히 와야 할 미래라고 믿어버릴까. 그것을 꿈이라는 말로 설명한다면, 지나친 포장이다.

"모레 나카야마에서, 또 한 방 맞출 거다. 이번 정월은 팔자가 피겠어. 목표는 물론 아리마기념[有馬記念]15)이야. 4레이스와 7레이스다. 왠지 알겠나."

또 흥미 없는 경마 얘기로 돌아와 버렸다. 머릿속에선 이미 만마권을 쥐고 있는 듯, 꿈을 꾸는 시선을 들여다보며 물었다.

"당신, 정월에 돌아갈 곳은 있나?"

"물론. 당신들하고는 달라. 나는 지붕 있는 곳에서밖에 자지 않는다고."

"아니, 자기 집 말이야. 가족은 없나."

"당신하곤 상관없잖아. 당신이 남의 얘길 할 만한 입장이냐고, 건방지게스리."

류사이는 갑자기 기분이 나빠져 입을 다물었다.

---

15) 일본중앙경마회가 나카야마 경마장에서 시행하는 중앙경마 경주. 12월 하순에 열린다.

크리스마스가 지난 주말은, 거리 전체가 들떠있던 지난주에 비해 불빛도 사람도 적었다. 그래도 오후 7시까지 두 시간 동안, 두 팀, 세 명의 손님이 들었다. 나에게 돌아온 개런티는 105엔, 일방적으로 다시 내려갔다. 류사이는 평소 이상으로 의욕을 보이지 않아서 '자! 이제부터다' 싶은 8시가 가까워졌을 무렵, 갑자기 장사를 중단해 버렸다.

"잠깐 휴식."

화장실을 갔겠거니 했지만, 그런 것치고는 오래 걸린다. 말도 안 하고 밥을 먹으러 간 건가. 술을 사서 마시고 있나? 설마 파친코에 간 건 아니겠지. 녀석의 얼마 없는 근로의욕은, 만마권을 딴 덕분에 경마 말 만큼이나 빠르게 도망쳐 버린 것 같았다.

정말로 파친코에 간 건지도 모른다. 떠드는 사이에 회가 동했는지, 20분이 지나도 류사이는 돌아오지 않았다. 한가함을 주체 못해, 기다리는 동안 녀석이 열심히 읽고 있는 책을 들여다보았다. 커버가 씌워져 있고, 나한테 보이고 싶지 않은지 늘 글라스 캔들 그늘에 숨기듯이 보고 있으니, 나 또한 보고 싶어지는 게 인지상정.

때때로 붉은 색연필로 선을 긋거나 하는 걸 보고 어차피 경마책이겠거니 생각했지만, 아니었다. 〈소설 쓰는 법 2〉라는 책이었다.

몸을 구부린 채 윈드브레이커 옷깃을 세우고 테이블 앞에 앉아 한숨을 쉬고 있었더니, 뒤에서 누군가 말을 걸어왔다.

"점 좀 봐주쇼."

꽤 뚱뚱한 중년 남자였다. 노타이에 점퍼. 자영업자 같다.

남자 손님이라니 드문 일이다. 가짜손님을 맡았던 사흘 동안, 점집에 왔던 십여 명의 손님 중에서는 단 한 명뿐이었다(게이바의 남장 마마는 본인의 의사를 존중해 여자로 치더라도). 그것도 그 유일한 남자는, 먼저 점을 본 여자로부터 '결혼운' 보기를 강요당했던 커플 중 한 명이다.

점술가는 지금 자리를 비웠으니 조금 기다려주시면——하고 말하려던 것을 삼켰다. 나는 그냥 가짜손님입니다——하고 자백하는 거나 마찬가지다.

모처럼 온 손님이다. 놓칠 수는 없었다. 나는 '앉으십시오' 하고 엄숙하게 대답하며 남자에게 자리를 양보하고, 손님용보다 고급스러운 류사이의 팔걸이가 달린 의자에 앉았다.

내가 점을 쳐 주지. 자기 일에 프라이드가 없는 남자이니 대신 장사를 해줬다고 하면, 화내기는커녕 수고를 덜었다고 좋아할 게 틀림없다. 아니, 끝날 때까지 녀석이 돌아오지 않는다면, 모르는 척하고 전부 호주머니에 넣어버리자.

중년 남자는 앉자마자 손바닥을 내밀어 왔다.

"공교롭습니다만, 손금은 보지 않습니다."

"그럼, 여기서 뭐 하는 거야. 미싱 시연이라도 하나."

시큼한 술 냄새가 코를 찌른다. 남자는 술이 들어간 모양이었다.

"영감으로 당신의 미래를 점칩니다."

"돌아갈래."

"자, 잠깐, 기다려보세요. 아시겠습니까? 내게는 보인단 말입니다. 당신이 지금 심각한 고민을 품고 있어서, 어떻게 판단해야 할지를 망설이시고 있다는 마음이."

일어서려던 남자의 엉덩이가 공중에서 멈춘다. 이쪽을 내려다보는 얼굴에는, '어떻게, 그걸 알았지'라고 적혀 있었다. 그야 알지. 쉰 안팎의 중년 남자가 길거리 점술가에게 돈을 내려 하고 있다. 장난 반으로 들린 척하고 있지만, 사실 누군가가 들어주었으면 하는 고민이 있다는 게 뻔히 보인다.

"난, 영이 이러쿵저러쿵하는 그런 건 믿지 않지만 말이야."

입으로는 그렇게 말하면서 깊숙이 엉덩이를 내려앉는다.

"저도 그렇습니다. 아니, 옛날의 저도 그랬습니다. 십 년 전에 교통사고를 당해 뇌가 조금 손상되어서 말이죠. 그 이후로 어째선지, 보이지 않을 것이 보이게 되었답니다. 영감이라 해도, 오컬트 같은 건 아닙니다. 제6감이라고 할까요. 점치는 게 아니라, 그저 볼 뿐이거든요. 당신의 미래며 과거를. 만약 도움이 되지 않는다면, 요금은 됐습니다."

류사이처럼 붙임성 있게 말을 걸면서, 표정을 읽기 쉽도록 은근슬쩍 글라스 캔들을 남자 가까이 밀어낸다.

"그럼, 보고 싶은 만큼 봐봐. 얼굴이나 몸은 본다고 닳지도 않으니까."

농담 같은 어조지만, 눈은 뭔가를 기대하듯이 나를 응시하고 있다.

"당연히 나의 고민이라는 것도, 다 꿰뚫어봤겠지."

진지함 그 자체인 시선에 밀려, 그만 끄덕이고 말았다.

"아, 예에."

"그럼, 내 입으로는 말 안 해. 맞으면 믿어줄 수도 있어."

"알겠습니다. 하지만 경솔하게 단정할 수는 없습니다. 정확히 파악할 때까지 조금 시간을 주세요."

자, 어떻게 한다. 남자의 눈, 입술, 안색, 어조, 숨결, 손짓 몸짓

……오감을 바짝 세우고 정보를 읽어내려 했다. '가려내려면 연륜이 필요하다'는 류사이의 말대로, 실제로 해 보니 어려웠다. 느긋하게 미소 지으며 남자와 대치하고 있었지만, 마음속으로는 식은땀을 흘리고 있었다.

"어이 이봐, 아직 멀었나. 믿음직하지 못하구먼."

남자가 안달이 나서 말을 꺼낸다. 뭔가 없을까……뭐든 좋다…… 복장, 머리형, 체형, 소지품……짐은 악어가죽으로 만든 세컨드 백, 그리고 반투명한 비닐봉지. 이거다.

"당신의 고민은. 그래요, 건강에 관한 것……."

남자의 표정이 변했다.

"요즘, 몸이 좋지 않다……병에 관한 것이 아니신가요."

"그래, 그 말이 맞아."

남자가 눈을 크게 부릅뜬다.

비닐봉지 안에는 정사각형에 가까운 흰색 종이봉투가 몇 개. 로고 마크인 듯한 문자는 읽을 수 없었지만, 크기와 형태로 미루어 약 봉투가 아닐까 하고 추측했다. 분명히, 남자가 걸어온 방향에는 큰 종합병원이 있을 터.

"병원에서 선고를 받았군요."

선고라는 말에 눈썹이 의아한 듯이 모아졌다. 그렇다는 건, 암은 아니다. 조금 더 가벼운 병인가? 즉시 말을 얼버무린다.

"선고라고 해도, 지금 곧 어떻게 된다는 병명은 아니에요. 하지만 당신은 받아들이기 힘들지요."

남자가 다시 놀란 표정을 지었다. 병원에서 바로 돌아가지 않고, 술집에 들르고, 믿지도 않는 점에 매달릴 마음이 든다──그런 사람이 어떤 심리상태에 있는가. 간단한 추리다.

"당신이 고민하고 계시는 병은…… 위장…… 심장…… 아니, 아니야."

류사이의 상투수단 흉내를 내보았다. 손님이 들었을 때 배회하다 질리면, 나는 공원으로 돌아와, 손님 쪽에선 보이지 않는 곳에서 류사이가 점을 치는 모습에 귀를 기울이곤 했다. 서당개 3년이면 어쩌구다.

"혈압…… 도 아닌가. 당뇨…… 아아, 당뇨는 아니실 테지요."

"어떻게 안 거야?"

그것은 당뇨라고 천천히 발음했을 때, 눈썹이 치켜 올라갔기 때문이다. 이 남자는 눈썹에 감정이 드러나기 쉬운 타입이다. 나는 똑바로 눈을 쳐다보는 척하며, 남자의 미간을 주시했다.

"당뇨라는 게, 어제오늘 있는 병은 아닌 듯하지요. 합병증도 나타나기 시작하고 있어요."

약봉지가 몇 개나 되는 것이 그 증거다.

"오늘의 진단은, 당신에게는 적지 않은 쇼크였을 테지요. 술을 드시는 것 같습니다만, 지나침은 좋지 않을 텐데요."

미간이 벌어진다.

"금주하라는 말을 들었어. 언제까지냐고 물었더니, 앞으로 평생이라잖아. 농담하지 마. 술 없이 어떻게 살라는 거야."

대부분의 병은 의사로부터 술을 자제하라는 권유를 받으니 말해봤을 뿐인데 이게 딱 들어맞았다.

"당신의 가까운 친척분 중에도 같은 병으로 괴로워하시는 분이 계셨군요."

당뇨병 체질은 유전되기 쉽다.

"아버지가 그랬지."

남자의 말은 과거형이 되었다. 완치할 수 있는 병이 아니다. 의미하는 바는 한가지이리라. 냉정히 생각하면 당연한 그 사실을 상대가 깨닫기 전에, 단호히 단언했다.

"돌아가신 아버님도 술을 드시지 않으셨습니까."

속을 떠보기 위해 '많이'라는 단어는 생략한다.

"그랬다니까. 나보다 지독한 애주가였어. 택시 운전을 했는데 말이야. 일이 끝난 날은, 아침부터 마셨다고. 취하면 가끔 난폭해져서 말이지. 어렸을 때는 자주 맞았지. 장례식 때, 가족은 아무도 울지 않았어."

부친과의 관계는 양호하지 않았던 모양이다. 이것을 마음속에 메모해 둔다. 자! 지금까지의 정보를 어떻게 가져갈까.

"아버님은 비교적, 일찍 돌아가셨군요."

머리가 벗겨지고 있어 늙어 보이지만, 말투는 의외로 아이 같다. 나는 남자의 추정 나이를 쉰 이상에서 사십 대 후반으로 끌어내렸다. 그렇게 되면, 부친이 죽은 나이도 그렇게 고령은 아니리라.

"일흔넷이었어. 그렇게 빠르진 않은데."

이런. 잘못 읽었나.

"하지만 작금의 평균여명(平均餘命)을 생각하면, 십 년 가까이 이른 죽음이었습니다."

동요하는 속마음을 숨기며, 평균수명이 아니라 여명을 들고 나와 수습한다.

"술을 삼가고 큰 병도 없었다면, 아버님은 아흔까지 사실 수 있었을 터."

인간은 보통 다 그렇다.

"아, 그럴지도 몰라."

"술은 마시고 싶다, 하지만 아버님처럼 평균보다 이른 죽음은 맞이하고 싶지 않다. 당신은 그래서 갈등하고 계시군요."

매우 동정하는 어조로 말을 건네자, 남자는 어깨를 들썩이며 한숨을 떨구었다.

"그렇다니까. 술을 끊지 않으면, 조만간 죽을 거라는 소리를 들었어. 진짜냐고. 내 몸이야. 나도 여러 가지 알아봤어. 적당히 하면 상관없다는 의학서도 있단 말이지. 의사는 애매한 소리만 한다니까. 이렇게 약이나 주고. 듣는지 어떤지 알 게 뭐야."

"이해합니다. 의사라는 직업은, 무슨 일만 있으면 금방 수치를 들고 나오죠. 고작 두세 자리 숫자 하나로, 경솔하게 남의 인생을 좌우할만한 소리를 하지요. 수치나 데이터로 사람의 모든 것을 헤아리거나 할 수 없는데 말이지요."

"맞아, 맞아. 정말 그래."

생활습관병인 사람은 검사결과를 믿지 않는다. 회사 정기검진에서 'γ-GTP가 너무 높다. 금주하라'는 충고를 들었던 나도 그랬다.

"당신은 의지가 강한 분이시군요. 주변 분들도, 입 밖에 내어 말하지 않아도 모두 그렇게 생각하고 계실 테지요."

남자의 가슴이 뒤로 젖혀졌다.

"그렇지. 강한 편이지. 주위에서도 틀림없이 인정하고 있어. 사장은 완고하다, 들을 생각을 안 한다고 우리 사원들도 자주 그러지."

영세한 것 같지만 일단은 사장인가. 이것도 마음의 메모에 추가했다.

"남의 위에 서는 별 아래에서 태어난 분이에요. 결단력도 있어. 그런 당신이 술을 끊지 못한다. 이상한 일이군요."

"그렇지."

테이블 너머에서, 크게 끄덕임이 돌아온다. 이 남자를 조종할 실을 찾아냈다는 기분이 들었다. 신중하게 실을 끌어당긴다.

"끊지 못하는 건, 당신 탓이 아닙니다."

"역시. 그럼 뭣 때문이야?"

"원인은, 아버님입니다."

남자가 눈을 희번덕거렸다.

"아버지?"

"그래요, 일찍──비교적입니다만, 일찍 돌아가신 탓일 테지요, 술을 한껏 드시지 못한 것입니다. 그러니, 당신의 몸을 빌려 좀 더 마시고 싶다고 생각하시는 것일 테지요."

"잠깐 기다려. 오컬트가 아니라고, 당신 그랬잖아. 왜 유령 얘기가 되는 거야."

"영이 아닙니다. 굳이 말하자면, 윤회에 새겨지는 생명의 잔상."

남자는 무슨 말인지 잘 모르겠다는 표정이 된다. 그럴 테지. 나도 잘 모르겠으니까.

"육체는 사라져도, 아버님의 강한 욕망은 아직 현세에 남아 있지요. 그것이 제게는 실체를 지닌 듯이 보인답니다. 아버님은 머리숱이 적고, 눈코입이 큰 분이 아니셨습니까……눈썹은 두툼하고, 수염도 짙은……음, 제복을 입고 있는 모습이 보이는군요. 모자도 쓰고 있어……이건 운전모인가……."

눈앞의 남자 특징을 그대로 들면서, 거기에 택시 운전사의 제복을 입혀갔다. 류사이는 아버지와 아들은 어머니와 아들보다는 닮지 않는 경우가 많으니까 도박이라고 했지만, 택시 운전사였다고 자기 입으로 말했던 걸 잊은 듯한 남자에게는, 당장 효과가 나타났다.

"……어이, 진짜야?"

사람은 자신이 했던 말을 하나하나 정확하게 기억하지는 못한다. 대화가 길어지면, 조금 전에 얘기했던 내용은 점점 머리에서 사라져버린다. 그것이 류사이의 점술이 노리는 점 중의 하나다.

"그건 분명히, 우리 아버지야……하지만, 어째서."

말꼬리가 한심하게 쉬었다. 성공이다. 그럼, 조금 더 도박을 해주지. 어차피 2천5백 엔 감정료로는 선불폰도 살 수 없다. 모 아니면 도다. 나는 한 손을 엉덩이 주머니에 뻗어, 나카무라에게서 받은 팔찌를 슬쩍 꺼냈다.

"지금. 당신 뒤에, 와계시거든요."

남자가 돌아본 틈에, 테이블 밑에 놓여있던 소도구용 종이봉투에 팔찌를 던져 넣는다.

다시 돌아본 남자는 매달리는 듯한 눈빛이 되어 있었다.

"슬쩍, 뭔가가 보인 것 같은 기분이 들어. 기분 탓이 아니라면……."

기분 탓이라네.

"저기, 선생. 나는, 어쩌면 좋지."

"글쎄요, 어떻게 할까요. 시간을 들여 아버님의 잔상과 대화하는 것이 제일 좋겠습니다만, 조금 더 빠른 방법이 없는 것도 아니지요."

종이봉투를 무릎 위에 얹고, 주저하는 척하며 안을 더듬는다. 류사이가 글씨를 써서 붙일 때 쓰는 습자지 묶음을 찾았다. 한 장을 빼내, 봉투 안에서 팔찌를 감싼다.

"가령 이것은, 상당히 효과가 있습니다만."

종이로 감싼 팔찌를 테이블에 올려놓는다. 싸구려 서예용 습자지지만, 글라스 캔들의 노란빛 속에서는 손으로 뜬 전통 한지처럼 보이기도 한다. '열어 봐도 될까'하고 안을 확인하는 남자의 손길도 무척 정중하다. 하지만 그것도 내용물이 나올 때까지였다.

"뭐야, 이거. 잡동사니잖아."

여기까지 왔으면 이제 둘러대는 수밖에 없었다.

"아니요, 천연수정입니다. 경박한 유행어로 말하자면, 파워스톤입니다만."

"나는 그런 거 안 믿는다니까. 차고만 있어도 운이 트인다든가 뭐 그런 거잖아. 그런 게 맞을 리가 없어. 약처럼 마시거나 바르거나 하는 것도 아닌데."

"약은 신용할 수 없는 것 아니었습니까?"

"아니, 뭐, 그건 그렇지만."

"수치와 데이터만을 신용하시는 건가요? 보이지 않는 것은 힘이 없다고 생각하시면서. 그래서야 의사와 똑같지 않습니까. 원적외선은 보이던가요? 자기 목걸이의 자기는 어떻습니까?"

"그렇게 말하니, 확실히······."

"이것은 과학입니다. 광물에 특수한 효능이 있다는 건 아실 테지요. 라듐은 몸을 치료한다, 마그네슘은 자기를 방출하고 악을 물리친다. 비장탄은 식물 성분을 변화시키고, 티타늄은 탁월한 파워를 낳는다."

후반은 조금 구차했지만, 남자는 크게 끄덕였다. 이제 얼마 남지 않았다.

"수정에는 사악한 기운을 물리치고, 욕망을 억제하는 효과가 있습니다."

"정말인가, 믿어지지 않는걸."

믿고 싶은 얼굴을 하고 있었다.

"믿던 믿지 않던, 당신 마음입니다만."

집어넣는 척했더니, 머뭇머뭇 손을 뻗어왔다.

"그거, 얼마야?"

"얼마? 아아, 이건 파는 물건이 아닙니다. 제가 직접 대장암이신 모친을 위해서 준비한 것이지요. 무엇보다, 가격을 매길 수 없거든요. 천연수정이라고는 해도, 원가는 만 엔도 안 되는 물건일 테지요."

거짓말은 하지 않았다. 천 엔도 안 될 테지만.

"다만, 천연황수정 가운데, 특히 파워가 강한 알만을 제가 장년의 경험으로 가려내어 염주로 만든 것이니, 부가가치를 얼마라고 봐 주실 것인가 —— 이겠지요."

"돈은 내겠어, 양보해 줘."

"같은 걸 만들려면 시간과 수고가 든답니다. 모친께 뭐라고 해야 할지……."

"그걸 좀 어떻게 해줘. 얼마면 돼?"

승부를 걸어 보았다.

"으음, 곤란한걸. 과거에 양보해드렸던 예가 없는 것은 아니지만……. 그럼, 이렇게 하지요. 값은, 지금 가지고 계신 금액의 반이면 됩니다."

"반?"

"예에, 반. 물론 저의 점은 자선사업이 아닙니다. 어디까지나 장사로 하고 있습니다. 하지만 남에게는 없는 능력을 부여받은 인간으로서, 괴로워하는 분들을 구하고 싶다는 마음도 진심입니다. 그러니, 반. 어려우신 분에게는, 많은 돈은 받을 수 없지요."

여기서 남자에게 흘낏 시선을 흘린다. 어려우신 분이라는 말을 거부하듯이, 부르르 고개를 저었다.

"당신이 만 엔밖에 가지고 계시지 않다면, 5천 엔이면 됩니다. 가지고 계신 돈이 5천 엔이라면, 2천5백 엔."

미간이 찌푸려진 것을 보고 남자가 기분이 상했다는 것을 알았다. 허세 부리길 좋아한다는 사실은 명품 점퍼나 백을 보면 알 수 있다. 꺼내 든 지갑도 명품 로고가 그대로 무늬를 이루고 있는 물건이었다.

"그리고 보니, 이전에 양보 드렸던 분은 3만 엔을 지불하셨지요."

조종하는 실을 세게 끌어당긴다. 남자가 지갑에서 지폐뭉치를 뽑아냈다.

"하, 그런 걸로 되겠나."

상당한 매수다. 내 목구멍에서는, 매의 발톱처럼 구부린 손이 튀어나와 있었으리라.

"이거면 될까."

남자가 쑥 내밀어 온 지폐에 흥미 없는 척 시선을 향하고, 그리고 열심히 셌다. 핏발이 선 것을 눈치 채이지 않았으면 좋겠는데.

5만 엔.

요 몇 년간, 계속 좋지 않은 패만 내던 나의 주사위가, 간신히 바라던 패를 굴렸다.

지폐를 꽉 쥔 내 손은, 요행에 떨었다.

5만 엔을 손에 든 내 머리에, 처음에 떠오른 것은 튀김국수였다. 몇 번이나 숨을 후후 불어 식히지 않으면 먹을 수 없을 만큼 뜨겁고, 새우튀김옷의 반은 국물이 잔뜩 배어있고, 반은 아직 바삭바삭한. 280엔. 역 앞의 서서 먹는 국숫집 가격이다. 추위를 잊을 겸 우산이나 쓸 만한 폐기물을 줍기 위해서, 지금도 하루의 반은 거리를 배회하며 지내고 있어서, 매일 때로는 하루에 몇 번이나 가게 앞을 지나간다.

음식에 돈은 쓰지 않는다, 그렇게 결심은 했지만 차가운 밥에 진절머리를 내고 있는 탓인지, 늘 냄새에 이끌려 발이 가게 안으로 움직이려 한다. 지금이라면 백칠팔십 그릇은 먹을 수 있다.

아니, 면류라면 무료급식으로 먹은 지 얼마 되지 않았다. 아예 스테이크로 가 버릴까. 200그램. 아니 아니, 250그램. 증권회사 시절에는 쳐다보지도 않았던 체인점의 싸구려 스테이크 맛을 상상하며 꿀꺽침을 삼킨다. 반동으로 위에서 돌아온 트림은, 김도시락에 곁들여있는 절임 반찬 냄새가 났다.

접힌 자국이 난 지폐 속에서, 후쿠자와 유키치가 엷은 미소를 띠고 있었다. 안 돼, 안 돼. '길바닥의 역습' 같은 잘난 소리를 지껄여놓고선, 돈을 음식으로만 환산해버리는 스스로가 한심했다. 이건 재기를 위해서 쓸 돈이야. 지금은 참는 거다.

남자가 마음이 바뀌어 돈을 돌려달라고 돌아오지는 않을까. 그런 생각을 하니 정신이 하나도 없어, 가게 지키던 걸 내동댕이치고 도망쳐 버리려는 몸을 점술 테이블 앞에 묶어놓느라 고생했다. 인파가 끊기길 기다려 양말을 내린다. 만 엔짜리 지폐를 두 장씩 발목에 감듯이 해서 양말 안쪽에 숨기고, 나머지 한 장은 류사이의 습자지를 빌려 감은 뒤 작게 접어, 바지 뒷주머니 안에 찔러 넣었다.

류사이가 돌아온 시각은 오후 9시가 넘어서다. 양해도 없이 모습을 감춘 지 한 시간도 한참 지난 다음이다. 벌게진 얼굴로 술 냄새나는 숨을 내쉬고 있었다.

"오오, 기다렸지. 담배를 사러 갔더니 바로 옆에 좀 괜찮은 가게가 있어서."

담배 자동판매기 옆의 좀 괜찮은 가게라면, 나도 잘 안다. 꼬치구이 두 개와 맥주 세트가 580엔인 서서 마시는 술집이다. 류사이가 맥주 한 잔으로 끝낸 것이 아닌 냄새를 풍겨왔다.

"뭐야, 불평하지 않는 거냐."

안 한다. 당연히. 손에 넣은 5만 엔 얘기도. 김이 샜다는 듯이 들리기에, 일부러 보란 듯이 한 손으로 냄새를 휘저어 날리며 대답해 준다.

"듣고 싶었나."

"바보 같은 소리 하네."

알코올이 류사이를 명랑하게 만든 모양이지만, 내 얼굴을 들여다보자마자 평소의 시무룩한 얼굴로 돌아와 버렸다.

"기분 나쁜 녀석이네. 뭐가 웃겨. 히죽거리기나 하고."

나도 모르는 사이에 뺨이 풀어져 있었던 모양이다. 어금니를 쑤시는 척하며 얼버무렸다.

"너, 묘한 짓 한 거 아냐?"

"뭘 한다는 거야? 술 취한 점술가 자리를 지키는 거 말고."

종이봉투를 놓은 위치가 바뀐 것을 눈치채고, 안을 확인하기 시작했다.

"내 책을 들치기해봤자 소용없다고. 헌책방에 들고 가 봤자……."

책이 나온 순간, 헛기침하며 뒷말을 삼켰다.

"잊고 있었군. 그 책. 들고 도망가서 인터넷 옥션에 내놓으면, 비싼 값에 팔렸을 텐데."

"입 다물어. 자, 손님이 왔다고. 호객이나 해."

그 후 두 시간 남짓, 찾아온 손님은 망년회가 끝나고 귀가하는 길인 취객 한 명뿐이었다. 오늘의 잠자리는 먼 곳에 있는 모양이다. 류사이는 막차를 신경 쓰며 계속 손목시계에 시선을 떨구었다.

"이제 여기까진가. 올해는 이걸로 끝이로군."

새해까지 앞으로 6일. 세상과 마찬가지로, 길거리 점술가도 업무 종료인 모양이다. 류사이의 보잘것없는 장사가 부러워 보였다.

"내년에도 올 거지, 여기."

지금의 나에겐 손님 한 명당 105엔이라는 개런티는 재미 좋은 일은 아니지만, 이대로 잃기에는 아깝다는 기분이 들었다.

"글쎄, 어떻게 될지. 모레 나카야마에 따라서지. 내 예상대로라면, 만마권정도가 아냐. 천만마권이야. 말이 오면, 나는 안 온다는 거지."

재미도 없는 너스레에 혼자 웃고서 엉덩이를 들었다.

"딱 만 엔인가. 군자금으로는 성에 차지 않지만. 뭐, 어쩔 수 없지."

오늘은 아직 개런티 정산이 끝나지 않았다. 나는 한 손을 내밀었다.

"출발은 좋았는데 말이야."

술 같은 걸 마시니까 그렇지. 류사이는 손님을 기다리는 시간 대부분을 조는 데 쓰곤 했다. 누구든 그런 녀석에게 자신의 미래를 점쳐주길 바라지는 않으리라.

"술 취한 점술가에게는, 술 취한 손님밖에 들지 않는 거지."

"오우오우오우, 건방지게. 노숙자 주제에 나한테 충고라니. 당신한테는 고마우신 큰돈을, 이 몸한테서 받고 있다는 감사의 마음은 없는 거냐."

"당신한테는, 달리 말해 줄 사람이 없어 보이니까."

류사이가 딸꾹질을 했다. 눈알을 동그랗게 부풀리고서 나를 노려본다.

"아니, 당신 때문이지. 가짜손님 따위, 어차피 사도(邪道)야. 매일 밤 똑같은 차림으로 거기에 앉아 있으면 가짜입니다―― 하고 자백하는 거나 마찬가지잖아. 매일 여기를 지나가는 녀석들에게는 이제 통하지 않아. 나는 자선사업가가 아니라고. 내년에도 내 밑에서 일하고 싶으면, 다른 옷을 사."

"내년에도?"

쓸데없는 소리를 해 버렸다는 듯이 류사이가 콧방귀를 뀌고, 꺼낸 지갑으로 시선을 돌린다. 뭐, 확실히 가짜손님은 슬슬 한계일지도 모른다.

"광고 전단을 만들어 보는 건 어때. 내가 돌릴 테니까 말이야. 지금까지와 똑같은 요금에다가, 특별가격이라고 적기만 해도 효과가 있을 거야."

만 엔짜리가 들어있는 발목을 문지르면서 말한다. 어쩌면 내년은, 이쪽이 자선사업가 기분으로 이 남자와 어울려 줄 가능성도 있다.

"항! 나한테 충고하지 말라고 했잖아. 작은 게 없네. 잔돈 있나?"

"없어."

큰 거라면 있지만.

마지못한 듯이 오백 엔짜리 동전을 던진다.

"잔돈은 됐어. 보너스 포함이다. 소중히 써, 극빈층 녀석."

"매번 감사합니다."

거창하게 머리를 조아리자, '당신 정말 건방져'라고 투덜거리며 류사이가 다시 술내 풍기는 딸꾹질을 했다.

8

새해를 노상에서 맞이하게 되다니, 일 년 전에는 상상도 하지 못했다.

미나코도 없고 직업도 없었던 작년 새해에는 전날부터 집에서 술을 마시다 잠들었고, 점심때가 지나서 숙취로 인한 지독한 두통 때문에 잠에서 깼다. 맥주 빈 캔을 발로 차며 화장실로 달려 들어가 토하면서, 생애 최악의 신년이라고 변기를 향해 욕했다. 내 인생은 이 이상 나빠질 수도 없을 거라는 생각도 했다. 하지만 인생의 하강선에 바닥을 친다는 말은 없는 모양이다. 숙취를 잊기 위해 더욱 술을 마셔댔던 작년 정월이, 지금은 극히 평화로운 일상의 한 장면처럼 생각된다.

오피스가 주변의 정월은 조용했다. 오가는 사람은 드문드문 보이고, 도로를 달리는 차도 많지 않다. 하늘은 무척 맑았다. 도회지에서 이만큼 푸른 하늘을 볼 수 있는 건, 신정 연휴 기간인 이 며칠뿐이리

라. 바람이 불 때마다 살을 에는 듯이 추웠지만, 밝은 햇빛과 푸른 하늘은 어쩐지 온화한 날씨처럼 느껴지게 한다.

지붕 달린 벤치 밑에서 가스버너에 불을 붙였다. 버너 위에는 물을 담은 자그마한 알루미늄 냄비.

요행으로 얻은 5만 엔이다. 결코 허투루 써선 안 된다——그렇게 결심했는데. 역시 돈은 있으면 있는 대로 써 버리는 법이다.

알루미늄 냄비는 100엔숍에서 샀다. 버너도 할인 매장의 세일 상품으로 1,880엔이다. 네다섯 묶음짜리 팩을 105엔에 살 수 있는 우동이나 마른국수를 이걸로 데쳐 먹으면, 서서 먹는 국수가게보다는 훨씬 경제적이라고 생각했다.

하지만 카세트식 버너에는 봄베(Bombe)가 필요한데다, 국수를 먹게 되면 소스도 필요하고, 양념으로 파나 건더기 하나라도 넣고 싶어진다. 모처럼 물을 끓일 수 있으니 아깝다면서 100엔숍 카트에 인스턴트커피도 담고 말았다.

그런 식으로, 조금씩 쓸데없이 돈을 쓰고 있다. 105엔에 4, 5인분이라고 계산했던 마른국수도, 끓일 때에는 평소의 답례로 나카무라를 청했고, 대식가의 모습을 발휘하는 녀석 덕에 매번 한 팩을 다 먹어 버린다.

옷도 샀다. 변두리 작업복 전문점에서 '어둠의 루트로 매입한 특가품'이라는 표찰이 걸려있던 겨울 방한용 점퍼다. 1,200엔. 이건 필요경비라고 생각한다. 휴대전화 인재파견으로 일을 시작할 때 필요한 최소한의 물품이라 생각되었고, 연말연시 한정으로 열섬 현상이 소멸해 버린 모양인지, 요 며칠 추위가 한층 혹독해졌었다. 어제 새벽에는 처음으로 0도를 돌파했다. 윈드브레이커만으로는 아무리 에어캡 충전재를 안에 채워 넣어도, 허풍이 아니라 동사해 버릴 것이다.

정작 중요한 휴대전화는 아직 구입하지 않았다. 정확히 말하자면 구입하지 못했다. 선불식이라도 얼마 전처럼 익명으로 구입할 수 없게 되었다는 사실 정도는 알고 있어서, 유일하게 신분을 증명할 수 있는 운전면허증을 제시했지만, 점원에게 면허증 기한이 지났다는 사실을 들켜버린 것이다.

운전면허는 맨션을 퇴거하는 어수선한 시기에 실효되었다. 인터넷 카페 시절에는 재등록할 여유가 없었다. 실효되어도 반년 이내라면 쉽게 되살릴 수 있다. 머지않아 취직이 결정될 테니 그다음에 해도 늦지는 않을 것이라 얕보며 계속 뒤로 미뤘던 것이다.

'깜빡하고 실효됐소. 주소는 바뀌지 않았어'하고 얼버무렸지만, 휴대전화 판매점의 점원은 융통성을 발휘하지 않았다. 노숙자라는 사실이 들켰는지도 모른다. 수염은 거의 매일 깎고 있고, 며칠에 한 번은 결사의 각오로 옷을 벗고 공중화장실에서 물 목욕을 하고 있지만, 옷의 냄새와 더러움까지는 지울 수 없었다. 단벌옷이라 무인세탁소에서 세탁할 수도 없었다. 의심과 불쾌함을 감추지 않는 여성 점원에게, 공공요금 영수증이나 주민표 사본이 필요하다는 말을 들었다.

그런 소리를 해봤자 주민표가 있는 예전에 살던 동네는 여기서 멀다. 그곳을 떠날 당시에는 조금이라도 멀어지고 싶어서 인터넷 카페가 밀집해 있다고 들은, 그다지 지리도 잘 모르는 이 동네로 찾아왔었다. 무엇보다 동사무소는 이미 휴가에 들어갔다.

그런 사정으로, 나의 재기를 위한 계획도 신년 휴가 중이다.

1월 1일 현재 재산은, 4만 7천425엔.

지출 과다지만, 수입이 제로였던 것도 아니다.

관동지방의 연말치고는 드물게, 요 며칠 사이에 비가 두 번 내렸다.

처음에는 류사이와 헤어진 다음 날. 점심 지나서부터 하늘 모양이 수상쩍어진 것을 보고, 권토중래를 기대하며 우산 다발을 껴안고 나섰다.

토요일인데다 이미 신년 휴가에 들어간 회사도 많아 보였기에, 상점가가 있는 역 반대쪽으로 가 보았다. 거리는 연말연시를 준비하느라 손님들로 붐비며 누구나 지갑이 느슨해진 듯 보였고, 덤으로 언제 눈으로 바뀐다 해도 이상하지 않을 비가 내렸다 그쳤다 하는 안성맞춤인 날씨였지만, 결과는 지난번과 그다지 다르지 않았다. 팔린 우산은 총 네 자루, 400엔이다.

도착한 순간 빗줄기가 가늘어져 버린 불행도 있었지만, 이번 부진의 가장 큰 원인은, 또 빗줄기가 굵어졌음에도 두 시간을 채우지 못하고 돌아와 버렸다는 점이리라.

오래 있고 싶지 않았다. 우산을 팔기 시작한 지 한 시간 정도 지났을 무렵, 보기에도 인상이 안 좋은 남자가 조금 떨어진 곳에서 이쪽 모습을 살피고 있는 것을 깨달았다. 설마 이런 장사까지 —— 라고는 생각했지만, 혹시 자릿세를 요구하는 게 아닐까 하고 내심 조마조마하는 사이에 어딘가로 사라졌다.

완전히 의욕을 잃어버린 내게 치명타를 가한 것은, 아케이드 방향에서 역 구내로 향하는 남자의 모습이었다. 얼굴이 기억에 있었다.

증권회사 시절의 후배였다. 양손에 짐을 들고 아내와 아직 어린 두 아이를 데리고 있었다. 가족이 나란히 그럭저럭 값이 나가 보이는 따뜻한 옷을 입고 있었다. 무거운 듯이 들고 있는 종이봉투 내용물은 식료품으로 보였다.

순간, 눈이 마주쳐버렸다. 딜링룸에 재적하던 시절 본사내의 다른 부서에 있었을 뿐, 같은 일터에 있었던 적도 없어 성도 어렴풋한 남자지만, 잘못 본 것은 아니었다. 당시에는 분명 독신이었는데, 지금도 여사원들에게 인기 있던 잘생긴 얼굴은 건재했다.

상대방은 눈치채지 못한 듯 보였다. 저쪽과 달리 나는 체격도 얼굴 생김새도 대단한 특징은 없다. "당신은 개성이 부족해요. 옷이나 머리스타일만 바꿔도 다른 사람으로 보인다니까." 미나코에게 자주 들은 소리다.

아니, 정말로 그럴까. 눈이 마주치고 나서 상대가 시선을 돌릴 때까지, 묘한 간격이 있었던 듯한 기분도 든다. 보고도 못 본 척한 건 아닐까. 예전에는 눈부신 존재였던 딜링룸의 선배 사원이, 길거리에서 우산을 팔고 있는 모습을 차마 볼 수 없어서.

몰락한 모습이 들켰는지도 모른다. 그런 생각을 하니, 견딜 수가 없었다. 지금까지의 부정적 체험이 만든 추를 달고 가라앉았을 터인 프라이드가 마음 밑바닥에서 갑자기 떠올랐다. 혼잡함 속에서 웅크리고 앉아 있는 사이, 뒤에서 어깨를 두들기며 "여어, 이런 데서 뭘 하고 있는 거야" 하고 아는 사람이 말을 걸어와도 이상하지 않을 것 같다는 생각이 들기 시작했다.

그것은 내게 있어 야쿠자에게 자릿세를 요구당하는 것보다 두려운 일이었다.

두 번째의 비는 어제, 한 해의 마지막 날 아침이었다. 거리의 떠들썩한 분위기는 최고조에 달해 있었을 테지만, 지나가는 비라고 단정 짓고 우산을 팔러 가지는 않았다.

공원에는 인기척이 없다. 아직 어린 길고양이가, 어딘가의 고양이

애호가가 놓아둔 듯한 먹이용 접시에 얼굴을 박고 있을 뿐이다.

조금 전에 한 부자가 연을 날리러 왔지만, 우리들이 있는 걸 보더니 아버지의 태도가 갑자기 어색해졌다. 그 남자는 아버지로서 보여야 하는 허세를 아주 잠깐 보이더니 어린 아들을 재촉해 돌아가 버렸다. 그들의 모습을 바라보면서, 나는 쭉 미나코와의 생활을 생각해 보았다. 스스로 바란 결과니 이제 와서 어쩔 수 없는 일이지만, 둘 사이에 아이가 있었다면 어떻게 되었을까── 하고.

물이 끓었다. 공중화장실 물은 표백제 냄새가 강하다. 잠시 끓게 두어 냄새를 날리고 나서, 소스를 붓는다. 나카무라가 잘 가는 개인 슈퍼마켓에서 얻은 무청과 100엔숍에서 산 파 나머지를 손으로 찢어 넣고, 마지막으로 떡을 넣는다. 올해의 떡국이다. 작년의 인스턴트 떡국보다는 다소 나은지도 모르겠다.

아무튼, 몇 년이나 제대로 된 떡국을 먹은 적이 없었다. 후쿠이 출신인 미나코의 떡국은 관서식인 둥근 떡이었다. 된장 양념에 순무가 들어 있다. 결혼한 지 몇 년 되었을 때, 가끔은 관동식도 만들어 달라고 부탁했더니, 갑자기 화를 내며 이제 떡국은 만들지 않겠다고 선언한 것이다. 그다음 해부터 정말로 만들지 않았다. 미나코에게 있어 출신지는 콤플렉스였다. '바꿀 수 있다면, 출생지를 도쿄나 요코하마로 바꾸고 싶다'고 진지한 얼굴로 얘기하는 여자였다.

떡은 두 개. 하나는 나카무라 몫이다.

"저기."

건너편에서 멍하니 냄비를 바라보고 있는 나카무라에게 물었다.

"나카무라 군의 본가는 떡국을 어떻게 만들었어? 맑은장국? 된장국?"

고개를 갸웃거리기만 했다. 이 남자와 알게 된 지 벌써 2주 가까이 되지만, 여전히 대화다운 대화는 없다. 말을 거는 건 늘 이쪽이고, 뭘 물어도 나카무라는 보디랭귀지나 예의 고양잇과 동물 같은 미소로 대답을 대신해버린다.

똑똑하다는 생각은 들지 않지만, 딱히 머리가 나빠 보이지도 않는다. 말을 하지 않는 건 본인의 원래 성격이라기보다, 뭔가 장해나 병인 게 아닐까 싶을 때가 있다. '극히 경증의 실어증'. 이런 표현이 의학적으로 옳은지 어떤지 모르겠지만, 인상적으로는 딱 그런 느낌이다.

이때도 딱히 대답을 기대한 건 아니라서 냄비 속의 떡으로 얼굴을 돌렸다. 일회용 젓가락으로 얼마나 익었는지 확인하고 있는데 갑자기 대답이 돌아왔다.

"없었는데."

떡국이 없었다? 그런 데도 있나.

"고향은 어딘데?"

잊었다고 해도 놀라지는 않았을 테지만, 대답은 제대로 돌아왔다.

"오키나와."

오키나와에서는 떡국을 먹지 않던가. 옛날에 신정 연휴에 갔었던 본섬의 숙소에서는, 아침 식사로 떡국이 나왔다. 같은 오키나와라도 이 남자의 출신지가 특별한 걸까.

"떡은 먹어. 음력설에."

냄비 속의 떡은 확실하게 먹을 테니 걱정하지 마——그런 뜻의 말처럼 들리기도 한다. 나카무라가 제대로 된 말을 걸어 온 건 처음인 듯하다. 이 남자라도 정월에는 특별한 기분이 드는 건지, 이쪽 말을 기다리지 않고 더 나아가 또 한마디를 한다.

"공양도 해. 불단과 히누칸에."

"히누칸?"

나카무라는 맑게 갠 새해 첫 하늘을 올려다본다. 설명할 단어를 찾는 모양이었다. 잠시 그러고 있다가, 하늘에 적힌 글자를 읽어 내리듯이 말했다.

"불의 신."

불의 신. 어떤 신인지 모르겠지만, 어째선지 여운이 남는 울림이었다. 힘차고, 자비심 깊고, 환상적으로 느껴지고, 현실적인 듯도 한, 그런 존재가 머릿속에 떠오른다.

"어떤 신인데."

이 말에는 곤혹스러운 듯 고개를 갸웃거릴 뿐이다. 아무리 지나도 대답이 돌아오지 않기에 화제를 바꿨다. 아주 잠시라고는 해도, 나카무라와 이야기를 나눴다는 것이 기뻤다.

"술, 사 올까?"

정월이다. 한 잔 정도라면 마셔도 괜찮을 테지. 비겁하게 결단을 타인에게 맡길 생각이었지만, 나카무라는 고개를 옆으로 저었다.

"그럼, 이건?"

이어서 내민 것에는 크게 끄덕인다. 컵 시루코[16]다. 105엔. 지금까지 나카무라 덕분에 얻어먹었던 대량의 폐기 도시락을 생각하면 싼 거다. 요즘은 다 먹지 못하는 도시락에서 반찬은 버리고, 쌀밥만 빼내 죽을 만드는 사치도 부리고 있다.

다시 한 번 물을 끓여 2인분의 시루코를 만든다. 건배할 생각으로

---

16) しるこ : 단팥죽

시루코 컵을 서로 부딪치고 나서 나카무라에게 건넸다.

"새해 복 많이 받아."

"응."

나카무라는 자신에게 바치는 축하 인사를 듣는 임금님처럼, 느긋하고 여유 있게 미소를 던진다.

9

텔레비전도 신문도 누군가와 공유하는 시간도 없는 생활을 하다 보면, 그날의 날짜와 요일이 애매해지기 시작한다. 그래서 그 남자가 찾아온 날이 새해 첫날로부터 6일이 지났을 때라는 사실을 내가 인식한 것은, 한참이 지난 후였다.

나카무라와 편의점 순찰을 마치고, 오피스가 주변에 사람들이 돌아온 것을 보며 이제 정월 소나무 장식은 내려가겠군, 하는 정도의 감상밖에 없이 슬슬 주민표를 받으러 갈까, 아직 괜찮을까 하고 완전히 몸에 밴 태만함 속에 멍하니 생각하면서, 이 연말연시 동안 다다미 석 장 넓이로 증축한 종이상자 하우스에서 다시 잠을 청하기로 결심했을 무렵, 머리 위에서 갑자기 목소리가 내려왔다.

"여보세요."

처음에는 나에게 던지는 말이라고는 생각하지 못했다.

"어——, 여보세요."

멀리서 들려오는 것 같은 기분이 들었으니까.

"아——, 거기 당신, 들립니까?"

세 번째 목소리에 종이 하우스 지붕을 옆으로 밀며 고개만 내밀었다. 아무도 없다. 역시 기분 탓인가 하고, 빙글 고개를 돌리자 등 뒤에 남자가 서 있었다.

멀리서 들리는 목소리 같았던 건, 목소리를 죽이고 부르고 있는데도 불구하고, 그 남자가 5, 6미터 정도 거리를 둔 곳에 서 있었기 때문이었다.

단발머리에 약간 뚱뚱한 몸. 역 너머에서 야쿠자 같은 남자가 시선을 던져왔던 것을 떠올리고, 등줄기가 싸늘해졌다. 동료가 자릿세를 걷으러 온 건가?

설마 하고 생각하면서도 엉거주춤한 자세 그대로, 주머니 속의 5천 엔을 양말 안으로 이동시킨다. 비좁게 작업을 하면서, 밖으로 내민 얼굴에는 붙임성 좋은 웃음을 띠었다.

"당신이라니, 나 말이오?"

남자는 화려한 노란색 다운 조끼를 입고 있었다. 보이지 않는 경계선이라도 있는 듯 5미터 거리를 유지한다. 코를 막고 있다. 냄새를 경계하는 모양이다. 나는 아직 괜찮아하고 말해주고 싶었지만, 이제 자기진단은 불가능해져 확실한 자신은 없다.

시선을 마주치자 상대가 먼저 눈을 돌리며 더욱 한 걸음 물러났다. 생각해보면, 푼돈이나 버는 노숙자가 있는 곳을 수고스럽게 찾아내

협박할 정도로 한가한 야쿠자가 있을 리 없다. 겉모습은 딱딱하지만, 남자의 주저하는 표정은 야쿠자와는 정반대의 인간이라는 사실을 말해주고 있었다.

"여기가 공공시설이라는 건, 알고 있겠지요."

유약해 보이는 행동과는 반대로 거만한 어조. 이제야 상대가 어떤 인종인지 이해했다. 사람과(科) 샐러리맨 아종(亞種), 공무원이다.

"응, 알아. 하지만 어쩔 수 없거든. 지금 살 곳이 없어서 말이야."

남자는 내 말에 끄덕여 보였지만, 그건 동의의 의사표시가 아니라 그저 반사적인 고개 운동이었다.

"주민들로부터 불만접수가 들어오고 있어요."

이쪽이 무슨 소리를 하든, 같은 말밖에 준비하지 않은 게 틀림없다.

"미안하다고는 생각해. 다만, 지금 취직자리도 없어서 말이지."

"노숙자 자립지원시스템을 이용해주세요. 긴급임시보호센터라는 시설이 있으니까요."

"빈자리가 없다는 말만 들었어. 그러니 이러고 있지. 어쩌면 좋겠나."

"복지사무소의 복지과에서 상담해 보세요."

"그러니까 말이야. 거기하고 얘기했는데, 시설이 다 찼다고 했다고. 추첨으로, 그것도 병자나 노인이 우선이라든가 하면서. 여기서 살지 말라고 할 거면, 나도 넣어 달란 말이야. 어떻게 하면 되는데."

진심이었다. "센터 따원 들어갈 데가 아니야. 술도 담배도 금지고, 아침 일찍 두들겨 깨우잖아. 밖에서 사는 편이 편해" 무료급식 때 알게 된 노숙자 노인은 실패담을 얘기하듯이 말했지만, 담배도 피우지 않고 전직 샐러리맨이라 일찍 일어나는 게 힘들지 않은 나는, 들어갈 수 있다면 들어가고 싶었다.

남자는 곤혹스러워한다. 대화를 나눌 생각 따위 애초부터 없었으리라. 이쪽과 대화를 하기 위해서가 아니라, 대화했다는 사실이 필요해 왔을 뿐이다. 서류를 읽어 내리듯이 말했다.

"이대로 공원 내의 부지를 계속 점거할 경우, 강제적으로 철거하게 됩니다."

"강제적?"

찌릿 노려보자 남자는 턱의 군살을 떨었다.

"아아, 아뇨. 물론, 법적 절차에 따라서 말입니다."

"법적 절차, 나는 그런 거 상관없어. 내 얘기는 그런 게 아니야. 철거하겠다면, 내 생활을 보장해 줘. 살 곳을 달란 말이야. 아니면 돈을 빌려 줘, 제대로 갚을 테니까. 보호센터라는 곳에 당신이 얘기해 주던지."

"복지과 쪽에 하십시오."

이상한 동물을 보는 눈으로 나를 바라보기에, 이쪽도 똑같은 눈으로 쳐다봐 주었다.

"그러니까, 이미 거기는 갔다 왔다고."

남자는 얼굴에서 표정을 지우고, 억양 없는 목소리로 되풀이했다.

"나는 토목부이니까요, 담당이 다르다고요."

말이 통하지 않는다. 이 녀석들과 얘기를 해봤자 소용없다. 나는 남자가 떠나기 전에 종이상자 하우스 안으로 들어가, 세상과의 출입구에 뚜껑을 덮듯이 지붕을 닫았다.

나라의 온정 따위, 받을까 보냐. 절대로.

10

정월 둘째 주 금요일, 류사이가 모습을 나타냈다.

쓰레기통에서 주운 스포츠신문을 보니, 류사이가 말한 맞으면 천
만마권이라던 연말 레이스는 유력한 후보가 이긴 온당한 결과로 끝나
있었다. 그러니 반드시 돌아올 터. 그렇게 생각하고 있으려니, 아니나
다를까.

오후 4시 반. 평소보다 이른 시간이었다. 2주 만에 보는 류사이는,
원래 복스럽다고는 할 수 없는 얼굴이 한층 초췌해져 있었다.

"천만마권, 축하해. 한턱 쏴. 2단 장어도시락이 좋겠군."

"항!"

연말 레이스는 녀석이 기대했던 '천만마권'도 포함해, 하나같이
빗나간 모양이다. 일을 시작하고 나서도 여전히 투덜거렸다. 내 예상
은 완벽했다. 나쁜 건 말이고, 기수이며, 조교사이고, 날씨랑 마장까
지. 그러던 끝에는 전문이 아닌 풍수까지 들고 나와 방향 탓을 한다.

"나카야마는 동쪽이니까 말이야. 난 옛날부터 그랬거든. 귀문(鬼門)
이라고. 동쪽으로 가면 아무튼 잘 안 풀려."

간사이 억양으로 투덜거린다. 이 녀석에게도 어엿하게 젊은 시절
은 있어서, 옛날에는 도회지로 나가 한 건 올리려는 야심 넘치는 청년
이었을지도 모른다.

"금잔(金杯)[17]으로 만회하려 했는데 말이야. 금잔은 늘 파란이 불거

든. 틀렸어, 중앙경마는. 딱딱해."

이번에는 경마회 탓이다.

"돈은 괜찮은 거야?"

"노숙자한테 그런 소리 들을 이유 없어."

나를 노려보는 눈이 인조 모피가 달린 방한용 점퍼로 이동한다.

"어디서 주워왔어? 아직 새 거잖아."

"샀어."

"어디서 그런 돈이 났는데, 내가 주는 푼돈으론——."

푼돈이라는 단어를 헛기침으로 얼버무리더니, 말을 이었다.

"뭘 해서 벌었어?"

"영감상법으로. 파워스톤을 하나에 5만 엔에 판매하고 있지."

"시시한 농담은 됐고. 어차피 알루미늄 캔이겠지. 왜 당신은 그런 여유를 부리고 나는 알거지인 거야. 세상은 잘못됐어."

진심으로 분한 표정을 짓기에 말해 주었다.

"착실하게 일하는 쪽이 좋지 않겠어? 당신, 점술가로서는 우수하잖아."

남의 말은 할 수 없다. 나는 아직 휴대전화를 구하지 못했다. 혹시나 하는 생각에 공중전화로 주민표 사본을 받기 위한 절차를 동사무소에 문의했더니, 나쁜 예감이 맞았다. 본인확인서류가 필요하다고한다. 실효된 운전면허증은 물론 불가. 건강보험증은 분실했다고 호소했더니, 재교부 절차를 밟으라는 말만 들었다. 모든 걸 잃어도, 사회는 나를 놓아주지 않는다. 이쪽에는 아무런 이득도 되지 않는

---

17) 일본 경마의 경주대회명. 승리한 마주에게 금으로 만든 술잔을 주는 데서 유래한 명칭이다

일에 관해서만.

먹을거리 걱정도 없고, 다소의 돈도 있는 게 문제인 걸까? 면허와 보험증, 어느 쪽을 먼저 해치울까 하고 며칠을 질질 끌며 생각만 하고 있을 뿐, 행동으로 옮기지는 않았다. 예전에 살았던 동네에는 가고 싶지 않다는 나의 본심에 그것은 절호의 구실이 되었다.

"매일 꾸준히 일하고 도박을 참으면, 보통 샐러리맨 정도는 벌 수 있을 것 같은데."

"보통 샐러리맨? 항! 보통은 규동집에서나 찾으셔. 바보냐? 그런 인생, 살아있는 가치도 없어. 홀이냐 짝이냐. 제로냐 천만이냐. 내 인생에 중간은 없어."

"하지만 당신은 지금으로선 어느 쪽도 아냐. 당신의 인생은 말한테 놀아나고 있는 것 같아."

"말과 함께 놀고 있다고 해. 그게 내가 사는 방식이야. 당신도 해 보라고. 푼돈을 버는 동안에는 푼돈밖에 쓸 수 없다 이거야. 이제부터는 지방경마다. 주초에 있는 우라와의 뉴이어컵이 목표야."

이번 우라와 경주는 크게 파란이 있을 거 같은 레이스뿐이라, 노다지꾼으로서는 천재일우의 찬스라고 류사이는 말한다. 요전에는 노다지를 노린다면 중앙경마만 한 게 없다고 하지 않았던가.

"4레이스 다음은, 거의 전부 예측 불허야. 나한테 투자해봐. 지금 얼마나 있어, 부자 선생. 이삼천은 있어? 배로 만들어 주지."

"지금의 당신이라면, 사양할게."

"흥!"

녀석치고는 드물게 받아치는 말은 없었다. 삶의 방식이라는 내 말에 망설임이 생긴 건지도 모른다.

"맞다, 오늘은 이걸 써."

종이봉투에서 꺼낸 것은 엽서 사이즈 정도의 종이 다발이다. 류사이 자신이 쓴 검은 문자가 인쇄되어 있었다.

〈스피릿추얼 점 특별가격 2천5백 엔

스테디셀러, '금전운이 트이는 얼굴이 된다'

로 잘 알려진 니시키오리 류사이 선생〉

뭐야, 내 말대로 해 왔군. 의외로 고분고분하잖아.

"당신이 좋아하는 착실한 노력을 하게 해주지. 길 건너에서 이거 뿌리고 와."

밤이 되자 올해 첫 비가 내렸다. 광고 전단을 배포하던 나는, 종이 상자 지붕에 비닐 시트를 씌우기 위해 돌아왔다. 류사이는 중년 여자를 상대로 점을 치는 중이었다. 그러고 보니 전단을 배포할 경우, 개런티는 어떻게 되는 걸까. 점을 다 본 류사이에게 물었다.

"몇 사람 왔어?"

순간 우물거리더니 105엔을 테이블에 내려놓았다.

"한 사람뿐이야."

거짓말 마라. 그다음부터는 점치는 테이블이 보이는 곳에서 전단을 나눠주었다. 구역 문제가 있는지 장소를 바꿀 수는 없는 모양이다. 류사이는 어쩐 일로 인내심을 발휘해 우산을 쓰면서 손님을 기다렸지만, 손님의 발길은 뚝 끊어져 버렸다.

"틀렸어, 이래선. 여기까진가."

오후 8시 반, 세 번째로 광고 전단을 배포하고 돌아오자 류사이는 평소처럼 훌쩍 사라지더니, 한참 있다가 비닐봉지를 들고 돌아왔다.

안에서 컵 술을 꺼낸다. 어차피 자기 몫만 있을 테지 생각했는데, 하나를 내밀어 왔다.

술은 이제 지긋지긋하다. 길거리생활로 몰락하고 나서 뭔가 하나라도 좋은 일이 있었다면, 음주 습관이 없어졌다는 점이었다.

"어라? 내 술은 마실 수 없는 거냐. 술 못하나?"

주저했지만 결국 받고 말았다. 비에 젖은 옷에 금방이라도 얼음이 맺힐 것처럼 춥다. 이건 기호품이 아니라 난방도구라고 스스로에게 들려주면서.

"무슨 바람이 분 거야."

"나도 남한테 사주고 싶을 때가 있는 거야."

"일은 괜찮겠어?"

어느새 비는 그쳤지만, 이미 류사이에게는 장사를 계속할 마음이 사라진 모양이다.

"오우, 이제 장사 접었어."

컵 술은 그릇 대신이었다. 흘리지 않도록 내가 홀짝홀짝 마시고 있는 동안, 류사이는 몇 모금 만에 비우더니, 이번에는 5홉짜리 병을 꺼냈다. 자기 컵에 찰랑찰랑 채우고, 내 컵에 인심 좋게 2센티미터 정도 부어 채워준다.

"나, 당신한테는 꽤 재미 좋은 일을 해 줬잖아. 토탈해서 얼마 됐어? 당신 집도 잠깐 안 본 사이에 호화저택이 된 모양이고."

공원으로 고개를 돌려 히힛 하고 웃더니, 살짝 치켜뜬 시선으로 이쪽을 향한다.

"내 부탁 좀 들어줄 수 있겠지."

류사이의 눈은 허공을 방황하고 있었다.

"……뭔데? 무슨 얘기냐에 따라 다르지만."

"종이상자를 좀 나눠 줘. 오늘은 여기서 잘 거야."

내가 벌리려던 입을 가로막듯이 말을 잇는다.

"돈이 없는 건 아냐. 주초의 우라와장 군자금을 남겨두기 위해서 그러는 거야."

녀석의 눈을 쳐다볼 수가 없었다. 백발이 섞인 올백의 머리털 뿌리 언저리를 바라보면서, '과연 그런 거군' 하는 표정을 지어 주었다.

"10장 정도면 될까."

"오우, 미안하군."

또 술을 부어 준다. 이번에는 컵에 반 정도.

"종이상자 집을 만드는 법은 아나. 검 테이프가 없을 때는 칼집을 넣어서 말이야——,"

"그런 건 알고 있어——."

류사이가 콧김을 뿜으며 말하더니, 금방 내게서 시선을 돌렸다.

"그렇군, 배워보도록 할까."

"그럼, 아침 식사는 필요 없어. 체크아웃 시간이 되면, 노크해주게나."

류사이는 내 종이상자 하우스에서 조금 떨어진 장소에 익숙한 손길로 종이상자를 세우고, 일할 때 사용하는 무릎 덮개를 이불 대신 삼아 파고들었다.

추운 밤이었다. 나도 약간의 술이 몸을 데우고 있는 사이에 잠들어 버릴 생각으로, 비벼서 부드럽게 만든 신문지를 겹쳐 만든 이불을 덮는다. 류사이의 종이상자 하우스에서는 잠시 동안 음정이 맞지 않는 허밍이 들려왔지만, 그러다 곧 그쳤다.

몇 시쯤 되었을까. 갑자기 잠이 깼다. 방한용 점퍼를 사 입은 후로
는 추위 때문에 잠을 깨는 일은 별로 없었다. 나를 깨운 건 추위가
아니라 소란스러운 목소리였다.

공원 입구 근처에서 아우성치고, 웃고, 속삭이는 몇 명의 남자들
목소리가 들리기 시작했다. 아직 변성기가 완전히 지나지 않은 듯한
젊은 목소리다. 서로 장난치고 모양인지 소란스러운 목소리에 짧은
발소리며 빈 캔을 발로 차는 요란한 울림 같은 것이 섞인다. 게임센터
나 편의점 앞에 모여 있을 법한 애송이들이리라.

한 명이 못된 장난의 표적이 되고 있는 모양이다. "아파, 그만해"
하고 연약한 항의의 소리를 지르던 목소리가, 이렇게 말했다.

"어, 여기도 있어. 두 마리."

"도망치지 말라고⋯⋯아? 뭐가?"

"봐, 저기하고 저기."

아우성치던 목소리가 속삭임으로 바뀌었다. 띄엄띄엄 들리는 단어
에 귀를 기울인다.

"⋯⋯그러니까 구리지⋯⋯."

"열 받네⋯⋯한 방⋯⋯."

"위험하잖아⋯⋯잡혀갈 거야⋯⋯."

"가볍게 말이야, 가볍게⋯⋯게임센터 펀치머신보다⋯⋯."

두 마리라는 말이, 우리들을 가리키는 것임을 깨닫고 몸이 긴장한
다. 제일 먼저 한 일은, 4만 6천 엔 남짓한 소지금을 숨기는 것이었다.
지폐를 숨겨둔 양말을 벗어 동전도 거기에 던져 넣고, 두 개를 서로
묶어 신문지 다발 속에 끼워 넣는다.

발소리가 다가왔다.

어떻게 하지? 상대는 애송이다. 집적거리기 전에 얼굴을 내밀고 일갈하면 얌전해질지도 모른다.

아니 하지만, 다수 대 소수다. 나는 결코 싸움에 소질이 있는 인간이 아니다. 종이상자 하우스를 차고 부수고 하면서 마음이 시원해진다면, 자는 척할까.

망설이는 사이에 류사이의 비명이 들려왔다.

"하지 마아, 뭐하는 거야."

그리고 이어서 애송이들의 힐책하는 목소리와 거슬리는 웃음소리. 묵직한 소리는 종이 하우스 아니면 류사이의 몸, 혹은 그 양쪽을 마구 차대는 소리다.

"부탁이야. 아아, 그만해."

한심한 목소리였다. 녀석의 평소 거만한 태도는 뭐였나 싶을 정도로.

화가 났다. 애송이 따위에게 용서를 구걸하는 류사이에게. 자신들보다 배는 넘게 산 중년 남자의 발돋움과 오기와 허세도 모르면서, 게임 표적으로 삼고 있는 애송이들에게. 아니, 애송이들뿐만이 아니다. 폐기 도시락이며 쓰레기를 껴안고 걷는 나에게, 오물을 보는 듯한 시선을 향하는 모든 무리들에게. 나를 내버린 주제에, 자기자랑과 절차만 언제까지고 밀어붙이는 이 세상의 구조에.

요즘 젊은이들은 남의 아픔을 이해하지 못하니까 태연하게 남에게 상처를 준다. 다 안다는 얼굴을 하고 있는 지식인인지 뭔지 하는 이들이, 자주 그런 소리를 한다.

그 말이 맞다. 다만 '요즘 젊은이'라는 서두는 필요 없다. 이 녀석이고 저 녀석이고 다 똑같다. 지금이나 옛날이나, 애송이고 어른이고, 할아버지고 할머니고, 어느 누구도 남의 아픔 따윈 자기 알 바가 아니었다.

신문지 이불을 홱 젖히고 결연히 일어섰다.

"그만해."

어둠 속에서 태아 같은 자세로 몸을 웅크리고, 구명구라고 착각이라도 한 듯이 종이상자에 매달려 있는 류사이가 보였다. 그것을 둘러싸고 있던 실루엣이 일제히 돌아본다. 전부해서 세 명.

순간, 몸이 움츠러들었다. 상상했던 만큼의 애송이가 아니었다. 전부 어른 체격이다.

"뭐야, 넌."

"어디서 우쭐거리고 있어."

제일 먼저 다가온 빡빡머리는 세 명 중에서 제일 어깨가 넓었고, 엷게 수염을 기르고 있었다.

"여기는, 우리들 거처다. 돌아가."

내 말은 상대에게 가늘게 깎은 한쪽 눈썹을 치켜뜨게 만들었을 뿐이었다. 가슴팍을 움켜쥐려 하더니 도중에 손을 멈췄다. 이쪽이 노숙자라는 사실을 떠올리고, 손이 더러워지는 게 싫었던 것이리라. 나를 노려보는 채로 보란 듯이 눈알을 위아래로 움직이며 뒤를 향해 말을 던진다.

"이 녀석을 먼저 하자고."

두 개의 그림자가 움직이는 모습에 주의를 빼앗긴 순간이었다. 왼쪽 넓적다리에 빡빡머리의 발차기가 날아왔다. 버티지 못하고 무릎이 꺾인다.

"일어서. 이봐."

공포보다도 노여움이 내 머리를 지배했다. 빡빡머리의 다음 공격으로부터 보호하기 위해 몸을 구부리고, 종이 하우스 옆에 세워두었던 우산 다발로 시선을 흘린다. 저기서 튼튼해 보이는 걸 뽑아 무기로 쓰자. 마구 휘두르면 이 녀석들을 쫓아낼 수 있을 테지. 뜨겁게 끓어오른 머리가 그런 착각을 하게 했다.

"저기도 한 마리 있어."

애송이 중 하나가 목소리를 높였다. 나카무라 얘기다.

"저 자식도 깨워."

담요 너머로 발차기를 먹였는지, 둔탁한 소리에 이어 나카무라의 잠에 취한 목소리가 들렸다.

"음냐."

빡빡머리에게서 다음 공격은 없었다. 나카무라가 있는 방향으로 주의가 기운 것이다. 나도 그쪽으로 시선을 보냈다.

나카무라가 담요에서 얼굴을 드는 참이었다. 가로등에 비친 그 얼굴은, 즐거운 꿈이라도 꾸고 있었는지 엷은 웃음을 띠고 있다.

나카무라의 뺨을 라이더 부츠가 곧바로 쳤다. 나카무라는 발로 찬 밀리터리 재킷을 입은 애송이에게 엷게 웃음을 띤 채 왜――하고 묻는 듯한 표정을 짓는다.

"웃지 말라고."

다시 휘둘러 내려쳐 진 다리를 나카무라는 한 손으로 쳐냈다. 어쩌면 잠에서 깨어 기지개를 켰을 뿐인지도 모른다. 그 정도로 느긋한 동작이었지만, 몸이 호리호리한 밀리터리 재킷은 어이없이 튕겨 날아갔다. 벤치에 호되게 등을 부딪치고 신음소리를 냈다.

"이 자식."

빡빡머리가 나카무라에게 몸을 돌린다. 나는 엉금엉금 기어 종이 상자 하우스 뒤로 돌아가, 우산 다발에 매달린다. 하나를 뽑아냈다.

나카무라가 일어서자, 애송이들이 숨을 삼키는 것을 알 수 있었다.

가로등의 어렴풋한 빛을 스포트라이트처럼 등지고 우뚝 선 나카무라는, 안 그래도 거한인 몸이 한층 크게 보였다. 풀어헤친 머리카락으로 반쯤 가려진 얼굴은 여전히 웃고 있었다. 길바닥에서 태운, 겨울에도 까만 얼굴 속에서 두 눈과 이만이 무척 하얗게 빛나고 있었다.

밀리터리 재킷이 엉덩방아를 찧은 채, 뒷걸음질 치며 비명을 질렀다.

"시바타."

빡빡머리 이름인 모양이다. 도움을 청하는 소리에 시바타는 '오우' 하고 대답했지만, 몸은 움직이지 않는다. 우산을 검처럼 꽉 쥐고 있는 내 모습도 깨닫지 못한 듯했다.

나카무라의 뺨에서 한줄기의 피가, 벌레가 기어가는 정도의 속도로 떨어져 내린다. 나카무라는 혀를 길게 뻗어 그것을 핥고, 또 웃었다. 붉게 물든 이를 어금니처럼 드러내며.

그 모습을 본 것만으로도, 애송이들은 전의를 상실한 모양이다.

"어이, 위험해."

한 사람이 목소리를 높이자, 시바타가 그 말에 매달리듯이 대꾸했다.

"지나치면, 위험해. 이제 간다."

유감이군──이라고 들리게 말하고 싶었던 모양이지만, 말꼬리는 떨리고 있었다.

도망치듯이 떠나는 애송이들의 발소리가 들리지 않게 되자, 나는 손에 든 우산을 내던지고 크게 숨을 토했다. 두 손은 어떤 추위를 맞았을 때보다도 떨렸다. 이 꼴로는 녀석들을 쫓아내기는커녕, 흉포함에 기름을 붓는 결과밖에 되지 못했으리라. 나카무라가 없었다면 틀림없이 너덜너덜한 걸레처럼 흠씬 두들겨 맞았을 것이다.

　어느새 류사이가 옆에 서 있었다. 안경다리가 부러져, 한쪽 렌즈가 코끝까지 미끄러져 내렸다. 피를 흘리며 크게 하품을 하는 나카무라에게, 등신대 이상으로 크게 창조된 조각을 바라보는 듯한 눈빛을 보내고 있었다.

　"굉장한걸, 저 녀석."

　"아아."

　나카무라는 딱히 뭘 하진 않았다. 녀석들이 멋대로 나카무라를 두려워한 것이다. 자신보다 강대한 생물을 두려워하며, 꼬리를 말고 도망치는 개처럼.

　이 세상에는 그 존재만으로 타인을 압도하고, 두렵게 만들고, 행동을 지배하는 인간이 있다. 아마 그런 인간은 극히 보기 드문 종류일 테고, 적어도 나는 지금까지 가까이에서 만나본 적이 없다. 하지만 그 특별한 인간이, 바로 저기에 있었다. 이런 추잡한 거리의, 소변 냄새나는 공원에.

　"조금만 젊었으면, 아는 프로레슬링 단체에 소개해 줘도 됐을 텐데 말이야."

　"아니, 좀 더 좋은 게 있어."

　나는 앞으로 나 자신이 무엇을 해야 할지 깨달았다. 그것은 시급 몇 백 엔짜리 일을 가져오는 휴대전화를 손에 넣는 것도, 나라의 온정에 매달려 보호시설에 가는 것도 아니었다. 옆에 선 류사이에게 말한다.

"이봐, 역시 나도 데려가 줘."

"어디에?"

"경마장."

11

정말로 오랜만에 전철을 탔다. 1월 셋째 주 화요일, 나는 JR미나미우라와 역에 내려섰다. 소지금은 4만 5천865엔.

오전 11시. 약속대로 류사이는 역 앞 광장에서 기다리고 있었다.

"정말로 전철 타고 온 건가. 하루 걸려 걸어오려나 했다고."

역에 나타난 내게 농담만은 아닌 듯한 말을 건넨다. 안경다리는 셀로판테이프로 보수되어 있었다.

"경기가 좋구먼. 대체 얼마 가지고 있어?"

그 말에는 대답하지 않고 건물보다 하늘이 많이 보이는 거리로 시선을 움직이며 물었다.

"걸어갈 수 있어?"

"택시로 가자."

"버스가 있는 모양인데."

눈앞에 '경마장행·무료버스 승차장'이라고 적힌 간판이 서 있다. 류사이는 당치도 않다는 듯이 고개를 저었다.

"안 돼. 버스는 타지 않아. 내 필승법 제1조다. 장소에 삼켜지는 게 아니라 장소를 삼키는 거야. 처음이 중요하거든. 짜안──하고 강한 모습을 보이지 않으면 지는 거야."

누구한테 강한 모습을 보이는 건지, 뭐에 지는 건지 잘 이해하지 못한 채 택시를 탔다. 다행히 경마장까지는 기본요금이었다. 반반씩 내겠거니 했지만, 경마장의 휑뎅그렁한 주차장에 도착하자 류사이는 자기만 냉큼 차에서 내려 버렸다. 소지금 4만 5천155엔.

평일인데도 장내는 사람으로 넘쳐흐르고 있었다. 대부분이 남자로 평균연령이 높다. 나 정도도 젊은 축에 들어가리라. 금연이라는 말은 여기에는 없는 모양이다. 여기저기서 담배 연기가 자욱하게 피어오르고 있다. 노점의 야키소바나 닭꼬치 냄새가 풍겨 오고, 거기에 아직 오전 중인데도 알코올 냄새가 섞여 있었다.

류세이가 손에 든 경마신문을 지휘봉처럼 흔들었다.

"자아, 간다."

점집 테이블 앞에 앉아 있을 때보다 노골적일 정도로 생기가 있다. 마치 활어조에서 바다로 돌아간 물고기 같다.

"어디로."

"뻔하잖아, 예시장이지. 예시장도 워밍업도 보지 않고 사는 바보가 있으니까, 이쪽이 버는 거야."

돈을 2만 엔씩 나눠 넣은 바지 앞주머니를 두드리며, 나는 몸을 부르르 떤다.

　자아, 승부다.

　나의 인생이 떠오를지, 가라앉은 채로 끝나버릴지, 말 그대로 일생
일대의——.

　우라와 경마장의 예시장은, 레이스를 축소 사이즈로 만든 듯 타원
형을 이루고 있다. 출주를 기다리는 말들이 밧줄에 끌려 지루한 듯이
걸어 다니고 있었다. 중상(重賞)레이스를 텔레비전으로 관전하는 정도
였던 내겐, 경주마도 꽤 크기 차이가 있구나 하는 감상밖에 들지 않았
다. 류사이는 말들과 붉은 펜으로 빽빽하게 메모한 신문 사이로 바쁘
게 시선이 오가고 있다.

　"어떻게 하면 되는 거야."

　"우선 축으로 삼을 말을 한 마리 결정해."

　말밖에 보지 않는 건성인 대답.

　"축? 좋아 보이는 말을 한 마리 고르라는 건가."

　좀 조용히 해——라는 듯이 곁눈질로 흘겨보는 시선만이 돌아왔
다. 하는 수 없이 내 경마전문지로 시선을 떨어뜨린다. 경마장 매점에
서 산 타블로이드 신문이다. 인쇄의 질이 제일 멀쩡해 보여서 손에
들었지만, 류사이에게는 '그 녀석은 안 돼. 점술 같은 예상뿐이야'
하고 일소에 부쳐졌다. 마주(馬柱)라고 불리는 출주표를 보는 법은 다
소 알지만, 손에 든 신문에는 일반 스포츠지면 같은 상세한 기사는
실려 있지 않았다. 기초지식이 없으니까, 지금으로선 사전 예상인
◎○△▲마크와 예상배당에 의지하는 수밖에 없었다. 예상자는 통상
스포츠신문보다 많은 7명이나 있고 의견도 제각각이다.

다른 말보다 한 사이즈는 큰, 다리며 엉덩이 근육도 탄탄한 검은 털이 눈에 들어왔다. 하지만 신문을 보면 △마크가 하나뿐. 단승 인기도 낮다. 가장 인기 말은 가냘프게 보이고, 게다가 암말이다. 내 눈에는 우사인 볼트와 앨리슨 펠릭스가 같은 레이스서 뛰는 걸로밖에 안 보이는데. 으음, 어렵다.

"저기, 가르쳐 줘."

류사이는 마지못한 듯이 내가 집은 것보다 조잡하게 인쇄된 신문에서 얼굴을 들었다. 여백에 메모를 적고 나서 대답한다.

"바깥쪽을 돌고 있는 말은 컨디션이 좋아 힘이 남아돌고 있다는 증거라든가, 털의 윤기를 보면 안다든가, 땀을 흘리는 말은 안 된다든가. 그런 온갖 잡소리를 하는 녀석들이 많은데 말이야, 나한테 묻는다면 전부 헛소리야. 틀림없이 말들이 웃을걸, 인간이란 바보군——하면서. 예시장 바깥이나 안쪽이나, 말한테는 특별한 차이가 없어. 말도 땀이 많은 녀석이 있고, 아닌 게 있어. 때깔로 알 수 있으면, 매끈하고 포동포동한 스모꾼은 전승이지."

"몸의 크기는 상관있나?"

"있다면 말끼리의 비교라기보다, 지난번 레이스에 비해서 체중이 줄었나 늘었나 이 정도인데 말이지. 우라와에서 달리는 말의 체중 따위를 하나하나 체크할 정도로, 이쪽은 한가하진 않아."

"그럼, 어디를 보는데?"

"그걸 공짜로 가르쳐 줄 수 있겠냐. 내가 경마장에 얼마를 투자했을 거 같아? 그런 건 몇 번이고 몇 번이고 틀려서, 비——싼 수업료를 내고 배우는 거야."

"뭐 어때, 친구잖아."

"언제 당신하고 친구가 됐는데."

"당신이 노숙자치기를 만났을 때, 내가 도와주려 했잖아."

일부러 목소리를 높이자, 당황한 듯이 내 소매를 잡아당겨 사람들 밖으로 끌어냈다.

"듣기 안 좋은 소리 하지 마. 나는 노숙자 같은 것도 아니고, 당신한 테 도움을 받은 기억도 없어."

매정하군. 확실히 그날 밤은 두 사람 모두 나카무라 덕분에 살았다 는 모양새지만, 내가 끼어들지 않았다면 류사이는 긁힌 상처만으로 는 끝나지 않았을 터다. 다시 한 번, 주위에 들리도록 목소리를 높였 다.

"가르쳐 주십시오. 류사이 선생님."

"치켜세워봤자 소용없어."

평소에는 주절주절 필승이론이네 뭐네 떠들어댔으면서. 혈통은 어 미를 보라든가, 훈련소의 짬짜미를 꿰뚫어 볼 방법이 있다든가 어쨌 다든가.

"요전에 들려주신 필승이론 이외에는 비밀입니까? 혹시 다음 집필 예정이 경마 예상 책이라든가?"

내 말에 반응해 인파 속에서 몇 명이 얼굴을 이쪽으로 돌렸다.

"흥!"

이 남자의 코웃음은 이미 익숙하다. 방금 건 오히려 기분이 좋다는 증거다. 몇 명의 호기심 어린 눈을 의식한 듯이, 인파 넘어 바깥쪽으 로 턱짓을 한다. 녹차 무료서비스코너 앞에서, 신문으로 입가를 가리 고, 중대한 비밀을 밝힌다는 듯이 억누른 목소리로 말했다.

"예시장에서는 기합을 봐. 말의 기합, 기수의 기합, 마필관리사의 기합. 전부."

"마필관리사라는 건 뭐야."

"존댓말은 어떻게 했어."

"뭐, 됐잖아."

"말을 끌고 있는 게 그거야. 나는 예시장에서는 말 반, 뒤의 반은 사람을 봐. 이 녀석이고 저 녀석이고 말만 쳐다보니까 안 되는 거야. 사람이 훨씬 알기 쉬워. 이번에는 안 좋겠어하고 불안해 보이는 마필관리사. 숙취인지 감기인지 나른한 듯이 타고 있는 기수. 이런 녀석들 말은 예상에서 빼. 의욕 충만하고 이쪽을 마주 노려보는 듯한 마수는 산다."

일단 말하기 시작하니 멈추지 않았다. 사교성이 좋아 보이지도 않고, 남에게 호감을 얻을 타입으로 보이지도 않는 남자다. 장년의 경험과 연구의 성과라고 호언장담하던 필승이론을 떠들 만한 사람이 아무도 없어서, 실은 누군가가 물어봐 주길 바랐는지도 모른다.

"지방경마라는 건, 인기나 대우도 중앙경마만큼 누리지 못하거든. 개중에는 야심을 잃고 오늘은 적당히 흘려보내자——이런 생각을 하는 녀석들도 있고, 마주끼리의 야합도 있어. 그런 기분은 말에게도 전해지니까."

장기인 인물통찰력을 활용하고 있는 모양이지만, 점점 영문을 알 수 없어졌다.

"말을 볼 때는, 기합과 흥분을 착각하지 말 것."

"기합이라니?"

"시시한 건 일일이 묻지 마. 기합은 기합이잖아."

그런——. 마니아라는 녀석들은 툭하면 전문용어를 일반상식이라고 착각하니까 곤란하다.

경주마들이 코스로 향한다. 그 순간, 류사이도 예시장에서 등을 돌리더니 옆으로 긴 3층짜리 건물을 향해 달려가기 시작했다. 저게 스탠드인가. 류사이는 이제 나라는 존재를 완전히 잊었다. 황급히 뒤를 쫓았다.

스탠드 1층에는 작은 창문밖에 뚫려있지 않은, 서부극에 나오는 은행창구 같은 발매소가 있다. 그 바로 앞에 투표권(마킹 시트)이 늘어 놓여 있었다. 직접 마권을 사는 건 오랜만이었다. 젊은 시절, 단골이나 상사의 지시를 받아 장외경마장으로 뛰어다닌 이래 처음인가.

오랜만에 보는 투표권은 꽤 모양이 바뀌어 있었다. 엽서 사이즈의 세로 폭은 그대로 두고, 가로 폭을 3분의 2 정도 축소한 사이즈다. 거는 방법에 따라 몇 종류 정도 준비되어 있다. 마킹식 번호 기입란도 내가 아는 것보다 복잡해졌다.

요 며칠 동안 스스로의 착상에 도취해 있던 머리가 문득 술이 깨는 것처럼 정신이 들었다. 한바탕 과열되었던 불이 타오르고 난 뇌수에, 선뜻한 불안이 가득 채워진다.

정말로 괜찮은 걸까. 마권 사는 법도 제대로 모르면서, 이길 수 있을까. 경마장 입장권 100엔과 경마신문 값 500엔을 뺀 지금의 재산은, 4만 4천555엔. 100엔숍 국수를 2천 묶음, 우동을 천5백 묶음 이상 살 수 있는 돈이다.

길거리에서 작은 냄비 속의 국수를 이천 번 먹는 자신의 모습을 상상하고, 나는 고개를 흔들었다. 아니, 그래도 해야만 한다. 4만 얼마의 돈 따위, 묘하게 익숙해져 버린 안락하다고 하지 못할 것도 없는 노숙생활을 하다 보면, 한두 달 만에 다 써버릴 것이다. 애초에 저 공원에 언제까지 있을 수 있을지도 모른다. 오늘 아침에도 요전의 토목부 공무원이 나타났다. 째려봤더니 황급히 모습을 감췄지만, 카메라를 손에 들고 나와 나카무라의 종이상자 하우스를 사진으로 찍고 있었다.

승부에 나설 수밖에 없다. 노숙자치기를 당한 날 밤, 하늘에서 떨어져 내리기라도 하듯이 갑자기 번뜩인, 인생 한방 대역전의 비즈니스를 시작하기 위해서는, 백만 엔 단위의 밑천이 필요하다. 소비자금융으로부터 도망쳐 다니는 나로서는 가지고 있는 돈을 스스로 늘리는 수밖에 방법은 없었다. 단숨에 수십 배로. 그것은 어떤 주식거래라도 불가능한 일이다. 견실한 방책 따윈 있을 리 없고, 말 그대로 도박에 의지하지 않고선 일어날 수 없는 일이다.

목표는 단 하나, 만마권은 물론이오, 백만마권도 꿈이 아니라는 삼쌍승의 대박. 1, 2, 3위의 말을 전부 순서대로 맞추면서, 그것도 유력 후보 외에서 승부한다. 확률이 낮다는 것은 초보자도 알지만, '낮다'는 말은 제로는 아니라는 소리다. 지금의 생활을 계속한다면, 성공확률은 높지도 낮지도 않게 그냥 제로다.

"삼쌍승이라는 건, 어떤 걸 쓰면 되는데."

투표권을 빼들고 있던 류사이가, 나를 흘깃 보지도 않고 종이 다발을 뽑아 내밀었다.

"초심자는 박스지."

내밀어 진 시트는 다른 것들보다도 마킹을 하는 공간이 적다. 박스란 마킹한 말의 번호 조합 전부를 자동으로 살 수 있는 시스템을 말하는 것이었다.

"워밍업 보러 간다. 우물쭈물하지 마."

바깥 계단을 뛰어 올라가는 구부정한 등을 뒤쫓는다. 이 남자가 달리는 모습을 본 건 오늘이 처음이리라. 점술 일을 할 때보다도 활기차고, 훨씬 발걸음이 가볍다.

발매소 앞은 평일 점심 전이라고는 생각되지 않을 정도로 사람이 많아, 똑바로 나아갈 수도 없었다. 다들 덤벼들 듯한 표정으로 경마신문에 얼굴을 박고 있고, 주변에는 무겁고 긴장된 공기가 감돌고 있다. 돈에 대해서만 말하자면, 누구든 지금의 긴장과 의욕을 다른 일에 쏟아 부으면 훨씬 돈이 잘 벌릴 것 같았다.

건물 안으로 들어선 순간, 열풍이 온몸을 두드렸다. 사우나실의 나무문을 열 때와 비슷한 느낌이다. 길거리에서 생활하다가 어쩌다 난방이 되는 장소에 들어가게 되면, 그곳이 어떤 곳이든 극락이다. 특별한 장소처럼 생각되기조차 한다. 한 달 동안 차가운 바람에 노출되었던 내 눈에는 어디고간에 쓸데없이 틀어대며 낭비하고 있는 듯 보였다. 이곳에 오는 전철 안도 후덥지근하게 더워서, 많은 사람들이 상의를 벗고 있었고 뚱보 샐러리맨은 땀을 닦고 있었다. 아깝다. 담아 둘 수 있다면 이 온기를 담아서, 종이상자 하우스로 테이크아웃하고 싶을 정도다.

류사이는 휑뎅그렁한 로비를 빠져나가 정면 유리문으로 돌진한다. 문 너머의 옥외에 관객석이 있었다. 의자가 늘어 놓인 경사면을 내려가 혼잡한 제일 앞줄로 향하고 있다. 잠시 난방을 즐기고 싶다는 사치스러운 소리는 하고 있을 수 없었다. 방한용 점퍼 앞을 크게 벌려 따뜻한 공기를 몸에 배어들게 하고, 온기를 가둬 넣기 위해서 단숨에 지퍼를 목 언저리까지 올린다. 그리고 밖으로 나갔다.

지방경마장이라서인지, 코스는 텔레비전 중계로 보아 익숙한 모습에 비하면 좁게 느껴졌다. 필드 경기 공간에 잔디를 심은 육상경기장이라는 느낌이다. 예시장에서 봤던 말들이 코스 여기저기를 달리고 있다. 레이스에 들어가기 전 워밍업을 하는 듯 보였다. 느긋한 페이스로 돌고 있는 말도 있는가 하면, 단거리를 전속력으로 달리고 있는 말도 있다.

류사이는 여기서도 정력적이었다. 한 마리를 바라보고 한 사람에 끄덕이고, 신문으로 시선을 떨어뜨린다. 시선을 다른 한 마리에게 향하고, 이번에는 입속에서 중얼중얼 거리고, 다시 신문을 바라본다. 몇 번인가 그것을 되풀이하더니, 천천히 메모하고, 그러던 끝에는 눈을 감았다.

잠시 명상하고 나서, 무료로 나눠주는 연필로 투표권에 마킹하기 시작했다. 평소 점을 칠 때보다 훨씬 엄숙하고, 영험 있어 보이는 몸짓이었다.

여전히 나는 어느 말이 좋은지, 전혀 알 수 없었다. 일단 처음 레이스는 △▲ 마크 예상이 많은, 인기 3위 이하의 말로 가기로 한다. 빤히 보이는 우승 후보에 거는 건 한심하니까, 접대하느라 마권을 살 때도 자주 그렇게 했었다.

중상레이스에 비하면, 출주하는 말의 수는 적다. 이제부터 시작되는 제3레이스는 10두짜리다. 인기 1위와 인기 2위, 전혀 표식 없는 두 마리를 제외한 남은 전부에 걸면, 상당한 확률로 맞을 것 같은 기분이 들었다.

막상 해보면 쉬운 법이라는 둥 하는 생각을 하면서 연필을 든 순간, 박스 투표권 밑에 기재된 표를 보고 눈을 희번덕거렸다. 나 같은 초심자를 위해 제시된 모양인, 몇 개의 마번(馬番)을 마킹하면 몇 점을 사게 되는 건지 알 수 있는 일람표다.

여섯 개의 마번을 마킹한다는 건, 120점 구매. 즉 100엔씩 사도 1만 2천 엔 만큼의 마권을 사게 된다.

엇차, 그건 위험해. 일단 네 개의 숫자에 표시한다. 평가가 3번 기수부터 6번 기수인 말들이다. 이거라면 24종류. 단위는 물론 100엔이다. 2천400엔 투자.

로비에는 자동발매기가 준비되어 있어 투표권과 돈을 넣으면 간단하게 마권이 나온다. 마권기 위에는 배당률을 표시하는 커다란 모니터가 설치되어 있었다. 여기저기 최선을 다한 서비스가 간계처럼 생각되는 건 어째서일까. 발매기에서 나온 마권에 대고 신전에서 하듯이 남몰래 합장을 한다.

팡파르가 울렸다.

게이트가 열리고, 레이스가 시작된다. 스탠드 바로 밑을 달려가는 말발굽 소리는 상당히 박력이 있다. 3, 4, 7, 9를 예상했던 나는, 기수의 모자 색깔인 적, 청, 주황, 분홍을 되풀이해 입속에서 읊었다.

분홍색이 선두 가까이 달렸지만, 다른 세 마리는 후방이다. 후방 정도가 아니라, 적과 주황은 최하위 다툼. 도망치고, 앞서고, 끼어들고, 뒤쫓고——. 말 각각의 주행 습성은 처음부터 체크하지 않았지만, 내 눈에는 적인 3과 주황인 7은 주행 습성이나 기수의 전략 이전에 그저 단순히 다른 말보다 발이 늦을 뿐인 것 같았다.

거리는 1천3백 미터. 중상레이스에 비하면 눈 깜빡할 사이였다. 시간으로는 1분 30초도 안 됐을 터다.

결과는, 8-9-2. 8과 2는 인기 2번과 인기 1번. 맞춘 건 9뿐.

손에 땀을 쥘 시간도 없이, 손안에서 2천400엔이 사라졌다.

단념하지 못하고 빗나간 마권을 쥐고 있으려니, 스탠드 앞 열에서 류사이가 돌아왔다. 녀석의 손에는 이미 마권이 없다.

"뭐에 걸었어?"

내 대답에 어이없다는 목소리를 낸다.

"마킹 네 개? 24점 구매? 바보냐 당신. 삼쌍승 가짓수는 방금 10두짜리로도 720가지. 여기 풀 게이트 12두짜리면, 1,320가지나 된다고."

이 이후의 레이스에서는 출주 두수가 늘어 12두짜리가 많아진다. 그렇다는 건, 마크를 하나 늘인 60점 구매를 하며 매회 6천 엔을 쏟아 부어도, 맞을 확률은 고작 몇 프로.

"그렇게 쩨쩨하게 걸어선, 백 년 지나도 맞는 마권은 안 와."

듣고 보니 확실히 그렇지만, 100엔으로 네 묶음짜리 우동을 살 것인가, 다섯 묶음짜리 국수로 할 것인가로 매일 고민하고 있는 몸으로서는, 6천 엔은 거금이다.

다음 레이스는 삼십 분 후에 있다. 예시장으로 돌아가 류사이가 가리킨 사람과 말의 기합이라는 걸 알아보기 위해 눈에 힘을 주었다.

모자를 깊게 눌러쓴 기수의 표정 따위는 확실히 읽을 수 없었고, 흥분과 기합의 차이라는 것도 잘 모르겠다. 애초에 박스라는 방법으로는, 축이 되는 한 마리라는 게 그다지 의미가 없어 보인다. 아무튼, 이 안에서 당첨이 될 네 마리를 찾아내야 한다. 말을 거는 게 싫었는지, 류사이는 인파 어딘가로 사라져 버렸다.

당당하게 걸음을 걷는 한 마리가 처음 눈에 들어왔다. 마번은 7. 기수가 침착한 것은, 5인가. 10은 마필관리사 두 사람이 끌고 있고,

힘이 남아돌고 있는 듯 보인다.

7, 10, 5라고 신문에 메모한다. 또 한 마리는, 신문을 보며 결정했다. 이름에 기합이 들어 있는 빅투모로우. 마번은 3.

스탠드로 돌아와 워밍업을 보았다. 뭘 보면 좋을지 모르겠지만, 아무튼 봤다. 질주를 반복하던 1에 눈길이 간다. 3과 바꿀까. 아니, 그래서 만약 3이 되면, 분명 후회할 테지.

망설였지만, 류사이의 충고에 따라 마크를 다섯, 60점 구매로 결정했다. 6천 엔. 경마에 모든 것을 건다는 자신의 결단이 옳았는지 어떤지, 또다시 불안해지기 시작했다.

팡파르가 울린다.

1, 3, 5, 7, 10. 백, 적, 황, 주황, 분홍. 되풀이해 읊조렸다.

1, 3, 5, 7, 10. 백, 적, 황, 주황, 분홍. 1은 어떻게 봐도 탈락. 워밍업에서 힘을 다 썼나.

3, 5, 7, 10. 적, 황, 주황, 분홍. 아아, 10도 ──.

3, 5, 7. 적, 황, 주황. 가라. 5, 빠져나가. 아아, 3이. 나의 빅투모로우가 ……

결과는, 7−5−8. 빗나간 마권을 잠시 쳐다보았다. 3이 8로 바뀌지 않을까 하고 생각하며.

맨 앞자리에서 류사이가 돌아왔다.

"여어, 어때 ── 상황은."

고개를 옆으로 저었다.

"당신은?"

묻지 않아도 떨떠름한 얼굴을 보고 알 수 있었다. 류사이는 내 손에서 마권을 낚아채 답안지를 채점하는 눈길로 바라본다. 10이라 인쇄된 곳을, 자신의 초조함을 던지듯이 손가락으로 두드렸다.

"바보냐. 예시장을 제대로 보긴 한 거야. 이 마린비스켓이라는 말, 두 사람이 붙어서 끌었잖아. 그건 흥분이 심하단 증거야."

10번 말 얘기다. 그런 건 빨리 가르쳐 줘.

가운뎃손가락으로 안경 가운데를 밀어 올리며, 내 얼굴을 노려본다.

"당신, 아직 돈은 있는 거야? 얼마나 더 있어?"

"3만……, 약간."

정확히는 3만 6천155엔이다.

상상보다 큰 액수였기 때문이리라. 류사이는 의외라는 얼굴을 하더니, 금방 입술 양 끝을 끌어 올렸다. 교활――이라는 단어가 어울리는 웃음이었다.

"나한테 투자해봐."

"싫어. 당신도 연속으로 빗나갔잖아."

"처음에는 준비운동이야. 예상범위 내라고. 하지만 다음 건 자신 있어. 빗맞으면 돈은 필요 없어. 내 말대로 말이 오면, 예상료로 10프로만 주면 되니까."

훌륭할 정도로 남을 위하는 체한다. 잘 생각해보면, 빗맞아도 녀석은 한 푼도 손해를 보지 않는다. 맞았을 때만 아무런 리스크도 없이 돈이 손에 들어온다. 장사 잘하는군 하고 비아냥거리고 싶은 마음이었지만, 지금은 가짜 지푸라기라도 좋으니까 매달리고 싶었다.

"다음 레이스는 틀림없어. 완전히 읽었다고. 도주마 3마리는 레이스를 흥이 나게 하려고 머릿수를 맞춘 것뿐이야. 함께 다 망해선 전부안 돼. 나는 축을 2나 11중에 망설이고 있어. 당신은 양쪽 마크해둬.

그렇게 되면 마지막 직선에서 나오는 건, 필연적으로 6. 재미있는 건 7이야. 듣지 못한 이름인데 기수가 좋은 면상을 하고 있었어."

뭐가 필연적인지 모르겠지만, 그의 말대로 마권을 샀다. 이번에도 60점 구매.

레이스가 시작되어, 집중호우를 연상시키는 말들의 말발굽 소리가 다가오고, 멀어지고, 또 조금씩 다가온다. 제3코너를 지나갈 즈음에서, 선행하던 몇 마리가 가라앉고, 류사이가 가슴을 폈다.

"봐, 내 말대로지."

"확실히."

지금까지와 달리, 후반이 되어도 예상했던 말 중 다수가 상위에 있었다. 2와 11이 3, 4번수, 6이 조금 후방에 붙는다는 전개도 류사이의 신탁(神託)과 같다. 게다가 대부분이 단승 인기가 낮은 말. 배당률은 어느 정도 될까.

제4코너에 다다르자 순위 변동이 심해지기 시작한다.

"좋아, 그대로 가라."

류사이가 소리친다.

"어이, 7 틀렸잖아."

나도 목소리를 높였다.

"선입마이니까, 저거면 된다고."

"6도 그래."

"저건 추입마이니까."

"9는 떨어진다고 하지 않았나?"

"시끄럽네! 당신. 아, 이런 젠장."

"왜 그래?"

"5가 나와 버렸어. 위험해."

골 바로 앞에서 2와 11 사이에 5가 끼어들었다. 질질 2가 후퇴하고 대신에 9가 올라온다. 이것도 류사이의 예상에는 없었다.

결과는 5 - 11 - 9.

"틀렸잖아."

류사이는 시원스런 얼굴로 어깨를 으쓱일 뿐이다.

"5만 안 왔으면 말이야."

"9도 그렇잖아."

제6레이스. 나에게는 4번째 레이스다. 류사이가 또 자신만만하게 예상을 꼬드겼지만, 문득 보니 녀석 자신이 쓰고 있는 건 '포메이션'이라고 불리는 형식의 투표권으로, 게다가 내게 가르쳐준 예상과는 미묘하게 다른 말에 걸고 있다.

"왜 당신은 나하고 같은 말에 걸지 않는 거야?"

"아아, 뭐. 포메이션은 박스와는 다르니까 말이야. 훨씬 난이도가 높거든. 당신한테는 무리야."

무리고 뭐고, 들은 대로 걸고 있으니 마찬가지다.

"이번에는 당신하고 전부 똑같이 가겠어."

류사이는 휙 고개를 옆으로 저었다.

"그래선, 의미가 없어."

"어째서."

"아니……."

눈을 피하려 한다. 아무래도 자신의 예상 밖으로 빼낸 말을 이쪽에 밀어붙여, 치사한 보험으로 삼으려 했던 모양이다.

류사이의 포메이션은 12점 구매. 내 앞이라 허세를 부렸는지도 모르지만, 단위는 500엔이다.

이건 이것대로 어렵다. 류사이가 1위로 들어오리라 예상한 말은 한 마리뿐으로, 이 말이 3위로 물러난 시점에서 모든 게 꽝이 났다. 네 번째 레이스도 패배.

초조함에 몸이 떨렸다. 소변을 본 지 얼마 되지 않았지만, 아랫배에 요의가 밀려온다. 무료서비스 차를 방금 마셨는데도, 목이 따끔따끔 했다. 뻣뻣해진 혀를 움직여 류사이를 힐책했다.

"이봐. 필승이론은 어떻게 된 거야?"

"뭐, 안달하지 마. 아직 다섯 레이스가 있으니까. 파도가 온다고 믿으며 기다려. 나는 다음 레이스는 패스다. 밥 먹을래. 당신도 같이 갈래?"

"아니, 됐어."

아침에 폐기 샌드위치를 하나 먹었을 뿐이지만, 긴장이라는 누름 돌을 삼킨 위장은 묵직해서 전혀 식욕이 없다. 있었다 해도, 음식을 살 돈이 있으면 전부 군자금으로 쓰고 싶었다.

제7레이스는 자신의 예상을 믿고, 박스 구매로 돌아간다. 60점 구 매. 도박장에 홀려 감각이 마비되어 버렸는지, 자동발매기에 빨려 들어가는 지폐를 보고 있어도 조금 전까지의 상실감은 느껴지지 않았 다.

좋아, 이번에야말로.

단단히 쥔 주먹 속의 마권은, 1분 30초 후에 종잇조각이 되었다. 틀렸다.

여기까지 다섯 레이스. 돈은 새어나갈 뿐이었다. 만 엔짜리 지폐 두 장을 넣어두었던 바지 오른쪽 주머니는 이미 텅 비었고, 조금 전

레이스로 왼쪽 주머니에 넣은 나머지 두 장에도 손을 대고 말았다.

슬슬 그만두지 않으면 정말로 위험하다고. 뇌수 속 이성을 관장하는 곳에 있는 또 한 명의 자신이 속삭여온다. 옥쇄(玉碎)하러 온 게 아니잖아. 돈이 반으로 줄었으면, 포기하고 작전을 변경하자고 생각하지 않았던가. 가진 돈을 둘로 나눠 주머니에 넣었던 건, 그 때문이었잖아.

하지만 그만둘 수 없었다. 뇌수 어디에 있는 건지, 원시적인 투쟁 본능이 담긴 부분에 자리 잡고 있는 또 다른 자신이 외친다. '아직이야. 아직 더 할 수 있어', '가라 가, 그만두지 마, 겁쟁이'. 큰 마이너스를 만회하려 하다 더욱 손실을 내버리는 딜러 시절의 그 감각과 비슷했다. 좋지 않은 예감이 목덜미를 차갑게 만들고 있는데, 억제할 수 없다.

이대로 계속했다가 무일푼이 되면, 한 달 전과 마찬가지. 아니, 그 이하다. 저 공원으로 돌아갈 교통비도 없어지면, 어떻게 하지? 살 수 있는 만큼 먼 거리의 표를 사서, 거기서 플랫폼에 뛰어들까? 지금까지는 자살하는 도구나 약조차 손에 넣을 돈이 없었지만, 지금이라면 죽을 방법이 얼마든지 있다.

그런가, 막을 내리는 건가, 빠르고 늦은 차이뿐인가.

남은 돈은 이제 1만 8천155엔. 류사이는 아직 돌아오지 않는다. 나는 로비 매점에서 컵 술을 샀다.

그 자리에서 반을 마시고 나머지 반을 손에 들고 화장실로 간다.

세면대 앞에서 방한 점퍼와 스웨터, 면 셔츠, 때로 범벅된 헤인즈 티셔츠를 벗는다. 수도꼭지를 눌러 티셔츠를 물로 적셨다. 추위는 느껴지지 않았다. 난방이 되고 있는 실내에는, 공원 화장실에서 결사의 각오와 함께 물 목욕을 할 때와 같은, 심장이 뭉개지겠다 싶은 냉기는 없다.

옆에서 손을 씻던 남자가 얼굴을 찌푸리고 이쪽을 보았지만, 타인의 경멸 어린 시선은 이미 익숙하다. 무시하며 티셔츠로 몸을 닦는다. 요즘 너무 추운 나머지 물 목욕을 게을리했더니, 팔이며 가슴을 문지를 때마다 거무스름한 더러운 물이 뚝뚝 흘러 떨어진다. 그러고 보니 여기로 올 때 차 안에서 옆에 앉았던 젊은 여자가 자리에서 일어나 버렸었지.

술을 한 모금 마시고, 입을 분무기처럼 상반신에 뿌린다. 부정을 씻는 거다. 냄새도 조금쯤은 사라질 테지.

개인실로 들어가 면바지를 벗었다. 구두와 양말, 소변과 달라붙은 대변으로 노랗게 변색한 팬티도 벗는다. 배와 고환과 엉덩이, 양쪽 다리의 발가락 사이까지 정성 들여 씻고 나서, 상반신과 마찬가지로 손에 닿는 대로 술을 뿌린다.

뿌린 순간은 차가움에 몸이 움츠러들지만, 조금 지나자 술을 맞은 곳이 서서히 따뜻해졌다.

티셔츠와 팬티는 그 자리에 버리고, 맨살 위에 면 셔츠를 걸치고 면바지를 바로 입었다. 불안한 듯한 자신의 물건에 말을 건다. 걱정하지 마, 더러운 속옷을 입은 채로 시체가 발견되는 게 두려워서 이런 짓을 하는 게 아니야──그럴 마음이 전혀 없다고는 하지 않겠지만──나중에 캘빈 클라인 팬티를 몇 장이든 사 줄 테니까.

세면대 앞에서 마지막 한 모금을 들이켜고, 손바닥에 뿌려 얼굴을 닦았다.

흐릿하기만 한 공중화장실 거울 외의 것으로 자신의 얼굴을 본 건 오랜만이었다. 뺨의 근육은 빠지고, 짙은 다크써클이 생긴 두 눈은 번쩍이고, 제멋대로 자란 수염이 윤곽을 그리는 눈앞에 있는 남자의 얼굴은, 조금 전의 자신과는 다른 사람처럼 보였다.

다른 사람인가. 흐음, 나쁘지 않아.

그래, 다행스럽게 자금을 손에 넣으면, 새로운 사업을 시작할 때는 다른 사람이 되자.

머리형을 바꾸고, 지금까지 입었던 적이 없는 옷을 걸치는 거다.

이름도 바꾸자. 가명이 아니야. 비즈니스네임이라는 거다. 어떤 이름이 좋을까.

외모도 거동도 지금과는 다른 자신을 상상하고 있으려니, 명함이 들이 밀어진 것처럼 머릿속에 이름이 떠올랐다.

키지마 레이지.

이 자리에서 갑자기 떠오른 이름은 아니었다. 자신이 아는 누군가 의 이름이다. 누구지? 상당히 옛날에 들은 이름일 텐데.

세면대 앞에서는 떠오르지 않았지만, 화장실에서 나온 순간 기억 이 되살아났다.

중학교 시절 동급생의 이름이다. 특별히 친한 사람은 아니었다. 가령 친해질 계기가 있었다 해도, 친구는 되지 못했을 그런 타입인지 도 모른다.

동급생이 된 시기는 3학년 때 잠깐뿐이었을 거다. 키지마는 육상부 주장으로, 장래희망에 '금메달'이라고 적어도 아무도 비웃지 않을 만 큼 재능이 있는 단거리 선수였다. 당연히 체육대회에서는 늘 주역이 었다. 성적도 우수. 매일 연습만 하는데 교내 시험에서는 늘 5등 이내. 키가 크고 단정한 얼굴이라 여자한테도 인기가 많았다. 수를 셀 수 없을 정도의 어드밴티지를 얻고 이 세상에 태어난 녀석이었다.

성적은 그런대로 스포츠도 그럭저럭에 우등생도 불량도 되지 못했던 나와는, 인정하고 싶지는 않지만 인간 자체가 달라 보였다. 동급생 중에는 '녀석과 인생을 바꾸고 싶어'라고 진지한 얼굴로 말하는 녀석도 있었다. 입 밖에 내어 말하지는 않았지만, 자기 자신을 가장 사랑할 시절이었음에도 불구하고, 나도 비슷한 생각을 했었다.

하지만 만약 키지마와 인생을 교환했다면, 지금 나는 이곳에 없다.

3학년 여름, 시의 육상경기대회 단거리 두 종목과 또 다른 한 종목(아마도 멀리뛰기)에서 전국에서도 톱클래스 기록으로 우승한 키지마는 현 대회에 나갔다. 그리고 대회를 향하던 도중에 도로 위에서 교통사고를 당해, 며칠 후에 죽었다.

이 세상에는 신도 부처도 없고, 있는 건 운과 불운뿐이다. 그 사실을 깨달은 것은 최근 몇 달간의 일이 있었기 때문이 아니라, 저 먼 옛날 중3 여름에, 반 녀석들 모두가 키지마의 장례식에 참여해 여학생들의 흐느껴 우는 소리와 키지마의 모친이 오열하는 소리가 돌림노래처럼 되풀이되는 것을 들었을 때부터였는지도 모른다──고 나는 생각한다.

"역시."

장례식에서 돌아오는 길에 친구 중 하나가 그렇게 말했다.

"역시, 녀석은 평생분의 운을 15년 동안 다 써버린 거야."

인생은 새옹지마라는 말은 운을 얻지 못한 인간을 위로하는 소리라고밖에 생각하지 않는다. 타인과 비교해 타고난 운의 양은 놀라울 정도로 불평등하다 해도, 한 사람 한 사람이 가지고 있는 운의 수지, 밸런스 시트 같은 것은 존재하는 것 같다. 예를 들면, 나카무라가 그렇다. 용모만으로 말하자면 키지마에 비할 바가 아닌 어드밴티지를 가지고 있으면서, 어딘가에서 수지 밸런스가 무너져 나와 똑같이 길바닥에 있다.

나는 어떤가.

최근 몇 년, 아니 지금까지의 인생 전부를 생각해봐도, 운에 따라 초래된 플러스보다 불운함이 가져온 마이너스 쪽이 많다는 생각이 든다. 결코 노력을 게을리한 것도 커다란 과실을 범한 것도 아닌데, 지금처럼 한심한 모습이 되어 버린 것이 그 증거다.

그렇다는 건, 나는 아직 자신의 운이라는 녀석에게 받을 빚이 있다는 소리다. 슬슬 플러스로 굴러가도 이상하지 않으리라. 어떤 주사위도 언제까지나 같은 숫자만 나오지는 않는다.

그렇다. 지금 이 순간, 주사위 숫자가 바뀌어도 이상하지 않다.

그렇다면 흔들어 줘야 하지 않겠나, 주사위를.

스탠드로 나섰다. 투표권은 아직 몇 장인가 남아 있었지만, 그것들을 버리고 아래층에서 새로운 걸 손에 들고 돌아온다. 이제 예시장에는 고개도 돌리지 않았다.

신문만을 보자면 제8레이스는 혼전인 모양이다. 지금까지와는 예상 방법을 바꾸었다.

일단, 유력 후보라는 한 마리와 두 번째로 평가가 높은 또 하나를 고른다.

5, 9.

지금까지의 레이스에서 인기 1위가 일착으로 오는 일은 많지 않았다. 하지만 2위, 3위에 들어오는 일은 많았다. 확률이 높은 두 개의 숫자를 잡아 놓으면, 나머지는 우연에 맡겨도 결과는 그다지 다르지 않을 듯한 기분이 든다. 류사이가 있었다면, 수상쩍은 필승이론을 끄집어내서 장황한 소리를 늘어놓았을 테지만, 말 대부분에 7명의 예상자 중 누군가는 표식을 달아 놓았다. 어느 것을 골라도 그다지 다르지는 않을 것 같다.

7을 마크한다. 내 생일 날짜다. 그리고 딜러 시절부터의 럭키넘버, 4.

이어서, 8. 이건 인스피레이션이다. 지금까지의 레이스에서는 8이 들어올 때가 많았다.

아직 남았다. 이번에는 여섯 개를 마킹해, 120점 구매를 할 생각이었다.

미나코의 생일, 11이 떠올랐다. 마킹을 하려다가, 손끝이 공중에서 멈췄다. 아니야. 이건, 아니야. 머릿속에서 누군가가 속삭였다. 나와 똑같은 목소리로. 미나코는 내게 행운이었나? 정말로?

과거는 이제 잊어. 지금 생각해야 할 건, 나 자신뿐. 믿어야 할 건 단 한 명, 나 자신이다. 속삭이는 목소리가 그렇게 말했다.

결국, 1로 했다. 내 이름 료이치의, 1이다.

1, 4, 5, 7, 8, 9. 대학입시문제를 검토할 때보다도 훨씬 진지하게 마킹 시트의 숫자를 확인하고서, 발매기 앞에 선다. 투표권을 투입하는 손에 스톱을 걸듯이, 뒤에서 목소리가 들려왔다.

"여어, 상황은 어때."

류사이는 한 손에 술이 든 컵을 쥐고 있다. 첫 번째 잔은 아니리라. 뺨이 희미하게 발그레해져 있었다.

"보여 줘봐, 어떻게 걸었어."

멋대로 남의 투표권을 낚아채 채점을 시작한다.

"오오, 120점 구매 ──. 크게 나오는군."

투표권을 도로 빼앗는 내게 던져오는 목소리는 연민에 가득 차 있었다.

"뭐, 무리일걸. 9는 나쁘지 않지만, 내 예상으로는 3위까지 반드시 11이 들어올 거야. 나쁜 얘기는 아냐, 그건 찢어버리고 다시 써."

대답은 하지 않고 돈과 마권을 교환했다.

지금까지와 마찬가지로, 관객석 제일 위에서 레이스를 지켜본다. 머릿속에서는 지폐 다발을 쥐고 미칠 듯이 기뻐하는 자신, 모르는 역 플랫폼 하얀 선 건너편에 서서 다음에 지나갈 급행열차를 기다리는 자신의 영상이 교대로 플래시백하고 있었다.

이번에도 레이스는 눈 깜빡할 사이에 종반이 되었다. 유력 후보 5가 물러나고, 1과 7도 무리 후방에 묻힌 것을 본 순간, 눈을 감았다. 이제 더는 보고 있을 수 없었다. 말들이 골을 통과했음을, 나는 환성과 장내 안내방송으로 알았다.

눈을 떴을 때 말들은 이미 다리를 쉬고 있어서, 어느 말이 우승했는지도 알 수 없었다.

스탠드 밑에서 류사이의 목소리가 달려온다.

"마권, 마권, 당신 마권 ──. 한 번 더, 보여줘 봐."

게시판에 순위가 표시되어 있었다.

8 - 9 - 4.

"왔어, 왔어, 왔어. 그래, 내가 말한 대로잖아. 9라고, 역시."

찢어버리라고 말한 걸 잊고 흥분한 목소리를 높이고 있다.

"자, 환금, 환금."

류사이의 말에 밀려, 느릿느릿 일어선다. 지나치게 부드러운 양탄자를 밟는 듯한 발걸음으로 발매기까지 걸어가, 지금까지와는 다른 순서로 기계를 조작했다. 마권을 넣고, 대신에 돈을 손에 넣는다.

배당은 11만 5천100엔. 로비 간이의자에 주저앉은 내게, 류사이가 달라붙어 온다. 이쪽을 향하는 슬쩍 치뜬 눈길이, 불룩한 지갑을 바라보는 눈빛으로 변해 있었다.

"해냈군. 초보의 운이라 해도, 대단한걸. 나도 지도한 보람이 있구먼. 축배를 들자고. 역 앞에 좋은 술집이 있거든. 싸고, 여자도 있어."

내가 새로운 투표권을 꺼내고 신문을 펼치자, 류사이의 어울리지 않는 아첨 떠는 목소리가 의아하다는 듯이 흐려졌다.

"어이, 오늘은 이제 됐잖아. 대박 쳤을 때는 얼른 빼는 것도 승부의 하나라고."

대박은 무슨. 이거로는 안 된다. 밑천 5만이 배가 되어봤자, 공원에서 끓이는 국수가 한 묶음에서 두 묶음으로 늘어날 뿐.

"못 되라고 하는 얘기 아냐, 초심자가 우쭐대면 안 돼."

대답은 하지 않았다. 어쩌면 어중간한 정보로 나를 현혹해, 공짜 술을 기대하며 힘껏 붙임성 좋은 웃음을 띠고 있는 이 녀석이 가난신이었는지도 모른다. 떠들면 운이 달아나 버릴 것 같다. 류사이가 컵에 붓는 술이 넘칠까 봐 걱정하는 어조로 말한다.

"조금만 해 둬. 걸 거면 6이 축. 5와 12로 흘려보내."

우선, 6과 5와 12를 제외한다.

인기 1위와 인기 2위인 2, 11. 아까와 마찬가지로, 7, 4, 1을 마킹한다. 나머지 하나는 신문에 기재된 기수의 이름으로 결정했다. 가네코(金子). 10이다.

중학교 시절 처음으로 좋아하게 된 여자애의 성이다. 가네코 유카리. 키지마의 여자 친구였다. 장례식에는 참석하지 않았다. 할 수 없었던 것이다.

자동발매기 앞까지 따라온 류사이가, 확인용 모니터 숫자를 보고 눈을 희번덕거렸다.

"1점, 천 엔?"

그래, 천 엔에 120점 구매. 이렇게 하면 있는 돈은 사라지고 딱 동전만 남는다. 류사이가 눈앞에서 술병을 뒤집기라도 한 듯한 얼굴로, 손가락질해 온다. 목소리는 비명에 가까웠다.

"제정신이야, 당신? 노다지를 노리는 거 하고 돈을 하수구에 버리는 건, 완전 다르다고."

물론 제정신이다. 오히려 머리는 한없이 맑았다. 어중간함은 금물. 실패를 생각하면 진다. 승부를 할 때 망설임은 버린다. 돈을 돈이라고 생각하지 않고, 그저 아이템이라고 생각한다. 딜러 시절의 승부감이 오랜만에 되살아나기 시작했다. 그 시절에는 생각했었다. 이 세상은 게임이라고.

"왜 이렇게 거는 거야?"

그것은 마권과 맞바꿔 걸려 있는 것이, 목숨이기 때문이다. 도박에 필승법 따위 없는 게 틀림없지만, 가장 비슷한 방법이 있다면 아마도 목숨을 담보로 삼는 것이리라.

만약 이걸로 안 되면, 남은 돈으로 술을 한 병 사고, 기본요금을 남기고 여기서 밥을 먹을 수 있는 만큼 먹고, 표를 사서, 미나미우라와 역 플랫폼에서 뛰어들어 주겠다. 실제로 자신이 그런 일을 할 수 있을지 어떨지는 모르겠지만, 적어도 머릿속에서는 진심으로 그렇게 생각하고 있었다.

"바보하고는 같이 못 다니겠어."

어이없다는 얼굴을 한 류사이가 자기 마권을 사기 위해 총총히 사라진다. 나는 로비 바닥을 바라보며 스타트를 기다렸다.

팡파르가 울리기 시작했다. 완전히 귀에 익숙해진 느릿한 멜로디가, 지금은 웅장하게 들린다.

자아, 승부다. 나의 인생을 결정짓는 1분 30초 ──.

밖으로 나가지 않았다. 경과를 지켜보는 건 그만두었다. 필요한 건 결과뿐. 과정이 아니다.

로비 의자에 앉자, 게이트가 열리고 말들이 마지막 직선코스를 달려 나가는 소리가 들려왔다. 환성은 파도 소리처럼 들려온다. 누군가가 자신의 행운에 지나치게 이른 축복의 목소리를 높이고 있다.

말발굽 소리가 낮고 무겁게 이어졌다. 눈으로 쫓고 있던 때보다도 훨씬 긴 시간이 흐르고 있는 것 같았다. 말들의 말발굽이 연주하는 소리는, 장엄하다고 할 만한 울림이었다. 눈을 감고 듣는 그것은── 답답한 마구(馬具)를 달고, 인간을 태우고, 담배 연기며 술이며 닭꼬치 냄새며 소변 냄새며 욕하는 목소리에 둘러싸여, 의자 뺏기 게임처럼 빙글빙글 같은 장소를 돌고 있는 경주마가 내는 소리라는 사실을 잊게 만들었다. 귀를 기울이고 있는 사이, 뇌리에 평원을 달리는 야생마 무리가 떠오른다.

어째서일까. 내 머릿속에 또다시, 배달된 편지처럼 단어가 집어넣어 졌다.

대지(大地).

대지? 그 말의 의미를 생각하는 사이, 환성이 높아지고, 그것이 금세 무수한 한숨으로 바뀌었다.

끝났다.

천천히 관객석으로 걸어가, 머릿속에서 1, 2, 4, 7, 10, 11 하고 욇는다. 이 숫자 중 어느 것 세 개가 나란히 서면, 이긴다. 하나라도 다른 숫자가 섞여 있다면, 지는 거다.

전광게시판을 보는 것이 무서웠다. 유리문을 열었지만 거기서 발을 멈췄다. 먼저 바라본 것은, 하늘이다.

도쿄에서 멀리 떨어진 이곳의 하늘은 높았고 제법 파랗다. 경마장의 펜스 너머로 끝없이 이어진, 비좁은 먼지투성이 거리가 없었다면 더욱 아름답게 보였을 테지.

나는 마음속에서 눈앞의 건물들을 모두 파괴하고 평지로 만들어, 보이는 곳은 끝없이 지평선이 펼쳐져 있는 풍경을 몽상했다. 환상의 지평에는 아무것도 존재하지 않는다. 단 하나, 높은 탑만이 우뚝 솟아 있었다.

하늘에서 지상으로 옮긴 시선을, 머뭇거리면서 게시판으로 향한다.

7 - 1 - 10.

다시 한 번 보았다.

7 - 1 - 10

숫자를 1부터 순서대로 욇고 있어서 금방은 깨닫지 못했다.

맞았다.

차가운 바람을 맞고 있던 관객들이 일제히 돌아왔다. 실내에 원망과 한탄의 목소리가 가득 찬다.

"7하고 1이냐. 완전히 빗나갔잖아."

"이런 레이스를 누가 따느냐고."

류사이도 돌아왔다. 또 마권이 빗나갔음은 기분 나빠 보이는 얼굴을 보고 알았다.

"7 도주가 끝까지 갈 줄이야. 아홉 살짜리 말이라고. 믿어지지 않아. 뭐, 교통사고 같은 건가. 당신도, 아까 레이스로 그만뒀으면……."

분노와 단념과 쑥스러움이 뒤섞여 있던 류사이의 얼굴이 내게 향해진 순간, 경련이 일었다.

"어이, 설마."

말없이 끄덕였다. 다시 한 번 게시판에 시선을 흘리고, 손에 든 마권과 비교한다. 마권이 잘게 흔들리고 있다. 손이 떨리고 있었다.

발매기 위의 모니터가 배당금을 표시한다. 류사이가 눈을 희번덕거렸다. 나도.

327540

"어 그러니까, 결국 이건……."

경마장의 표시 방법에 익숙하지 않은 나를 대신해, 류사이가 말을 받는다.

"……삼백만이야. 3백2십7만 5천4백."

기쁜 나머지 절규하지 않을까. 승리의 장면을 되풀이해 몽상해온 나는, 그 순간이 찾아왔을 때의 모습을 그런 식으로 예상했었다. 하지만 실제로는 머릿속이 흐릿한 반투명 막에 휩싸였을 뿐이었다.

"어디서 환금하면 돼?"

자신의 목소리가 피막(被膜) 너머에서 들려왔다. 류사이가 목에 뭔가 걸린 듯한 목소리로 대답한다.

"……고액 창구라는 데가 있어…… 거기서 해."

다른 곳과는 구조가 다른 아래층 유인창구에 가서 마권을 건넨다. 류사이는 보디가드처럼 내 등 뒤에 서서, 주위에 경계 어린 시선을 이리저리 주고 있었다.

"봉투는 필요하십니까."

담당인 중년 여자의 질문에 끄덕이자, 빵집 봉투와 비슷한 커다란 봉투를 내밀었다. 두꺼운 책만 한 두께다. 지폐는 오래됐지만, 우라와 경마장이라 적힌 띠로 백만씩 둘려 있었다.

방한 점퍼 지퍼를 열고, 면바지 허리 부분에 봉투를 찔러 넣고, 벨트로 단단히 조여 고정한다.

그래도 승리의 기쁨은 없었다. 머리는 차갑게 식어 있다. 그저 온몸의 피가 웅성거리고 있을 뿐이다.

모든 건 이제부터다. 나는 마음속에서 스스로 울리는 팡파르를 듣고 있었다.

제일 먼저 한 일은, 매점으로 가서 튀김국수를 주문하는 것이었다.

류사이가 길 잃은 강아지처럼 따라붙어 온다. 녀석이 훨씬 흥분해 있었다.

"이런이런이런, 믿어지지 않아. 오랫동안 해 봤지만, 저런 마권을 가까이에서 본 건 처음이야. 이야아, 놀랐어. 저기 말이야, 축배를 들자고. 내가 아는 가게로 안내할 테니까. 같이 축하하고 싶어. 당신이, 여기로 데려온 내 덕분이라고, 조금이라도 생각해주면 고맙겠는데."

비굴한 건지 오만한 건지 잘 알 수 없는 말을 토하고 있는 류사이의 손에, 만 엔짜리 지폐를 다섯 장 쥐여 주었다. 녀석은 놀랐지만, 애초의 출처에 기꺼운 마음으로 돈을 돌려주었을 뿐이었다.

"아, 아니, 이건, 미안……왜, 이렇게나?"

"친구잖아."

"아, 아아."

미적지근한 튀김국수를 국물도 새우 꼬리도 남기지 않고 다 먹고, 두 번째 그릇을 주문한다. 딱히 배가 고팠던 건 아니다. 위장과는 다른 곳이 음식을 원하고 있었다. 그렇게 먹고 싶던 음식이었지만, 맛은 거의 느껴지지 않았다.

류사이는 술을 주문하는 것도 잊고, 묵묵히 국수만 먹고 있는 나를 멍하니 바라보고 있다. 녀석의 눈에 나를 향한 두려움과 아첨이 떠오른 것이 보였다. 이 남자치고는 조심스러운 목소리로 묻는다.

"이제부터 어떻게 할 거야?"

어떻게 할지는 오늘 여기에 오기 전부터 결정했지만, 일단 지금 할 일은 튀김국수를 죽을 만큼 먹는 것이다.

세 번째 튀김국수를 주문하자, 가게 주인이 질렸다는 표정을 지었다. 똑같은 표정을 짓고 있는 류사이에게 말했다.

"약간의 비즈니스를 시작할까 생각 중이야. 당신도 협력해 주면 고맙겠어. 괜찮겠지?"

내가 생각해도 갑작스러운 소리였지만, 이쪽의 기세와 품 안의 5만 엔에 떠밀리듯이 류사이가 끄덕였다. 세 번째 그릇이 나온다. 가게 주인이 신경을 써줬는지, 이번 그릇은 막 데운 국물이 뜨거웠다. 간신히 맛과 냄새를 느끼게 되었다. 류사이가 컵 술에 머뭇머뭇 입을 대고서, 살짝 치뜬 눈으로 이쪽을 보았다.

"당신, 이름. 뭐라고 했더라."

가르쳐줬는데, 잊은 모양이다. 기억할 생각이 없었던 것이리라. 튀김국수를 후우 불면서 대답했다.

"키지마 레이지다."

기억해 둬. 언젠가, 아니, 계획대로 일이 굴러간다면 그렇게 멀지 않은 장래에, 누구나 알게 될 이름이다.

12

한번 모든 걸 잃고 나면, 무엇인가를 되찾아봤자 완전히 원래대로 돌아오진 않는다.

몇 분마다 손을 뻗어 벨트에 꽂은 돈다발의 존재를 확인하고, 주위 사람들 모두를 도둑이라도 보는 듯이 쳐다보면서 전철 구석에 선 나는, 그 사실을 실감하고 있었다.

갑자기 큰돈을 손에 넣은 것까진 좋았지만, 우선 그 돈을 안전하게 보관할 방법이 없었다. ATM을 이용할 처지도 아니다.

무일푼이 된 후에도 들고 다녔던 지갑 속에, 이 또한 무의미하게 꽂아 놓은 채로 두었던 카드는 어느 것이나 단순한 플라스틱 조각에 지나지 않았다. 은행 현금카드는, 최근 일 년 사이에 한 장만 남기고 파기했다. 남은 한 장도, 마이너스 잔액을 내버려두고 있던 사이에 사용 불능이 되었다. 그래서 나는 돌아가는 전철 안에서 내내 몸을 긴장시키고 있었다. 도심지라면 러시아워가 시작될 시각이지만, 상행선은 그다지 붐비지 않았고 빈자리도 있다. 하지만 익숙하지 않은 온기에 몸이 져버려, 무방비하게 잠들어 버릴까 봐 무서워 앉을 수도 없었다.

류사이와는 미나미우라와 역 앞에서 헤어졌다.

"가자, 가자고."

류사이는 기분 나쁘게 몸을 꼬며 말했지만, 내가 돌아간다고 말한 순간 기분이 나빠졌다. 나하고는 술을 마실 수 없는 거냐는 얼굴이다.

"돌아간다니, 어디로?"

공원이라고 대답하자 이번에는 어이없다는 얼굴이 되었다.

"바보구만. 돈이 있는데 뭐가 아쉬워서 종이상자에서 자는데? 당신, 폭신폭신한 침대가 그립지 않아? 그 돈이 있으면 옆에 여자도 붙일 수 있다고. 아니, 옆뿐인가 양 옆구리에."

"이 돈은 아직 쓰지 않을 거야. 아니, 쓸 수 없어. 이건 비즈니스를 위한 자금이다."

"비즈니스, 비즈니스. 아까부터 그 소리만 하잖아. 샐러리맨이던 당신은 쉽게 비즈니스라고 말하지만, 넥타이를 매지 않은 사람이 말하는 비즈니스라는 건, 대개 제대로 된 게 아니란 말이지. 돈 벌게 해준다는 수상쩍은 소리에 꼬드겨진 거면, 그만둬. 뭣하면 내가 더 괜찮은 얘기를——."

류사이의 뜨거운 시선은 나에게라기보다 배에 끼워 넣은 후쿠자와 유키치에게 쏠리고 있다. 돈을 벌게 해준다는 수상쩍은 얘기로 꼬드

기려는 모양인 그 눈앞에, 손가락을 들이밀었다.

"아니, 내가 스스로 생각한 비즈니스야. 잘 되면, 이 돈이 ——."

배를 두드리고서 손가락을 더욱 가까이 들이민다.

"금방 푼돈으로 여겨지게 될 거야."

"뭘 할 건데? 나도 끼워줄 거지. 얼른 얘기해봐."

이 남자의 재능은 존중할 만하다. 하지만 이 남자 자체는 신뢰할
만한 타입이라고는 할 수 없다. 우쭐해져서 너무 떠들어대면, 아이디
어만 들고 튀어버릴 듯한 기분도 든다.

"나중에 얘기할게."

"어디서."

"늘 있는 공원."

오랜만에 콧방귀를 당했다.

"나는 이제부터 볼 일이 있어. 거기서라면 들어도 되겠지."

류사이가 잔을 들이켜는 흉내와 여자 어깨를 안는 몸짓을 하고는,
다시 한 번 히죽히죽 웃으며 꼬였지만 무시했다.

"물론, 낄지 안 낄지는 당신 마음이야. 얘기를 듣고 나서 판단해줘.
가능한 한 빨리."

"어떻게 할까나. 뭐, 오늘은 안 돼. 여자가 놔 주지 않을 테니까
말이야. 내가 빠져도 물건이 안 빠져. 내일도 글쎄. 내가 십만마권을
딸 차례일지도 모르고."

아마 올 거다. 내가 대박을 친 시점에서는, 아직 두 레이스가 남아
있었다. 게다가 최종전은 우라와 경마장으로서 한 해에 몇 번 없는
빅레이스라는 뉴이어컵이었지만, 류사이는 마권을 살 낌새도 보이지
않았다. 아마, 이제 돈이 없었던 것이다. 노숙자치기를 당한 다음

날 저녁부터 오늘까지, 어디서 어쩌고 있었는지는 모르겠지만, 폭신폭신한 침대가 그리운 건 아마도 자기 쪽이리라. 아까 건네준 5만 엔을 다 쓰면, 공원으로 돌아올 것이 틀림없다.

문제는 류사이보다 나카무라였다. 그 남자를 넘어오게 설득하지 못하는 한, 계획 성공은 의심스럽다. 아니, 계획 그 자체를 성립시킬 수조차 없다.

반대쪽 문 앞에 서 있는 남자가 이쪽을 흘끔거리고 있다. 경마장에서 돌아가는 길인 듯한 사복 차림의 중년. 혹시 고액 지급창구에서 나오는 모습을 본 건가. 지나친 걱정이라는 걸 알면서도 다시 옷 속의 돈뭉치로 손을 뻗는다.

일찍이 증권회사에 있던 시절, 업무상 움직이는 돈은 천만, 억 단위로, 삼백만 따위는 푼돈이었다. 하지만 그런 돈은 모두 컴퓨터 모니터 화면상에서 혹은 전화 응대 중에 움직이는 허무한 숫자에 불과했다. 게다가 남의 돈이다. 자기 돈을, 그것도 이 정도의 현금을 들고 다닌다는 건 처음 겪는 일이다. 3백만은 어이없을 정도로 가벼웠고, 그런 주제에 무거웠다.

결국, 돈은 인근 역의 코인로커에 맡겼다. 가벼운 철판 한 장 너머로 사람들이 오가는, 잘 생각해보면 부주의한 곳이지만, 몸에서 떼지 않고 들고 다니는 건 더 불안하다. 아무튼, 과장이 아니라 나의 미래와 목숨이 걸린 돈이다. 주의에 주의를 기울여 두 군데로 나누어 넣고 열쇠 두 개를 양말 안에 찔러 넣는다.

10만 정도를 지갑에 남겨 역 빌딩에서 장을 보았다. 몇 종류의 술과 안주, 유리잔도 필요하다는 것을 깨닫고 종이컵이 아니라 진짜

유리잔을 샀다. 겨울용 두꺼운 양말도 샀다. 내가 쓸 게 아니라, 나카무라를 회유하기 위한 뇌물이다. 나를 위해 산 건, 새로운 속옷뿐.

어제까지 1, 2엔에 뼈를 깎았던 자신이, 계산대에서 만 엔짜리 지폐를 내고 있는 게 묘했다. 사람을 보는 눈은 돈이 있고 없고에 따라 싹 바뀌는 모양이다. 어느 가게든 지갑에서 돈을 꺼낸 순간, 점원은 나의 지저분한 옷에 눈살을 찌푸리지도, 냄새에 얼굴을 돌리지도 않았다. 다시 인간이 되었다는 생각이 들었다.

일곱 시가 조금 넘은 시각, 종이봉투를 껴안고 공원으로 돌아오자 나카무라는 자고 있었다. 손에 든 유리잔으로 병을 두드려 울린다.

"같이 마시지 않겠나."

나를 올려다보며 눈을 깜빡거리더니 산발한 머리를 옆으로 흔든다.

"경마에서 따서 말이야. 같이 건배해줘. 자, 이걸로 한 잔."

얼굴 앞으로 병을 쑥 내밀었다. 샴페인이라는 걸 알자, 담요 안으로 돌아가려던 고개가 이쪽으로 뻗어왔다.

점원이 소믈리에 같은 앞치마를 두르고 있는 그럴듯한 주류가게에서 가장 비싼 녀석을 샀다. 유리잔도 금방이라도 다리가 부러질 듯한 샴페인 잔이다. 생각대로다. 거리가 크리스마스로 들떠있던 무렵의 편의점에서는 대개 가게 내부의 눈에 띄는 곳에 샴페인이 진열되어 있었다. 폐기 도시락을 얻으러 가는 편의점에서 술 판매대에는 전혀 흥미를 표하지 않던 나카무라가 어째선지 샴페인에는 흥미가 많아서, 손에 들고 쳐다보곤 했던 것이다.

"우후우."

오케이라고 말할 생각이었는지, 작게 숨을 토하며 일어난다. 아무래도 접대 제1단계는 클리어한 모양이다.

병에서 캡을 벗기고 철사를 푼다. 샴페인은 오랜만에 마셔본다. 대부분의 남자가 그럴 테지만, 내게 샴페인은 나를 위한 술이 아니라 동반한 여자를 위해 마시는 술이다. 샴페인을 좋아했던 미나코는, 술이 약해 많이 마시지 못하는데도 병으로 주문하는 걸 좋아했다. 남은 술을 처리하는 건 언제나 내 몫이었다. 모처럼의 요리를 앞에 두고, 트림만 참으며 먹지도 못하고 보기만 했었다.

어둠 속에서 샴페인을 따기는 어렵다. 애를 쓰고 있으려니 긴 팔이 뻗어왔다. 막무가내가 아닌 자연스러운 동작으로, 병이 나카무라의 손으로 옮겨간다.

"아아, 미안하군. 오랜만이라서."

나카무라는 병을 들여다보듯이 구부리고 철사에 손을 대고 있다. 샴페인 코르크가 기세 좋게 날아가는 걸 아는 건지 걱정스러운 마음이 든다.

"위험하다고. 역시 내가 할게."

하지만 어른 흉내를 내고 싶어 하는 아이 같은 표정으로 고개를 옆으로 흔든다. 보고 있을 수가 없다. 도로 가져오려고 한 손을 뻗은 순간, 나카무라는 엄지손가락으로 코르크를 눌렀다. 새끼손가락을 튕겨내듯이 철사를 느슨하게 만든다.

걸치고 있던 타월로 철사를 달고 있는 병의 입구를 그대로 덮는다. 마개가 아니라 병 쪽을 돌리는 것이다. 병을 45도로 기울이자 타월 속에서 소리다운 소리도 나지 않고 조용히 마개가 열렸다. 이 남자치고는 재빠른 손길로 병을 세로로 바로 세우더니 타월을 집어 벤치 위에 내려놓는다.

훌륭한 솜씨였다. 샴페인이란 마개를 연 순간 거품이 성대하게 뿜어져 나오는 법이라고 생각했지만, 한 방울도 흘리지 않았다. 나보다 훨씬 샴페인에 익숙한 것 같다.

잔에는 내가 따랐다. 가로등의 어스름한 빛이, 황금색 액체 속의 자그마한 거품을 비즈 알처럼 반짝이게 한다. 공원에서 노숙자가 마시는 술 중에 이만큼 어울리지 않는 술도 없으리라.

벤치 위에 안주를 펼친다. 카망베르 치즈, 훈제연어, 프랑스빵, 나카무라가 틀림없이 기뻐할 트뤼프초콜릿. '마음껏 들게'라는 손짓을 하고서 유리잔을 얼굴 앞까지 들어 올렸다.

"뭐에 건배할까. 새해 복 많이 받으세요······. 이건 이미 했던가. 음, 우리들의 미래를 축하하며."

유리잔을 부딪치려 했지만, 나카무라는 손에 든 채 가볍게 위아래로 움직였을 뿐이었다. 유리잔을 공중에 띄운 채로 있는 내게, 긴 머리카락을 한 손으로 쓸어 올리면서 조그맣게 말한다.

"메리 크리스마스."

"아아, 그랬지. 그건 아직 안 했었지. 메리 크리스마스."

좋은 타이밍이라는 생각이 들어 양말을 꺼냈다. 세 켤레 천 엔짜리 세트. 가게에 있던 것 중 가장 큰 사이즈다.

나카무라는 눈앞에 들이밀어 진 양말을 받아들려 하지 않고, 썩은 음식 냄새를 맡는 듯한 표정을 지었다. 내 쪽으로 경계 어린 시선을 보낸다.

언젠가 류사이의 이야기가 떠올랐다. 나카무라가 이 공원의 임금님이 된 경위다.

"녀석, 오카마가 잘 노리거든. 억지로 돈을 쥐여 주고, 엉덩이를 따려고 한 녀석이 있었던 모양이야."

기억하건대 분명 그 녀석은 갯장어 뼈 가르기 하듯이 여기저기 부러졌다고 했던가. 그런 오해를 받아 갯장어 꼴을 당할 수야 없지.

"늘 도시락을 받기만 했잖아. 그 답례야. 이런 거라 미안하지만. 돈이 들어와 봤자, 지금의 나한테는 반지를 사 줄 여자도 없고 말이지."

미나코의 얼굴이 머리를 스쳤다. 그녀가 집을 나갈 때 테이블 위에 두고 간 이혼서류에는 사준 지 얼마 되지 않은 10주년 다이아몬드 펜던트가 문진 대신 놓여 있었다. 두 번째로 실직했을 때, 팔아 버릴까 생각하는 자신이 무서워, 미나코의 친가에 보냈다.

오해가 풀렸는지 어쨌는지, 나카무라는 어깨를 움츠렸다. 유리잔에 얼굴을 대는 김에 한다는 듯이 가볍게 머리를 숙이고, 살림살이가 가득 든 종이봉투 안에 양말을 집어넣었다.

술을 못하는 건 아닌 모양이다. 나카무라는 단숨에 첫 잔을 들이켰다. 손을 들어 따라주려는 나를 제지하고, 샴페인을 직접 잔에 붓고 병을 든 채로 잔을 들이켰다. 모양을 내며 잔의 다리를 쥐고 있는 이쪽이 바보 같아질 정도로, 호쾌하게 마신다. 어쩌면 샴페인이란, 본래 이렇게 마시는 술인지도 모른다.

"샴페인은 자주 마시나."

말하고 나서 어리석은 질문이라는 걸 깨달았다. 마실 리가 없다. 마셨던가 하고 다시 묻는 대신에 또 물었다.

"그 샴페인, 어때?"

긍정인지 부정인지 판단할 수 없는 모습으로 고개를 갸웃거리더니, 조심스러워하는 낌새도 없이 대답해 왔다.

"돔 페리뇽은 별로 좋아하지 않아."

어둠 속에서 라벨에 그려진 자그마한 장식 문자를 읽기는 힘들고, 나카무라는 제대로 병을 보지도 않았다. 라벨 모양만으로 혹은 맛만으로 돔 페리뇽이라는 걸 알았을 터.

"그럼, 좋아하는 상표는?"

"앙드레 보포르."

익숙한 단어를 막힘없이 대답하는 듯했다.

"아니면 샹메리."

샹메리? 잠시 생각하다가, 그것이 크리스마스 시즌 편의점에 진열되어있던 샴페인 풍미의 어린이용 음료라는 걸 깨달았다. 의례적으로 웃어 보였지만, 뭐가 웃기냐는 얼굴이 돌아왔다. 농담이 아니었던 모양이다.

아리송한 남자다. 어떤 인생을 거쳐 이 공원에 도달한 것일까. 잘 회유만 하면 아이를 길들이듯이 한편으로 만들 수 있지 않을까 하는 낙관적인 생각도 있었지만, 역시 그렇게 간단히 될 것 같지는 않아 보인다. 본론으로 들어가기 전에, 조금 더 커뮤니케이션을 꾀할 필요가 있을 듯했다.

유리잔의 거품을 멍하니 쳐다보고 있는 나카무라의 뺨에 대고 물었다.

"옛날에는 자주 마셨었나, 샴페인."

유리잔에 대답하듯이 끄덕인다.

"어디서?"

고개를 움츠릴 뿐이었다. 유도신문, 실패.

"혹시나 하는 건데."

왠지 상상이 갔다.

"물장사했던 거야? 그, 호스트바라든가."

이 남자의 얼굴이라면 있을 법한 얘기 같았지만, 시원스레 고개를 옆으로 젓는다. 질문을 바꿔 본다.

"노숙자가 된 지, 얼마나 되었나?"

한 달 가까이 몇 번이나 물었던 질문이지만, 한 번도 대답을 들은 적은 없다. 새로운 샴페인을 부어주자, 특별 서비스라도 된다는 듯이 손가락을 두 개 들었다. 하지만 금세 고개를 갸웃거리며, 이번에는 세 개를 든다.

"2, 3년 됐다는 소리야?"

샴페인의 탄산 맛에 얼굴을 찌푸리더니, 자신 없다는 듯이 끄덕인다.

"태어난 건 오키나와의 어디? 나하[那覇]?"

대답은 없었다. 특별 서비스, 종료.

"요전의 정월 공양 얘기, 재미있었어. 히누칸이었던가. 조금 더 들려주지 않겠나."

어렴풋이 기억하는 척했지만, 실은 처음 들었을 때보다 더 자세히 알고 있다.

히누칸. 불의 신. 오키나와에서는 집의 수호신이라고 알려져 있다. 기도하면, 다른 신에게 그 기도를 전해 준다고 한다.

아직 도서관에는 간신히 출입할 수 있을 만한 차림이어서, 요즘은 날마다 다니고 있다. 온기를 쬔다는 것도 이유 중 하나지만, 조사하기 위해서이기도 했다. 테이블에 차례차례 책을 쌓아올리며 혈안이 되어 페이지를 넘기고 있는 모습이 도왔는지, 아직까지는 노숙자라는 게 들켜 쫓겨난 적은 없다.

　불의 신 신앙은 오키나와의 독자적인 풍습은 아니어서, 일찍이 일본 전국에서도 볼 수 있었다. 지금도 '황신[荒神]' '카마도가미[竈神]'라는 이름으로 수많은 전승이나 그들을 모시는 신사가 남아 있다. 특히 아이누18) 사이에서 불의 신은 특별한 존재로, 인간의 말을 이해하는 유일한 신이라 여겨져, 사람의 말을 이해하지 못하는 다른 신들과의 중개자로 받들어지고 있다. 히누칸과 똑같다.

　아마미[奄美]에서 오키나와 지방, 혹은 도호쿠[東北]에서 홋카이도에 걸쳐 분포한 사람들에게는 원주민인 조몬인[繩文人]의 피가 짙다는 설을 생각해보면, 일본에 신도가 싹트고 불교가 전래되기 이전부터 불의 신은 이미 뿌리를 내리고 있던 종교적 존재가 아니었을까. 나는 그렇게 이해하고 있었다.

　이제 대답을 기대하지 않게 되었을 무렵, 나카무라가 불쑥 중얼거렸다.

　"미신이야. 믿는 건 노인들뿐이야."

　"유타라고 하던가. 가까운 사람 중에 그런 사람은 있었어?"

　어떻게 아냐는 표정을 짓는다. 유타라는 건 오키나와의 무녀다. 죽은 자와 교신해 운세를 점치고 토지나 선조에 관한 영적인 상담을 해주는, 소위 말하는 영능력자다. 카민추(신인神人)이라고도 불린다. 누구나 될 수 있는 건 아니고, 여러 가지 불행을 경험하고 카미다리라고 불리는 빙의현상(의학적으로 말하자면 통합실조증)이 초래된 인간만이 유타가 될 수 있다고 한다. 물론 이것도 도서관에서 얻은 지식이다.

---

18) アイヌ : 북해도, 사할린, 쿠릴 열도 등지에 사는 민족.

"뭐어. 섬에는 몇 사람이나 있었고."

섬. 그렇다는 건 오키나와 본섬 출신은 아니라는 얘기일 테지. 내던지는 듯한 대답이었다.

"전부터 흥미가 있었거든."

2주일 전부터.

"남자 유타도 있지? 들어 본 적이 있어."

나카무라는 질문에는 대답하지 않고 샴페인을 들이켠다. 창의 불빛이 모자이크를 그리고, 네온사인이 각자의 의도대로 번쩍이고, 차의 전조등과 후미등이 두 가지 색의 바다를 이루는, 색과 빛이 무질서하게 흘러넘치는 밤의 빌딩가를 바라보기 시작했다.

고향 이야기를 하고 싶지 않은 사람은 드물지 않다. 지바 현에서 태어나 도쿄에서 자란 나로서는 지방색이 풍부한 화제를 갖고 있다는 사실이 오히려 부러웠지만, 그 지방의 독특한 풍속이나 습관이나 말에 화제가 미치면, 부스럼딱지를 건드렸다는 듯한 얼굴을 마주하게 될 때가 있다. 미나코가 그랬다. 다른 출신지 사람에게 자기 고향을 바보 취급당하고 싶지 않다는 게 이유 중 하나이리라. 혹은 고향에 좋은 추억이 없든가. 나카무라는 어느 쪽일까. 미나코는 양쪽 다였다.

나카무라가 네 번째 잔을 자작하기 전에 주저하는 눈길로 흘깃 보기에, '괜찮아'라는 듯이 한 손을 흔들었다. 내가 첫 잔을 다 마셨을 때는 이미 돔 페리뇽은 거의 비어 있었다. 슬슬 본론으로 들어간다.

"나카무라 군, 이름은 겐조였지. 한자는 어떻게 쓰나?"

나카무라는 끄덕이더니 나뭇가지를 주워 가로등 불빛이 떨어지는 벤치 밑의 땅바닥에 써 보였다.

『仲村 健三』

"나는——,"

이쪽이 입을 열기 전에 대답이 돌아왔다. 테이프리코더처럼.

"야마자키 료이치."

어째선지 어조까지 나와 비슷했다. 기억해주다니. 영광이다.

"맞아, 하지만 이름을 바꿨어. 별로 꺼림칙한 일이 있었던 건 아니지만 말이야. 야마자키 료이치라는 이름은 이제 버리기로 했어."

마른 가지로 바닥에 『木島 礼次』라고 쓴다.

"그런 사정이라서 다시 정식으로, 잘 부탁해."

왜냐는 질문을 기대했지만 물음은 없다. 흥미가 당긴 듯한 낌새도 없었다. 생각해보면, 내 성이 야마자키든 키지마든 나카무라에게는 아무래도 상관없는 일이리라. 에두른 말은 관두고, 단도직입적으로 말했다.

"이름을 바꾼 건 심기일전하기 위해서야. 오늘 경마로 손에 넣은 돈이 나름 꽤 돼서 말이지. 그 녀석을 밑천으로 조금 사업을 시작해볼까 해. 나는 원래 증권회사에 다녔거든. 하지만 이제 옛날처럼 누군가에게 비참하게 이용당하고 싶지는 않아. 남의 안색을 살피며 쩨쩨한 장사를 할 생각도 없어. 크게 승부를 해 보고 싶거든. 그래서 말이야."

마지막 한 잔을 부어 준다. 글라스 반밖에 안 되는 그것을 나카무라는 아까워하지도 않고 단숨에 들이켰다. 시선을 맞춰주지는 않았지만, 그대로 말을 이었다.

"그래서 말이야, 그 사업에 자네도 협력해 주었으면 해. 다른 누구도 아닌, 자네가 아니면 할 수 없는 일이라고 생각해."

류사이의 조언을 받아들여, 수상쩍게 들리는 모양인 비즈니스라는 단어는 사용하지 않도록 했지만, '일'이라는 말에 나카무라의 표정이 경계하듯이 바뀌었다. 바로 말을 덧붙인다.

"일이라고 해도, 땀 흘려 일할 필요는 없어. 간단히 말하자면, 자네는 있어주기만 해도 돼 ──."

나는 자신의 계획을 이야기했다. 궤변이나 입에 발린 소리가 아니라 머릿속에 있는, 스스로도 아직 불투명할 뿐인 생각 전부를. 아직누구에게도, 류사이에게도 밝히지 않았던 계획을. 나카무라는 들으면서 고개를 갸웃거렸고, 전부 듣고 난 후에도 여전히 고개를 갸웃거리고 있었다.

"함께 해 보지 않겠나."

갸웃거리던 고개를 옆으로 흔들어 버린다. 뭐, 그럴 테지. 하지만단념할 수는 없다. 하루하루 노르마에 쫓기던 증권영업 시절조차, 이만큼 누군가를 열심히 설득한 적은 없었을 테니.

"갑자기 이런 소리를 해서 곤란하다는 기분은 이해해. 나도 남에게이런 얘기를 들었다면 코웃음 쳤을 테지. 하지만 나나 자네가 지금의생활에서 빠져나가는데, 달리 어떤 방법이 있겠어? 자네도 언제까지나 노숙자로 있어도 괜찮다고 생각하는 건 아니잖아."

나카무라는 빈 잔을 가로등 불빛에 비추며, 묵직하게 빛나는 그것을 가만히 바라보고 있었다. 뭔가를 생각하듯이. 나의 말을 조금은생각해보고 있는 건지, 유리잔 너머 거리의 불빛을 바라보고 있을뿐인 건지 잘 알 수 없는 표정이었다.

작은 사이즈의 와인 한 병과 포켓 위스키도 준비해 왔다. 권해 보았지만, 나카무라는 똑같은 자세 그대로 고개를 젓는다. 그것이 권유에대한 거절이 아니기를 기도하며 얘기를 이어갔다.

"반드시 성공할 거야. 나는 그렇게 생각하고 있어. 누구나 잘할 수 있는 일은 아니겠지만, 나와 점술가 류사이와 그리고 무엇보다 자네, 이 세 사람이 모이면, 반드시 성공한다."

자신의 말 어딘가에 이물이 낀 듯한 삐걱거림이 있는 기분도 들었지만, 억지로 이야기를 진행했다.

"일단 자네에게는 살 곳과 음식을 제공하지. 물론 편의점 폐기 도시락 같은 게 아니라, 제대로 된 밥 말이야. 샴페인도 추가하지. 처음에는 앙드레 어쩌고는 무리일지도 모르지만. 샹메리라면 어떻게든 될 거야."

나카무라가 유리잔을 바라보는 자세 그대로, 거기에 깃든 빛에 말을 걸듯이 말한다.

"살 곳?"

"아아, 다다미방이 좋은가. 아니면 마룻바닥? 물론 가구도 따라올 거야."

노르마에 고민하는 세일즈맨 같은 열변을, 나카무라가 중얼거리는 목소리로 가로막았다.

"방에서 말이야."

"응."

"고양이, 기를 수 있을까."

"고양이?"

나카무라는 공원 한구석에 놓인 고양이 사료용 쟁반에, 때때로 폐기 도시락 남은 것을 버리고 있었다. 쟁반은 자택에서 기르지 못하는 고양이 애호가가 준비한 것이고 나카무라는 그저 별난 행동을 할 뿐이라고 생각했지만, 누군가가 먹이를 주는 걸 본 적은 없었다. 저건 나카무라가 놓아둔 것인지도 모른다.

"알았어. 기를 수 있는 곳을 찾아보지. 그러면, 협력해 줄 텐가."

나카무라가 끄덕인 것처럼 보였다. 다짐을 받기 위해서 건네려던 나의 말은, 주정뱅이가 소란을 떠는 목소리에 지워졌다. 술에 취한 걸쭉한 목소리가 누군가를 부르고 있다.

"어이."

누구야. 시끄럽구만.

"어──이, 키지마──아."

류사이다. 한 손은 비닐봉지를 휘두르고 있다. 술이 잔뜩 취한 몸짓이었다. 혀도 꼬였다.

"정말로 돌아온 거야? 믿을 수가 없네. 뭘 마신 거야? 와인? 응? 돔──페리──뇽?"

"꽤나 일찍 돌아왔군. 여자가 놔주지 않는 거 아니었나."

"그게 말이야. 가게가 바뀌어서 말이지. 작년 여름 골든컵 때는 아직 있었는데. 지금 가게는 핑크 살롱이야. 완전 선불, 5천 엔이라고 하기에 들어갔는데. 터무니없는 가게였어. 정말이지 나라는 녀석도 참. 도쿄나 가와사키에선 절대로 그런 가게에 안 걸리는데. 사이타마를 시골이라고 너무 얕봤어. 중간에 안 되겠다 싶어서 나가려고 했더니, 이게 나와서."

집게손가락으로 뺨을 위에서 아래로 긋고, 술내 나는 숨을 마구 뿌려댄다.

"열은 받지만, 야쿠자하고 붙어버리면 더 데이니까 말이야. 그 대신 값을 깎아서, 결국 3만 5천 엔에 봐달라고 하고 나왔어."

잘난 듯이 말하지만, 요컨대 바가지 쓰고 돈을 뜯겼다는 소리다.

"오우, 이거 마셔. 나도 또 마시련다."

컵 술이 잔뜩 든 비닐봉지를 바닥에 내려놓고, 나카무라의 종이 하우스를 멋대로 한 장 뽑아 방석 대신 깐다.

"그래서, 들어보자고 부자 아저씨. 한탕 할 얘기를 말이야. 뜸들이지 말고, 슬슬 가르쳐달라니까."

류사이는 의욕적이었다. 역시 녀석은 절박했다. 노숙자와 별 차이 없는 지금의 생활에서 빠져나가려 발버둥치고 있다. 나이를 생각하면 나 이상으로 궁지에 몰려 있음이 틀림없었다.

"지금 나카무라 군에게 설명하고 있던 참이야."

"나카무라? 이 녀석한테도 들고 간 건가."

류사이가 술에 취한 시선으로 나카무라를 보며 질렸다는 듯이 어깨를 움츠렸다. 꽤 전부터 알던 사이 같지만, 두 사람 사이는 그렇게 좋아 보이지는 않는다. 나카무라는 손에 쥐여 준 컵 술을 벤치에 내려놓고는, 머리 위로 담요를 뒤집어써 버렸다.

"우선, 거점을 만든다. 처음에는 자그마한 곳이라도 상관없어. 나카무라 군을 위해서 방을 빌릴 생각이야. 나도 거기에 살 거야. 만약 괜찮으면, 당신도——."

류사이가 나와 나카무라에게 번갈아 시선을 두고 묘한 표정을 지었다.

"방을 빌린다고? 이 녀석을 위해서? 아아, 뭐야. 키지마는 그쪽인가. 그래서 여자 있는 가게에 가고 싶어 하지 않았군."

새끼손가락을 세운 손을 입가에 대고 우후후 하고 웃는다. 고개를 저었다.

"아니야. 내가 생각하는 비즈니스에는 누구보다도 나카무라 군이 필요하다고. 나카무라만 있으면, 나 같은 건 필요 없을지도 몰라.

그 정도로 중요해."

"출장 호스트바야?"

"아니야——."

강하게 부정한다.

"——조직을 만드는 거야."

"아아, 뭐야. 다단곈가."

"아니야."

이번에는 강하게 부정하지는 않았다.

"그럼 뭔데?"

류사이가 술 냄새나는 숨결과 함께 무릎걸음으로 다가온다. 나카무라가 담요에서 얼굴을 드는 것이 느껴졌다.

"한마디로 말하자면."

"한마디로 말하자면?"

"종교다."

13

오랜만에 인터넷 카페에 와 있다. 자려고 온 건 아니다. 거주지는 지금도 공원이다. 최대경사 130도인 편한지 불편한지 종잡을 수 없는 리클라이닝 시트에 궁둥이를 붙이고, 무료커피를 홀짝이면서 부동산 주택정보를 뒤지고 있다.

리클라이닝 감촉에 그리움마저 느껴졌다. 이곳에서 먹고 자던 시절에는, 똑바로 몸을 뻗고 잘 수 없었던 탓에 늘 허리와 등이 아팠다. 길바닥에서 자게 되자 오히려 컨디션이 좋아졌다.

이미 몇 시간째 주택정보 사이트며 부동산회사 홈페이지를 돌아다니고 있지만, 생각하는 물건은 보이지 않았다. 찾고 있는 건 '점포 겸용 주택' 혹은 '주거 겸용 임대 사무소'다. 물건 수로 말하자면, 극히 평범한 맨션을 빌려 멋대로 사업용으로 사용하는 편이 상책이지만, 집주인과 분규가 일어나면 계획은 아웃이다. 안 그래도 이제부터 시작하려는 일은 언제 트러블이 생길지 모른다. 불안의 씨앗은 일찌감치 뽑아두는 게 상책이었다.

주택물건이란 게 호락호락하지가 않다. 이거다──싶은 건 꼭 그에 상응하는 가격이 매겨져 있다. 싼 물건은 싼 이유가 있다. 싸고 좋은 물건이란 그렇게 쉽게 존재하지 않는다.

사치를 부리자면 끝이 없었다. 먼저 후보지 조건부터 시작해, 도심지와 역에서 거리가 가까운 것은 뺐다. 주변에 사람이 많은 건 필수지만, 내가 생각하는 '거점'은 반드시 교통편이 좋을 필요는 없었다. 오히려 듣기 좋은 지역에서는 미묘하게 벗어난 편이 좋을 것 같았다. 아오야마나 아자부, 롯폰기 근처에 거점을 두면 오히려 수상쩍게 보이리라.

지금 가지고 있는 돈으로 충분하고 또한 이상적 조건에 가까운 —— 어디까지나 가까운 —— 물건은, 지금으로선 다섯 건. 사이타마와 지바가 각 두 건, 가나가와가 한 건.

하지만 도쿄라는 브랜드는 놓치고 싶지 않다. 잠시 '보류'하기로 하고 데이터를 남겨 두었지만, 결국 다섯 건 모두 삭제했다.

"신흥종교를 만든다."

나의 말을 들은 류사이는 그의 18번인 코웃음을 쳤을 뿐이었다. 지금까지 이상으로 격렬하게.

"무슨 좋은 건수인가 했더니. 바보 같아. 자, 안——녕이다."

컵 술이 든 봉투를 껴안고 일어서려는 류사이의 코트 옷자락을 쥐고, 다시 앉혔다.

"기다려, 끝까지 들어."

"노숙자치고는 멀쩡한 녀석이라고 생각했는데, 머리가 어떻게 된 거 아냐?"

"그렇지 않아. 자아 들어봐."

나는 이렇게 생각하고 있었다. 조직적인 범죄부터 개인적인 사기까지 최근 십여 년, 빈발하고 있는 종교단체 관련 사건은, 전부 정도를 넘은 게 원인이다.

세간의 상식과 동떨어진 교의. 노골적인 영리주의 파탄. 영감상법으로 말하자면, 뻔히 보이는 사기.

하지만 생각해보면, 모든 종교는 처음에는 다 신흥종교였고, 한동안 위정자로부터 탄압을 받아왔다. 크리스트교도 그렇고, 불교도 그렇다. 그랬던 것이 살아남아 세간의 인지를 얻고, 많은 신자와 사회적 지위를 획득하기에 이를 때까지는 컬트 종교의 내력과 큰 차이 없는 과정을 거쳐 왔을 터다.

그렇다면, 세간에 튀지 않고 자신의 교의를 성실하게 호소하며 포교하는 건 어떨까. 물론 이 경우에 성실이라는 건, 자신의 비즈니스에 대해 성실하다는 의미다. 신자(유저)의 신앙심(니즈)에 확실하게 대응하면서, 자신은 아무것도 믿지 않고 교의에 프라이드도 고집도 부리지 않으며, 어디까지나 비즈니스로서 조직을 운영해간다면 ──.

그것이 종교가 상업적으로 성공하는 필승의 방법처럼 보였다.

즉각적이라 할 만한 성과는 없을 테지만, 세간의 지탄을 교묘하게 피하며 조금씩 확실하게 저변을 확대해가면, 악덕 다단계 HHA 따위보다 훨씬 탄탄한 조직을 만들 수 있다. 종교 법인으로 인가받으면, 그다음부터는 탄탄대로다.

좀처럼 납득한 표정을 짓지 않는 류사이에겐, 보수를 약속했다.

"당신은 평소대로 점을 보면 돼. 지금 감정료의 배, 한 사람당 5천 엔을 내지."

그래도 컵 술이 든 봉투를 껴안은 채 틈만 보이면 자리에서 일어서려 하기에 조건을 높였다.

"고정급도 주겠어. 처음 6개월은 월 10만. 그 후에는 상담 후 결정이다."

지금의 류사이에게 10만 엔은 큰돈이리라. 손가락으로 오케이 사인을 만들고, 원 컵 술병으로 건배하자고 나왔다. 류사이에게는 이치나 이상, 장기적인 꿈을 얘기해봤자 소용없는 것 같다. 붙들어 두려면 금전적인 조건을 내거는 수밖에 없다.

물론 처음부터 돈을 벌 수 있으리라 생각하지는 않는다. 나는 당분간 요 한 달 동안 불린 돈을 까먹지 않도록 생활하면 되지만, 류사이에게 주는 보수와 나카무라에게 한 생활보장을 생각하면 수중의 3백만 엔은 금세 사라질 것이다. 입주할 때 필요한 돈을 지급하고 나서 몇 달 동안 무수입으로 버티기 위해서는, 그렇게 집세가 비싼 곳은 고를 수 없다.

바쁘게 클릭하면서 나타났다가 사라지는 주택물건에 시선을 집중했다.

도내의 경우, 금전적인 조건에 맞는 물건은 상가빌딩의 위쪽 층이거나, 내부시설이 포함된 국수가게. 새로운 종교의 본산이 될 곳이 너무 볼품없어도 곤란하다.

『스탠드 글라스 창이 예쁜 스낵바』 클릭.

『역 근처 펜슬빌딩 3F, 4F』 클릭.

때때로 메모도 한다. 수첩은 엽서 사이즈에 절취식. 은행에서 새 계좌를 만들 때 선물로 받은 것이다. 집을 빌리려면 아무래도 신분증명이 필요해진다. 가고 싶지 않다는 소리 같은 걸 하고 있을 때가 아니었다. 예전에 살던 동네에서 주민표를 떼어 왔다.

덕분에 휴대전화 신청은 이미 끝났다. 내일은 운전면허증을 부활시킬 생각이다.

인생 리셋. 다시 한 번 새로운 시작.

하나부터가 아니라, 제로부터.

호적상의 이름은 지금까지와 마찬가지로 야마자키 료이치지만, 이제부터 자신은 교단의 책임자 키지마 레이지가 되어야 한다고, 그렇게 마음속으로 결심했다. 과거는 버렸다. 이력도, 이제는 없는 부모님도, 아내도.

수첩에는 인터넷에서 검색했던 정보뿐 아니라, 떠오르는 짧은 단어도 적어두고 있다. 새로운 종교의 이름이다. 마음에 든 이름을 테이블 여백에 늘어놓았다. 현재로선 이 세 가지다.

『화신교(火神敎)』

『황신신교(荒神新敎)』

『신화교(神火敎)』

쳐다보고 있으면 어느 쪽이든 심금을 울리게 되리라 기대했던 이름인데, 이것도 저것도 감이 오지 않는다. 이름은 중요하다. 묘한 고집이나 편협한 의미부여는 신자와 신뢰의 폭을 좁힌다. 좀 더 커다란, 깊은 의미가 있는 듯하면서, 어떠한 해석도 가능한 이름이 필요했다. 전부 쓰레기통에 버리고 나서, 문득 떠오른 생각에 새로운 수첩 한 장에 이렇게 적었다.

『대지(大地)』

종교단체를 만들겠다는 생각을 한 순간부터, 어째선지 마음속 어딘가에서 자꾸만 걸리던 단어였다.

『대지교(大地敎)』

어떨까. '교(敎)'는 종교색이 너무 강해 경원시 될 것 같다. 조금 더 소프트하게 '모임[会]'이라고 할까.

『대지의 모임[大地の会]』

흐음. 메모 여백에, 이런 말을 덧붙여 적어 보았다.

『대지에 몸을 던지면, 인생은 바뀐다』

또 한 줄.

『모든 것을 대지에 던지십시오. 모든 것을 우리에게 맡기십시오』

흐음.

개인실 벽의 '이용 시 주의사항'이라고 적혀 붙어 있는 종이 한쪽에서 셀로판테이프를 뜯어내어, 모니터 화면에 『대지의 모임』이라고 적은 종잇조각을 붙여 본다.

응, 나쁘지 않아. 현재로선 이게 제1후보다.

임시 이름을 결정한 영험함이 있었는지 어쨌는지, 그 후 바로 나쁘지 않은 물건을 찾아냈다.

이거다 싶은 물건을 발견할 때마다 저장한 지도 사이트를 불러내 비교한다. 평범한 지도가 아니다. 누가 만들었는지 모르겠지만, 절과 신사의 주소만이 기재된 지도다. 마을 이름을 클릭하면, 그 지역의 절과 신사의 분포 정도가 붉은 점으로 표시된다.

대지의 모임이라고 이름 붙이고자 하는 나의 조직은 불교, 신도, 크리스트교, 그 외 어떤 기존 종교와도 일선을 그을 생각이었지만, 위세는 빌릴 작정이다.

들어본 적도 없는 묘한 종교단체가 갑자기 어떤 마을에 출현한다. 대부분의 사람은 기분 나빠하든가, 냉소하리라.

하지만 신사 불각이 일상의 풍경처럼 여기저기에 존재하는 장소라면 어떨까. 근처에 이름 있는 절, 신사(교회라도 좋다)가 있는 것만으로도, 사람은 그 인근의 종교시설에서 뭔가 영력을 상상하고 기대할 것이 틀림없다. 옛날부터 사는 주민은 어쨌든, 그 외의 주민이나 그 토지에 살지 않은 사람에게는 영험한 땅 중의 하나로 보여도 이상하지 않으리라.

또 다른 화면도 불러냈다. 이쪽은 도내 각 지역의 주민 평균연령을 열람할 수 있는 사이트다.

애초의 타깃은 중장년. 특히 고령자라고 나는 생각한다. 주민의 연령은 높을수록 좋다. 의외로 스기나미 구(區)나 세타가야 구처럼, 오래전부터 주택가라는 이미지가 있는 지역의 평균연령은 생각보다 높지 않았다. 비교적 높은 건 도쿄 동부의 주택가, 혹은 시나가와 구, 오오타 구.

인터넷 속에는 지역별 평균수입이라는 도표도 존재한다. 증권영업 시절에도 종종 이용했던 데이터인데, 이번에는 굳이 검토 자료로 삼지는 않았다. 수입은 상관없다. 오히려 곤궁한 사람일수록 종교에 매달리는 법이다.

다시 한 번, 물건을 화면에 띄운다. 현재로선 최선의 선택. 장소는 ──.

오오타 구 이케가미(池上).

이케가미라면, 도쿄 근교에 사는 사람들은 근처에 있는 절의 이름을 연상한다.

혼몬지(本門寺).

그뿐만 아니다. 이 거리에는 혼몬지를 중심으로 수십 개의 절이 집중해 존재하고 있었다. 이용하지 않을 수 없다.

남은 건 현지조사다. 총 10년 가까운 증권영업 경험으로 말하자면, 거리는 지도만 쳐다보고 있으면 알 수 없다. 실제로 그곳에 가서 마을의 냄새를 맡고, 혼잡한 인파 속에 서서 사람의 흐름을 보고, 음식점이나 술집에 들어가 기질을 파악한다. 그렇게 하면서 피부로 느낄 필요가 있는 것이다.

나카무라는 아직 설득 중이다. 정식으로 오케이는 받지 못했다. 하지만 머지않아 고개를 끄덕이게 만들 자신은 있었다. 어젯밤에도 샴페인을 대접했다. 앙드레 보포르라는 상표는 수입 샴페인 중에서는 보기 드문 단술이라는데, 어디에 알아봐도 찾을 수 없어서 점원에게 가장 비슷한 샴페인을 추천받았다. 나카무라의 입은 여전히 녹슨 셔터 같았지만, 먹이를 주는 호랑이 줄무늬 고양이에게 그가 '카이'라는 이름을 붙였다는 사실은 알아냈다.

아무튼, 나카무라가 없으면 시작할 수 없는 계획이다. 일단 저지르고 볼 심산으로, 물건의 데이터를 프린트한다. 일단 부딪쳐 봐도 손해 날 건 없다.

인터넷 카페의 샤워실에서 몸을 씻고, 어젯밤 유료 세탁기에서 빤 속옷과 면바지를 걸친 나는 좁은 탈의실에서 두 주먹을 쥐었다.

"좋아, 반격 개시."

누구에게 반격하려는 건지 스스로도 모르는 채, 비스듬하게 열린 탈의실 창문 너머로 언뜻언뜻 보이는 들쭉날쭉한 회색 빌딩가를 노려보았다.

손가락으로 권총 모양을 만들어, 한쪽 눈을 감고 두드러지게 높은 빌딩을 향해 방아쇠를 당긴다.

"빵——."

두고 봐라.

이제부터 역습이다.

14

사람들이 길바닥에 누운 나를 둘러싸고 있다. 저마다 뭐라고 말한다. 비난의 말인지, 동정의 목소리인지, 잘 모르겠다.

뭐야? 무슨 말이 하고 싶은 거야? 내가 어쨌는데?

소리치려는 순간, 잠에서 깼다.

천장 방수포를 투과한 햇빛이, 폐자재와 100장 가까운 종이상자를 써서 세 평 정도로 확장한 종이상자 하우스를 어렴풋하게 밝히고 있었다.

아침이다. 빛의 상태로 미루어 벌써 해는 높이 떴다. 쓰레기 집하장에서 담요를 주운 후로는, 이른 아침 추위가 그다지 신경 쓰이지 않아 늦잠을 자 버릴 때가 많았다. 어제 옆 동네에서 간신히 찾아낸 앙드레 보포르를 나카무라와 잔뜩 마신 탓인지도 모른다.

감은 지 사흘밖에 안 된 머리를 긁으며 하품을 하다가, '집' 바깥에서 정말로 사람 목소리가 들려오는 것을 깨달았다. 그것도 한 명이 아니라 여러 명의.

꿈이 아니었다. 방수포를 밀어 올리고 바깥을 엿보니, '집' 주위를 남자 몇 명이 둘러싸고 있었다. 모두가 노란색 작업복을 걸치고 같은 색 헬멧을 쓰고 있다. 그 속에서 아는 얼굴 하나를 발견했다. 갑자기 나타나 틀에 박힌 장황한 소리를 늘어놓으며 몰래 사진을 찍던 동사무소 직원이다.

"뭐야, 당신들."

남자는 나와 눈을 마주치지 않으려고 서류를 끼운 바인더로 얼굴을 감췄다.

"거듭 지도하러 왔었습니다만, 응해주시지 않아서 지금부터 행정집행을 하겠습니다."

"에? 지도?"

언제 그런 게 있었는데. 제대로 얘기를 나눈 건 딱 한 번이었다.

"몰라, 그런 거."

남자는 이전과 마찬가지로 이쪽에는 다가오려 하지 않고, 내 등 뒤에 있는 나무와 얘기라도 하듯 말을 이었다.

"비우실 때가 많아서 권고문을 몇 번이나 놓고 갔었습니다."

권고문? 며칠 전에 '이곳에 거주하는 것은 위법이며, 위험하오니 즉시 퇴거 어쩌고──'라고 적힌 전단이 종이상자 하우스 구석에 놓여 있었던 적이 있다. 그거 말인가. 어차피 공무원 녀석들이 하는 일이다, '즉시'라는 건 올해 연말이나, 내년 연말일 거라 얕잡아보며 교단의 경영전략 초안을 적을 메모지로 삼았다.

"몇 번이나?"

"네에, 몇 번이나."

전단을 본 건 한 번뿐이다. 이 녀석 말대로 몇 번이었다면, 무책임하게 놓고 가 바람에 날아가 버린 게 틀림없다.

남자는 나카무라가 점거한 쪽에 시선을 스윽 주고서, 의기양양한 목소리를 냈다.

"저쪽 분은, 이미 권고를 받아들이셨으므로."

뻔하다, 거짓말이다. 어차피 나카무라가 건성으로 한 대답을 자기

형편 좋게 해석했을 뿐이다.

인터넷에서 찾은 물건은 이미 현지에 가서 하루 내내 주변을 돌아다니며 거리를 조사했다. 이틀간 아침부터 저녁까지 물건 근처에 서서, 사람의 흐름이며 주민 분위기도 살폈다. 그 후에 부동산사무소로 가서 버티고 버티며 가격을 깎아, 계약에 이르렀다. 오늘은 그 계약금을 지급하는 날이었다.

그래서 더욱 화가 난다. 아직 미나코와 살던 시절, 좀처럼 없는 휴일에 가끔은 집안일도 해야겠다는 생각으로 엉덩이를 든 순간, '있죠, 한가하면 설거지 정도는 좀 하란 말이에요'라는 소리를 들었을 때의 기분이다.

머릿수가 많은 것치고 인부들의 움직임은 굼떴다. 말 그대로 불면 날아갈 듯한 종이상자 하우스 주위를 검은색과 노란색의 공사용 펜스로 둘러싸기 시작한다. 화나기보단 어이가 없어서 '집' 밖으로 나왔다. 어차피 가재도구는 어느 것이나 버려도 아깝지 않은 것들뿐이다.

지붕 달린 벤치 근처에서 나카무라가 멍한 얼굴로 서 있었다. 그저 눈을 동그랗게 뜨고, 자신의 거주지가 펜스로 둘러싸여 가는 모습을 바라보고 있다.

걸어가 말을 걸었다.

"걱정할 필요 없어. 살 곳은 확보했네. 카이도 데리고 가지."

눈앞의 일을 멀리 보이는 풍경처럼 바라보고 있던 나카무라가 천천히 끄덕였다.

"자아, 가자. 스타트다."

한 달. 길었는지 짧았는지 모를 나의 길거리생활은, 이렇게 끝이 났다.

15

몇 달 만의 목욕일까.

노숙자가 되기 전, 다소 금전적인 여유가 있던 시기에 사우나를 간 이후로 처음이니, 아마 석 달 만인 모양이다.

욕조에 잠긴 순간, 신음소리가 흘러나왔다.

"하아——."

뜨거운 물이 땀구멍 하나하나로 스며든다. 온몸이 기분 좋은 간지러움에 감싸였다. 팔뚝을, 옆구리를, 넓적다리를, 엉덩이를, 고환 안쪽을 쥐어뜯는다. 인터넷 카페 샤워로는 제대로 벗기지 못했던 때가 벗겨져 물에 떠올랐다.

이제야 살 것 같다. 목욕을 마치며 그런 거창한 소리를 하는 할아버지가 종종 있는데, 지금 기분이 딱 그랬다. 아니, 가혹한 겨울의 길거리생활에서 '살아 돌아왔다'인가.

몸을 쥐어뜯을 때마다 때가 끊임없이 떠오른다. 마치 수조에 열대어 사료 한 봉지를 전부 뿌려버린 것 같은 꼴이다. 머리를 욕조 가장자리에 기대며 눈을 감고 다시 한 번 하아아아——하고 소리를 냈다. 좁은 유닛 배스라서 발을 뻗을 수 없는 점이 아쉽지만, 사치스러운 소리는 할 수 없었다. 먼저 들어간 나카무라에게는 더 좁았으리라.

욕실은 내가 빌린 거주 겸용 점포빌딩의 3층에 있다. 거주 공간은 최상층인 3층 부분뿐으로 방 두 개에 거실과 주방이 있는 구조다.

두 칸 중에 넓은 쪽을 나카무라에게 양보했다.

사철(私鐵) 역에서 도보 10분 남짓. 활기차다고는 할 수 없는 상점가 한구석에 있는 빌딩이다. 건축된 지 38년. 원래는 화과자가게가 자사 빌딩으로 삼고자 지었다고 하는데, 철골구조이기는 하지만 구석구석이 일본 전통식 느낌으로 디자인되어 있었다. 호의적인 눈으로 보자면, 복고풍이라고 하지 못할 것도 없다. 그 후에 접골원으로 사용되었고, 작년까지는 내부를 싹 바꾼 후 학원이 운영되었다고 한다. 요컨대 뭘 해도 장사가 잘되지 않는 곳이다. 하지만 그 덕분에 외관은 낡았지만, 내장은 그럭저럭 새 거다.

임대료는 22만 엔. 보증금은 3개월 치. 사례금은 한 달 치. 건축 햇수와 입지조건을 빼도, 넓이를 생각하면 싸게 얻은 물건이다.

1층은 교실이었던 곳이다. 휑하니 아무것도 없는 방이라는 점이 안성맞춤이었다.

2층에는 1층과 마찬가지로 교실로 사용되었던 1층 반 정도 넓이의 방과 사무실이었던 모양인 급탕기가 있는 작은방, 그리고 수납고가 있다. 부동산사무소에는 자그마한 문화교실을 시작한다고 얘기해 두었다. 꼭 거짓말인 것도 아니다.

욕조에서 나와 머리를 감는다. 머리는 1주일 만이다. 기름 때문에 끈적거리고 스스로도 냄새가 느껴질 정도였다. 멘톨 향 샴푸를 잔뜩 덜어내 두피에 거칠게 손톱을 세웠다. 배수구를 향해 머리카락이 덩어리져 헤엄쳐간다. 멘톨 향은 자극이 강하니 이제는 그만 쓰는 게 좋을까. 나는 마흔하나라는 자신의 나이를 생각한다.

요즘 들어서야 자신이 겨우 사십 대라는 사실에 위화감을 느끼지 않게 되었지만, 마흔 줄에 들어섰던 애초에는 이것으로 '젊음'과는 영원히 이별이구나 하고 적막한 마음을 품었었다.

하지만 지금은, 자신이 마흔하나라는 실제 나이가 너무 젊지 않은가 하는 생각이 든다. 앞으로 연기해야 할 인물상을 생각하면, 조금 더 연상인 편이 안성맞춤일지도 모른다. 나이를 속이는 편이 좋을까 하는 생각을 하며 한 번 더 욕조에 몸을 담갔다.

목욕을 끝내고 새로 산 소형 냉장고에서 캔 맥주를 꺼낸다.

가계약을 맺은 시점에서 열쇠를 부동산사무소로부터 건네받았다. 그래서 아직 가스와 수도는 쓸 수 없을 때부터 여기서 살고 있었다. 생활필수품은 이미 옮겨 두었다. 전액을 지급하고 정식으로 계약서를 교환한 오늘, 간신히 가스와 수도가 연결되었다.

전기는 빨리 쓸 수 있어서 냉장고도 사 두었지만, 안에 채워 넣은 맥주는 이 순간을 위해 참았다. 길바닥에서 생활하던 시절, 쭉 꿈꾸었다. 실제로 꿈에 나온 적도 있다. 목욕하고 나와 맥주 한 잔을 마시는 지금 이 순간이 ──.

자신을 스스로 애태우듯이 거실로 들고 가 느릿하게 캔을 딴다. 뚜껑을 따는 소리와 뿜어져 나오는 거품을 보니, 이제 기다릴 수 없었다. 손을 움직이기보다 먼저 입이 맥주를 맞이하러 간다. 위장까지 불붙은 몸에, 단숨에 캔의 내용물 반을 흘려 넣었다. 목욕하던 때와 똑같은 소리가 나온다.

거실에는 가재도구라 부를 만한 것이 아직 없다. 테이블조차 없었다. 있는 건 마룻바닥에 바로 놓여 있는 컴퓨터와 그 옆에 자리한 가정용치고는 사무적인 프린터뿐이다.

나카무라는 거실 한복판에 한쪽 무릎을 세우고 앉아있다. 사락사락해진 머리카락이 얼굴을 반쯤 덮고 있었다. 무릎에 얹은 손이 움켜

쥐고 있는 건, 샴페인 글라스. 술 광고에 나오는 탤런트 같은 포즈다. 입고 있는 건 추리닝 상하의에 잔에 담긴 건 주류할인점에서 산 한 병 천 엔짜리 싸구려지만, 이 남자가 그러고 있으면, 한 잔에 몇 만 엔짜리 고급술처럼 보인다. 옆에서 배를 깔고 길게 누워있는 전직 길고양이 카이까지도, 캣쇼의 그랜드 챔피언 같다.

나카무라와 같은 지붕 아래에 살게 된 지 며칠 됐지만, 여전히 정체를 모르겠다. 나르시시스트처럼 타인의 눈을 의식하며 거동을 연출하는 타입으론 도저히 보이지 않지만, 일거수일투족이 빈틈없는 멋진 포즈가 된다. 이런 몸짓에도 천부적인 재능이라는 게 있는 걸까. 아니면 어딘가에서 배운 걸까.

공원에서는 그다지 신경 쓰이지 않았지만, 좁은 실내에 있으니 역시 나카무라는 굉장히 냄새가 났다. 옷을 준비했는데 갈아입으려고도 하지 않는다. 대부분의 시간은 자기 방에 틀어박혀 있었지만, 악취는 3층 전체를 뒤덮어 버렸다. 그래서 모처럼 지붕 아래서 살게 되었는데도 이 추위 속에 낮에는 늘 창문을 열어 두었다. 밤에는 낫토[19]를 채워 넣은 오래 신은 양말에 파묻혀 자는 듯한 기분이었다.

오늘 오후에 욕실을 쓸 수 있게 되자 냉큼 입욕을 권했지만, 본인은 고개를 저을 뿐. 목욕이 싫은 모양이다.

"자네에게서 냄새가 나니까 카이가 다가오지 않는 거야."

그렇게 꾀를 부려 설득하자, 욕실 문 앞 붙박이 장롱 위에서 경계하는 눈으로 우리를 보고 있는 카이를 한심한 표정으로 번갈아 보더니, 그제야 간신히 느릿느릿 일어섰다.

나카무라는 눈 깜빡할 사이에 나왔다. 악취는 여전히 사라지지 않

---

19) 納豆 : 푹 삶은 메주콩을 볏짚 꾸러미 등에 넣고 띄운 식품.

앉고, 머리도 감지 않았다. 하는 수 없이 엄한 말투로 다시 욕실로 돌아가라고 말하고, 나도 트렁크 한 장 차림으로 나카무라의 몸과 머리를 씻겼다.

내 때 같은 건 귀여운 축이었다. 스펀지로 몸을 문지를 때마다, 보디샴푸가 새카만 거품이 되어 흘러 떨어졌다. 거품이 까매지지 않을 때까지는 상당한 시간이 필요했다.

기름과 땀으로 드레드 헤어처럼 되었던 머리도 샤워기 물을 순식간에 하수구 물로 만들었다. 여러 번 샴푸를 해도 세 번째까지는 거품이 일지 않았다. 엉켜서 단단하게 한 다발이 된 머리카락이 간신히 풀어졌을 때는, 산 지 얼마 되지도 않은 샴푸가 거의 바닥을 드러내고 있었다.

계획 전부가 나카무라에게, 특히 외모에 걸려 있다고 해도 과언이 아니다. 나는 하수도에서 건져 올린 본존(本尊)을 닦아 광을 내는 기분이었다. 어떤 인간이라도 모든 것이 완벽할 수는 없는 모양이다. 원래는 탄탄한 근육질이었을 테지만 편식할 수밖에 없는 노숙자 생활을 한 탓인지, 굳이 말하자면 호리호리한 몸이지만 나카무라의 몸은 단단하진 않았고, 배도 조금 나왔다. 약간 트레이닝을 해 줄 필요가 있어 보인다.

나카무라는 얌전히 당하는 대로 있었다. 마치 남이 그렇게 해주는 데 익숙한 것처럼 보이기조차 했다. 하복부만은 아무래도 손을 뻗지 못하고 내버려뒀더니, 아이처럼 웅크리고 앉은 채 다리를 벌리고 '여기 아직 안 했어'라는 표정으로 이쪽을 보았다. 좀 봐 줘.

"그건 셀프다."

스펀지를 나카무라에게 밀어붙이고 먼저 욕실에서 나왔다.

나카무라의 음경은 컸다. 귀두 뿌리에는 자그마한 혹이 몇 개나 있었다. 아마 진주를 박아 넣은 것이리라.

꼭 궤변이었던 건 아닌지도 모른다. 카이는 냄새가 사라진 나카무라 바로 옆에서 몸을 둥글게 말고 자고 있다. 종이상자에 넣어 여기로 데려왔을 때는 벽이란 벽에 발톱을 세우며 난리를 쳤고, 단념한 듯이 얌전해지고 난 후에도 나는 물론 먹이를 주던 나카무라에게도 전혀 다가오지 않고 그늘에만 숨어 있었는데.

멍하니 카이의 털을 어루만지고 있는 나카무라에게 물었다.

"머리, 조금만 자를까? 수염도 정리하는 게 좋겠어."

나카무라는 어깨를 움츠렸을 뿐이다. '마음대로 하세요'라는 듯이 머리를 쑥 내밀어 온다.

"아니, 오늘은 됐어. 내일 하지."

스스로 할 생각은 없는 모양이다. 그 자신이 거대한 집고양이 같았 다. 게다가 상당히 사치스럽게 자란 고양이.

"오, 나도 맥주 줘."

간신히 닫을 수 있게 된 창문가에서 류사이의 목소리가 날아들었 다. 내가 목욕하러 들어가기 직전에 찾아왔다. 이사 선물이라며 컵 술이 든 비닐봉지를 들고서.

공원을 떠나던 날, 밤이 되어 돌아가 보니 류사이는 평소처럼 길거 리에서 점집을 열고 있었다. 우리들이 사라진 공원 앞에 혼자 앉아 있는 등은 무척 구부정했고, 말을 건 나를 올려다본 순간 얼굴에 미소 를 띠더니 금방 기분 나쁜 표정을 만들었다.

류사이는 계획에 가담하기로는 했어도, 함께 살지 않겠느냐는 제 안에는 고개를 젓고 있었다. 그날 밤에도 새로운 주소를 가르쳐주고 오늘부터라도 입주 오케이라고 권유했지만, 코웃음 칠 뿐이었다.

"바보. 왜 당신 신세를 져야 하는데."

십만마권을 축하했던 날도 내가 양보한 종이 하우스에서 잤으면서. 싸구려 여인숙 값도 모자란 게 분명한데.

잘 곳은 있는 거냐고 물으니 쓸데없이 어깨를 거들먹거리며 이렇게 말한다.

"당연하지. 어느 여자 집에 들어갈까, 생각하던 참이다."

우리들이 이곳으로 옮긴 날 이후로 쭉, 나와 나카무라가 사라진 걸 기회로 공원 외등 밑에서 오래된 포르노 잡지 속 여자를 쳐다보며 생활하고 있었는지도 모른다. 류사이는 감기에 걸린 모양인지 술과 함께 티슈 상자를 껴안고 있다. 책상다리하고 앉은 옆에는, 간이테이블과 의자 등등의 장사도구에 보스턴백도 놓여 있었다.

이사 선물인 컵 술 세 개는 전부 혼자서 비웠다. 맥주를 던져서 건네주자, '던지지 말라고. 거품이 나 버리잖아. 맥주 뿌리기라도 할까?'하고 농담을 던진다. 무척 명랑하다. 아까부터 텔레비전은 없느냐, 코타츠[20]는 안 살 거냐, 전화는 아직 멀었냐 하고 자기가 이사를 한 것처럼 들떠서 떠들어대고 있었다.

"자고 갈 거지."

다시 한 번 권해 보았다.

"그럴 순 없지. 여자가 기다리고 있어."

귀찮은 녀석이다. 남자의 프라이드란 여기저기로 구르고, 닳고, 깎여가는 사이에 점점 조그맣고 둥글어져 버리는 법이지만, 그만큼

---

[20] 脚爐 ; 각로. 일본의 실내 난방 장치의 하나. 나무틀에 화로를 넣고 그 위에 이불, 포대기 등을 씌운 것. 이 속에 손·무릎·발을 넣고 몸을 녹임.

해마다 단단해진다. 류사이가 껴안고 있는 그것도 담석처럼 고집스럽게 달라붙어 있어, 어지간한 방법으로는 제거할 수 없게 된 것이리라.

바닥에 있는 컴퓨터와 주위에 어지럽게 흩어진 프린트 된 종이를 맥주 캔으로 가리키며, 코가 막힌 목소리로 야유를 던진다.

"꽤나 열심이잖아. 놀라워, 놀라워."

일단 이쪽이 고용주이지만, 그런 자각은 전혀 없다. 현재로선 전부 종잇조각이 된 프린트 종이는, 광고 전단 초안들이다. 인쇄는 프로에게 맡길 생각이지만, 데이터 원고를 만들어두면 경비를 절약할 수 있다. 미나코가 조르는 통에 매년 공들여 손수 만든 연하장을 보냈기 때문에 작업은 익숙했다.

"그래서, 나와 나카무라 선생은 뭘 하면 되는 거야. 당신이 말하는 종교단체인지 뭔지 하는 게 생길 때까지."

좋은 질문이다. 슬슬 얘기하려고 하던 참이었다.

"몇 가지 있어. 우선, 이름을 바꿔줘."

"이름? 어떻게? 호적을 사는 건가."

"아니, 호적까지 건드릴 생각은 없어."

현재로서는.

"대외용이면 돼. 이제부터는, 지금까지의 당신과 다른 사람이 되어줘야겠어. 당신을 잘 아는 사람이 언제 어디서 나타날지 모르니까."

류사이가 미간을 찌푸렸다. 그럴 필요가 있느냐는 얼굴이다. 자기를 잘 아는 사람 따윈 없다고 말하고 싶은 모양이지만, 작고 단단한 담석 같은 뭔가가 그런 소리를 입 밖에 내지 못하게 만드는 것 같았다.

"니시키오리 류사이는 안 되겠나? 이거, 실은 본명이 아니거든.

본명은 니시키[西木]. 사이고 다카모리[西鄕, 隆盛][21]의 니시[西]에 남자는 벚나무 할 때의 키[木]다."

알고 있어.

펜네임이 마음에 들었었는지 불만스러운 표정의 류사이에게 진지한 표정을 지으며 말했다.

"아무튼, 당신은 책까지 낸 사람이야. 세간에 이름이 너무 알려졌어. 정체를 감춰주지 않으면 곤란하거든."

류사이가 자고 있는 카이 같은 표정이 되어, 콧등을 긁적였다.

"그렇겠지……. 어떻게 할까……. 사이온지[西園寺] 같은 건 어때. 이슈인[伊集院]도 괜찮겠는걸."

"너무 눈에 띄는 이름은 참아 줘. 평범한 거면 돼."

"뭐야, 시시해."

나카무라에게도 같은 얘기를 했다. 제대로 듣고 있는지 어떤지, 카이의 목덜미를 긁적이면서, 하품하는 김에 끄덕인다.

"그리고 안경을 바꿔 줬으면 해."

"안경? 아아. 슬슬 원근 양용으로 하고 싶었는데, 마침 잘됐네. 당신이 사 주겠다면, 나는 좋아."

"오케이. 그 대신 디자인은 이쪽에서 정하도록 하지. 그다음은 머리스타일이다."

"머리?"

콧등을 찌푸린다. 정발제가 번들번들 빛나는 녀석의 올백 머리도, 가늘게 깎아 만든 수염도, 가는 금테도, 그 안경을 비스듬하게 내려쓴

---

21) 에도막부를 타도하고 메이지유신을 성공으로 이끈 유신삼걸(維新三傑) 중 한 사람.

모습도, 저 옛날 무뢰배 시절의 센스를 몇 십 년이나 버리지 못한 인간의 모습이다. 너무 수상쩍다. 종교단체의 간부와는 어울리지 않는다.

"그래, 머리 스타일도 바꾼다. 수염은 깎아 줘."

"싫어."

"보수를 지급하는 이상은 이쪽 드레스 코드에 따라줬으면 좋겠어."

"그런 소린 못 들었다고——."

가는 수염을 얹은 입술을 삐죽이던 류사이가, 갑자기 뭔가 생각난 표정을 짓더니 교활한 웃음을 띤다.

"머리는 뭐 좋아. 하지만 이 수염은, 내 장사도구 중 하나야. 트레이드마크. 상표라고 하는 편이 좋을까. 없애면 손실이 생겨. 그러니 꼭 그래야 한다면, 당신이 사 줘."

이 녀석은 정말로 궁핍해지면 망설이지 않고 신장이라도 팔 녀석이다.

"5만이면 어때."

"10만. 이 수염에는 여자를 흑흑 거리게 만드는 용도도 있어. 그 손실도 막대해."

맥주 거품을 묻히는 정도밖에 써먹을 데는 없을 텐데.

"7만. 당신 같은 경우는 깎는 편이 분명 여자한테도 인기 있을걸."

류사이가 마지못해 끄덕이고, 아쉬움이 남는 듯이 수염을 어루만진다.

수중의 돈은 이미 2백만을 밑돌고 있었다. 어째서 이런 중년 남자의 수염을 깎기 위해서 7만 엔이나 써야만 하는 건지 서글퍼졌지만, 이 남자를 움직이려면 돈이 최고이고 현재로선 요구액이 당장 마련을 사기 위한 용돈 정도라는 사실이 다행이었다.

나도 역시 헤어스타일을 바꿀 생각이다. 산뜻한 느낌이 드는 개성 없는 머리형으로. 나 자신을 포함해 이곳에 있는 세 사람은, 어떤 의미로 배우가 될 필요가 있다.

"이봐, 티슈 다 떨어졌어."

코를 너무 풀어 빨개진 류사이의 코끝에 화장실 휴지를 쑥 내민다.

"또 한 가지, 부탁이 있어."

"아직도 남았냐, 되게 부려 먹는 녀석이네."

일다운 일은 아직 하나도 부탁하지 않았다. 이것이 진짜 첫 임무일지도 모른다.

"당신, 붓글씨가 특기지."

"서예 말이야? 서예교실을 했던 할머님한테 배운 거야. 특기 정도가 아냐. 프로급이라고."

그 정도까지인지는 모르겠지만, 접술 테이블에 늘어뜨린 습자지의 검은 글씨도, 나카무라에게 탁발(托鉢)용으로 써 준 간판 글자도 달필이었고, 게다가 멋이 있다. 잘 꾸민 전통 일식가게의 메뉴 글씨보다 낫다.

"프로인 당신을 신임해서, 휘호를 부탁하고 싶어. 여기에 걸 중요한 글자를."

"뭐라고 쓸 건데."

얼마에 —— 라고 묻는 어조였다.

"대지의 모임."

"저기, 전에도 말했지만, 그 이름은 어떻게 좀 안 되겠어? 조금 더 생각해 보는 게 좋겠다니까. 어이, 나카무라도 그렇게 생각하지."

나카무라 대신에 카이가 시끄럽다는 듯 가늘게 눈을 뜨고 고개를 쳐들었다. 나카무라는 광고 모델 포즈로 샴페인 글라스를 들고 좌우로 흔든다. 부정하는 것처럼 보이기도 하지만, 시끄럽다고 항의하는 것처럼 보이기도 한다.

나카무라에게도 물론 계획의 개요는 설명했다. 이해는 한 모양이지만, 불만이 있는 건지 흥미가 없는 건지 무슨 얘기를 해도 성의 없는 대답밖에 돌아오지 않는다. 고양이와 살 수 있게 되고, 비바람 맞을 걱정 없이 공짜 밥과 공짜 술이 있는 지금의 환경을 마음에 들어 하지만, 이곳에 있는 이유는 단지 그뿐인 것 같다.

의도한 대로 장소와 인재는 확보했다. 하지만 그것은 현재로선 뼈대뿐이다. 스피릿이 담겨있지 않다. 팀워크는 제각각. 아니 팀워크 자체가 아직 존재하지 않았다.

"자아, 내일부터 바빠질 거야. 본방을 대비해 리허설을 시작한다. 열심히 하자."

크게 손뼉을 치며 짐짓 기운차게 목소리를 높여 보았지만, 두 사람에게서는 대답이 없다. 나의 말만이 가재도구도 장식물도 없는 썰렁한 방으로 빨려 들어간다. 류사이가 화장실 휴지를 보스턴백에 집어넣고 일어섰다.

"자, 그럼, 슬슬 가볼까."

"자고 가."

"바보 같은 소리 하지 마, 여자가 기다려."

잡아 주길 바라는 게 뻔히 보이는 발걸음으로 현관을 향해 걸어간다. 정말로 귀찮은 녀석이다.

"하지만 당신 감기 걸렸잖아. 무리하지 마."

막힌 코로 크게 훌쩍거리자, 콧물이 주르륵 흘렀다.

"나는 감기 정도에 질 몸이 아니야. 단련한 게 다르니까."

"혹시라도 당신이 쓰러지면 곤란해서 그래. 그럼 계획을 진행할 수 없게 된다고. 부디 오늘 밤은 여기에 있어 줘. 당신도 나카무라 군도, 지금 내게는 소중한 파트너야."

신발을 신으려던 류사이의 얼굴이 일그러진다. 뭔가 말을 하려다가 입술이 자물쇠를 채우듯이 한쪽으로 휘어졌다.

"아아, 그렇지…… . 휘호를 써야 했던가…… ."

혼잣말처럼 중얼거리고 보스턴백을 바닥에 도로 놓는다.

"들어가서 목욕해. 감기 걸렸을 때는 몸을 데우는 게 좋은 모양이야."

간신히 살 곳을 손에 넣었는데, 앞으로 나는 2층 사무실에서 숙식해야 할 것 같다. 고양이 화장실 앞에 아무렇게나 벗어놓은 류사이의 코트를 보고 카이가 경계하며 으르렁거리자, 나카무라가 신명 나게 날아와 코트를 접어서 거실 구석에 미쳐 넣었다. 어째선지 정리에 관해서만은 나카무라의 엉덩이가 가벼워진다.

욕실에서 류사이의 목소리가 날아왔다.

"이봐, 욕조, 때 범벅이잖아."

2장

우리의 이름을 모두,
대지라 부른다

1

　츠보이 가즈코가 그곳을 찾아낸 건, 역에서 상당히 걸어간 다음이
었다.

　대로변에서 벗어난 곳에 있는 낡아빠진 3층 건물이다. 상상보다
훨씬 볼품없어 보여, 잘못 찾은 게 아닐까 하고 쥐고 있던 광고 전단을
몇 번이나 확인했다.

　전단에 안내된 지도를 따라 걸어왔다. 혼몬지 절 방향으로 걸어가
절이 몇 채나 늘어선 길로 꺾어 교회 앞에서 또 샛길로 빠진다. 뭔가
일부러 멀리 돌아가게끔 만든 지도 같았다.

　다시 한 번 건물을 돌아보았다. 1층에는, 윗부분은 훤히 보이고
밑에는 간유리를 끼운 격자 미닫이문이 나란히 세워져 있다. 중간
크기의 문에 작게 걸려있는, 유일하게 새것인 플레이트에 적힌 글자
는 역시나 광고 전단과 똑같았다.

　『대지의 모임 · 도쿄 히어링 센터』

　가즈코는 이곳에 찾아온 것을 후회하기 시작했다.

광고 전단은 그저께 우편함에 들어있었다. 연하장 사이즈의 광고 전단에는 모스그린 바탕에 커다란 흰색 문자로 이런 문장만이 담겨 있었다.

'다른 이보다 운이 나쁜 당신을, 우리는 외톨이로 두지 않습니다.'

자기한테 하는 얘기인 것만 같았다. 가즈코는 늘 생각했다. 나는 남보다 운이 나쁘다. 그것도 굉장히. 아무나 던져 넣을 수 있는 광고 전단은 이상한 광고가 많아서 언제나 제대로 보지도 않고 쓰레기통에 버리지만, 그때는 뒷면도 확인했다.

'점술도, 스피릿추얼 카운슬링도 초월한, 치유하는 인생 상담소.'

인생 상담 같은 예스러운 표현에 쓴웃음을 지어 버렸지만, 지난달에 쉰두 살이 된 가즈코에게는 그리운 울림이기도 했다. 뒷면은 단도 인쇄였다. 간결하지만 디자인 센스는 나쁘지 않다. 이런 광고 전단에서 자주 보이는 현란함이 없다는 점은 호감이 갔다.

뒷면에도 이 문구 외에 상세한 설명은 없었고, 그리고 요금에 관한 기술이 약간. 남은 3분의 2가 지도다. 요즘 노안이 진행되기 시작한 눈으로도 제대로 읽을 수 있을 만큼 커다란 글씨로 적힌 것도 좋았다. 요즘 광고 전단들은, 특히 멋을 낸 미용실 광고 전단 종류는 노안이 시작된 사람은 오지 말라는 듯한 것들이 많다. 그래서 규모가 크지는 않다고 해도, 갓 지은 센스 좋은 건물을 상상하고 찾아왔는데.

뭐야, 여기. 유행 지난 골동품가게 같아.

역시 돌아갈까. 뭔가 수상쩍은 종교를 권유당할 것 같은 기분이 든다. 종교는 이제 지긋지긋했다.

하지만 가즈코의 발은 움직이지 않는다. 자택에서 두 역 떨어진 곳이다. 모처럼 일을 쉬는 날에 전철비를 들여서 왔는데 이대로 돌아가자니 아깝다는 기분이 들었다.

무엇보다, 누군가가 들어주었으면 했었다. 자신의 불운한 얘기들을. 고민을. 지금의 처지를. '히어링'이라는 말은 분명 '듣다'라는 뜻이다. 상담 결론에 특별한 기대 같은 건 하지 않는다. 지금의 고생스러움은 나밖에 모르는 게 당연하니까. 열심히 귀를 기울여주고 있다고 생각했던 친구들도, 가즈코가 얘기를 끝내면 '힘들겠구나!' 하는 한마디로 끝내려 한다. 경솔한 충고나 동정의 말은 필요 없다. 들어주기만 하면 충분했다.

광고 전단에는 첫 회의 특별요금밖에 적혀있지 않았다. 그것을 보면 간담료(懇談料)라는 것이 30분에 2천5백 엔. 첫 회일 경우, 처음 5분은 무료라고 한다. 그래, 만약 이상한 곳이라면 5분이 되기 전에 나오면 된다.

발걸음을 돌리지 않는 대신, 손도 문으로 뻗지 않았다. 만약 5분 안에 돌아가게 해주지 않으면? 호되게 발이 묶여 초과요금을 내라고 한다면? 남이 적극적으로 밀어붙이면 거절하지 못하고 분위기에 휩쓸리기 쉬운 타입이라는 사실은 자신도 잘 알고 있다. 그래서 몇 번이나 후회할 일을 해버렸다.

가즈코는 망설이면서, 힌트를 찾듯이 눈에 힘을 주고 천장과 벽 일부밖에 보이지 않는 투명한 유리 너머를 지긋이 바라보았다. 문 바로 건너편에 있는 벽은 거의 비어있다. 사진이 한 장 걸려 있을 뿐이다.

확대해서 액자에 넣은 커다란 사진이다. 왜 저렇게 높은 곳에 걸려 있는 걸까. 천장 바로 밑에 아주 살짝 앞으로 기울어져 있어, 가즈코의 키로도 세로로 긴 액자 대부분을 엿볼 수가 있었다.

사진에는, 여자로 치면 세미롱 길이 정도의 머리카락을 가운데서 나누어 양쪽으로 늘어뜨린 남자의 상반신이 찍혀 있다. 뺨과 턱은 수염으로 뒤덮여 있다. 외국인처럼 짙은 수염이지만, 지나칠 정도는 아니다. 중국풍인지 인도풍인지 소매가 넓은 하얀 옷을 입고, 눈을 감고 턱을 들고 하늘을 끌어안듯이 양팔을 좌우로 펼치고 있다. 비가 내릴 때 찍었는지, 남자의 이마에서 뺨에 걸쳐 머리카락 한 가닥이 달라붙어 있었다.

멋졌다. 사진의 구도라든가 포즈가 아니라, 사진 속의 남자가. 아직 청년이라고 해도 좋을 나이다. 눈을 감고 있어도 굉장히 단정한 얼굴임을 알 수 있다. 액자에 담겨 있지만, 저건 포스터일 테지. 어떻게 봐도 프로 모델이다. 아니면 가즈코가 모르는 남자 배우. 그런 거라면, 앞으로 유명하고 인기 많은 배우가 될 것 같았다.

수상쩍은 곳인지도 모른다는 불신감이 그 한 장의 포스터에 녹아버렸다. 청년의 얼굴이 아름다워서가 아니라, 순수 그 자체처럼 보였기 때문이다. 엷게 웃고 있는 듯한 그 표정은 빗속에서 장난을 치고 싶어 하는 아이 같았다.

좋아, 들어가 보자.

간신히 결심이 서서 미닫이문에 손을 댄다. 요즘 흔치 않게 유리가 덜컹거리는 소리가 났다.

문 건너편은 병원 대기실 같은 분위기였다. 그것도 무척 자그마한 병원의. 입구에서 고작 몇 걸음 앞에는, 설치한 지 얼마 되지 않은 듯한 칸막이벽이 있다. 좁고 길쭉한 공간에, 이렇게 좁은 공간에 지나치게 많다 싶은 스툴이 늘어 놓여 있었다. 의외로 번성하고 있나. 그런 것치고 인기척은 없다.

"환영합니다, 잘 오셨습니다."

자기도 모르게 비명이 흘러나올 뻔했다. 아무도 없다고 생각했었다. 왼쪽에 놓여 있는 사무용 책상에 남자가 혼자 앉아 있었다. 가즈코가 움츠린 고개를 돌아본 순간, 일어서서 호텔맨처럼 허리를 직각으로 굽혀 인사를 한다. 이끌리듯 이쪽도 머리를 숙이고 말았다.

복장은 극히 평범한 샐러리맨 같다. 너무 평범할 정도다. 검은 비즈니스 양복에 하얀 셔츠. 남색 계통의 수수한 넥타이. 이런 옷에 익숙하다는 걸 한눈에 알 수 있는 빈틈없는 옷차림이었다. 머리는 짧았지만, 지나치게 짧은 정도는 아니다.

나이는 마흔 전후일까. 몸이 호리호리하고 비교적 단정한 얼굴. 하지만 특징이 그다지 없어서 다음에 만났을 때 생각해낼 수 있을지 어떨지 알 수 없을 만큼 인상이 흐릿한 얼굴이다. 어딘지 모르게 장의사가 떠오르는 첫인상이었다.

그런 생각이 들어 버린 건, 요즘 몇 번이나 장의사 신세를 졌기 때문일까. 가즈코는 최근 3년 동안 친가의 장례식을 세 번 치렀다. 3년 전에 남편. 작년에는 오빠와 아버지.

남자가 조심스러운 웃음을 띠며 이쪽을 향해 걸어왔다.

"어떤 고민을 들어드릴까요."

목소리에도 이렇다 할 특징이 없는 남자다. 높지도 낮지도 않다. 하지만 그게 거꾸로 가즈코를 안심시켰다. 크고 위압적인 남자의 목소리는 거북하다. 가즈코가 파트타임으로 일하는 슈퍼마켓 점장의 목소리는 듣기만 해도 목이 움츠러든다. 처음에 요금에 대해서 제대로 확인하고, 얘기가 다르다 싶으면 돌아가자고 생각했었지만, 물어보지 않아도 괜찮을지도 모르겠다.

"저기 ──."

갑자기 고민이 뭐냐고 물어도, 뭐라고 답하면 좋을지 모르겠다. 가즈코의 경우, 하나가 아니라 여러 가지가 있기 때문이다. 이 사람이 히어링인가 하는 걸 하는 걸까. 얘기하기 쉬워 보이기는 하지만, 훌륭한 조언자라는 분위기와는 좀 멀었다.

"오늘은 선생님께서 계신답니다. 당신의 히어링 내용에 따라서는, 직접 말씀을 올려드릴 수 있을지도 모릅니다."

"선생님?"

"네."

남자가 벽에 걸린 포스터로 시선을 보낸다. 확실히는 모르겠지만, 남자의 어조는 가즈코가 어쩌다 보니 굉장히 운이 좋은 특가 판매일에 찾아왔다는 말이라도 하고 싶은 것 같았다.

"여러 가지가 있는데요."

"한 가지가 아니라도 괜찮답니다. 다만, 이것도 저것도 전부라고 하시면 저희 쪽도 도움을 드리기가 곤란하니까요. 두 가지 정도로 좁혀 주셔야. 가령, 연애에 관한 고민."

남자가 가즈코의 얼굴 앞에 손바닥을 쑥 내밀어 손가락을 하나 꼽았다.

연애? 이런 아줌마인데 안 물어봐도 아니란 걸 알잖아요 ── 하고 어이없어하면서도 제대로 된 나들이옷을 골라 입고 오지 않은 것을 아쉽게 생각했다.

"인간관계."

또 하나 손가락을 꼽는다.

"금전, 경제적인 문제."

세 번째 손가락을 꼽는다.

"병, 건강——."

네 번째 손가락.

한참 더 이어질 것 같아서 목소리를 높여 가로막았다.

"으음, 글쎄요."

갱년기 증상이 심해진 건강에 관해 이야기하고 싶은 마음도 굴뚝같지만, 가즈코가 고민하는 내용은 그런 진부한 내용이 아니다. 하지만 초대면인 사람의 얼굴을 마주하고 어떻게 설명하면 좋을지 몰랐다. 사적인 얘기라 갑자기 입에 담기도 어렵다. 가즈코의 마음을 꿰뚫어 보듯이 남자가 말했다.

"대답하기 어려우시다면, 이쪽에 적어 주십시오."

내밀어 진 종잇조각은 병원 문진표 같았다. 아까 남자가 언급했던 4가지를 포함해 10가지 정도의 항목이 나열되어 있다. 내 고민들을 이렇게 간단히 한데 묶을 수 있다면 고생할 이유도 없지——라고 생각하면서도 남자가 예로 들었던 '인간관계'와 '금전문제·경제문제' 두 곳에 동그라미를 쳤다. 주소나 이름을 적는 난은 없다. 생년월일 기입란도 없는 것에 조금 안심한다.

진료카드처럼 어딘가로 넘길 거라 생각했는데, 가즈코가 적은 용지를 정중한 손놀림으로 투명한 파일에 넣어 책상 위의 파일 케이스에 넣을 뿐이었다.

"그럼, 이쪽으로."

남자가 칸막이벽 한가운데에 있는 문을 열고 한 손으로 안을 가리켰다. 다른 쪽 손으로는 문을 가볍게 누르고 있다. 뭔가 중요한 손님이 된 듯한 느낌에 기분이 좋다.

안은 생각 외로 넓었다. 대기실이 좁았던 데다 물건이 거의 놓여있지 않은 탓에 더욱 그렇게 보였는지도 모른다. 콘크리트벽과 파이프 같은 것들이 훤히 드러난 천장도 모두 흰색. 좌우 벽에는 시트를 이어서 커다란 한 장의 천으로 만든 듯한 두꺼운 커튼이 늘어뜨려져 있다. 이것도 흰색. 창은 커튼 너머에 있어서 낮인데도 불구하고 방 안에는 희미한 빛밖에 비쳐들지 않았다.

방 한복판에 덩그러니 앤티크 책상이 놓여있다. 그 건너편에 남자가 앉아 있었다. 이 남자도 접수대 사람과 맞춰 입은 듯한 검은 양복이다. 책상도, 그 앞에 있는 가즈코를 위한 의자도 검은색에 가까운 색깔이어서, 어스름한 방 안에서 그곳만 그림자가 드리워져 있는 듯이 보였다.

앉아 있는 남자는 가즈코와 동년배처럼 보였다. 테가 두꺼운 안경을 쓰고 있다. 살쪘다고 할 정도는 아니지만, 결코 마르지도 않은 체형. 어깨가 넓어서 몸집이 있어 보이지만, 키는 중간 정도이리라.

명상 중이었다. 가즈코가 와 있다는 걸 깨닫지 못한 것 같다.

"들어오십시오."

접수담당자가 가즈코를 위해 의자를 빼내 주었다. 의자 다리가 바닥을 울린 순간, 눈앞의 남자가 감고 있던 눈을 떠서 이쪽을 올려다본다.

차림새는 견실하지만, 이 사람은 눈초리가 조금 나쁘다. 검은 옷도 정장을 소화해 내는 표본 같은 접수담당자의 빈틈없는 모습에 비하면, 익숙하지 않아 보인다. 결혼 전에는 평범한 회사에서 회사원으로 근무했기에, 그런 부분에는 민감하다. 다른 옷이 더 어울릴 것 같다. 그게 어떤 옷인지는 떠오르지 않았지만.

"어서 오십시오, 잘 오셨습니다."

남자가 접수담당과 똑같은 인사를 한다. 온화한 어조였지만, 말속에 성깔 있는 성격이 엿보이는 목소리다. 시선을 맞추어왔지만 가즈코는 눈을 돌려 버렸다.

방 안쪽은 무대나 뭐 그런 것처럼 한층 높여져 있다. 그곳도 흰천으로 뒤덮여 있고 등명(燈明) 같은 라이트 빛을 받고 있었다. 벽 위쪽에 액자가 걸려 있다. 두껍고 검은 글씨로 이렇게 적혀 있었다.

『대지의 모임』

역시 종교단체 같다. 가즈코는 그 특유의 냄새에 민감했다. 감추려 해봤자 본인들은 뼛속까지 냄새가 배어 있다는 것을 깨닫지 못하니 금세 알 수 있다. 또다시 경계심이 되살아났다. 신흥종교에 관해서는 씁쓸한 추억밖에 없다.

남편이 죽은 지 한 달도 지나지 않았을 무렵, 마치 냄새를 맡고 온 것처럼 오랜 친구가 찾아왔다. 친구라곤 하지만 이미 오랫동안 만나지 않았던 사람이다. 문병하러 왔다는 건 구실이었고, 들어본 적도 없는 이름의 종교에 입교하라는 권유를 받았다.

거절하자 얼마 후에 동행자를 데리고 다시 찾아왔다. 그것도 간신히 고사했더니, 다음에 찾아왔을 때는 동행인이 세 명으로 늘었다.

입회를 한 건 기력에 부쳤기 때문이다. 형식만 따를 생각이었다. 하지만 이번에는 세미나에 참가하라고 끈질기게 권유해 왔다. 계속 거절하는 것도 미안하다는 생각이 들어, 함께 점심을 먹는 김에 들여다보기만 하라는 소리를 믿고 가 보기로 했다.

세미나가 끝난 후에, 12만 엔짜리 운이 트이는 보주(寶珠)를 강매당했다. 물론 거절하고 싶었지만 친구며 다른 사람들, 간부라는 사람에게까지 둘러싸여, '사지 않으면 불행해진다' '남편이 죽은 것도 그 때문이다' 이런 소리로 협박당하니, 신청서를 쓰지 않을 수 없었다. 운이 트이긴커녕, 점점 불운한 일이 이어지게 되었다.

친구에게 연락처를 알리지 않고 이사하며 수습되긴 했지만, 그대로 계속되었다면 보주의 몇 배나 하는 운이 트이는 항아리며 불상도 강매 당했으리라.

종교는 사람을 구해주거나 하지 않는다. 신심 깊었던 가즈코의 백모 중 한 사람은 불단에 등명을 매일 올리다가 그 불 때문에 화재가 나, 집을 깡그리 태워 먹었다.

안경 쓴 남자가 '어디에서 오셨습니까?' 하고 물어 오기에, 동네 이름은 확실히 하지 않고 모호하게 대답했다. '하시는 일은?'이라는 물음에는 '오늘은 쉬는 날이에요'라고만 말한다. '역시 돌아가겠어요'라고 언제 말할지, 가즈코는 그 생각만 하고 있었다. 남자가 잡담 같은 이야기를 건네는 건, 첫 회만 무료라는 5분의 시간을 벌려는 꿍꿍이임이 틀림없었다.

일어서기 위해 백을 가슴에 껴안은 순간, 문이 열리고 접수대 남자가 돌아왔다. 양손으로 쟁반을 받쳐 들고 있다.

쟁반 위에는 찻주전자와 컵이 놓여 있었다. 같은 세트처럼 보이는 우유 잔도 붙어 있다. 로열 코펜하겐일까. 흰색 바탕의 심플한 디자인이다. 느긋한 손놀림으로 컵을 테이블에 내려놓고, 찻주전자에 담긴 홍차를 따라 준다. 마치 일류 호텔의 커피라운지에서 서비스를 받는 것 같다.

접수담당자는 찻주전자 옆에 자그마한 모래시계를 내려놓고서 말했다.

"이것은 5분계입니다. 만약 저희의 히어링이 불필요하다 생각되신다면, 이것이 모두 떨어지기 전에 말씀해 주십시오."

마음속으로 사과했다. 의심해서 미안해요. 양심적이다. 게다가 뭔가 멋이 있다.

접수담당자가 물러나자, 안경 낀 남자가 천천히 목소리를 높인다.

"혹시, 인간관계로 고민하고 계시진 않으십니까."

꽤 호들갑스러운 어조. 시대극에 나오는 배우 같다.

"혹은 금전적인 문제로. 아니, 양쪽 모두이시군요."

웃음이 나올 것 같았다. 혹시고 뭐고 아까, 접수담당자한테 ─ ─. 거기까지 생각하다, 백에서 꺼낸 든 손수건을 떨어뜨릴 뻔했다.

아냐. 접수대 사람한테는 종이에 적어서 건넸을 뿐. 말로 하지도 않았다. 저 종이는 그대로 파일 케이스로 들어갔다. 바로 이곳으로 들어와, 가즈코는 이 남자 앞에 앉았다. 두 남자는 한 마디도 말을 나누지 않았다.

"……어떻게 아셨어요?"

"그건, 당신의 얼굴을 뵈면 바로."

무슨 뜻이지? 자신의 얼굴을 어루만져 보았다. 안경 쓴 남자가 가즈코에게 시선을 고정한다. 남자가 이렇게 오래 쳐다보는 건 얼마만의 일일까. 오랜만에 여자로서 바라봐주는 듯한 기분이 들었다. 마른 입술을 핥았을 때, 남자의 눈이 가늘어진다. 침묵이 너무 길다고 느껴지기 시작할 무렵, 남자가 입을 연다.

"꽤 고생하고 계신 모양입니다. 당신은 남보다 꽤 손해를 보시는군요."

마음 깊이 동정한다는 어조였다. 이 남자가 갑자기 좋은 사람처럼 생각되기 시작한다.

"그것도⋯⋯ 알아보셨나요. 하지만 어째서?"

말투가 그만 정중해진다.

"네, 안다기보다, 보인답니다."

답이 되지 않는 대답을 하고, 가즈코의 얼굴에서 결혼반지로 시선을 옮겼다.

"남편분은⋯⋯."

남자가 거기서 입을 다문다. 동요하고 있는 게 자신도 느껴졌다. 손수건을 꽉 힘주어 쥔다.

"⋯⋯남편분 일로, 괴로우셨던 시기도 있으셨지요?"

암이었다. 일 년 반 동안 병구완에 시달렸다. 아이들도 돌아볼 수가 없었다. 큰딸이 등교 거부를 하게 된 것은 아마 그 때문일 거다.

"네에, 하지만 죽은 지금은 이제⋯⋯."

남자가 살짝 끄덕인다. 이미 알고 있다는 듯이.

"병⋯⋯."

함께 슬퍼하듯이 말을 끊고 있다가, 다시 가즈코의 얼굴로 시선을 돌리고 말을 잇는다.

"이셨군요."

"네에, 암이었어요. 간신히 재기하겠다 싶었더니 작년에는 오빠가, 반년도 지나지 않아 아버지도⋯⋯."

남편을 잃으며 시작된 가즈코의 고난에, 그때까지 친가에서 부모님을 돌보던 오빠의 죽음이 치명타를 가했다. 오빠가 숨을 거둔 순간, 어머니와 사이가 나빴던 올케는 당연하다는 듯이 고령에 병이 든 부모님 돌보길 거부하고 집을 나갔다. 가즈코와 남동생 부부가 간호하게 되었는데, 이러쿵저러쿵하는 사이에 이번에는 부친이 뇌출혈로 돌아가셨다. 말로 표현한 순간 눈물이 나올 것 같은 기분이다.

"괴로우셨을 테지요."

안경남이 조용히 한숨을 쉬고, 천천히 옆으로 고개를 흔든다.

"혹시, 병명에 달[月]이 끼어 있지는 않으셨겠지요."

"네?"

"생각하고 싶지는 않으실 테지만, 떠올려 보십시오. 병명을 한자로 하면?"

한자? 잠시 생각하다가 이해했다. 그래, 남편은 위암(胃癌). 오빠는 대장암(大腸癌)이었다.

"확실히, 위(胃)나 장(腸)에 월(月)이라는 글자가……."

생각해보면, 아버지의 사인(死因)에도.

"그런가, 달인가…… 역시."

달이 나의 운세나 그런 거와 관계가 있는 걸까. 그러고 보니 올케의 이름은 토모코(朋子). 달이 두 개나! 동생 부부를 생각하니 화가 나기 시작한다. 가즈코의 미간은 자기도 모르게 찌푸려졌다.

"달……이라고요?"

"네에, 달입니다——."

등 뒤의 문이 열리고 다시 접수대의 남자가 나타났다. 깊숙이 고개를 숙이고, 컵에 홍차를 더 채워준다. 눈가에 손수건을 대고 있는 가즈코를 배려하듯이 말을 건네 왔다.

"저도 함께 이야기를 들어도, 괜찮으실까요."

가즈코는 고개를 숙인 채 살짝 끄덕인다. 지금은 오히려 들어 줬으면 했다. 나의 불운에 틀림없이 놀랄 테지. 조금 전 달에 관한 이야기를 좀 더 듣고 싶었지만, 안경 쓴 남자는 다른 이야기를 시작했다.

"일하고 계시군요. 일의 내용은…… 서비스업…… 이시군요──남을 돌보는…… 아니, 아니야……."

안경남도 고개를 숙여버린 가즈코를 염려하듯이 들여다보며, 짐짓 느긋한 어조로 말을 건네주었다.

"유통, 이신가요…… 백화점…… 혹은 슈퍼마켓……."

맞았어! 얼굴을 들었다. 안경남이 매력적이라고 하지 못할 것도 없는 미소를 띤다.

"슈퍼마켓입니까?"

"네에, 남편이 죽고 나서 바로 시작해, 슬슬 3년이 되어가요. 원래는 파트지만, 풀타임으로."

"기술이 있으시겠군요."

남자가 금전등록기를 두드리는 손짓을 한다. 파트나 아르바이트는 교체가 심하니, 풀타임으로 3년이나 하면 베테랑이다. 스스로도 가게에서 손꼽히는 실력이라고 생각하지만, 겸손하게 '네에, 그럭저럭' 하고 대답했다.

"그런데 평가받지 못하지요. 정사원이나 젊은 아이들 역성만 들어주지요."

"그러게요, 그 말이 맞아요."

어째서? 마치 자신의 생활을 들여다보는 것 같았다. 가즈코는 몇 달 전, 계산대에서 반찬 준비 쪽으로 돌려져 버렸다.

"인간관계라는 문제는…… 직장에서의 일은 아니실 테지요."

아니, 동생 부부와의 일이다. 아버지와 오빠가 죽고, 주택담보대출을 갚을 수 없게 된 친가의 토지는 매각했지만, 남동생은 자기가 거둔 어머니를 간호하는 비용이 든다면서 가즈코의 몫도 있을 터인데 주려 하지 않았다. 그런 주제에 간호 같은 건 제대로 하지 않는다. 가즈코는 일주일에 세 번, 동생의 집에 다니며 어머니를 돌보고 있었다. 올케는 감사는커녕 '함께 안 살아보면 모른다니까요'라는 얄미운 소리만 던진다.

"아니요, 가족과의 관계입니다."

"아아, 역시. 제가 말씀드린 대로군요. 직장에서의 일은 아닌 거지요."

남자의 목소리가 희미하게 발끈한 것처럼 들렸다. 성격이 급해 보이는 사람 같다. 아마 맞았는데 '아니오'라고 말해 버렸기 때문일 거다. 황급히 사과했다.

"미안해요. 그 말이 맞아요. 남동생 부부와 상속문제로 옥신각신하고 있어서."

"남동생분……혹시, 그다지 몸집이 크지는 않고, 얼굴이 둥그스름한 분이십니까? 나쁜 분은 아닌 듯하지만, 금전에 관해서는 조금 엄격하다고 할까, 욕심이 깊으신 분이군요."

깜짝 놀랐다. 마치 남동생에 관해 알고 있기라도 한 말투였다. 가즈코는 자그마한 몸을 뒤로 젖히며 둥그스름한 뺨에 양손을 댄다.

"남동생분의 부인, 이 분이 문제로군요. 아름다운 분은 아니네요……아니, 겉모습이라기보다, 마음이……."

그 말이 맞다. 본인은 미인이라고 생각하며 자랑하고 다니지만, 조금도 그렇지 않다. 놀랐다. 이 사람은 뭐든 꿰뚫어본다.

눈물을 훔치고 가즈코는 이야기했다. 최근 몇 년, 작정이라도 한 듯 연속으로 쏟아져 내린 자신의 불행을. 지금의 고생과 그것이 보답

받지 못한다는 사실에 대한 초조함을. 어느새 남동생 부부며 그렇게 나 정성을 다하고 있는 가즈코에게 망언과 불평만 던지는 치매 기미가 있는 어머니에 관한 일. 그뿐만 아니라, 직장에서의 불만까지 얘기하고 있었다. 접수담당자가 둘로 줄이라고 하지 않았으면 항목에 추가하고 싶었던 세 번째 고민은, '일·직장에 관한 고민'이었다. 안경 쓴 남자가 애매하게 말을 한 것은, 거기까지 꿰뚫어보았기 때문인지도 모른다.

가즈코는 자신이 일하고 있는 슈퍼마켓의 이름을 언급했다. 일대에서는 가장 큰, 이 근처에 사는 사람이라면 알고 있는 게 당연한 가게이지만, 안경 쓴 남자는 처음 듣는 이름이라는 듯이 고개를 가로 저었다. 대답한 것은 접수담당자 쪽이었다.

"저희들은, 이곳에 온 지 아직 얼마 되지 않았답니다."

마치 외국에서 오기라도 했다는 듯한 말투다. 어딘가, 멀리서 온 것일까.

"저기요, 이 히어링이라는 건 대체 어떤……."

영감? 스피릿추얼이라든지 하는 그거? 이제까지는 믿지 않았지만, 지금이라면 믿어도 괜찮을 것 같은 기분이 든다. 안경 쓴 남자가 조금 의기양양하게 입을 열려 했지만, 말을 한 사람은 접수담당 쪽이었다.

"소위 영감이나 초능력 같은 것과는 다릅니다. 점술도 아닙니다. 정신의학의 민간요법이라고 할까요. 당신의 얼굴이며, 몸에서 발산되고 있는 기(氣)를 보는 것이랍니다. 소개를 올리는 것이 대단히 늦어졌습니다. 이쪽은 사범대리 오사나이(小山內). 저는 이곳의 사무국장을 맡고 있습니다. 키지마라고 합니다."

사무국장? 무슨 직함인 걸까. 뭔가 연하인 이 사람 쪽이 상사 같다.

사범대리라는 말은, 그 위에 더 높은 사범이 있다는 얘기일까. 대지의 모임이라고 적힌 액자를 처음으로 알아챈 척하며 말해 보았다.

"저기……. 이곳은 종교단체인가요."

"예에, 뭐, 같은 교의를 믿는 이의 집단이니, 종교라고 하면 종교입니다. 하지만 지금 하고 있는 활동은 별개라고 생각해주십시오. 우리들이 가진 힘을 일반 분들을 위해서 사용하고 싶다는 취지로 조직 구성에 착수한 지 얼마 되지 않은 모임입니다. 크리스트교로 말하자면 자선활동단체라고 할까요. 입교를 강제하는 것도 아니고, 배포할 만한 팸플릿도 없지요. 괜찮으시다면 앞으로도 함께 해주십시오. 아아, 선생님께서 오셨군요."

어느새, 방 안쪽 단상에 사람이 있었다. 언제 들어 온 걸까. 문이 열리는 소리도 들리지 않았다. 마치 허공에서 나타나기라도 한 것 같다.

꽤 커다란 사람이었다. 에스닉한 하얀 옷. 긴 머리카락. 대기실에 걸려있던 포스터의 모델과 똑같은 차림이다. 책상다리를 하고 얼굴을 숙이고 있다. 뭘 하고 있는 걸까. 명상? 손끝이 천천히 움직이고 있다. 눈에는 보이지 않는 고양이를 무릎 위에서 어루만지는 듯한 움직임이었다.

키지마가 뭔가 말을 건넨다. 그러자 갑자기 얼굴을 들었다. 얼굴을 드니 긴 머리카락에 숨겨져 있던 얼굴이 드러났다.

숨을 들이켰다. 똑같은 차림 정도가 아니라, 바로 저 사진 속의 청년 본인이다.

실물은 사진 이상이었다. 무서울 만큼 단정한 얼굴. 키지마를 조금 멋지다고 생각했던 것과는 차원이 다르다. 평범한 남자와는 아예 종이 다른 생물을 보는 듯했다.

청년이 일어섰다. 엄청나게 키가 크다. 호리호리하지만 요즘 젊은 아이들처럼 가냘픈 장신도 아니고, 스포츠 선수처럼 억센 느낌도 아니다. 엄숙하게조차 보이는 체격.

가즈코에게 얼굴을 돌렸다. 눈동자가 커다랗다. 몸이 빨려 들어갈 듯한 강한 눈빛. 가즈코의 눈을 마주 보는 것이 아니라, 몸속 깊숙이 있는 무엇인가를 꿰뚫어보는 듯한 그 시선을 뿌리칠 수가 없었다.

"오오시로[大城]선생님입니다."

키지마가 봄의 태양을 바라보는 듯이 눈부신 미소를 띠고, 그렇게 말했다. 청년에게 다가가 두세 마디 뭔가 이야기를 나눈다. 그리고서 가즈코의 곁으로 돌아와, 귀엣말하듯이 속삭였다.

"선생님께선 이렇게 말씀하셨습니다. 당신의 괴로움은 깊습니다. 하지만 그것은 당신 자신의 부덕함이나 마음 때문이 아니니 가슴을 펴고 맞서십시오. 괴로울 때는 언제든 이곳에 오십시오. 우리들이 함께 울겠습니다. 함께 분노하겠습니다. 암운은 언젠가 걷힐 것입니다. 그리고 지금의 괴로움은 밝은 햇살에 가득 찬 당신의 미래를 위한 양식이 될 테지요 ── 라고."

키지마의 말이 끝난 것이 신호가 된 듯, 비현실적일 정도로 아름다운 장신의 청년이 가즈코에게 미소를 건넸다.

이미 그것만으로 가즈코는 치유된 듯한 기분이 들었다.

안경 쓴 중년 남자, 오사나이 사범대리는 가즈코가 처한 상황을 모두 맞췄다. 마음속의 일까지. 가슴을 열고 들여다본 것처럼.

"당신은 본래 밝은 성격입니다. 하지만 요즘 매사를 부정적으로 받아들이게 되지는 않았습니까."

"당신의 본래 매력을 깨닫지 못하는 사람이 너무나 많아요. 하지만 당신을 여성으로서 사랑하는 남성이 가까이에 있다는 사실을, 당신 자신은 눈치채지 못하고 있습니다."

현재 상황을 바꾸고 싶다면 우선 웃는 얼굴을 되찾으라는 조언을 받았다. 히어링이 끝나자, 오사나이 씨는 퇴실하고 사무국장 키지마 씨가 다시 다가와 몸에 항(抗)스트레스를 축적해 멘탈 파워를 강하게 만든다는 호흡법이나, 앉은 채로 할 수 있는 체조며 메디테이션(명상을 말하는 거다)을 가르쳐 주었다. 그다지 색다르지는 않은, 정보방송에도 나올 법한 내용들이었지만, 아무튼 조금 핸섬한 연하 남성이 친절하게 가르쳐 주니, 즐거웠다. 오오시로 선생님이었으면 더 좋았을 테지만. 선생님은 그 후 곧바로, 무려 가즈코가 마셨던 찻주전자와 쟁반을 들고 방을 나갔다. 젊지만 높은 사람인 모양인데, 키지마 씨도 오사나이 씨도 그것을 놀라워하지도 말리지도 않았다.

전부 합쳐 한 시간. '첫 회니까 특별'이라고 말했지만, 요금은 정말로 2천5백 엔뿐이었다. 걱정했던 초과요금도 없다. 도저히 장사를 하려는 의지가 보이지 않는다.

접수대에서 돈을 내자, 키지마 씨는 주먹과 주먹을 딱 붙이는 익숙하지 않은 합장을 하며, 큰돈을 대하는 것처럼 정중하게 받아주었다. 잔돈을 지갑에 도로 넣는데, 그의 책상 뒤에 있는 선반에 도자기가 몇 가지 놓여 있는 것이 보였다.

"저것은, 무엇인지?"

그만 우아한 부인 같은 말투로 말이 나와 버렸다.

"이건 오오시로 선생님께서 직접 구우신 그릇입니다."

"가격은?"

작은 건 약간 큰 술잔만 하다. 가격표는 달리지 않았지만, 가격에 따라서는 이곳에 온 기념으로 사도 괜찮을 것 같았다. 지금은 슈퍼마켓의 파트타이머이지만 원래는 건설회사의 부장 사모님이었고, 남동생으로부터 되찾으면 나름의 재산이 있다는 것을 알아주었으면 했다.

"가격은 없습니다. 선생님께서 좌흥(座興)이라고 말씀하시니까요. 마음을 받아, 양도해 드리고 있습니다."

"마음이라면, 대충의 시세는요?"

주부의 두꺼운 낯을 발휘해 물어보았다.

키지마 씨는 우물거리더니, 결국 이렇게 대답했을 뿐이다.

"꼭, 또 들러주십시오. 처음 오신 분에게, 양도할 수 있을만한 물건이 아니오니."

상당히 비싼 물건이리라. 너한테는 무리라고 하는 것 같아 조금 분했다. 하지만 어중간한 가격이 붙어있거나, 이쪽의 지갑을 꿰뚫어 보고 금액을 제시하지 않는 점이 점점 더 가즈코의 호감도를 높였다.

여긴 진짜일지도 몰라. 아니 설사 아니라 해도, 저 '선생님'은 꼭 볼 가치가 있다. 텔레비전에 나오는 배우 중에도 저 정도는 좀처럼 없을 것 같다.

친구 중 누군가에게 이곳을 가르쳐 주고 싶었다. 일단 쿠니코일까. 아니, 요시오카일까.

2

"찻잔, 쟁반은 노골적으로 보지 말아줘. 그리고 조는 것도 곤란해."

개런티 5천 엔을 건네받아서인지, 그래도 류사이는 기분이 좋으시다.

"머리 좀 굴렸잖아, 그 컵."

찻잔을 놓는 위치로 사전에 들은 상담자의 고민을 류사이에게 전달한다. 류사이 쪽에서 볼 때 바로 앞 오른쪽 구석이라면 금전문제. 오른쪽 안쪽이라면 인간관계라는 식으로. 아까처럼 두 개의 문제가 있으면 또 하나 빈 컵을 준비한다.

연구의 성과다. 몇 주일간 온갖 책을 읽으며 공부했다. 종교에 관한 책이 아니다. 마술이나 트릭, 심리유도 테크닉에 관한 책이다.

"병에 달(月)이 관계있다든가 하는 진단. 그건 진부하니까 그만두는 게 좋겠어."

평일인 오늘이 휴일이라는 상대의 직업을, 서비스업이라고 추측하고 표정을 살펴 슈퍼마켓 근무를 적중한 것처럼 꾸민 부분까지는 그런대로 괜찮았지만, 류사이가 직장에서의 인간관계 이야기를 꺼냈을 때는 식은땀이 흘렀다.

"그런가, 다들 꽤 놀라는데. 암의 병명에는 대개 달(月)이 붙어. 누구든 자기나 가족 일밖에 머리에 없어서 그걸 눈치 못 챈다니까. 폐암(肺癌), 위암(胃癌), 대장암(大腸癌), 방광암(膀胱癌)……. 확실히 남자의 경우는 사망률 상위 7위 정도까지가 모두 그렇지."

"만월(滿月)의 날에 공양이라도 시킬 생각이었나."

류사이는 어떻게 알았느냐는 표정을 짓는다.

"그러고 보니 다 들렸어, 왜 그릇을 안 판 거야. 100엔숍 짝퉁이 몇 천 엔, 아니 1, 2만 엔으로 변신했을지도 모르는데."

"그런 싸구려 장사는 하지 않아. 그게 대지의 모임 철칙이다."

"나는 상관없지만, 이런 수수한 방법으로 괜찮겠어?"

"처음엔 이거면 돼."

영감상법을 할 생각은 없다. 수상쩍은 초현상은 금방 들킨다. 조만간 나카무라에게 직접 진짜 그릇을 만들게 할 생각이었다.

나카무라 자신의 손으로 만들었다는 그 부가가치를 파는 것이다. 원하는 사람이 늘어나면 그 가격은 점점 올라간다. 미술품과 마찬가지다. 정직한 거래다. 사람이 모이게 되면, 이곳에 늘어놓은 도자기는 앞을 다투며 비싼 가격으로 팔려 나가리라.

"시작이라는 건 언제든 자그마한 거야. 이 지구도 처음에는 우주의 먼지였으니까."

"당신 괜찮아? 요즘, 하는 말이며 행동이 종교인 같아졌어."

3

이이무라 타쿠토가 그곳으로 발걸음을 향한 건, 물론 장난이었다. 『대지의 모임ㆍ도쿄 히어링 센터』라고 적힌 간판이 걸려 있는 곳은, 센터 같은 소리 하지 말라며 따지고 싶을 만큼 작고 낡은 건물이었다. 간판도 플라스틱판 위에 종이를 붙여 만든 자체 제작품. 다소 그래픽 소프트웨어를 쓸 줄 아는 녀석이 컴퓨터로 디자인한 것이리라.

위험한 냄새가 풍풍 풍긴다. 어떻게 봐도, 수상쩍다. 이런 거에 속는 건, 신문 좀 읽어라 책 좀 읽어라 설교나 하고, 텔레비전의 뒤늦은 정보를 그대로 받아들이면서 인터넷이나 입소문의 생생한 정보는 전혀 모르는 아저씨 아줌마 세대, 아니면 그보다 더 윗줄에 있는 노인네들 정도이리라. 타쿠토는 간판을 날려버릴 기세로 콧김을 뿜으며 비웃었다.

뭐, 이런 곳일 줄 알았어. 자신에게 들려주듯이 속으로 중얼거린다.

예상은 했는데도 어슬렁어슬렁 와 버린 이유는, 한가해서다. 석 달 전 불고기 집 아르바이트에서 잘리고 난 이후로 놀러 갈 돈이 없어서 부모님과 사는 집에 틀어박히게 되었다. 외출은 자판기에서 음료를 사든가 편의점에 점심을 사러 갈 때 정도밖에 하지 않는다. 작년에 만들었던, 기대 이상으로 평판이 좋아서 한때는 매일 밤, 몇 시간이나 시간을 들여 업데이트했던 블로그도 요즘은 일주일에 한두 번밖에 갱신하지 않았다.

오늘도 일어난 건 언제나 그렇듯이 오후. 아무도 없는 거실에서 야채주스를 홀짝이면서 딱 하나 있던 우동을 꺼내다가, 역시 만드는 건 귀찮아, 세븐일레븐에서 컵라면이라도 살까, 그런 생각을 하고 있을 때 테이블 위의 광고지가 눈에 들어왔다.

'점술도, 스피릿추얼 카운슬링도 초월한, 치유하는 인생 상담소.'

엄마는 파트타임 일을 하러 나가기 전에 늘 타쿠토의 자리에 신문을 두고 간다. 구인란을 보라는 소리다. 신문 틈에 껴 있던 광고 전단 중에, 그 자그마한 DM이 섞여 있었던 것이다. 뭐야, 이건.

양면인쇄인 광고지의 다른 한쪽에는 이렇게 적혀 있다.

'다른 이보다 운이 나쁜 당신을, 우리는 외톨이로 두지 않습니다.'

누군지 모르겠지만, 너한테 듣고 싶지 않다고. 조금 열이 받아서, 평소에는 내팽개치기만 하던 전단을 일부러 쓰레기통에 버리러 갔지만, 어째서일까, 내던지려던 손이 멈춰 버렸다.

외톨이로 두지 않는다.

그 구절이 머릿속에서 되풀이되었다.

당신을, 우리들은 외톨이로 두지 않습니다.

정말인 거지. 거짓말이면 가만두지 않을 거야——그런 생각을 하면서 자전거를 탔다. 이곳을 찾아와 버린 이유 중 하나는 그저 단순하게, 집에서 가까웠기 때문이다. 전철을 타야 할 거리라면 절대 오지 않았으리라. 어떤 곳인지 봐 줄까 하고 호기심을 자극당하기만 했을 뿐. 당연히 그런 거다.

묘한 권유를 당할 것 같은데.

센터라고 적힌 간판보다 막과자가게 간판이 어울릴 듯한 건물을 보며, 타쿠토는 생각했다. 그렇다면 히어링이라는 걸 하는 사람은 분명 젊은 여자일 거다. 그럭저럭 예쁜 누님. 가슴은 C컵 이상.

타쿠토는 수상쩍은 권유를 받은 경험이 꽤 있었다. 처음에는 재수 2년 차일 때 학원에서 돌아오는 길에. 타카다노바바 역 앞에서, 동갑 정도로 보이는 여자아이가 부끄러운 듯이 말을 걸어왔다. 당신의 손금을 보여주세요——.

"점술 공부를 하고 있거든요. 협조해 주실 수 있으세요."

조금 수수한 듯했지만, 아이돌 같은 생김새에 추정 D컵. 거절할 이유는 없었다.

맥도날드에 들어가 손금을 보게 해주자, 이런 소리를 들었다.

"운수가 굉장히 떨어져 있어. 어떻게든 하는 게 좋겠어. 내가 좋은 데를 알거든."

손이 아닌 데를 잡아주는 거냐——콧김을 뿜으며 안내하는 대로 따라갔더니, 그곳은 라이브가 시작되기 직전 같은 분위기의 홀이었다. 라이브와 다른 건, 손님이 모두 노란색 옷을 맞춰 입고 있다는 점과 환성을 받으며 나온 사람이 황금색 기모노를 입고 머리가 벗겨진 아저씨였다는 점이다.

"역시 돌아갈래."

그렇게 말한 순간, 어느새 노란색 옷으로 갈아입은 여자애의 표정이 돌변했다.

"무슨 소리 하는 거야, 당신. 이제부터 다이쇼운텐 님께서 외행성과 교신을 시작할 건데."

한 손에는 입회신청서를 쥐고 있었다. 주위의 노란 옷들이 일제히 타쿠토를 돌아보았다.

그다음은, 세 번째 시험에 실패한 직후였다. 대학 진학 따윈 그만두고 기술을 익혀 진학한 녀석들에게 본때를 보여 주겠어, 하고 웹디자인 회사에 어시스턴트 스태프로 들어간 지 얼마 되지 않은 무렵이었다. 쉬는 날 고탄다 역 주변에서 두셋 연상의 섹시한 누님이 어깨를 두드렸다.

"저기, 전에 어디서 만난 적 있지 않아? 어라, 잘못 봤나? 으음 아냐, 얘기를 해보면 반드시 생각날 거야."

헌팅이라고 생각했다. 크리에이터같이 머리카락을 모히칸처럼 세우고 옅게 수염도 기르기 시작해서, 스스로가 꽤 괜찮다고 생각하던 시기였다.

타이트스커트 밑에서 힙이 포동포동 움직이는 것을 바라보며 뒤를 따라가고 있는데, '팝아트에 흥미 있어?'하고 물었다. 크리에이터 나부랭이로서 '뭔데요, 그게' 같은 소리는 할 수 없다. '그럭저럭'이라고 대답했다.

지하에 있는 컴컴한 찻집에서, 팝아트라는 녀석의 카탈로그가 들이밀어 졌다.

"이쪽은 단돈 60만이야. 물론 대출도 할 수 있어. 1년, 3년……."

바로 돌아갔으면 좋았을 것을, 아직 주문한 커피도 나오지 않았고 허세도 부리고 싶어서 '흐음' 하고 맞장구를 쳤더니, 이탈리안 양복을 입은 남자가 두 명 다가와 타쿠토 옆자리 통로 쪽과 비스듬하게 맞은 편에 앉았다.

물론 양쪽 모두 거절했다. 정확히 말하자면 첫 번째는 신청서에 가짜 주소와 전화번호를 적었고, 두 번째 때는 화장실에 가는 척하며 도망쳤지만. 다이쇼우텐 님의 여자와는 메일 주소를 교환해 버려서 두 달 정도 무서움에 떨었다.

　비슷한 얘기는 옛날 친구들에게서도 자주 들었다. 자기 같은 젊은 남자에게는 미인계를 쓰는 것이 수상쩍은 권유를 하는 녀석들의 상투적 수단인 모양이다.

　위험하다고, 절대로 위험해.

　머릿속으로 그렇게 중얼거리면서도, 발은 여전히 문 앞에 멈춰있다. 아무것도 모르는 척하면서 응대하러 나온 여자를 놀려 줄까. 타쿠토는 그런 생각도 하고 있었다. 주먹을 쥔 손바닥을 긴장 때문에 땀으로 축축하게 만들면서.

　장난이라고는 하지만, 만일을 위해 카운슬링 요금이라는 2천5백엔은 준비해 왔다. 수금하러 오는 돈을 내기 위해서 엄마가 식기 찬장서랍에 놓아두는 돈을 조금 빼내 온 것이다. 술이 나오는 메이드카페에 갔다고 생각하면 싼 편이다. 과거의 경험이 있으니 권유는 거절할 자신이 있었다. 그래도 말이야. 어떻게 하지.

　이곳에 온 진짜 이유는, 인정하고 싶지는 않지만 실은 잘 알고 있었다.

　누군가와 이야기하고 싶었다. 그렇지 않다고 허세 부리는 한편으로, 또 하나의 자신이 소리 지르고 싶은 것을 참고 있었다. 누군가와 이야기를 나누고 싶다. 잔소리밖에 하지 않는 아버지나 불평만 하는 엄마가 아닌 누군가와. 블로그 기사 말고 내 목소리를 들어줘. 댓글 말고 당신의 목소리를 들려줘.

　요즘 타쿠토의 휴대전화는 좀처럼 울리지 않는다. 고등학교를 졸업한 지 벌써 5년. 옛날 친구들은 모두 대학에 진학해서 서클이네 동아리 활동이네 하는 것을 시작한 순간, 잘 어울려주지 않게 되었다.

벌써 취직을 한 녀석도 있고, 남은 이들도 이제 곧 사회인이 되어 버릴 지금은 더더욱 그렇다. 놀러 나가지 않는 건, 돈이 없어서라기보다 함께 갈 녀석이 없기 때문이었다.

웹디자인 회사에는 다섯 달밖에 있지 않았다. 그래서 친구 같은 건 생기지도 않았다. 열 받는 회사였다. 어시스턴트 스태프란 요컨대 단순 아르바이트였다. 정사원 등용의 기회가 있다고 모집 요강에는 그렇게 적혀 있었다. 금방이라도 웹디자이너가 될 수 있으리라는 생각에 응모했다. 컴퓨터에도 자신이 있었다. 그런데 순 엉터리 거짓말 뿐이었다. 늘 디자인과 상관없는 잡일만 시키고 일 같은 건 가르쳐 주지 않았다. 정사원은 경험자밖에 쓰지 않는다. 일을 도울 수 있는 아르바이트는 대졸이나 전문학교 졸업생뿐이었다.

그 후로는 자격도 경험도 필요 없는 아르바이트밖에 하지 않았다. 분위기가 맞지 않아 그만두거나 저쪽 사정으로 그만두어야 해서, 3년 간 전부 합쳐서 고작 1년도 일하지 않았다.

블로그를 시작한 것도, 자신이 보고 들은 것을 누군가와 서로 확인하거나 문득 생각난 개그를 이야기하고 싶어서였다. 하지만 블로그는 블로그일 뿐이다. 화제 따위는 연예인처럼 그렇게 많지 않다. 접속자가 끊이지 않도록 거짓말만 올리고 있었다. 블로그 속의 타쿠토는 일을 척척 해내는 웹디자이너고, 주말에는 2년 전에 손을 놓아 버린 오토바이를 타고 돌아다닌다고 올렸다. 어차피 알지도 못할 테니까 상관하지 않았다.

댓글을 쓰는 녀석들도 어디까지 사실을 쓰고 있는지 알 바 아니었다. 성별조차 믿지 않는다. 유난히 으스대는 녀석은 평소 으스대는 다른 누군가가 옆에 있는 거다. 공격적인 녀석은 실제 만나보면 아마

쩔쩔매는 유약한 녀석일 테고.

제대로 누군가의 얼굴을 보고 육성을 듣고 싶었다. 자신의 이야기에 대한 진짜 반응을 보고 싶었다. 여자애라면 최고지만, 남자라도 별로 상관없다.

요즘 타쿠토는 늘 머리가 무거웠다. 두통이라 할 정도도 아닌 두통이 계속되고 있다는 느낌이다. 일어나도 아직 잠이 깨지 않은 것 같은 기분이었다. 뭔가를 하려 해도 피곤했다. 생각도 하고 싶지 않았다. 앞으로 자신이 어떻게 될지 생각하기 시작하면, 계속 아르바이트만 하고 있을 건가 하는 생각을 하기 시작하면, 거기서 사고가 정지한다. 텔레비전을 봐도, 만화를 읽어도, CD를 듣고 있어도, 조금도 즐겁지 않았다.

뇌수를 머릿속에서 끄집어내 멘톨 보디샴푸를 뿌려 벅벅 씻어 버리고 싶었다.

당신을, 우리들은 외톨이로 두지 않습니다.

좋잖아. 내 이야기를 듣게 하자고. 그리고 내 뇌수를 씻어 줘.

좋아. 타쿠토, 갑니다.

타쿠토는 반쯤 자포자기해서 문을 열었다.

문 너머는 길고 가는 형태의 비좁은 방이었다. 일단 접수 로비인지, 의자가 늘어서 있다. 아무도 없다. 멍하니 서서 둘러보니 왼쪽 카운터 위에 벨이 놓여 있는 게 보였다. 패밀리 레스토랑에 놓아두는 버튼식이 아니라 진짜 종이다. 크리스마스 장식 같은 범종 모양에 위에 손잡이가 달려있다.

이걸 울리라는 건가? 꽤 한가롭다. 알프스 고원의 목장처럼. 종은 묵직했다. 무딘 금색으로 빛나고 있다. 혹시, 순금? 내가 정직한 사람이니 다행이지, 남의 걸 아무렇지도 않게 날치기하는 사람이었으면 어쩔 생각인 걸까.

종을 울렸다. 그 소리가 인트로가 됐다는 듯이, 어디에선가 음악이 흘러나왔다. 넘실거리는 전자음의 인스트루멘탈. 예전에 웹디자인 회사의 정사원인 사람을 따라갔던, 인도풍 티셔츠를 입은 남자며 털실 터번을 두른 여자 따위가 모여 있는 클럽에서 이런 곡이 흘러나왔었다. 자주 듣는 음악은 코부쿠로와 나카시마 미카입니다, 이런 소리를 하면 바보 취급당할, 약을 할 것 같은 위험해 보이는 녀석들이 눈을 가늘게 뜨고 춤추는 클럽이다. 그래, 분명 트랜스였다. 트랜스 뮤직이다.

여기, 다른 의미로 위험할지도.

진짜로 종만 날치기해 도망칠까 생각하기 시작했을 무렵, 문이 열렸다.

망했다.

나온 건, 젊은 여자가 아니었다. 새로이 걱정하기 시작한, 무지개색 부처를 프린트한 셔츠를 입고 니트 모자를 눌러쓴 드레드 헤어의 남자도 아니었다. 수수한 양복을 입은 아저씨였다. 마흔 정도일까. 키는 큰 듯하고 말랐다.

"기다리시게 해서 죄송합니다. 히어링을 희망하시는 손님이시군요."

영화에 나오는 외국 집사 같은 말투다. '아직 희망은 하지 않았어'라고 대답하고 싶었지만, 말이 나오지 않는다. 자기보다 훨씬 연상인 사람으로부터 정중하게 대접받는 일에 익숙하지 않아서, 어울리지도 않게 허둥거리고 만다.

"지금은 사범대리가 자리를 비우고 있는 관계로. 제가 말씀을 듣겠습니다만, 괜찮으실까요."

이 아저씨와 얘기를 한다고? 무슨? 그러고 보니 타쿠토는 인생 상담소라는 이곳에서 자신이 무슨 상담을 하고 싶은 건지도 생각하지 않고 있었다. 역시, 돌아가자. 그렇게 생각했지만, 이미 남자는 출구 쪽에 서 있었다. 남자는 접수 로비 끝에 있는 문을 열고 한 손을 흔들었다.

"이쪽으로, 들어와 주십시오."

왠지 모르게 거스를 수 없는 분위기다. 이런 타입이 열 받으면 오히려 무서울지도 모른다. 타쿠토는 상대가 먼저 열 받아 화를 내는 게 거북하다.

책상 하나와 의자가 두 개 놓여있을 뿐인 휑뎅그렁한 방이었다. 안쪽에 스테이지 같은 단상이 있다.

남자가 앞에 있는 의자를 뒤로 뺐다. 신경질적인 타입인지 의자의 위치와 각도를 신경 쓰면서, 아무래도 상관없는 정돈을 하고 나서 타쿠토에게 권한다.

책상은 방의 한가운데보다 조금 오른쪽, 약간 스테이지 근처라는 어중간한 위치에 놓여 있었다. 하나밖에 없으니까 제대로 레이아웃을 하면 좋았을 텐데, 스테이지에 측면을 드러낸 형태로 놓인 책상과 의자도 벽과 수평이 되지 않았다. 미묘하게 비스듬히 기울어져 있다. 디자인에 까다로운 타쿠토는 안달이 났다. 그런 체질은 꼭 이런 데서 나온다니까. '대지의 모임'이라든가 '도쿄 히어링 센터' 같은 이름은 대단해 보이지만, 분명 적당히 만든 곳일 테지.

남자는 여기서 기다려 달라는 듯이 손바닥을 펼쳐 보이고는 나가 버렸다.

트랜스 계열의 배경음악은, 어느새 볼륨이 낮춰지고 업템포의 곡조로 바뀌어 있었다. 방에는 희미하게 일본이 아닌 아시아 쪽 향(香)냄새가 감돌고 있다.

남자가 쟁반을 손에 들고 돌아왔다. 찻잔을 내려놓는 손길이 무척 진중하다. 그만 신경이 쓰여 쳐다봐 버린다. 푸른 기가 도는 갈색 찻잔. 형태가 찌그러진 걸 보면 손으로 만든 것이리라. 이런 물건의 가격은 모르겠지만, 어쩌면 고가의 도예품인지도 모른다. 지나치게 진중하다. 떨리는 손에서 찻잔의 내용물이 흘렀다. 차가 아니라 그냥 물인 것 같다. 남자는 손수건을 꺼내 안절부절 책상을 닦고, 그 김에 자신의 입술을 훔치고서 성실하기 그지없는 목소리를 높였다.

"자, 어떤 고민을, 듣도록 할까요."

깍지를 낀 손을 날개처럼 펄럭이고 있다. 그다지 익숙하지 않은 느낌이다. 상대도 긴장한 건지도 모른다는 생각이 드니 조금 마음이 편해졌다. 마른 입술을 핥고서 목소리를 냈다.

"별로 고민이 있는 건 아니고……."

어떻게 얘기하면 좋을까. 바로 말이 막혀 입을 다문다. 남자는 콩트처럼 거창하게 턱을 움직이며 끄덕였다.

"그러실 테지요. 이곳에 오시는 분은 대개 모두 절박한 분위기를 띠고 계십니다만, 뵙기에, 당신에게는 그것이 없군요. 고민이 없는 것이 고민인 것은 아니십니까."

"헤에, 아네."

"예에, 뭐어."

일부러 버릇없이 말했다. 상대를 생각하지 않고 버릇없이 말할 정도로 바보는 아니지만, 모처럼 돈도 낼 거고 조금 거만하게 굴고 싶었다. 남자는 보기보다 어수룩해 보였다. 자신보다 나이가 배는 될 아저씨가 정중한 어조로 말을 건네는 것이 기뻤다. 불고기 집에서 일했던 두 달 동안, 한 살 연하인 치프에게 욕만 얻어먹었었다.

"하지만 부족하나마 이곳은 상담소이오니, 어떤 사소한 일이라도 무엇이든 말씀해보십시오."

무슨 얘기를 할까. 긴장 때문이라고는 생각하고 싶지 않지만, 목이 따끔따끔했다. 찻잔을 손에 들었다. 얼음은 없지만 시원하고 희미하게 감귤 계열의 과실 향기가 난다. 오——하고 생각하며 찻잔에 시선을 떨어뜨리자, 남자가 불안한 듯이 물어왔다.

"마음에 들지 않으십니까."

"……이건?"

순간, 우물거리더니 남자가 대답한다.

"물입니다, 평범한. 다른 걸 가져올까요."

"아니, 맛있어요."

딱딱한 표정이었던 남자의 뺨이 처음으로 느슨해졌다.

"그 그릇은, 선생님께서 직접 구우신 그릇이랍니다."

"선생님?"

왔다, 선생님. 역시 여기는 그건가?

"예에, 선생님께서 몸소."

그래서 그 물이 맛있는 거라고 말하는 것처럼 들렸다. 그제야 주위를 돌아볼 여유가 생긴 타쿠토는, 스테이지 위에 액자가 걸려있는 것을 깨달았다.

『대지의 모임』

벽에 걸린 클럽 라이트가 그곳에만 빛을 비추고 있는 것도, 갑갑한 붓글씨도 노골적으로 종교단체 분위기다. 언젠가 갔던 종교 세미나의 교주를 떠올렸다. 금색 기모노는 진짜 금을 사용했을 테지만, 완전히 연회용 코스프레였다. 술이나 사치스러운 음식으로 부푼 듯한 포동포동한 몸에 이중턱 대머리를 얹은, 신통치 않은 아저씨였다. 뺨이며 콧등이 붉게 반짝이던 모습은 에로 애니메이션에 나오는, 묘한 도구를 쓰는 호색한 아저씨 그 자체다.

하지만 노란색 옷의 집단은 타쿠토와 그다지 나이 차이가 나지 않는 사람들이 많았음에도, 그 대머리 아저씨를 비주얼 밴드의 보컬을 바라보는 눈으로 쳐다보며, 우주와의 교신인지 뭔지 하는 묘한 의식 중에 짬짬이 '다이쇼우텐 님'이네 '선생님'이네 소리치면서 자기 쪽으로 돌아보게 하려고 애썼다. 타쿠토는 집단으로 최면에 걸려있는 걸로밖에 보이지 않았다. 사과라는 암시에 걸려 감자를 베어 물어버리는 것 같은.

종교에 빠지는 녀석은 바보다. 자신의 일상에 결여된 부분을 타인이 채워 주길 바라는 것이다. 현실에서 얻어맞고 있으니까, 현실이 아닌 힘이 이 세상에 있다고 믿고 싶은 것이다. 자기 머리로 미래를 생각하는 게 두려워서 누군가에게 결정을 맡기고 싶은 것이다. 교주님이네 선생님이네 따위에 열중해 버리는 건, 믿고 있는 자신을 믿고 싶기 때문이다. 상관없는 인간을 끌어들이고 싶은 건, 믿고 있는 자신의 모습을 남에게 인정받고 싶기 때문이다.

재수 2년 차에 타쿠토는 부모님에게 이끌려 학문의 신이 모셔져 있다는 신사에서 3만 엔이나 하는 합격 기원의 기도를 받았다. 결과는 1년 차 때보다 못했다. 타쿠토의 숙부 중 한 명은, 액을 막아준다는 대사(大師)에게 갔다가 돌아오는 길에 교통사고로 죽었다. 믿을까 보냐. 어떤 종교든.

타쿠토의 시선이 향하고 있는 것을 깨닫고, 남자도 액자를 올려다보았다.

"아, 내리는 걸 잊고 있었다."

이봐. 개그맨처럼, 의자에서 미끄러져 쿵 하고 떨어져 줄까?

"저걸 걸어두면, 흠칫하시거든요, 오신 분들이."

역시 느슨해, 여긴.

긴장하고 있던 것이 바보 같아져서, 농담하는 말투로 물어보았다.

"여기 종교단체?"

"아뇨, 아뇨."

남자가 손을 젓고, 고개를 흔들고 눈을 초승달 모양으로 만들며 머뭇머뭇 웃어 보인다.

"뭐, 역시 알아버리셨나요."

"이거, 권유나 뭐 그런 거?"

"잘되면."

보통 그런 식으로 권유하냐 ── 하고 마음속에서 한마디 해준다.

"하지만 당신에게는 하지 않겠습니다. 젊은데, 아니 젊기 때문일까요, 어중간한 말로 설득할 수 있을 분처럼 보이지는 않으니까요. 당신은 보통 사람과 조금 다르시지요."

코가 실룩거렸다. 흐응, 잘 알잖아, 이 아저씨. 타쿠토의 블로그 '어리광쟁이장군DX,'의 댓글에서도 자주 칭찬을 듣는다. '센스가 좋다' '보통내기가 아니다'라고.

'어리광쟁이장군DX,'에는 타쿠토를 향한 칭찬의 말이 줄을 이을 때가 많다. 다소의 '조작'은 하고 있지만.

이거다 싶은 화제를 제공할 때는, 가장 첫 댓글에 자신이 직접 칭찬하는 내용의 코멘트를 단다. 댓글은 처음 다는 사람의 톤에 분위기가 끌려갈 때가 많다. 처음 녀석이 칭찬하면 다음 녀석은 반론하기 어려워진다. 어느 쪽이든 비판은 즉시 삭제. 그런 걸 적은 바보를 다음부터 접속하지 못하게 하는 비밀 기술도 알고 있다.

"우리는 많은 신자를 모집하는 것을 목적으로 하지 않으니까요. 영리 목적으로 만든 것이 아니라고 선생님께서 그러셔서요. 꽤 좋은 가르침이니까 저 같은 건 좀 더 적극, 이렇게 말하면 뭣하지만 탐욕스럽게 운영해도 괜찮다고 생각하지만요. 그분은 정말이지 완고해서요."

괜찮은 거냐? '선생님'을 그런 식으로 말해도. 종교단체에서는 교조(敎祖)가 절대적인 것 아닌가. 누구나 하느님처럼, 아니 하느님으로서 숭상하는 줄 알았다. 여기는 그렇지 않은 모양이다. 선생님 비판은 그다음에도 있었다.

"돈은 사람을 행복하게 만들지 않는다는 가르침은 이해합니다. 머리로는 말이죠. 하지만 이슬만 먹고 사는 건 아니라서요. 가끔은 국산 소도 먹고 싶죠. 큰돈을 벌자고는 하지 않겠지만, 조금 더, 아주 조금이라도 좋으니까, 이쪽이 이룬 성과에 대한 정당한 보수를 받을 수 있는 시스템을 생각해야 하는 게 아닐까, 저는 생각한단 말이지요. 이 인생 상담소는 이제 막 시작한 건데 말이에요. 저의 발안으로요. 그런데 ──."

남자의 어조는 점점 푸념 같아진다.

"처음에는 간담료를 5천 엔으로 할 생각이었는데, 선생님께서 DM

원고를 멋대로 바꿔 버렸어요. 그래서 2천5백 엔. 요즘은 손금을 봐도 좀 더 받는다고요. 그래서 전, 첫 회 한정이라고 덧붙인 거랍니다."

"아, 그러고 보니, 돈."

"아아, 괜찮아요, 괜찮아, 나중에 해도. 추가요금 같은 거 받지 않으니까요, 좀 더 얘기하게 해주세요. 당신, 이 방을 보고 어떻게 생각하셨나요?"

"어, 여기?"

남자는 책상과 의자 외에 아무것도 없는 방을 주욱 둘러보고서 말을 이었다.

"히어링 센터라고 이름 붙인 이상 조금 더 제대로 된 곳이어야 하잖아요, 보통은. 하지만 우리는 여길 빌리는 게 고작이에요. 이걸로 괜찮은 걸까요."

여기 고민 상담소 아닌가? 내 상담은 어떻게 돼버린 거지.

"이걸로 괜찮냐니……스스로 선택한 길이라면, 어쩔 수 없잖아요."

남자가 타쿠토의 얼굴을 들여다보며 눈을 동그랗게 뜬다. 눈을 동그랗게 뜬 채, 목덜미를 찰싹 두드렸다.

"그렇지요."

훨씬 연하에 초대면인 타쿠토에게 설교 당해 버리다니. 순수하다고 할까, 정직하다고 할까. 믿음직하지 않지만, 이 아저씨는 신용해도 괜찮을 것 같다. 분위기를 파악할 수 없는 이상한 사람이 진심으로 이곳을 센터라는 이름에 어울린다고 믿고 있다면 무섭겠지만, 그렇지 않은 모양이다. 스스로 자신에게 핀잔을 줄 수 있는 사람은 신용해도 된다는 것이 타쿠토의 모토였다.

"확실히 그래요. 전 지금 충실하게 보내고 있고요. 선생님의 가르침을 받기 전에는 샐러리맨이었습니다만, 그 시절보다 훨씬 행복한 걸요."

남자가 깍지를 낀 두 손 위에 턱을 얹고, 먼 곳을 바라보는 듯한 표정을 지었다.

어이어이, 자기만의 세계에 잠기지 말라고.

뭔가 부러웠다. 이런 아저씨가 시원스레 '지금이 행복하다'는 말을 입 밖에 낼 수 있는 것이. 조금쯤 '가르침'이라는 걸 들어봐도 괜찮겠다는 기분조차 들기 시작한다.

"가르침이라는 건, 어떤 느낌?"

"아니, 괜찮습니다. 잊어주세요."

남자는 얼굴 앞에서 팔락팔락 손을 저었다.

"애초에 당신은, 이쪽에 맞는 타입으로 보이지는 않고요."

조금 울컥했다. 맞는다고 해도 곤란하지만, 맞지 않는다는 말도 거슬린다. 어떤 곳이든. 웹디자인 회사든, 불고기 집 서빙 담당이든, 심지어 종교단체라 해도.

"타입? 나의 뭘 안다는 건데요."

"봐 볼까요."

"에?"

"당신의 '인력(人力)'을. 모처럼 봐 주셨으니, 뭔가 해드려야지요. 큰 고민은 없어도, 작은 고민은 있으실 테지요?"

인력? 수상한 기술이 슬슬 나오는 건가. 국숫집 젓가락 통 같은 도구를 꺼내는 건가, 아니면 손바닥을 보이라고 소리를 꺼내는 건가. 은근 경계하고 있었더니, 남자는 타쿠토의 얼굴을 바라보기 시작했다. 그저 보기만.

"으음."

"얼굴을 보기만 하면 알아요?"

"아마도."

"아마도라니."

남자의 눈은 진지함 그 자체다.

"미안합니다. 가능하면, 조용히. 전 아직 초급자거든요. 선생님에게는 전체적인 풍채를 보면 된다고 배웠지만. 그렇게 간단히는, 아무래도."

"풍……채?"

"아우라 같은 거랄까요."

온다. 스피릿추얼.

눈썹을 찌푸린 타쿠토의 마음을 꿰뚫어보듯이 남자가 말한다.

"아니, 아우라라고 해도 영적인 건 아닙니다. 당신의 몸이며 얼굴에서 뿜어져 나오는 시그널을 주워 모아 데이터화할 뿐이에요. 눈은 입만큼 말을 한다든가, 살림에 찌들었다든가, 복상(福相)이라든가, 온몸에 살기가 흘러넘친다든가, 옛날부터 그런 말이 많이 있잖아요. 그런 건 얕보면 안 되거든요. 스스로 깨닫지 못해도, 정말로 겉으로 나와요. 한 사람 한 사람의 생활이나 성격, 사고방식, 혼이 존재하는 방식이라든가. 어디를 어떻게 볼 것인가 하는 부분은 요령과 어느 정도의 경험이라고밖에 말씀드릴 수 없어서, 말로 설명하기는 어렵습니다만. 물론, 정말로 아우라가 보이는 건 아니랍니다. 저 같은 사람에게는."

자기가 아닌 누군가에게는 보인다는 듯이 들리는 말이다. 누구라면 보인다는 걸까. 남자가 타쿠토에게 얼굴을 가까이 대고, 눈을 가늘게 떴다. 자기도 모르게 몸을 뒤로 젖혀 버렸다.

"아아, 죄송합니다. 공부는 열심히 했지만, 선생님이나 사범대리에 비하면 아무튼 경험이······."

사실을 얘기하는 걸 테지만, 초급자네, 경험 부족이네 하는 소리를 너무 들으니 손해 보는 기분이 든다. 라멘 만드는 법을 배운 지 얼마 안 됐다는 라멘가게에 들어와 버린 기분이다.

"확실히 말할 수 있는 건, 한 가지."

남자가 얼굴 앞에 집게손가락을 치켜든다. 그것을 타쿠토에게 쑥 들이밀고, 잠자리를 잡을 때처럼 빙글빙글 돌렸다.

"당신은 지금, 스스로 운이 나쁘다고 생각하고 계십니다."

그렇지 않다고 반론하고 싶었지만, 솔직히 말하자면 그 말이 맞았다. 하지만 순순히 인정하고 싶지는 않아서, 울컥한 기분을 드러내듯이 홱 고개를 돌리며 대답했다.

"어떻게 그렇게 단언할 수 있죠."

"그야, 저희의 광고 카피가 '다른 이보다 운이 나쁜 당신을, 우리들은 외톨이로 두지 않습니다'이니까요. 그것을 보고 오신 분이라면 그런 건가, 싶어서."

"뭐야 그거."

어이가 없었다.

남자는 '농담이에요'하고 중얼거리며 혼자서 웃더니 진지한 얼굴로 돌아온다.

"하지만 그 말에 거짓은 없습니다. 우리는 당신을 외톨이로 두지 않는답니다. 결코."

우리라고 몇 번이나 말하지만, 다른 사람의 모습은 여전히 어디에도 보이지 않는다. 실은 이 아저씨 혼자 있는 단체인 건 아니겠지.

"하지만 말이죠, 운은 스스로 바꾸는 것이거든요. 그렇다고 할까, 마음가짐의 문제랍니다. 저희가 할 수 있는 일은 그 정신의 성장을 돕는 것뿐. 분명히 말해서, 종교로 운과 불운을 바꾸려 하다니 근본적으로 무리지요. 그런데 사람의 불운이나 불행을 틈타는 무리는 악질 종교단체뿐만이 아니라 그 외에도 많으니까요. 조심하는 게 좋아요."

"하하."

확실히 그래. 정직해서 좋구나. 멍청할 정도로 느슨하고 미적지근한 여기라면, 속을 걱정은 없겠다.

남자는 타쿠토를 계속 쳐다본다. 이렇게 오래 누군가의 시선을 받았던 건 언제가 마지막이었을까. 설사 아저씨라 해도 뭔가 기쁘다. 요즘 타쿠토는 편의점에 가는 도중에 있는 좁은 길에서, 지나쳐가던 자동차가 자신을 피하려 핸들을 꺾는 것에조차 자그마한 기쁨을 느낀다. 자신이라는 존재가 상대에게 인정받았다는 증거니까. 일부러 통행하는데 방해가 되도록 걸어가, 경적을 울리게 한 적도 있다.

"당신은……아아, 크리에이티브한 일을 하시는, 혹은 지향하시는……분이 아니십니까. 크리에이티브라고 한마디로 말해도 여러 가지가 있겠습니다만……."

어떻게 알았지. 실제는 잡일뿐이었지만, 남이 물으면 이전에는 크리에이티브 쪽 일을 했다고 대답하곤 했다.

"저의 판단이니 확실하지는 않답니다. 틀렸으면 말씀해 주세요."

"아니……."

소리가 들리지 않도록 침을 삼키고, 이어질 말을 기다렸다.

"당신은 재능이 넘치는 분이에요. 남보다 재능이 있어. 하지만 지금 상황에서는 그것을 완전히 살리지 못하고 있군요. 좀 더 인정받을 수도 있을 텐데. 부족한 점은 주위의 평가와 커리어일 테지요. 본래는 진취적인 분이지만, 상대에 따라 장소에 따라, 잘 발휘하지 못하는 경우도 있군요. 어느 쪽이냐 하면 밝은 성격으로 의외로 장난기도 있어요."

뭐야 이거, 맞췄잖아.

여유로운 웃음을 띠려 했지만, 얼굴이 경련하고 말았다. 어디에서 흘러나오는 걸까. 트랜스 음악이 조그맣게 이어지고 있다.

"어떤가요, 지금까지는?"

"응, 뭐어."

이 남자의 말이 맞다. 나 자신의 재능에는 자신이 있다. 웹디자인 실력은 프로급일 터다. 그런데 발휘할 곳이 놀이 삼아 운영하는 블로그밖에 없다. 아르바이트 시절에 말이 없다든가, 어둡다든가 하는 말을 들은 적도 있었지만, 그건 얘기할 상대가 없었기 때문이고, 옛날 친구들에게는 '꽤 재미있는 녀석'이라고 평가받았었다. 블로그에서 날리는 조크도 반응이 좋다.

"다만 유약한 부분도 있지 않으신가요. 우유부단한 면이 전혀 없는 것도 아니고요. 고민할 때는 고민하는 타입이로군요. 어린 시절에 끙끙거리며 잠들지 못할 때가 종종 있었어요. 고독을 느낄 때도 적지 않았군요. 자신이 걸어온 길이 옳았던가, 하며 멈춰 설 때도 있지요. 그때 저렇게 할 걸, 이렇게 할 걸 하고 후회할 때가 종종 있지 않았습니까."

자기도 모르게 고개를 들었다. 어떻게 아는 거야? 부모도 전혀 이해하지 못하는 나에 대해서, 어떻게 이렇게? 자신이 누군가에게 이 정도로 정확하게 분석 당한 적이 지금까지 있었을까. 게다가 이 남자가 말한 바로는 이런데도 자신은 아직 갈 길이 먼 초급자라고 했다. 상급자라는 사람은 대체 어떤 녀석일까. 갑자기 남자가 단언한다.

"당신, 머릿속에서 굉장한 걸 생각하고 있군요."

남자의 눈이 웃고 있다는 기분이 든다. 무, 무슨 얘기지. 아이돌들을 할렘처럼 사육하는 야한 망상 얘기? 마음에 들지 않는 녀석을 처형하는 버추얼 살인? 웹 비즈니스로 성공해 롯폰기에 회사를 만든다는 누구에게도 얘기하지 못하는 꿈? 뇌수가 머릿속에서 꺼내져 스캔 당해 버린 건 아닐까 하고, 점점 무서워지기 시작했다.

"실은 자기 자신에게 자신이 없는 것이 아닌가요?"

고개를 옆으로 저으려는데, 자신도 깨닫지 못한 사이에 끄덕이고 있었다.

"매일이 불안하지요?"

가슴 속의 프라이드보다 얕은 곳에 있는 무엇인가가 또다시 먼저 반응해, 이 말에도 끄덕였다. 인정해버리니 더는 무섭지 않았다. 타쿠토는 얄보이고 싶지 않아 뒤집어쓴 대인용 모빌 슈트에서 기어 나와, 진지한 얼굴로 묻고 말았다.

"나, 이제, 어떻게 하면 좋을까요?"

남자가 부처님 같은 미소를 띤다. 낮고 자그마하게 이어지던, 딱히 좋아하지 않는 트랜스 계열 음악이 지금은 기분 좋게 들려오기 시작했다.

"대지의 모임에는 이런 말이 있습니다……아아, 맞다. 권유는 안 하기로 했지."

"아니, 괜찮은데, 조금쯤은. 들을게요."

"조금쯤이라니요. 우리는 분할 판매는 안 한다고요. 생선가게가 아니니까요."

"맛보기만, 다이제스트로 부탁합니다."

"그런가요. 뭐, 그렇다면. 아, 소개가 늦었습니다. 전 이곳의 사무국장을 맡고 있습니다. 키지마라고 합니다."

명함을 내민다. 필요한 글자만이 간결한 서체로 적혀 있는 소박한 명함이었다.

"잠깐 기다려 주십시오. 그럼, 텍스트를 준비하지요……어라, 어디에 뒀더라."

키지마가 책상 밑에 놓여 있는 종이봉투를 뒤지기 시작했을 때다.

방 안쪽에서 소리가 났다. 그쪽으로 고개를 돌린 타쿠토는 소리를 지를 뻔했다. 스테이지 위에 누군가가 서 있다. 언제 들어온 걸까. 어디 병원에서라도 빠져나온 듯 하얀 옷을 입고 있었다.

하마터면 소리를 지를 뻔했던 건, 그 사람이 갑자기 나타났기 때문이 아니다. 크다. 엄청나게. 한층 높은 곳에 서 있어서 더욱 그렇게 보이는지도 모르겠지만, 신장이 2미터는 될 것 같았다. 머리가 길고, 뺨에서 턱에 걸쳐 수염을 길렀다. 하드록이나 레게 뮤지션 같은 느낌이다. 무서울 정도로 큰데다, 왜 이런 꾀죄죄한 곳에 있는 건지 의아할 만큼 멋진 남자였다.

텍스트를 찾던 손길을 멈추고, 키지마가 말했다.

"오오시로 선생님입니다."

자랑스럽다는 듯이.

"선생님? 저 사람이."

아까까지 투덜투덜 불평했으면서, 키지마가 커다란 남자를 바라보는 눈은 할리우드 스타를 가까이에서 바라보기라도 하듯이 빛나고 있다.

"네에, 우리들의 사부입니다."

"사부?"

"네. 스승 할 때의 사부."

역시 교주라는 소리잖아.

교주라는 말이 어울리는 사람이다. 완전 변태 아저씨였던 다이쇼우텐 님에 비하면 하늘과 땅 차이다. 명왕성과 초록거북이다. 커다란 남자는 타쿠토에게는 눈길도 주지 않고 단상에 주저앉는다. 두 다리를 벌리고 상반신을 앞으로 구부리기 시작했다. 요가 동작이나 뭐 그런 건가 싶어 쳐다보았는데, 평범한 유연체조인 모양이었다. 교주의 몸은 특별히 유연해 보이지는 않지만, 아무튼 체격과 얼굴에 박력이 있다. 타쿠토는 눈을 뗄 수가 없었다.

"저기, 죄송합니다. 텍스트가 근처에 없는 모양이라서, 어렴풋한 기억으로 말씀드려도 괜찮겠습니까."

이번에는 팔굽혀펴기를 시작했다. 양 무릎을 붙인 채로 하는, 여자애들이 하는 팔굽혀펴기다. 뭘 하려는 건가 싶어 계속 보고 있자니, 팔을 바닥에 붙여 버틴 채로 다리를 뻗기 시작했다.

놀랐다. 두 다리가 공중에 떠올랐다. 몸을 지탱하고 있는 건 두 팔뿐.

뭐야, 이 사람? 격투기선수?

"음, 오오시로 선생님께서 말씀하셨습니다. 듣고 계신가요?"

안 듣고 있다. 타쿠토의 의식은 전부, 수수께끼의 커다란 남자를 향해 버렸다. 어떻게 봐도 두 다리는 공중에 떠 있다. 격투기 선수라기보다 거대한 체조 선수다. 아니, 올림픽 체조 선수도 저렇게 똑바로 정지하거나 하지는 못하리라. 타쿠토가 눈을 희번덕거리고 있으려니, 이번에는 천천히 양손을 바닥에서 뗐다.

어?

두 손과 두 발이, 공중에 떠 있다.

어? 어? 어?

타쿠토의 눈과 입이 활짝 벌어진 순간, 커다란 남자의 두 손과 두 발이 바닥으로 돌아왔다. 시간으로 치자면 고작 몇 초였으리라. 하지만 그 사이에 확실히 온몸은 공중에 떠 있었다. 우주유영처럼 둥실둥실. 흘러나오는 트랜스 리듬에 맞추듯이.

키지마는 눈치채지 못한 모양이다. 여전히 염불 같은 소리를 건네오고 있다. 타쿠토는 몸을 돌리지 않고 목소리를 쥐어짜냈다.

"……방금."

"네, 무슨 일이신가요."

"떠올랐어."

"떠올랐다? ……뭐가 말인가요."

"저 사람."

"농담도 참."

키지마도 단상 쪽으로 얼굴을 돌렸다. 하얀 옷을 입은 커다란 남자는 아무 일도 없었다는 듯이 팔굽혀펴기를 다시 시작하고 있다. 한순간의 침묵 후, 키지마가 뭔가를 깨달은 듯이 숨을 삼키고, 갑자기 목소리를 높였다.

"선생님!"

오오시로 선생이 움직임을 멈추고, 이쪽을 향해 한가로운 목소리를 낸다.

"응?"

"여기서는 하지 말아주세요."

뭘 하지 말라는 의미일까? 오오시로 선생은 느긋하게 여성용 팔굽혀펴기를 계속하고 있다.

"이쪽 분은, 그냥 히어링 손님이란 말입니다."

선생이 두 손 두 발을 뻗어 버티고 나서 훌쩍 일어서더니 교주라고는 도저히 생각되지 않는, 턱만을 내미는 가벼운 느낌의 인사를 건네왔다.

"고마워. 덕분에 살았습니다."

목소리마저 박력 있다. 등골에 울리는 중저음. 풍압에 밀리듯이 타쿠토의 고개는 정면으로 향한다. 아마도 아직 눈은 동그랗게 뜨고 있는 채이리라. 논리적인 설명이 달린 답을 듣고 싶어서, 혹은 논리로는 설명할 수 없는 답을 바라며, 키지마에게 물었다.

"혹시 방금 그거, 공중부양?"

"농담도 참. 좀 봐주세요. 우리는 그런 단체가 아닙니다. 사람과 종교를 진지하게 연구하고 있으니까요."

"하지만 떠올랐다고요."

타쿠토의 날카로운 관찰력은, 뜻밖이라는 표정을 지은 키지마의 눈이 허둥대며 허공을 헤매고 있는 점을 놓치지 않았다. 키지마는 갑자기 어색한 웃음을 띠며, 아첨하는 듯한 목소리를 낸다.

"부탁합니다. 지금 본 건, 부디 옮기지 않도록 부탁합니다."

"옮기지 않는다니?"

"사람들에게는 말하지 말아 주세요. 컬트 집단이라고 오해받아요. 그런 건 좀 곤란하거든요. 정말로. 안 그래도 신자가 적은데. 부탁합니다, 이렇게."

자기보다 훨씬 연상인 사람이 자신에게 이렇게 깊숙이 머리를 조아리다니, 아마 태어나 처음 있는 일이리라.

"당신의 고민은 당신 혼자만의 탓이 아니에요. 가슴을 펴고 맞서십시오."

"자신감을 가지지 못하는 것도, 실은 중요한 일이랍니다."

"아침에 일어나면 심호흡을 하고, 물을 한 잔 마시고, 자아, 나의 하루가 시작된다──라고 마음속으로 외쳐 보십시오."

텍스트를 잃어버렸다는 키지마의 어렴풋한 기억의 '가르침'은 의외로 평범했다. 하지만 그런 건, 타쿠토에게 아무래도 상관없는 일이 되었다.

자기 불평을 듣게 해버렸다고 키지마는 돌아가기 전에 타쿠토가 낸 요금 중에서 500엔을 돌려주었다. 500엔이라는 점이 굉장히 쩨쩨했지만, 그것도 상관없었다. 입막음 값이리라.

아무튼, 공중부양을 목격해 버렸으니까. 오오시로 선생이 사라지고, 키지마가 텍스트를 찾으러 방에서 나갔을 때 단상 앞까지 가 보았다. 피아노선 같은 걸 사용한 속임수가 있지 않을까 싶어서.

아무것도 없었다. 트릭도 장치도. 무엇보다, 저 키지마라는 남자가 당황하는 모습은 심상치 않았다. 진심으로 초조해했다.

타쿠토는 도쿄 히어링 센터를 나오자마자 휴대전화를 꺼냈다. 오랜만에 '어리광쟁이장군DX,'를 갱신하기 위해서.

굉장해 ——.

굉장한 걸 발견해버렸다. 왜 사진을 찍어두지 않았을까. 순식간에 일어난 일이라 휴대전화를 꺼낼 틈도, 애초에 휴대전화 사진을 떠올릴 틈도 없었다. 하지만 문장만이라도 좋다. 이 일을 누군가에게 '얘기'하고 싶었다. 신장 2미터의 공중부양 교주 얘기를.

좋아, 오랜만에 갱신할까.

분명 댓글이 쇄도할 거다. 믿지 않는 녀석에게는 가보라고 답하면 된다. 어수선하게 늘어놓는 녀석은, 전부 삭제.

4

청년에게 깊숙이 인사를 하고, 문을 닫는다. 대기실 벽에 등을 기대고 크게 한숨을 쉬었다.

류사이 놈, 또 땡땡이를 치다니. 어차피 슬롯머신이나 하러 간 걸 테지. 손님이 오다니 좀처럼 없는 일인데. 며칠 전에도 숙취 때문에 녀석이 일어나질 않아, 아침에 찾아온 노파를 내가 상대했다.

오늘도 식은땀을 흘렸지만, 상대가 세상 물정 모르는 젊은 남자였던 덕분에 살았다. 어떤 말에 기뻐할지, 믿을지, 불안해할지, 화낼지, 노인네보다는 훨씬 알기 쉽다. 나도 밟아온 길이니까.

뭐, 어떤 단계에서든 한번 시도해보고 싶었던 아이디어를 실행에 옮길 수 있었다는 수확은 있었다. 저 장치를 사용하려면 젊은 사람이 베스트라고 생각했지만, 지금까지 이곳을 방문한 이들은 중장년들뿐이었다.

자그마하고 좀 뚱뚱한 저 청년이 유리문 너머에서 머뭇머뭇 망설이고 있는 모습이 보인 순간, 찬스라는 생각에 매우 서둘러서 잔꾀를 부렸다. 유약하고 우유부단, 그런 주제에 자신의 키보다 더 높은 프라이드를 안고 있는, 아니나 다를까 낚는 데는 안성맞춤인 타입이었다.

토크에는 바넘 효과를 이용했다. 류사이 본인은 용어도 모를 테지만, 류사이가 자신의 감과 경험으로 터득한 화술의 한 종류다. 이론적으로 말하자면 이 효과를 이용한 것이다.

그렇게 어려운 얘기는 아니다.

미국 심리학자가 이런 테스트를 했다. 피험자들에게 우선 가짜 심리검사를 시행하고, 그 결과에 상관없이 모두에게 같은 내용의 진단 결과를 전달한다. 실은 이쪽이 진짜 테스트다. 어떤 방법을 통해 대부분의 사람들이 타인과 완전히 똑같은 그 진단을 '딱 내 얘기다'라고 느껴버렸다고 한다.

어떤 방법이란, 이런 진단 결과를 보여주는 것이다.

'당신은 완벽히 살리지 못한 재능을 가지고 있다' '밝은 성격이지만, 반면 끙끙 고민하는 일도 있다' '당신의 바람에는 조금 비현실적인 것도 포함된다' 등등.

즉 진단결과 속에, 누구에게나 들어맞을 만한 사항이나 약간의 마이너스 요소를 지적하면서 전체적으로는 긍정적인 사항, 본인이 호의적으로 느끼는 사항을 늘어놓는다. 그것만으로도 사람은 그 결과가 자신만을 위한 분석이라고 믿어버린다. 자신이 이해받았다고 착각한다.

전 세계에서 아마 일본인이나 믿고 있을 혈액형 진단도 어떤 의미로, 바넘 효과다. 사람에게는 모두 양면성과 다면성이 있다. 누구라도 어떤 것에 관해서는 고지식할 테고, 다른 어떤 것에는 의젓한 태도를 보이곤 한다. '당신은 고지식한 성격' '당신은 의젓한 성격' 어느 쪽을 들이대도, 사람은 '맞았어'라고 생각하는 법이다. 아니라고 이의를 제기하는 사람이 있다 해도 '의외로'라는 부분을 덧붙이면, 반박할 말은 없으리라.

히어링 룸으로 돌아와 교단 너머로 말을 건넨다.

"고마워, 나카무라 군. 이제 됐어."

이곳에 남아 있던 학원 교단은 원래 벽에 딱 붙어 설치되어 있었지만, 지금은 수십 센티미터 앞으로 이동해 있다. 교단과 벽 사이에 틈이 벌어진다. 오늘은 치웠지만, 평소에는 커다란 장막(싸구려 커튼 천이다)에 가려져 있다. 찾아오는 손님은 모두 홀연히 나타난 나카무라의 모습에 놀라지만, 나카무라는 틈 사이에 엎드려 누워있을 뿐이다. 손님이 교단에 주의를 기울이지 않는 틈을 가늠해 나카무라가 나온다. 등장 타이밍은 내가 손님에게 명함을 건네는 순간. 그러니까 '전 이곳의 사무국장을 맡고 있습니다, 키지마라고 합니다'라는 말이 나카무라에게 보내는 신호다.

이쪽은 '우리 교주는 허공에서 나타납니다'라는 말은 한마디도 하지 않았다, 만일 들켰을 때는, '보시다시피 선생님은 특이하신 분이라서요. 어디서든 잠들어 버린다니까요'라고 얼버무리면 된다. 류사이와 달리 나카무라는 가르친 것은 완벽히 해내니까, 현재까진 실패한 적은 없었다.

두 손을 뻗어 끌어당겨 달라고 조르는 나카무라에게 손을 빌려준다.

"우으흐."

목 관절을 두둑 거리면서 아까는 어땠냐는 얼굴로 웃어 보이기에, 손가락으로 오케이 사인을 만들었다.

"완벽해."

이어서 몸과 함께 나카무라가 감췄던 장치도 끄집어 올리고 있으려니, 방문이 열렸다.

"다녀왔어. 오늘은 대어야."

류사이다. 한 손에 종이봉투를 끌어안고 있다. 근무 중에 멋대로 나가지 말라고 불평을 할 생각이었는데, 먼저 비난 어린 소리를 높인 것은 상대 쪽이었다.

"어이어이, 그거 쓴 거냐. 그만두라고 했는데도."

내가 틈 사이에서 끌어올리는 것을 가리키며 눈썹을 치켜떴다.

"당신이 없으니까 하는 수 없이."

양손으로 껴안고 있는 건 공중부양 트릭의 극히 초보적인 장치다.

준비물은 두 가지.

하나는 몸을 지탱할 받침대. 폭 30센티미터 정도의 판자 4장으로 만든 장방형 나무틀이다. 나카무라의 몸을 지탱하기 위해서 안에 X자 형태로 버팀목을 설치했다.

또 하나는, 받침대와 같은 높이에 조금 널찍하게 폭이 있는 거울 하나. 거울은 강력접착제로 받침대와 일체화시켰다.

이런 구조다.

우선 나카무라가 받침대에 몸을 기대고 팔굽혀펴기를 한다. 상대의 주의를 끌었을 즈음, 두 다리를 공중에 띄운다. 청년은 그것만으로 놀랐던 모양이지만, 다음에 두 손도 띄운다. 받침대에 배를 얹고 있으니 누구라도 할 수 있다.

하지만 바로 앞에 거울이 있기 때문에 받침대는 보이지 않는다. 청년이 공중에 떠 있다고 생각한 나카무라의 왼손과 왼쪽 다리는, 실은 거울에 비친 오른손과 오른쪽 다리였다. 안쪽 벽처럼 보였던 모습은 입구 쪽의 벽. 이 방에는 거의 물건을 놓아두지 않아서 벽은 어디나 하얀 콘크리트벽이다. 교단 안쪽의 장막을 걷고 청년이 앉은 의자를, 쓸데없는 건 비추지 않으면서 안쪽도 잘 보이지 않을 위치에 두기만 하면 된다. 어스름한 조명이 상황을 더욱 애매하게 만들어준다.

"조만간 들킨다고, 이런 기적은."

"몇 번이나 할 생각은 없어. 여기 소문을 퍼트리기 위한 계획 중 하나야. 무엇보다, 이쪽은 공중부양을 보여주겠다거나 그런 소리는 하지 않았어. 오히려 부정했다고. 상대가 멋대로 '봤다'고 착각했을 뿐. 그 착각을 누군가에게 얘기해서 소문이 나면, 목표 달성이야. 그런 사실은 없습니다──하고 시치미를 떼면 그만이고."

대인관계가 별로 없어 보이는 저 청년에게 많은 입소문은 기대할 수 없을 테지만, 일단 예행연습은 되었다. 류사이가 이번에는 방에 흐르고 있는 음악을 욕한다.

"뭐야, 이 삐코삐코샤카샤카는."

입구 오른쪽 벽에 매달아 놓은 장막 밑에 플레이어와 스피커를 놓아두었다. 음량은 테이블 밑에서 조절하고 있다.

"시끄러워. 꺼줘."

아까의 청년은 내가 상대를 하는 게 정답이었는지도 모른다. 저 상태에서 예의 없는 말까지 들었으면, 류사이는 분명 호통을 쳐댔으리라.

"젊은 손님은 배경음악이 필요하겠다 싶어서. 이것도 준비했었거든. 사이키델릭 트랜스라는 음악이야."

젊은 신자도 필요했다. 돈을 가져오는 건 중장년이지만, 파워가 되고 움직임을 기대할 수 있는 건 젊은 세대다.

"사이키델릭? 내가 꼬맹이였던 시절에 유행했던 사이키 말이야?"

"그런 모양이야. 다시 유행하고 있다더군. 우리한테 딱 맞는 음악이다 싶어서 말이지."

"저기 말이야, 당신. 무리하는 거 아냐?"

"때로는 무리도 필요해. 다소 강경하게라도 일단 한 사람을 끌어들이면, 아무것도 안 하고 있어도 열 명, 스무 명이 되지. 그러다가 금세 백 명이 될지도 몰라."

다단계처럼.

"저런 요술도 필요한 건가."

다시 공중부양 장치에 비난 어린 시선을 향한다.

"그래, 종교를 키우기 위해서는 어느 정도의 단계에서 요술도 필요해. 전설이라고 바꿔 말해도 좋아. 그리스도도 물을 와인으로 바꾸거나, 호수 위를 걷거나 이것저것 요술을 부렸지. 그것을 사기라고 비난하는 사람은 없어."

"거창하네. 또 홍차가 아까워서 레몬주스를 떨어뜨린 물을 내놓은 주제에."

100엔숍 도자기 풍의 그릇을 비난하며 류사이가 콧방귀를 뀐다.

"라임주스다."

"종교, 종교 하는 것치고는 싸늘하단 말이야, 당신. 사실은 싫은 거지, 종교가."

과연 점술가다. 적중일지도 모른다.

히어링 센터를 연 지 3주째가 된 지금, 예상했던 일이기는 하지만 지금까지 찾아온 손님은 아까의 청년을 포함해 여덟 명. 리피터가 된 츠보이와 그 친구들을 다 넣어도 열두 명. 특별요금은 그대로 두고 있으니, 하면 할수록 류사이만 벌게 해줄 뿐이다. 여전히 돈은 줄줄 새듯이 나간다. 요즘의 나는, 류사이가 펑펑 틀어놓고 있는 에어컨이나 조명을 끄느라 바쁘다.

지금 이 상태로는 앞으로 두 달이면 자금이 바닥날 거다. 슬슬 다음 단계로 옮겨가야 하겠어.

5

아버지가 화를 내고 있다. 어머니가 그 말에 뭔가 맞받아치고 있다. 나는 아직 초등학교에 들어간 지 얼마 되지 않은 나이로, 3평짜리 방구석에서 떨고 있다.

싸움의 원인은 어머니가 사온 염주다. 짙은 녹색에 무척 알이 큰, 테이블 위에 내던져진 그것은 거무스레한 빛을 내뿜고 있다. 아버지는 그것을 어머니가 상당한 돈을 내고 구입했다는 사실에, 게다가 그것이 모조품이라는 사실에 화를 내고 있었다. 아버지가 거친 목소리를 낼 때마다 어린 나는 자신이 혼나는 듯한 기분이 들어, 감싸 안은 무릎을 더욱 움츠렸다.

"나가."

아버지가 말한다. 어머니가 콧물을 훌쩍이고 눈가를 닦고, 낚아채는 듯한 손길로 염주를 쥐고 부엌으로 사라진다. 아버지와 둘만 남겨지는 게 무서워 뒤를 쫓았다.

어머니는 부엌에서 아무 일도 없었다는 듯이 저녁 준비를 시작하면서, 치맛자락을 쥔 나를 돌아보고 말했다.

"아무 일도 아니야. 걱정 안 해도 돼."

어머니 눈에 눈물은 없었다. 아버지가 있는 거실을 향해 얕보는 듯한 표정으로 얼굴을 돌리더니, 허리를 구부려 나와 시선을 맞춘다.

"괜찮아. 무슨 일이 있어도. 너도, 나도, 고카이소 님이 지켜주실 테니까."

눈앞의 광경이 구깃, 일그러졌다.

30여 년 전의 생가 부엌에 있었던 나는, 어머니의 손에 이끌려 비탈길을 오르고 있었다. 바다 근처에 있는 곳으로, 방사림 소나무 사이를 통과해 불어오는 바람에는 소금 냄새가 났다. 두 사람이 향하는 곳에 기묘한 건물이 있다. 크기는 민가와 별 차이 없지만, 신사의 본전 같은 모양에 건물 전체가 백은색으로 빛나고 있다.

어머니는 드물게도 공들여 화장했고, 표정은 아버지나 할머니와 얼굴을 맞대고 있을 때와는 딴사람처럼 화려하다. 건물 앞까지 오자 내 손을 놓았다.

"저기 공원에서 기다리렴. 멀리 가면 안 된다."

떼를 쓸 틈도 없는 단호한 어조였다.

"여기에 들어가게 해주고 싶지만, 너는 아직 들어갈 수 없거든. 영혼반환을 받지 않았으니까."

나는 놀고 싶지도 않은 모래사장에서 어머니를 기다린다. 본 적도 없는 나이 많은 아이들이 노려봐도, 해가 기울어져 가도, 모래사장에서 꼼짝도 않고 그저 모래언덕을 만든다. 공원 여기저기에 떨어져 있는 조개껍데기와 돌을 쌓아올려 산을 높게 만든다. 더는 산을 크게 만들 수 없음을 알게 되자, 놀이라고는 할 수 없는 그 작업을 다시 처음부터 하기 위해 산을 무너뜨린다. 어머니의 말을 지키려 했다기보다, 기묘한 건물 입구가 보이는 그곳에서 눈을 크게 뜨고 있지 않으면 어머니가 어딘가 다른 곳으로 가 버릴 것 같았다.

주변이 어스름해졌을 무렵, 문이 열리고 저 건물 어디에 저렇게나 많이 있었나 싶을 정도의 사람들이 나온다. 모래사장에서 튀어나와 건물 앞까지 달려간다. 하지만 어머니의 모습은 없다. 참고 있던 눈물이 흘러 떨어진다.

다시 문이 열릴 때까지 상당한 시간이 걸렸다. 눈물로 흐릿해진 내 눈에 비친 것은, 두 남녀의 모습이다. 여자는 어머니. 집에서는 보여준 적 없는 젊은 여자다운 웃음을 띠고 남자의 팔에 팔짱을 끼고 있다. 승복을 입은 남자는 긴 머리카락과 긴 턱수염도 새하얘서, 어린 눈에는 노인처럼 보인다. 손발은 가는데 툭 튀어나온 배가 승복을 불룩하게 만들었다.

어머니가 이쪽을 돌아보았다. 입술은 웃는 모양 그대로 얼굴이 굳어진다. 눈은 화가 난 듯 보인다. 그 눈동자가, 왜 네가 여기에 있는 거냐고 말하고 있었다. 눈을 깜빡거리는 그 모습은 내 존재를 없애버리고 싶은 것 같았다.

어머니가 입가를 끌어올린 그대로 입술을 움직여, 말을 내뱉었다.

"너는——."

그 순간, 나는 잠에서 깼다.

시선과 사고가 초점을 맞출 때까지 시간이 걸렸다. 뇌리에 남아있는 30여 년 전의 광경으로부터 빠져나오는데 깜빡임 한 번만큼의 시간이 필요했다. 덤으로 자신이 길거리에서 자고 있음을 깨닫고 이불 대신 덮은 종이상자를 더듬어 찾다가, 싸구려지만 진짜 이불의 감촉이 손가락에 닿고서야 겨우 이곳이 옛 학원 건물 안의 방 중 하나라는 사실을 떠올렸다.

뺨에 눈물이 흐르고 있었다. 누가 본 것도 아닌데 황급히 손으로 닦는다. 하품하다 나온 눈물이라고 스스로 믿게 하려고, 짐짓 느긋하고 크게 하품을 한다.

2층 사무실이다. 3층을 나카무라와 류사이에게 넘겨줘서, 차가운 쿠션 매트 위에 바로 이불을 깔고 자고 있다. 휴대전화 알람을 꺼버린 모양인지, 시각은 이제 곧 8시. 이불을 홱 젖히며 3층으로 올라갔다.

"좋은 아침."

카이가 출입하기 위해 살짝 열어 놓은 문을 노크한다. 이 정도로 일어나지 않는 건 잘 알고 있다. 노숙자 시절의 습관을 버리지 못한 나카무라는, 배가 고프지 않으면 눈을 뜨지 않는다. 배고픈 상태에 따라 굉장히 일찍 일어날 때도 있는가 하면, 두드려 깨워도 일어나지 않는 날도 있다.

싱크대에 컵라면 빈 용기 두 개가 굴러다닌다. 나카무라를 다이어트 시키기 위해 식사를 저칼로리 음식으로 준비하고 있다. 참지 못하고 밤중에 먹은 걸까. 그렇다는 건 오늘 아침은 두드려 깨워도 일어나지 않는 날이란 얘기다.

주방 옆에서 먹이를 기다리며 몸을 동그랗게 말고 있는 카이를 안아, 나카무라의 이불 안으로 던져 넣고 문을 닫았다. 이렇게 하면 카이가 소란을 피우는 소리에 견디지 못하고 일어나 나오게 된다.

그 사이에 3인분 아침 식사를 준비한다. 달걀 프라이와 토스트, 그리고 샐러드. 가볍게 2인분은 먹어치우는 나카무라의 식욕을 생각해 달걀은 전부해서 다섯 개. 다만 다이어트와 절약을 위해서 베이컨이나 햄은 뺀다.

카이가 문에 발톱을 세우는 소리와 새되게 우는 소리가 들려왔다. 먼저 일어난 건 류사이. 술 때문에 부은 눈꺼풀을 문지르며, 하품한다.

"시끄럽구먼. 바보 고양이 자식. 모처럼의 휴일이야, 느긋하게 자게 두라고."

오늘은 지금까지 무휴(無休)로 열어온 대지의 모임·도쿄 히어링 센터의 첫 휴일이다. 그렇다곤 해도 쉬는 건 류사이뿐. 나와 나카무라에게는 할 일이 있다. 9시에는 출발하고 싶었다.

"매일이 휴일이나 마찬가지잖아."

"그야, 당신의 경영 노력이 부족하니까 그렇지."

대지의 모임을 설립한 지 한 달이 지났지만, 손님 수는 늘지 않았다. 누군가가 이곳을 찾아오는 건 단골손님을 포함해도 주에 두세 번. 경마신문을 읽기 시작한 류사이에게 말한다.

"커피 좀 끓여줘."

"또 나냐. 가끔은 나카무라에게 시키라고."

"교주한테 그런 일은 시킬 수 없어."

"항! 그런 연극, 손님이 왔을 때만 해도 충분하잖아."

"안 돼. 그는 평소에도 교주로서 행동해 주지 않으면, 어딘가에서 본모습이 나와 버려. 가벼이 보지 않도록 우리들도 주의하도록 하자고. 경어를 쓰라고까지는 않겠지만, 나카무라 군을 애송이 취급하지 말아줬으면 해. 우선, 밤에 치근거리는 건 그만두었으면 좋겠어."

나카무라의 이야기 상대는 오로지 카이뿐이라, 우리와 커뮤니케이션을 취하는 일은 좀처럼 없지만, 어젠 드물게도 사무실로 자러 가려는 내 어깨를 두드리더니, 찌푸린 얼굴을 하고 작은 목소리로 이렇게 말했다.

"류사이, 취하면, 시끄러워."

나카무라에게는 쾌적한 생활을 보장할 생각이었다. 지금은 아직 대단한 건 못 해 주지만, 빵 위주의 식사는 나카무라의 취향에 맞춘 것이다. 인스턴트는 마시지 않는 그를 위해 레귤러커피도 준비했다. 가사를 도우라고 하지도 않는다. 현재로선 고양이와 살며 지붕 밑에서 잘 수 있는 생활에 만족하는 듯하지만, 노숙자였던 시절에도 그다지 불편함 없이 살았던 남자이니 이곳 생활이 마음에 들지 않게 되면 나가 버릴지도 모른다.

물론 공짜 밥을 먹일 생각은 없다. 대신 교주가 되기 위한 트레이닝을 쌓도록 하고 있다. 지금 현재 나카무라의 최대 임무는 감량이다.

평범하지 않은 신장을 생각하면 현재도 살이 찐 건 아니지만, 앞으로 6, 7킬로는 줄일 필요가 있다. 교주는 군살과는 인연이 있어서는 안 되며, 배가 나온 교주는 신용할 수 없다. 나는 그렇게 생각한다. 나카무라에게는 체중이 1킬로 줄 때마다, 샴페인이나 카이를 위한 상품을 선물하겠다고 약속했다.

"빵도 부탁해. 슬슬 토스터에 넣어 줘."

류사이는 움직이지 않는다. 빨간 연필을 귀에서 빼냈을 뿐이다.

"식사 준비를 돕는다는 얘기 따윈, 업무 계약에는 들어있지 않았을 텐데."

"응, 당신 식비도 말이지."

신문지를 난폭하게 접는 소리가 났다. '빵은 질렸어, 가끔은 생선구이와 된장국 아침을 먹고 싶은걸'하고 투덜거리는 등에 대고 묻는다.

"저번에 얘기한 그건?"

"아아, 뭐. 차차."

한가해 어쩔 줄 모르겠다, 돈이 벌리지 않는다고 불평을 흘리기에, 일주일쯤 전에 새로운 일을 의뢰했다. 책을 집필하는 일이다. 유행하는 두뇌계발 노하우 서적을 가장해, 대지의 모임 가르침과 교주 오오시로의 어록을 섞어 넣은 것.

"차차라니, 몇 장 정도? 20장? 30장? 후반 부분의 초고? 이제 슬슬 건네주는 편이 좋지 않을까."

"첫머리라는 건 말이야, 시간이 걸리는 법이라고. 서두를 썼으면 반은 된 거나 마찬가지야."

손도 대지 않은 모양이다. 물론 금방 원고가 완성되어도 출판 자금의 여유는 없으니까, 서두르지는 않겠지만.

앞으로의 일을 생각하면 출판물은 꼭 필요했다. 회원을 모을 도구가 되어줄 테고, 어느 정도의 인원수를 모으는 데 성공했을 때는 손쉽게 돈이 된다. 처음에는 직접 쓸 생각에 자료를 모으고 초고도 진행했지만, 대학 졸업논문 이래로 회사서류밖에 만들어 본 적 없는 사람이 그렇게 간단히 쓸 수 있는 게 아니었다.

류사이가 자비출판을 했던 개운술(開運術)책은 내용은 시시했지만, 문장은 제법 괜찮았다. 그것을 높이 사서 완전히 맡기로 했다. 본인도 기뻐하리라 생각했지만, '고스트 라이터는 시시해'라며 그다지 의욕이 없었다.

"열심히 해 줘. 원고료는 10장마다 내지."

약속한 원고료는 4백 자 원고지 한 장당, 2천 엔이다. 류사이가 늙은 고양이처럼 곁눈질한다.

"원고료, 선불로 주지 않겠어? 그러면 의욕이 생길지도 몰라."

단호히 고개를 저었다. 더욱 쓰지 않을 것이 뻔하고, 한꺼번에 돈을 건네주는 것도 위험하다. 오랫동안 주소부정 생활을 해온 류사이도 불평이 많은 것치고는 이곳에서의 공동생활을 마음에 들어 하는 눈치다. 하지만 이 남자는, 아마도 돈이 떨어지는 날이 인연이 끊어지는 날일 거다. 건네주는 돈이 너무 많아도, 너무 적어도, 도망가 버릴 것 같았다.

"선불은, 요전의 만년필로 참아 줘."

컴퓨터를 다루지 못한다는 류사이의 요청에 응해, 원고용지 2백 매와 한 자루에 6천 엔 하는 만년필을 사주었다. '그러고 보니 책상도 필요한데' 하는 중얼거림은 못 들은 척했다.

"한 장씩 현금으로 받으면, 여러모로 그런데 말이야."

"그럼, 다섯 장씩."

카이의 울음소리가 그쳤다. 간신히 나카무라가 일어나 나온다. 나카무라는 발치에 카이가 달라붙은 채로 걸어가 주방 구석에 쌓여있는 고양이 사료 캔으로 손을 뻗는다. 사료 쟁반 위에 놓여있던 빈 캔에 시선을 주더니, 거실을 둘러보며 테이블로 돌아온 류사이를 노려보았다.

나도 눈치채고 있었다. 나카무라는 사료 캔을 늘 5열 6단으로 쌓아놓는다. 고양이 얼굴 사진이 들어간 라벨 위치를 1밀리미터의 오차도 없이 정확히 맞춰서, 그래서 늘 30마리의 고양이가 이쪽을 노려보고 있을 터인데, 한 마리가 모자랐다. 배열도 미묘하게 흐트러졌다. 나카무라는 먹이는 언제나 그릇에 제대로, 보기 좋게 담아내는 것이다.

시선을 깨달은 류사이가 신문지 안에 얼굴을 묻어 버린다.

"어제, 안주가 떨어져서 말이야, 뭔가 없을까 하고 찾아봤더니, 거기에 있어서. 다 못 먹어서 고양이한테 줬어. 한 캔 정도는 괜찮잖아……아, 아니, 갚을게."

'맛없더라, 그거' 하고 덧붙였다가, 더욱 호되게 노려보는 나카무라의 시선을 받았다.

자신을 잘 따르지 않는 길고양이들에게 먹이를 주는 것이 이곳에서의 생활 같다. 세 마리 중에서 카이가 제일 손이 가지 않는다. 이런 생활을 언제까지 계속하고 있을 수는 없다. 웅크리고 앉아 고양이 사료를 보기 좋게 담고 있는 나카무라에게 말을 건넨다.

"나카무라 군, 출발은 9시야. 밥을 먹으면 옷을 갈아입어 주게."

돌아본 나카무라가, 무슨 얘기냐는 얼굴을 한다.

"출……발?"

"요전에 얘기했잖아. 도치기[栃木]에 간다고. 마시코[益子]. 렌터카도 예약했어. 솥 밥이 맛있는 모양이야. 점심은 그걸 먹자."

"······ 마시코."

외국 지명을 되묻는 어조로 고개를 갸웃거린다. 이곳에 살기 시작한 지금도 나카무라가 무슨 생각을 하고 있는지 나는 전혀 모르겠다.

아무 생각 없는지도 모른다. 의지다운 의지가 없는 남자다. 이쪽이 요구하는 '일'이나 '트레이닝'은 맥이 빠질 정도로 선선히 잘 따른다. 반론하거나, 저항하는 일이 귀찮다는 듯이. 게다가 대개 기대 이상으로 멋지게 해낸다.

다만 마음이 내키지 않으면 금방 내던지려 한다. 그럴 때는 '이걸로, 자네의 인생이 바뀌는 거야' '잘하면, 자네에게도 카이에게도 좀 더 여러 가지가 손에 들어올 거네' 등등 이치를 따지거나 타산적인 말로 설득해봤자 그다지 효과는 없었다. 류사이에겐 그에게 한 수 접어주라는 소리를 했지만, 실은 엄한 어조로 질타하는 것이 제일 효과적이다. 교사를 무서워하는 아이처럼 고분고분해진다.

그렇다고 지능이 낮은 것 같지도 않다. 가끔이지만 신문을 탐독할 때도 있고, 팝송을 깔끔한 발음으로 노래하는 걸 들은 적도 있다. 공원 시절도 포함하자면 벌써 3개월이나 함께 있었는데, 처음에 만났을 때와 마찬가지로 아직도 신기한 남자다.

노숙자가 되기 전의 일을 물어도 '잊었어'라며 고개를 갸웃거릴 뿐. 시치미를 떼는 건가 싶어 집요하게 물으면, 관자놀이를 누르며 두통을 견디는 몸짓을 한다. 류사이의 말대로 사고로 인한 기억장애라고 생각하는 편이 더 자연스러울지도 모르겠다.

오키나와에서 살았던 시절의 일은 다소 기억하는 모양이라, 불쑥 내력을 흘릴 때가 있다. 태어난 곳은 타라마[多良間] 섬. 인구 천5백 명 정도의 자그마한 섬이라고 한다. 모친과 여동생은 아직 거기에 살고 있다(그런 모양이다). 하지만 그 외에 뭔가 얘기한 것은 '섬의 도마뱀붙이는 울음소리를 낸다' '반시뱀보다 무서운 건 바다뱀이다' 같은 단편적인 에피소드뿐이다.

뭐, 교주의 과거는 수수께끼인 편이 좋다. 본인이 잊고 있다는 상황은 현재로서는 안성맞춤이기조차 했다.

"좋은 곳인 모양이야, 마시코. 옷은 운동복 말고 수행복 쪽으로 부탁해."

"어이, 달걀 프라이 탄다니까."

류사이의 목소리에 황급히 프라이팬을 들어 올린다.

"뭐, 잘하고 와, 사무국장하고 대(大)선생님. 나는 가와사키 경마장에 간다. 큰 게 나오면 선물을 사서 오도록 하지. 뭐 필요한 거 있어?"

"사료."

"원고."

6

"선생님, 이다음은 어떻게 하는 거였죠?"

힐링 체조를 하던 요시오카 마사에가 교성을 질렀다. 요시오카는 츠보이 가즈코가 다시 찾아왔을 때 데리고 온, 이곳의 두 번째 손님이다.

수요일 오후. 도쿄 히어링 센터 1층 플로어에, 중장년 여성들만 일곱 명이 모여 있다. 츠보이는 휴가를 낼 수 있는 매주 수요일에 누군가를 권유해 이곳을 찾아온다. 그래서 일주일에 한 번 『심신정화 메서드 특별강습회』를 열기로 했다. 권유하면서 대지의 모임 회원이 되면 매회 요금 5천 엔이 2천5백 엔이 된다는 얘기를 꺼냈더니, 모두가 선선히 신청서에 사인하고 이름이며 주소, 그 외의 개인정보를 적었다. 즉 그녀들은 대지의 모임, 초대회원이다.

나카무라는 단상에서 책상다리하고 명상 중. 5분 정도 전에 1층으로 내려와, 모두에게 나잇값도 못하는 환성을 울리게 만들었다.

"선생니 —— 임."

요시오카에게 눈짓을 했다.

"죄송합니다. 선생님께선 지금 메디테이션 중입니다."

"아, 죄송합니다, 선생님."

양손으로 입을 막는 몸짓을 하지만, 목소리는 더욱 커진다. 잠깐밖에 모습을 보이지 않는 나카무라의 주의를 끌고 싶은 것이다.

나카무라를 오랜 시간 회원들 앞에 내보이지 않도록 하고 있다. 그녀들의 목적은 나카무라이니 상품가치를 떨어뜨리고 싶지 않기 때문이고, 무엇보다 실수하지 않도록 하기 위해서다. 무엇을 물어도 엷은 웃음을 지을 뿐인 나카무라를, 학생들은 현재로선 '저 과묵함이 멋져'라든가 '느긋한 동작이 과연 우아해' 같은 평가를 해 주니 다행이다. 대신에 내가 대답했다.

"양손을 마주하고, 똑바로 펴 주십시오. 손바닥은 위로."

『심신정화 메서드』라고 이름 붙인 체조며 호흡법, 명상 방법은 내가 직접 고안했다. 고안했다고는 해도, 책이나 인터넷에 흘러넘치는 뇌 능력 개발이네 힐링 피트니스, 멘탈 헬스네하는 이쪽저쪽의 트레이닝 방법을 주워 모아 적당히 끼워 맞췄을 뿐이다. 예전에 다녔던 클리닉에서 배운 것도 몇 가지 도입했다.

소재는 부족하지 않았다. 고르느라 고심했을 정도다. 요즘 세상에는 누구나가 뇌와 마음을 단련하고 싶어 한다. 하루하루의 불안을 제거하거나 스트레스로부터 해방되는 방법을 찾고 있다. 눈에는 보이지 않는 불확실한 무엇인가를 두려워하며, 눈에는 보이지 않는 불확실한 성과에 기뻐한다.

방 안에는 민속음악이 흐르고 있다. 네팔 아티스트의 인스트루멘탈. CD대여점의 힐링 음악 코너를 죄다 청취해보고 나서 고른 음악 중 하나다. 나 자신은 음악에 딱히 흥미는 없지만, 음악은 종교와는 뗄 수 없는 중요한 요소라고 생각했다.

그다지 강하게 느껴지지 않을 정도로 향도 피우고 있다. 인도네시아산 '일랑일랑'이라는 이름의 향이다. 나한테는 달짝지근하게 느껴지는 여성용의 농밀한 꽃향기. 효능은 긴장완화와 스트레스 진정.

그리고 최음효과.

"그래요, 그래요. 잘하셨어요."

나카무라의 인기에는 한참 미치지 못하지만, 그녀들에게는 나도 아직 '젊은 남자'다. 츠보이 가즈코의 말을 빌리자면 '당신도 의외로 핸섬'한 모양이라, 몸에 가볍게 손을 대주자 기뻐해 준다.

"이렇게?"

"네에, 제 손은, 이제 놔도 괜찮습니다."

"나도요, 나도 봐줘요."

한 사람씩 자세를 잡기 위해 손을 빌려준다. 손발을 뻗을 때마다 관절을 두둑 거리며, 신음소리를 내는 중장년 여성들에게 '여러분, 아직 젊으십니다. 몸이 유연하시군요' '당치도 않아요. 그런 데는 만질 수 없지요. 만지고는 싶지만요' 같은, 성추행과 종이 한 장 차이인 입에 발린 소리를 섞으면서. 중년 호스트라도 된 것 같은 기분이다.

나카무라를 둘러싸듯이 단상 아래에 진을 친 츠보이 일행의 원보다 조금 떨어진 곳에서, 말소리가 들렸다.

"오오시로 선생님도 봐 주실 수 없나요?"

사사키 하루미. 지난주 처음으로 방문한 손님이다. 젊은 시절에는 애지중지 대접을 받았을 용모와 화려한 차림은 나이보다 젊게 보이지만, 입회신청서를 보면 56세. 남편은 사립 종합병원의 원장이다.

사사키가 찾아온 날의 류사이는 슬롯머신을 해서 크게 딴 직후여서인지, 컨디션이 최고였다. 상담할 내용을 우물거리는 그녀의 말 단편을 모아, '고민은 남편의 여성관계'라는 사실과 그 외에도 상대가 '간호사'라는 것까지 맞춰 보였다. 그다음은 이제 류사이의 손바닥 안이었다.

'남편분의 외도는, 이번이 처음이 아닙니다' '남편의 소지품 중에서 비아그라를 발견한 적이 있지요' '당신은 본래 심지가 굳은 사람이지만, 한밤중에 혼자 울 때도 있으실 테지요' '남편분은 가정을 돌보지 않는, 횡포한 사람이에요' '이제 애정은 없지만, 이혼하는 건 분하실 테고, 지금의 생활을 버리고 싶지도 않으시지요' 중년 남편의 외도로 고민하는 여성이라면 누구라도 해당할 얘기를 늘어놓자, 그 하나하나에 놀랐다.

마지막으로 내가 나카무라에게 시킨, '당신도 누군가를 사랑하면 됩니다'라는 한 마디에 몹시 감격했는지, 그로부터 며칠 후에 다시 찾아왔다. 이때 '몸과 마음을 젊어지게 만들어 보다 매력적인 사람이 되기 위한'이라고 칭한 눈썰미로 배운 체조를 가르쳐주면서 이 강습회를 권했었다. 츠보이와 그녀의 친구들 네 명 그룹과 다른 경로로 찾아온 노부인 2인조는 금세 허물이 없어졌지만, 벤츠를 타고 이곳으로 찾아오는 사사키와는 서로 맞지 않는 모양인지, 사사키 하루미는 혼자 떨어진 곳에 있다.

"잠시 기다려 주십시오."

슬슬 스페셜 서비스다. 단상을 향해 말을 건넸다.

"선생님, 어떠신가요."

나카무라는 여전히 명상하고 있는 듯이 보였다. 분명 졸고 있는 게 틀림없다.

"아아, 심세계(深世界)로 들어가 버리신 모양이네."

나는 단상으로 올라가, '선생님'하고 다시 한 번 부르며 몰래 다리를 밟았다.

나카무라가 눈을 뜨고 긴 눈썹을 깜빡인다. 어깨를 흔드는 척하며 작은 목소리로 대사를 전달하자, 고개를 흔들어 앞머리를 치우고, 조건반사처럼 목소리를 높였다.

"좋으실 대로. 자신의 제일 편한 자세가, 올바른 자세입니다."

늘 놀라는 점이지만, 나카무라는 한 번 귀에 불어넣기만 해도 한 글자, 한 구절 틀리지 않고 내 말을 반복한다. 약간 책을 읽는 듯하지만, 당당한 목소리로 막힘없이.

"선생님, 그것만으론 곤란해요."

당황한 몸짓을 해 보였다. 변덕스러운 교주에게 휘둘리는 성실한 사무국장이라는 연기다. 나의 일인극에 회원들의 웃음소리가 퍼졌다.

"실은 선생님께서, 늘 움직임을 몸으로 전달해주실 뿐이랍니다. 본인은 자연체인 채로, 자신의 내적인 목소리에 인도되어 자세를 잡으시지요——."

변명하는 말투로 회원들에게 말을 건네고 있자, 나카무라가 크게 기지개를 켜며 하품을 했다. 회원들은 평범한 하품에도 호의적인 시선을 보낸다. 붙임성 좋은 대형동물이나 이상적인 아들, 혹은 몽상 속의 연인을 바라보는 눈길이다.

나카무라 자신은 누구와도 시선을 마주치지 않는다. 어디를 보고 있는지 알 수 없는 망양(茫洋)한 시선 덕분에, 고개를 돌린 곳에 있는 여자들은 자신만을 바라봤다고 믿어버린다. 류사이의 말로는 '대중 연극의 간판 배우와 똑같은 수법'이라고 한다.

"으음, 보시다시피, 자유 그 자체인 분이라서. 그럼에도 불구하고, 정신과학이나 건강 이론 서적을 조사해 보면, 선생님의 움직임 하나 하나, 그 전부에 효능과 의미가 있다는 걸 알게 되지요. 그러니 각각의 메서드 명칭이나 이론은, 어디까지나 제가 나중에 멋대로 붙였을 뿐이랍니다."

호오——. 한낮에 방송하는 정보 버라이어티 프로그램의 관객 같은 탄성이 일었다.

"선생님, 뭔가 한 가지 시범을 보여 주실 수 없으신가요. 선생님께 가장 쉬운 자세라도 상관없으니까요."

뒷말은 농담이었지만 아무도 웃지 않았다. 회원들은 숨을 죽이고 단상 위의 나카무라를 바라보고 있다. 나는 방의 뒤쪽으로 물러났다. 나카무라가 일어서자 그것만으로 또 한숨이 흘러나왔다.

손을 뒤로 감추고 입구 가까운 쪽 창문 커튼을 슬슬 당겨 열었다. 지금 시간대에 여기를 열면, 창의 상반부 투명유리를 통해 바깥의 빛이 비쳐든다. 딱 단상에 있는 나카무라가 서 있는 근처로. 강습회의 스케줄을 저녁 근처 시간대로 정한 이유는 그 때문이다.

나카무라를 비추는 빛은 매우 옅어서, 노골적으로 어떤 조작을 한 것처럼 보이지는 않는다. 하지만 회원들의 시각은 무의식적으로, 나카무라가 일어선 순간 축복을 하듯이 빛이 돌아온 듯, 혹은 나카무라 자신이 희미하게 빛을 내기 시작한 듯이 보이는 광경을 포착할 뿐이다.

하얀 수행복에 어스름한 빛을 담아, 긴 머리카락의 윤곽이 은은하게 빛나던 나카무라가 조용히 눈을 감았다.

오른쪽 다리를 안쪽으로 꺾고, 한 손을 대고 천천히 들어 올려간다.

발뒤꿈치를 가랑이 밑에 고정했다. 누군가가 침을 삼킨 건, 속옷을 입지 않은 나카무라의 고환이, 수행복 발뒤꿈치에 눌려 불룩해진 탓인지도 모른다.

한쪽 다리로 서서 양손을 합장한다. 또다시 감탄의 목소리가 일었다. 요가의 '나무 자세'다. 실은 몸이 뻣뻣해서 요가에는 맞지 않는 나카무라에게 특별훈련으로 익히게 한 유일한 특기 기술이다.

합장하던 양손을 조금씩 머리 위로 들어 올린다. 팔을 똑바로 뻗어, 얼굴을 위로 향한 나카무라의 모습은, 하늘에 기도를 바치고 있는 듯 보인다. 츠보이가 한숨을 흘렸다.

"아아, 역시, 선생님, 굉장해."

나카무라에게 시선을 향한 모두가 그 말에 끄덕인다.

별로 굉장하지는 않다. '나무 자세'는 요가 동작 중에서 딱히 난도가 높은 자세는 아니다. 그저 몸의 유연성보다 근력이 필요해 여자보다 남자가 하기 쉬운 자세이고, 연령차가 큰 균형감각을 요구할 뿐이다. 눈을 감고 한쪽 발로 서는 자세는, 요가 경험도 없고 일상적으로 스포츠를 하지 않는 5, 60대 여성회원들에게는 매우 어려운 일일 테지만, 아직 젊고 체력이 있는 나카무라에게는 그다지 어려운 일이 아니었다.

책상 밑에서 리모컨을 조작해 배경음악의 볼륨을 높였다. 아시아의 이름도 모르는 악기의 솔로. 심장박동을 연상시키는, 단조이지만 몸속까지 울리는 리듬이 방을 가득 채운다. 회원들은 도취한 얼굴로 나카무라를 바라보았다.

나카무라가 퇴실한 후에도 회원들의 뺨은 여전히 상기되어 있었다. '그럼, 계속할까요' 하고 손뼉을 쳐도 다들 마음이 여기서 떠나버린 모습이다.

나무 자세를 끝내고 난 나카무라는 바닥에 앉아 합장했다. 나의 시나리오는 여기서 시범연기는 종료지만, 나카무라는 그만두지 않았다. 양손을 뻗어 바닥에 짚고 고양이처럼 몸을 구부린다.

'바카아사나(두루미 자세)'를 할 작정인 모양이다. 이것도 완력이 필요한 남자용 자세다. 여성을 대상으로, 몸의 부드러움을 살린 동작이 주류인 피트니스 요가에서는 그다지 소개되지 않는 종류다.

다만, 연습했을 때는 오랜 노숙자 생활로 몸이 둔해진 나카무라도 잘되지 않아서, 나도 '이건 아직 하지 말자'고 말렸다. 분위기를 탄 건지 내 말에 반발한 건지, 나카무라는 그 동작을 갑자기 시작해버렸다. 머리를 가라앉히고, 중심을 앞으로 이동시키며 한쪽 다리를 들어 올린다.

회원들의 시선이 집중된 가운데, 이번에는 다른 한쪽 다리도 들었다. 엉덩이를 높이 올린다. 양팔만으로 동글게 구부린 몸이 공중에 떠올랐다. 연습할 때는 한 번도 성공하지 못했던 바카아사나가 성공한다.

지금까지 이상으로 웅성거림이 일었다. 요가를 모르는 사람의 눈에는 굉장히 고도의 자세처럼 보이기 때문이리라. 실제로는 팔굽혀 펴기를 할 수 있고 복근이 제대로 있는 사람이라면, 요령만 익히면 어렵지 않다. 나카무라와 연습할 때는 내가 시범을 보였을 정도다.

내가 똑같은 자세를 취해봤자 마른 몸이 더욱 빈약하게 보일 뿐일 테지만, 나카무라의 거구가 두 팔만으로 공중에 정지한 모습은, 보는 이를 압도하는 박력에 차 있었다. 회원들이 숨을 삼킨다. 나도 숨을 삼키며 지켜보았다. 언제 실패할지 조마조마하면서.

아니나 다를까, 나카무라는 금세 균형을 무너뜨리며 상체를 앞으로 푹 고꾸라뜨렸다. 단상 밑에서 일제히 비명에 가까운 목소리가 흘러나온다. 아, 바보.

나카무라는 그대로 앞으로 굴러, 단상 가장자리에서 아슬아슬하게 일어났다. 한순간 동요한 모습으로 눈을 크게 떴지만, 자세를 바로 세우고 책상다리를 한다. 내가 가르쳐준 것도 눈짓한 것도 아니다. 어째선지 모르겠지만, 나카무라는 자신의 일거수일투족이 타인의 눈에 어떻게 비치는지, 어떻게 비쳐야 할지를 본능적이라 할 정도로 재빨리 깨닫는다.

고개를 숙이고 긴 머리카락으로 얼굴을 가리고, 어깨를 움직이며 숨을 쉰다. 그저 피곤해서 그랬을 뿐인 게 분명하지만, 다음 자세라고 착각한 회원들은 칭송하는 시선을 보낸다. 나카무라가 얼굴을 들어 평소의 그리스 조각상 같은 스마일을 띠자, 박수가 일었다.

그 나카무라가 사라진 순간, 모두의 긴장이 풀려 버렸다. 누구의 동작도 눈에 띄게 둔해진다. 등장을 기다리고 있을 때는 조금 더 할 마음이 있었지만. 슬슬 끝낼 시간이겠지.

"그럼, 힐링 체조는 이쯤에서 끝내도록 하지요."

한 사람 한 사람에게 100엔숍에서 구입한 타월을 나눠준다. 일단 방에서 나가서 미리 준비해둔 음료를 가져와 대접했다.

회원 중 한 명이, 큼직한 유리잔에 들어있는 하얀 액체를 한 모금 홀짝이고서 묻는다.

"이건 뭐에요? 요구르트드링크?"

그다지 마음에 들지 않았던 모양이다. 얼굴을 찌푸리고 있었다.

엷게 미소 지으며 말을 고르는 척하자, 다른 한 명이 잘난 체하는 얼굴로 말한다.

"그거죠, 카레가게에서 자주 나오는. 아아, 그래, 랏시."

단골인 츠보이 가즈코는 단숨에 반을 들이켜고, 우월감이 배어 나오는 얼굴을 내게 향해왔다.

"특제 드링크죠, 키지마 선생님."

저한테 선생님 호칭이라니 당치않아요——하고 운을 떼고서 조심스럽게 대답한다.

"예에, 저희 오리지널 레시피입니다. 그래서 아직 이름은 없답니다. 독자적인 배합을 했기 때문에. 비슷한 것도……으음, 떠오르지 않는군요. 굳이 말하자면, 아이란(Ayran)에 가까우려나. 아이란이란, 카스피 해(海)에 가까운 코카서스 지방이 발상지인 음료입니다."

"카스피 해라면 요구르트로 유명한 곳이잖아. 분명 불가리아에 있었죠."

"코카서스라면 장수의 나라잖아요. 텔레비전에서 본 적이 있어."

몇 사람인가가 앞다투어 어렴풋하게 아는 지식을 얘기한다. 그럴 줄 알고 누구나 알 것 같은 지명을 든 것이지만, 하나하나 '잘 아시는군요' 하고 감탄하는 표정을 지어 보였다. 간단히 말하자면, 아이란은 요구르트를 물로 희석한 음료일 뿐이다. 지극히 경제적이다. 원래는 거기에 소금을 넣지만, 회원들의 입맛에 맞춰 흑후추와 벌꿀로 맛을 냈다.

"익숙해지면 맛있으니까. 몸에 좋을 테죠."

처음에 대접했을 때는 복잡한 표정을 지었던 츠보이가 선배인 척하는 얼굴로 내게 동의를 구한다.

"몸에 좋은지 어떤지……."

자신 없다는 듯이 대답했다.

"몸에 좋다기보다, 몸에 나쁜 것을 배제한 결과, 이런 음료가 되었다는 것이 솔직한 이야기랄까요. 요즘 세상은 입에 대기가 걱정스러운 것들만 넘쳐나고 있으니까요."

또 회원 간의 대화가 시작되었다. 오염된 쌀이 어떻다는 둥, 중국제 냉동만두가 이랬다는 둥 하는 이야기에 참을성 있게 맞장구를 친다.

"지당하신 말씀입니다. 기존의 음료는 설사 건강음료라 불려도 첨가물, 화합물의 집합체이지요. 상품으로서 대량으로 유통하는 것이 목적이니, 아무래도 그렇게 되겠지요. 그러니 여기서 여러분께 대접하는 음료는 적어도, 우리가 손에 넣을 수 있는 한 자연의 식재료만으로 손수 만들려 노력하고 있기에."

장하네요. 노부인이 아이를 칭찬하는 듯한 말을 건네기에, 쑥스러워하는 체한다.

"그래서 하하, 이런 맛이 되어 버렸습니다. 흐물흐물해서 드시기 어려우시지는 않으신가요."

말을 유도하자, 한 사람으로부터 기대한 대로 질문이 돌아왔다.

"흐물흐물하다고 할까, 찐득찐득하다고 할까, 이건 왜 그런가요?"

"젤리입니다. 천연유래 젤라틴이 들어 있거든요. 콜라겐의 근원이지요. 콜라겐을 식품으로서 섭취하기만 해도 안티 에이징이 된다는 가설이, 완전히 옳다고는 생각하지 않습니다만——."

사이가 안 좋다고는 해도 의사를 남편으로 둔 사사키 하루미의 앞이라, 일단 조심스러운 말은 덧붙였지만, 내 말의 후반부는 제대로 귀에 들어오지 않는 모양이었다. 모두가 유리잔을 소중하게 끌어안더니, 갑자기 맛있다는 사실을 깨달았다는 듯이 처음보다 열심히 마시기 시작한다.

"가게를 열면 좋을 텐데. 통신판매라든가. 돈이 없어서 큰일이죠,

여기."

"당치도 않습니다. 장사하다니. 오오시로 선생님께 혼납니다."

나는 한 손을 저으며 웃었다. 조용히.

휴식을 겸해 '심화(心話)요법'을 시작한다. 내가 생각하고 멋대로 명명한 메서드다. 진행은 이런 식이다.

모두가 둥글게 둘러앉아, 한 사람씩 속에 감춰두고 있는 마음을 토로한다. 제한 시간이 되기 전까지 다른 사람은 끼어들지 않고 그저 이야기를 듣는다. 그리고 '합화(合話)'에 들어간다. 모두가 고백에 찬동하거나, 반론하거나, 조언을 보내주거나 하는 토론의 시간이다.

'누군가가 마음속의 목소리를 들어주는 것만으로, 마음은 정화되고 치유된다'는 것이 광고 문구였는데, 요컨대 사회자가 딸린 우물가의 쑥덕공론이다. 한 사람 한 사람이 하는 얘기는 다 비슷한 것들뿐이다.

남편 험담, 시어머니 험담, 며느리 험담, 그 외에도 다른 사람, 때로는 가게나 시설 험담. 혹은 일상의 생활이나 자신의 몸 상태나 세상을 향한 푸념, 불평, 불만. '이곳을 가톨릭 성당의 고해실 같은 곳이라고 생각해주십시오'라는 나의 말은 완전히 곡해되고 있다는 얘기인데, 면죄부를 얻었다는 듯이 모두가 자기 외의 누군가나 무엇인가를 규탄하고, 참회를 구한다.

의외로 이 테라피는 정말 효과가 있는 게 아닐까 하는 생각이 들기 시작했다. 제한 시간을 꽉꽉 채우며 하고 싶은 말을 하면, 모두들 붙어 있던 뭔가가 떨어진 것처럼 개운한 얼굴이 되었다. 얼굴을 맞대고는 말하기 어려운지 합화 시간에는 보통 비판은 나오지 않고 찬동만 나오니까, 더욱 그렇다.

사사키는 남편의 갖가지 외도를 이야기해서 다른 여섯 명의 동정을 한 몸에 받았다. 자기보다 불행할지도 모르는 상대에게 츠보이 일행도 이제야 허물없는 태도를 보인다.

나는 듣는 역할이지만, 의견을 구하면 조심스럽게 발언한다. 종교적인 언동은 피하고, 하지만 군데군데 대지의 모임 용어를 사용하고는, 일부러 당황하며 말을 바꾸는 척한다.

'그것은 유아계(有我界)에서 —— 아, 아니, 자신의 감정 속에서 해결할 수 있는 문제는 아닐지도 모르겠군요.' '욕망은 누구에게나 있으니까요. 부끄러워할 일이 아닙니다. 물론 저 또한 있고, 버리면 편해지는 것이 많다고 선생님도 말씀하실 정도이니까, 아마 오오시로 선생님께서도' 등등.

그것의 효과인지, 단골인 츠보이나 요시오카도 귀로 언뜻 들었을 뿐인 용어를 사용하게 되었다.

"그 사람에게는 틀림없이 '기(氣)'가 부족한 거예요."

"생각만 하고 행동하지 않으면, '심세계(深世界)'는 보이지 않잖아요."

이제는 아무도 단상 위에 걸려있는 '대지의 모임'이라는 액자를 신경 쓰지 않는다.

때때로 나카무라에 관한 질문이 날아온다. 모두들 알고 싶어 어쩔 줄 모르겠다는 얼굴이다. 하지만 많이 대답하지는 않고, 조금씩 흘리는 에피소드로 호기심을 채워주고 있다. 저도 자세히는 알지 못합니다만, 출신은 오키나와라고 들었습니다. 술이요? 가끔 드신답니다. 취한 모습은 본 적이 없지만요. 동물을 좋아하시지요. 개냐 고양이냐고요? 글쎄요, 둘 다가 아닐까요.

이쪽이 묻고 싶을 정도다.

심화요법이 끝날 무렵, 류사이가 등장한다. 나를 대신해 원 중앙에 앉아, 한 사람 한 사람의 '인력(人力)'과 '기(氣)'를 본다. 저희는 점은 보지 않습니다――라고 회원들에게는 말하지만, 요컨대 '이번 주의 운세 코너'라고 할까.

"가까운 시일에, 오랜만에 보는 사람과의 만남이 있을 테지요. 지금 당신은 사람을 끌어당기는 '인력'을 내뿜고 있으니까요. 당신이 하기에 따라서 그 만남은 좋은 만남이 될 것입니다."

"지치셨군요……. 아아, 역시. 이럴 때는 생각지 못한 사고를 조심하는 것이 좋아요. 차가 위험하겠군요. 머지않아, 가슴을 철렁하게 하는 장면이 있을지도 모르겠습니다."

"얼굴에서 좋은 '기'가 나오고 있어요. 세심하게 마음을 배려하면, 반드시 찬스가 돌아옵니다. 작은 일도 두루 살필 일입니다."

상대를 칭찬하면서 때로는 을러서 혼을 빼놓고, 자신에 가득 찬 표정으로 예언한다. 회원들도 진지한 얼굴로 듣고 있다. 츠보이 가즈코에 따르면 '오사나이 선생님에게는 진짜 영감이 있어'인 것이다.

아무튼, 류사이의 예언은 절대로 빗나가지 않는다.

빗나가지 않을 예언밖에 하지 않기 때문이다.

심리유도 테크닉을 연구 중인 지금의 나는, 류사이의 수법은 손에 잡힐 듯이 알 수 있었다.

류사이는 '가까운 시일' '멀지 않아'라는 것이 며칠 후인지, 몇 달 후인지, 일절 단언하지 않는다. 기간만 한정하지 않는다면, 누구든 시가지에 살다 보면 크든 작든 차 때문에 가슴이 철렁하게 되는 순간이 있으리라.

'사람과의 만남'도 그렇다. '오랜만'이라고 해봤자, 몇 십 년 만의 해후라고 한 것도 아니고, 몇 달 만에 만나는 친구나 아는 사람도 오랜만이라고 하면 오랜만이다. 게다가 좋은 만남이 될지 어떨지는 '당신이 하기 나름'. 찬스가 찾아오지 않았다 해도 그것은 '세심하게 마음을 배려하지 않았던' 본인의 책임.

맞을 만한 요소를 널찍하게 구석구석 뿌려놓고, 점의 결과를 본인의 주관이나 행동에 맡겨 버린다. 이렇게 해두면 빗나갈 일도 없고, 적지 않은 확률로 '맞는다'. 아무튼 요행으로 상대가 '맞았다'고 믿게 할 시추에이션이 찾아오면, 예언이 적중한 게 되는 거다.

한 사람 한 사람의 개인정보를 손에 넣은 지금의 류사이에게는, 상대의 사정을 탐색할 필요가 없으니까 무서울 게 없었다.

츠보이에게는 이렇게 말했다.

"남동생분이, 당신이 모르는 곳에서 돈에 관한 새로운 문제를 일으키려 하고 있습니다. 하지만 안심하세요. 지금의 당신 온몸에 넘쳐흐르고 있는 '인력'에는 당해낼 수 없어요. 그 계획은 필시 실패합니다."

남동생의 계획도 실패도, 츠보이가 '모르는 곳'에서 시작하고 끝난다. 그녀에게는 감사받을 일은 있어도, 비난당할 일은 없다.

사사키에게는 이렇게 말했다.

"처음에 뵈었을 때보다 훨씬 좋은 얼굴이 되셨군요. 당신을 남몰래 생각하시고 계시는 분이 있기 때문일 테지요. 당신보다 젊고, 키가 큰 분이시군요."

해당하는 이는 무수히 많으리라. '남몰래 생각하고' 있는 것이 연애 감정이라고도, 다른 어떤 감정이라고도 류사이는 언급하지 않지만, 뺨을 붉히며 예언에 끄덕이던 사사키는, 당분간 이 사람 저 사람의 시선을 의식하며 가슴을 두근거릴 것이 틀림없다.

두 시간 동안의 강습 마지막에, 3층에서 졸고 있던 나카무라를 두들겨 깨워 다시 등장시켰다. 아직 잠에 취한 눈이지만, 한 사람 한 사람에게 멍하니 웃어주는 미소만으로, 회원들은 소녀 같은 환성을 지른다.

"여러분, 고생하셨습니다. 어느 분이나 모두 좋은 얼굴을 하고 계십니다. 성과는 착실히 나오고 있는 모양이군요."

미리 집어넣어 둔 대사에 좌중이 끓어오른다. 나는 빈틈없는 말단을 연기하며 말을 덧붙였다.

"다음 주에도 꼭 다시 오십시오. 친구분과 함께. 맛있는 특제 드링크를 잔뜩 준비해 둘 테니까요."

일동 앞에 서서 문을 손으로 막으며 배웅한다. 츠보이에게 말을 건넸다.

"그러고 보니, 선생님께서 새로운 그릇을 구우셨답니다. 츠보이 씨는 흥미가 있으신 듯하니, 말씀을 드려둬야겠다 싶어서요."

"예? 양도받을 수 있어요?"

이곳에 왔던 때와 달리, 지금의 츠보이에게는 돈이 있다. 동생 부부와 교섭해서 친가를 팔아 얻은 돈 일부를 토해내게 만들었다고 한다. 지금까지 너무 유약했지만, 강하게 주장하니 상대가 돈을 내주지 않을 수 없었다고 한다. 당연한 권리이지만, 그녀는 이곳에서의 멘탈 트레이닝 덕분이라고 믿어주고 있다.

"실은 아직 선생님의 허가는 얻지 못했습니다만……. 츠보이 씨에게는 숨겨도 어쩔 수 없으니 털어놓습니다. 처희 살림은 여전히 고생스러워서요. 저는 양도해드려도 괜찮을 거로 생각하고 있답니다. 어떻게든 선생님을 설득해 볼 테니까요."

일부러 친밀한 어조로 비밀 이야기를 하듯 단골로서의 프라이드를 자극한다. 그녀 한 사람에게 귀엣말하듯이 굴고 있지만, 다른 회원들이 귀를 쫑긋 세우고 있다는 것은 물론 다 예상에 포함되어 있다. 츠보이가 자랑스러운 듯이 모두에게 퍼트릴 것이라는 사실도.

7

토요일, 오전 9시 45분. 영업 준비를 위해 빗자루를 손에 들고 현관문을 연다. 나도 모르게 얼굴을 찌푸린다.

금방이라도 비가 내릴 듯한 하늘이다. 종교라고는 해도 손님을 받는 장사다. 비는 안 그래도 신통치 않은 손님의 발길을 뜸하게 만들 테지.

빗자루로 바닥을 쓸려다가 다시 얼굴을 찌푸린다. 바로 길 앞에 젊은 남녀 몇 사람이 모여 있었기 때문이다. 영업 방해다. 손에 들고 있던 빗자루를 이것 보란 듯이 움직여 쫓아내 줄까 생각하고 있는데, 그 중 한 사람이 말을 걸어왔다.

"저기. 도쿄 히어링 센터라는 데가, 여긴가요?"

스무 살이 좀 넘었을까. 수염을 살짝 기른 드레드 헤어의 남자다.

손님? 빗자루를 검은 양복 뒤로 감추고 꼿꼿이 섰다. 여기서 한 걸음이라도 밖으로 나갈 때는, 사적인 용무더라도 늘 양복을 입는다. 아무튼, 수상쩍은 간판을 내걸고 있는 것이다. 이웃에 악평의 소재를 뿌리고 싶지 않았다. '정체 모를 사람들'이라는 평판이라면 오히려 환영이지만.

남녀 두 명씩. 커플인지 뭔지, 드레드 옆에 롱 헤어에 니트 모자를 쓴 여자는 비슷한 무늬의 옷을 입고 화장도 화려하다. 또 한 쌍의 남녀는, 수수하지도 화려하지도 않은 극히 평범한 요즘 젊은이 같은 차림새. 이번에는 니트 모자 여자가 입을 연다.

"교주님이라는 사람, 지금 있어요?"

"교주? 우리 선생님 말씀인가요. 선생님에게 뭔가 볼일이 있으십니까."

"……공중부양을 한다고 들었는데."

지난번 이이무라의 친구인가. 무척 친구가 없어 보이는 타입이었는데.

"뭔가 잘못 아신 것 아니신가요."

"뭐야, 역시 거짓말인가."

드레드가 말한다.

또 한 명의 남자인 짧은 갈색 머리는, 의욕이 없는 게 훤히 보인다.

"역시, 돌아가자고."

젊은이가 네 명. 이런 찬스를 놓칠 수는 없다. 조급해지는 마음을 억누르며, 짐짓 태평한 어조로 말해 보았다.

"묘한 소문을 퍼뜨리시니 곤란하다니까요 ──."

암시하듯이 말꼬리를 흐리자, 젊은이들의 얼굴에 호기심이 돌아왔다.

"어느 분께 들으신 건가요? 이이무라 님에게서?"

고유명사를 꺼내 더욱 관심을 끌고, 가공의 이름을 덧붙였다

"요시다 님? 아니 고바야시 님이신가."

"인터넷에서 본 거에요."

"키가 2미터가 넘는다는 얘기도."

"그건 과장일지도 모르겠습니다만, 확실히 키는 상당히 큰 분이십니다."

"파리 컬렉션 모델급으로 핸섬하다고."

어깨까지 내려오는 머리카락을 칼한 또 다른 여자애가 양손을 마주하며 긴 속눈썹을 깜빡였다.

"파리 컬렉션?"

세상일을 모르는 종교가인 척하며 능청을 떨어 보인다.

"뭣하면, 만나 보시겠습니까. 지금 외출 중이십니다만, 금방 돌아오시리라 생각됩니다."

오늘은 나카무라가 일찍 일어난 날이다. 깨우러 갔을 때는 이부자리가 비어있고, 카이에게 먹이도 이미 주고 난 다음이었다. 일찍 일어나면 일어난 대로, 나카무라는 귀찮다. 전에 '편의점에 간다'며 아침 일찍 외출했을 때는, 돈을 들고 가지 않았다는 걸 깨닫고 황급히 뒤를 쫓았다. 아마 폐기 도시락을 얻을 생각이었을 거다. 그 후로는 나카무라에게 늘 만 엔짜리 지폐가 든 지갑을 들고 다니게 하고 있다.

두꺼운 구름에 뒤덮인 하늘에서 툭 하고 빗방울이 떨어지기 시작했

다.

"아아, 내리기 시작하는군. 자, 안에서 기다리십시오. 비를 피할 겸."

한 손을 내밀어 안으로 권유하는 몸짓을 한다. 여자아이들은 말을 따르려 했지만, 남자들은 주저하며 경계하는 표정이 되었다.

"하지만 여기 종교단체죠."

"뭐, 그렇습니다."

"그런 건 좀."

"괜찮답니다. 확실히 말해서, 우리는 느슨하니까요."

조금 경박한 말투로 말하며 건물을 돌아보고 어깨를 움츠려 보였다.

"이곳에 다니시는 분들도 전부가 회원인 건 아니랍니다. 파리의 노트르담 대성당을 관광하고 싶으면 그 전에 세례를 받아라, 그런 얘기는 들은 적 없잖습니까. 그거랑 똑같아요."

빗줄기가 거세졌다. 여자아이들은 센터 처마로 피난한다. 비를 손바닥으로 가리며, 조급해 보이지 않도록 자연스럽게, 다시 한 번 권했다.

"이제 곧 돌아오실 겁니다. 자, 안으로."

"아니, 역시……."

드레드가 니트 모자의 팔을 잡으려 했을 때였다.

도로 건너편 모퉁이에서, 나카무라가 모습을 나타냈다. 파자마 겸용인 회색 운동복 상하의. 후드를 머리에 푹 눌러쓰고 있다. 다행히 폐기 도시락은 들고 있지 않다. 아마 비가 와서 황급히 돌아온 것이리라. 종종걸음으로 오고 있었다.

"크다."

갈색 머리가 목소리를 흘린다. 뛰고 있을 때도 나카무라의 몸은
흔들흔들 흔들린다. 경쾌한 풋워크라고는 하기 어렵지만, 저 거대한
몸에 운동복 차림이다. 조깅 중인 스포츠 선수처럼 보인다. 게다가
상당히 우수한.

5킬로그램 감량에 성공한 나카무라는, 근력 트레이닝을 시작했다.
어떤 운동을 했는지 기본기가 있는 모양이라 몸은 금방 모양이 잡혔
다. 식사도 제한만 하는 게 아니라, 고단백에 저칼로리 닭 가슴살이나
달걀흰자를 매번 식탁에 올리고 있다. 류사이는 투덜거렸지만, 어느
쪽이나 다 좋아하는 나카무라는 근력 트레이닝에는 적극적이다. 통
신판매로 산 바벨 70킬로그램 세트는 금방 가벼워져서 도움이 되지
않게 되었다. 트레이닝을 같이 하는 나는 들지 못하는 무게인데.

나카무라의 눈에 젊은이들의 모습은 들어오지 않은 것 같았다. 나
한테 쑥스러운 듯이 웃어 보이며 말없이 한 손만 들어 인사를 하고는,
어안이 벙벙해 있는 네 명 앞을 지나쳐 안으로 뛰어 들어가 버렸다.

"장난 아냐. K-1에도 저런 일본인은 없잖아."

"그보다 저 사람, 일본인이야?"

남자들은 자기 머리보다 더 위쪽을 통과해간 나카무라의 거대한
몸에 아연한 모양이었고, 여자들은 머리 하나 이상의 높이를 스쳐
지나간 후드 속의 윤곽이 뚜렷한 얼굴에 마음이 빼앗긴 것 같았다.
나는 빗자루를 던지고 양손을 마주쳤다.

"아, 그런가. 혹시, 공중부양이라는 건, 바카아사나 얘기 아닌가
요."

"바카아사나?"

"예에, 라자(Raja) 요가 기술 중 하나입니다. 공중부양까지는 아니지만, 라자 요가 중에는 그렇게 보여도 이상하지 않은 기술도 있으니까요."

감량과 근육 트레이닝의 효과인지, 나카무라는 바카아사나를 하면서 몇 분 동안 정지할 수 있게 되었다. 지금은 물구나무서기 자세(머리를 바닥에 붙인 물구나무서기지만)에서 바카아사나로 이동하는, 보다 난도 높은 자세도 해낸다.

"한 번 볼래?"

말아 올린 머리의 아가씨가 남자들에게 눈을 살짝 치켜뜬 시선을 보낸다.

"본다고 할까, 여러분도 참가해보지 않겠습니까. 임시 요가 강습을 열지요. 남성 두 분은 체력이 있으신 듯하니, 바카아사나라면 금세 할 수 있게 될 겁니다."

너무 강요하면 '몸을 빼' 버리리라. 자조적인 말도 덧붙였다.

"저희는 가난한 단체라서, 네 분이 와 주시는 것만으로도 대환영이랍니다. 보통은 한 분에 2천5백 엔으로 부탁드립니다만, 체험강습이라는 걸로 한 분에 천 엔이면 어떠신가요."

니트 모자가 나카무라가 사라진 문에서 눈을 떼지 못하고 말한다.

"있지, 들어가 보자."

"진짜로?"

"돈 내면서까지는 좀."

남자들은 뜨뜻미지근하다. 이미 완전히 의욕이 생긴, 말아 올린 머리가 스트랩이 잔뜩 달린 전화기를 손에 들고 흔들면서 내 얼굴을 올려다보았다.

"사진 찍어도 되나요."

순간 망설였다. 아직 나카무라를 많은 이의 눈에 띄게 하고 싶지 않았다. 고개를 저으려 했지만, 젊은 신자라는 매력에는 저항하지 못했다. 늦든 이르든, 그는 대중 앞에 모습을 드러내야 한다. 그러지 않으면 일이 진행되지 않는다.

"본래는 곤란합니다만. 뭐, 오늘은 특별입니다. 한 장만이라면."

그 말이 결정타였다. 활짝 열린 문 안으로, 여자아이들이 가벼운 발걸음으로 빨려 들어가자, 머뭇머뭇 남자들이 그 뒤를 쫓았다.

손을 뒤로 돌려 현관문을 닫으면서, 나는 생각했다. 배경음악으로 무엇을 써야 할지를.

일단 무난한 네덜란드 계열 사이버 트랜스일까.

향은, 정신고양 효과가 있는 플루메리아가 좋겠지.

음료는 다음 '심신정화 메서드 특별강습회'에서 대접하려고 했던 세이지(Sage) 티다.

세이지는 힐링 효과가 있는 허브. 허브 전문 사이트에 따르면, '허브의 향이 마음과 기분을 부드러워지게 만들어준다'고 한다. 효과는 매우 뛰어난 모양이다. 아무튼, 다른 사이트에는 이런 기술도 있었다.

"건조한 약을 흡입하면, 환각을 볼 수 있다."

8

놀랐다. 나는 컴퓨터 화면에 가까이 댄 얼굴을 쓰윽 어루만진다.

오늘 찾아왔던 젊은이들의 '인터넷에서 봤다'는 말이 신경 쓰여 검색해 보았다. '대지의 모임'이라는 검색어의 클릭 수가 급격하게 늘고 있었다.

길거리생활을 하던 3개월 전, 조직의 이름을 고민할 때 기존 단체가 있는지 확인하기 위해 검색을 했을 때는 전혀 없었는데.

> **대지의 모임에 들어가면, 공중부양을 할 수 있게 되는 모양이야.**
> **대지의 모임 교주는, 신장 2미터 이상. 게다가 엄청 핸섬 ♡**
> **>57 너는 수행이 부족해. 대지의 모임으로 가라!!!**
> **알바, 재미없어. 내 주위는 재미없는 일들뿐. 잠시 대지의 모임에 들어갔다가 올까.**
> **(ㅎㅎ**

이런저런 게시판 사이트, 블로그와 그곳의 포스팅, 이런저런 곳에서 대지의 모임이 화제가 되고 있었다. 물론 좋은 정보만 있는 건 아니다. 게시판에서는 험담의 표적이 되고도 있는 모양이다.

> **대지의 모임? 요즘도 이런 도시 전설을 믿는 멍청이가 있다니 ㅎㅎ 바보 아냐.**

뻔하지 오타쿠 망상이야, 대치(大痴-대바보)의 모임이라니. 바아보.

〉35하고 〉38은 뻔해, 자작연출이야. 옴 진리교 아사하라도 공중부양을
한다든가 했었다고. 복근으로 펄쩍 뛰었을 뿐이고.

종교에 빠지는 녀석은 전부 바보. 대지의 모임 = 컬트 대지 교단

공중부양은 전부 트릭입니다. 이 과거 로그를 참조 →

험담이라 해도 도마 위에 오르는 건, 존재가 알려지지 않는 것보다
낫다. 부정은 긍정의 입구. 댓글을 오래된 것부터 새로운 것 순으로
더듬어 가보니 잘 알 수 있었다. 인터넷 소문은 혼자 걸어 다니고,
진실은 말 전하기 게임처럼 점점 왜곡되어 가고 있었다. 악의로 버무
려지고, 때로는 미화되어——.

대지교는 조로아스터교의 일파. 19세기 말에 일본에 전해졌다. 이건 상식
이야.

'기적'을 연출하는 게 신흥종교 상투수단이야. 속는 저능아는 호구일 뿐!

공중부양은 이론적으로 가능합니다. 두 개의 금속을 나노 레벨로 다가가게
함으로써 물체 간에 움직이는 힘, 즉 카시밀 효과를 인력에서 반발력으로 교환
함으로써——.

↑누가 얘 좀 어떻게 해봐. 아무것도 모르는 우민들에게 가르쳐 주지. 대지
의 모임인지 뭔지 하는 건, 저 유명한 ●●●● 하부 조직이란 말이다.

요가를 연마한 사람(요기라고 부른다)이라면, 조금쯤 공중에 떠 있을 수
있대.

옛날에 다녔던 요가 선생님은 아무렇지도 않게 떴다구요. 5, 6초였지만.

지금까지 이곳을 찾아온 손님들은 거의 전부 중장년이다. 인터넷
에 글을 쓰는 사람이 있으리라고는 생각되지 않는다. 그런데 '도쿄

히어링 센터에 간 적이 있다' '오오시로 교주를 만났다'는 코멘트를 몇 개나 발견했다.

짐작 가는 사람은 단 한 명. 이이무라 타쿠토다. 클릭을 되풀이하는 사이에, 『어리광쟁이장군DX,』라는 블로그에 도달했다. 프로필은 순 거짓말에, 자기소개 아바타는 미남으로 미화되어 있지만, '공중부양, 목격!' '교주는 파리 컬렉션 모델도 울고 갈 경이적인 핸섬 가이' '추정 신장 2미터' '종교를 믿지 않는 당신도(나도 그랬다), 이 사실만은 믿을 수밖에 없다' 등등, 장황하게 열거한 내용으로 미루어 이이무라가 이 블로그의 개설자임은 틀림없었다.

'장소는 도내 모처. 오오X 구 히가시이케X 선(線) 이케X 역에서 ——.'

매스컴 흉내를 내려는 건지, 무의미한 복자(伏字)로 도쿄 히어링 센터의 대략적인 주소까지 적혀있다.

마우스를 움직이면서 또다시 얼굴을 쓰다듬는다. 이제 곧 날짜가 바뀔 시각이다. 자라기 시작한 수염을 집으며, 희뿌옇게 빛나는 화면을 향해 중얼거렸다.

이런 방법이 있었나.

젊은 신자를 모으고자 한다면, 다이렉트 메일 같은 것으론 안 된다. 인터넷이다.

어떤 매체보다 효과적일지도 모른다. 내 눈에는, 대지의 모임에 관한 소문에 달려드는 인터넷 헤비 유저는(익명을 핑계로 비방과 중상을 즐기고 있는 무리들도 포함해) 마음 어딘가에 가라앉아 있는 스위치를 조금 더 눌러주면, 누구보다 간단히 종교에 빠질 듯 보였다.

컴퓨터 화면을 바라보면서 엄지손가락 손톱을 깨문다. 그럼 구체적으로, 어떻게 하지. 홈페이지를 개설해 인터넷으로 권유한다?

인터넷 그 자체로 포교한다, 인터넷 종교라는 방법도 있을까.

아니, 새삼스레 그런 수단을 써봤자, 방대한 정보의 바닷속에 묻힐 뿐이다.

집게손가락 손톱을 깨물었다. 이쪽에서 의도적으로 제삼자적인 정보를 흘린다는 방법은 어떨까. 이이무라 한 사람의 발언에도 전부 다 검색하지 못할 정도의 정보로 확대되었다. 다수의 발원지를 만들어, 새로운 정보를 반복해 흘려보내는 건 어떨까? 그리고 정보 규모가 너무 커지기 전에 최대한 조작해 컨트롤하면?

물론 모든 것을 컨트롤하는 건 불가능하지만, 이쪽에 유리한 쪽으로 조정하는 정도는 할 수 있을 터다. 인터넷 사회는 거대하지만, 수평적 연결에 약하다. 아주 약간 가로줄을 자아내면, 세로줄도 뻗어나갈 것 같았다.

아무튼, 컴퓨터 하드적인 지식만으로는 실행에 옮길 수 없다. 인터넷 사회를 속속들이 알고 있는 젊은 사람의 힘이 필요하다.

이이무라는 그 후로 이곳에는 모습을 보이지 않는다. 마음은 잡은 게 분명한데. 블로그 안에서는 호평이라도(부자연스러워 보일 정도로 호의적인 포스팅이 나열되어 있었다), 다른 곳에서 그의 정보가 두드려 맞고 있는 걸 알고 주눅이 들어 버린 걸까.

나는 생각했다. 그를 다시 한 번 이곳으로 불러들일 방법을. 그리고 그에게 보여주기 위한 새로운 '기적'을. 혹은 오늘 찾아온 네 명의 젊은이 중 누군가라도 좋다.

여자아이들은 나카무라가 몹시 마음에 든 모양이라, 인기 탤런트를 만나기라도 한 것처럼 떠들어댔다. 처음에는 망설이던 남자들도 나카무라의 존재감에는 압도당한 듯, 요가 강습은 의외로 반응이 좋았다.

아무나, 와라. 젊은 신자를, 그것도 열광적인 협력자를 손에 넣을 수 있다면, 대지의 모임은 크게 전진할 것이다.

아무나, 어서, 와라.

나는 커서로 화면 속에서 빙글빙글 원을 그렸다. 거미집처럼.

9

타　　4월 4일 22:45

제목　보고 왔어

마이믹시에서 화제인 공중부양 교주, 보고 왔어~.

카즈(타의 남친. 레게바보)가 보고 싶다고 해서.

이상한 데였어. 건물은 구리고, 신주쿠 서쪽 출구에서 팔 것 같은 향을 피우고. BGM이, 요즘도 있었냐 싶은 더치 트랜스였다가, 갑자기 애들이나 듣는 사이버 트랜스가 됐다가. 트랜스를 별로 모르는 사람이 무리하는 것 같아서, 트랜스에 좀 까다로운 타로서는, 뭔가 쪽팔린 느낌이었습니다.

하지만 교주 오오시로 씨는 굉장해. 인간이지만 인간이 아니란 느낌. 다른 별에서 온 생물을 보는 듯, 보기만 해도 소름이 쫙 돋는 사람을 만난 건 처음이야. 오오시로 씨하고 같이 요가 하거나, 집사 같은 사람과 얘기를 하거나,

1시간 좀 넘어서, 드링크 포함 1,000엔. 공중부양은 안했(못했?)지만, 오오시로 씨의 아우라는 필히 봐야 한다는 느낌? 사진, 좀 잘 안 찍혔지만, 한 장은 있어. 여기 →

TO　미코냥
제목　공중부양 교주
　미아안. 안테나 안 서는 데 있었어.
　예의 그곳, 다녀왔어. 카즈와 타에하고 신야하고 같이.
　공중부양은 거짓말인 것 같아. 스태프도 아니라고 했어.
　교주라는 사람은, 으음, 나는 패스야. 뭔가 너무 진해. 너무 커. 진짜로 2m!
　신야는 키가 171이니까, 부러워했어. 남자애들은 그런 남자한테 약하잖아.
　아, 하지만, 핸섬한 건 분명해. 미코냥 취향일지도. 핸폰 사진 찍었으니까,
한 번 봐봐.

　——여보세요. 아, 나야, 신야. 어, 오늘? 아아, 뭔가 아닌 것 같아. 아야가 공중부양 보고 싶다고 해서, 찬스라는 생각에 카즈네한테도 말해서 일부러 이케가미까지 갔는데 말이야. 넷이서 점심만 먹었어. 카즈네하고 헤어진 후에 시부야에 가자고 했더니, 볼일이 있다고 단박에 거절당해버렸어. 역효과였나. 교주라는 녀석이, 진짜 열 받을 정도로 멋져서 말이야. 아니, 남자라도 그렇게 생각한다니까. 그런 걸 보여줘서 그런 거야, 틀림없이. 난 내가 비교적 괜찮은 편이라고 생각했는데, 그런 걸 봐버리면 말이지. 신은 불공평하다고 생각했다니까. 아니 진짜로. 두 번 다시 가고 싶지 않아.

4월 5일 (SUN) 02:14
요——맨!!!! 라스타맨☆KAZZ입니다.

오랜만의 업입니다.

굉장한 걸 봤습니다.

신이에요. 신을 봤습니다. 진짜로.

대지의 모임, 도쿄 히어링 센터라는 곳에, 있었다니까요, 신이.

그 사람은 우리들과 그렇게 다르지 않은 나이인데, 연상 아저씨한테 선생님이라고 불렸습니다.

그 사람은, 내가 지금까지 만나 왔던 사람 중에서, 최강으로 임팩트가 있었습니다.

그 사람은, 내게 이렇게 말했습니다(부하 아저씨한테 전달시켜서).

『자네는 좋은 혼을 가지고 있어. 그것은 이 세상에서 자네 이외의 누구도 가지지 못한 보물이다.』

나의 하트에 빙고!

그 사람, 진짜야. 굉장해. 장난 아니라니까요. 밥 말리가 말했던, 성스러운 자(jah)라는 건, 그 사람을 가리키는 걸지도.

난 레게는 좋아하지만, 레게적인 종교라든가 하는 얘기가 되면, 뭔 얘긴지 모르겠는데 그게 뭐? 라는 타입이었지만, 믿어버릴 것 같아. 진짜 라스타맨처럼 고기 먹는 거 그만둘까 봐. 대마 해버릴까.

진짜로, 나도 말이야, 여러 가지 생각이 많다니까요. 세상 따윈 잘못된 게 많지 않나, 라든가. 지구, 이대로는 위험하지 않아? 라든가(히데의 화이트밴드 샀습니다).

누군가가 구하지 않으면 위험하잖아요, 이런 상황. 하지만 나는 무리야(솔직히 귀찮고), 그런 생각을 하고 있을 때, 만나 버린 겁니다.

그 사람, 오오시로 선생님을.

그 사람이라면, 세상을 구해 줄 거야. 지구도. 나도. 타에도.

자 러브(Jah love).

도쿄히어(←멋대로 줄이지 말라고)에는 또 갈 생각이에요.

다시 한 번, 말하겠어, 전국의 선량한 매시브.

난, 진짜로.

봤다.

신을.

10

"자아, 시작할까."

말을 건네자 나카무라는 신명 나게 주방으로 가서, 컵라면을 꺼내고 물을 끓이기 시작했다. 거실에서 컴퓨터에 얼굴을 묻고 있던 류사이는, 불을 다루는 원시인처럼 조작하던 손을 멈추고, 찌푸린 얼굴로 이쪽을 본다.

"좀 기다려 봐. 아직 안 끝났다고."

류사이가 익숙하지 않은 컴퓨터를 조작하고 있는 건, 마음을 새로이 다잡고 책 집필을 시작해서가 아니라, 지난주부터 시작된 프로야구 인터넷 속보를 보기 위해서다. 텔레비전이 갖고 싶다, 야구가 보고 싶다, 종업원의 복리후생이 제대로 안 된 조직은 망할 거다, 관공서의 융숭한 대우를 본받아 봐라, 그런 소리로 투덜대기에 속보 사이트에 들어가는 법을 가르쳐주었다.

"컴퓨터, 슬슬 양보해줘. 트레이닝 시간이야."

"잠깐만 기다려. 오늘은 중요한 시합이라고."

"어제도 똑같은 소리를 했잖아, 오늘은 중요한 시합이라고."

"한신(阪神)은 매일매일 중요한 시합이란 말이야."

"약속은 10시까지였잖아. 벌써 10분 넘었어."

"연장전이 될 줄은 몰랐으니까. 응, 앞으로 5분."

"안 돼, 안 돼. 늦어지면 나카무라 군이 잠들어버려."

"텔레비전 사 줄 거야?"

"사봤자 어차피 한신전은 가끔 밖에 방송 안 하잖아."

"요미우리가 지는 걸 보는 것도 또 다른 즐거움이야. 위성에 가입한다는 방법도 있고 말이지. 응, 응, 사 줘, 아저씨."

"자기 돈으로 사게나, 도령. 그런데 원고는 잘 되고 있나."

원고 얘기를 꺼내는 게 류사이의 시끄러운 입을 막는 비장의 무기다.

"항! 내가 사고 말지. 당신들한텐, 절대로 안 보여줄 거야."

류사이는 자기 방의 문을 잡고, 다시 한 번 돌아보며 손가락을 쏙 내밀었다.

"절대로, 저어얼대로 안 보여줄 거라고. 일기예보도."

진짜 영능력이 있다고 소문이 도는 사범대리의 이런 모습을 회원들에게는 보여줄 수 없다. 뜨거운 물을 부은 컵라면 두 개를 껴안고 만면의 웃음을 띠며 이쪽으로 다가오는 교주의 모습도.

"두 개? 체중이 2킬로그램 돌아와 버렸으니까, 조금 생각해 줘야지."

내 말은 귀에 들어오지 않는 것 같다. 방의 유일한 시계인 나의 손목시계를 들여다보고, 일회용 젓가락을 드럼 스틱 삼아 컵라면 뚜껑을 두드리기 시작했다.

여전히 히어링 센터의 위층에서는, 다 큰 남자 둘에게 어머니 같은 잔소리만 하고 있다. 한숨을 쉬고, 컴퓨터 화면을 프로야구 속보에서 동영상 사이트로 바꾸어 저장해둔 화상을 불러낸다. 음량을 최대로 키웠다.

"그럼, 시작한다."

일주일 전부터 시작한 이 트레이닝을 나카무라가 승낙하게 하려고, 교섭 조건으로 야식을 해금했다. 밥을 먹으면서 할 수 있고, 체력도 쓰지 않는 이 트레이닝을 나카무라는 싫어하지 않았다. 면을 후루룩거리며 오케이 사인을 보내온다.

동영상을 재생시키자, 화면 가득 군중이 나타났다.

앵글은 금방 바뀌어, 영상은 단상에 선 한 남자를 포착한다. 남자가 청중에게 격렬한 몸짓과 손짓으로 말을 건네기 시작했다.

남자는 미합중국 제35대 대통령 J.F.케네디. 1961년의 그의 대통령 취임연설을 기록한 영상이다.

"어제와 마찬가지로 처음에는 그냥 보고, 듣고, 리듬이나 자아내는 분위기를 느껴 줘."

면을 후루룩거리는 소리와 오케이 사인.

이제부터 하려는 건, 나카무라의 화술 트레이닝이다. '심신정화 메서드 특별강습회'도 다음 회로 3회째. 인원수도 10명을 넘었다. 누구나가 나카무라의 육성을 좀 더 듣고 싶어 하고, 내가 집어넣은 짧은 구절이나 엉뚱한 말밖에 하지 않는 교주를 의아해하기 시작하고 있다. 슬슬 회원들 앞에서, 나카무라에게 제대로 말을 하게 할 필요가 있었다.

나카무라에게는 한 번 들은 구절을 정확히 따라 할 수 있는 묘한 재능이 있다. 한 글자 한 구절뿐만 아니라, 목소리의 억양이나 악센트까지 재현해낸다. 그 재능을 살릴 방법이 없을까 생각하다 떠오른 것이, 이 트레이닝이다.

처음에는 생각나는 대로 말주변이 있는 일본인의 스피치나 연설을 들려주고 모사하게 해보았다. 정치가, 아나운서, 평론가, 배우, 연예인. 하지만 누구도 딱 와 닿지 않았다. 말에 무게가 없고 이야기 방식에 위엄이 느껴지지 않는다. 내가 그린 대지의 모임 교주 이미지의 '목소리'는 이런 것이 아니었다.

모방하길 원하는 건 말이 아니라 어디까지나 리듬과 억양이니까, 외국인이라도 괜찮지 않을까. 그런 생각에 해외 명연설을 동영상 사이트 사이에서 뒤져서 나카무라에게 보여주었다.

이게 꽤 괜찮았다. 나카무라의 특이한 재능은 영어에도 발휘되었다. 처음에 미국의 새로운 흑인 대통령으로 시험해 봤더니, 한 번 듣기만 했을 뿐인 긴 구절을 네이티브인가 싶을 정도의 발음으로 재현해냈다.

'영어 잘해?' 하고 물어봐도 본인은 고개를 옆으로 저을 뿐. 실제로 읽고 쓰기는 잘하지 못하는 모양인지, 고양이 사료 라벨에 적힌 간단한 영어도 잘못 읽곤 한다. Premium은 몇 번을 가르쳐줘도 프레미움. 음감이 좋지만, 언어를 멜로디로서 기억하는 모양이었다. 히어링에 있어서는 비즈니스 영어에 급급했던 나보다 훨씬 레벨이 높다.

"몸짓도 잘 봐둬. 시선, 손길, 자세 같은 것을."

대답 대신에 젓가락으로 집은 유부를 팔락팔락 움직였다.

케네디의 어조가 점차 열을 띠기 시작했다. 연설이 클라이맥스로 접어들었다.

"여기부터다. 이다음 말에는, 특히 주목."

젓가락을 문 나카무라가 몸을 내밀어 온다.

"……ask not what your country can do for you——ask what you can……."

케네디의 역사적인 구절, '국가가 당신을 위해 무엇을 해 줄 것인가가 아니라, 당신이 국가를 위해 무엇을 할 수 있는가' 부분이다.

듣고 있기만 하는 게 지루했는지, 흐르는 음성에 이어 갑자기 입을 열었다.

"애스크 낫 왓 유어 컨트리 캔 두 포 유."

화면 속의 대통령 그대로, 똑같이 좌우로 고개를 움직이고 오른손의 집게손가락을 내민다.

잘한다. 억양도 말을 끊는 모습도 진짜보다 진짜 같다.

"애스크 왓 유 캔 두 포 유어 컨트리."

게다가 음질이 안 좋은 탓도 있어서 조금 갈라지고 새되게 들리는 케네디 본인의 목소리보다, 나카무라의 목소리 쪽이 낮고 깊게 절제되고 있다. 앞니에 초록색 파 조각을 붙이고 있는 인간이 내는 목소리라고는 생각되지 않았다.

"이것과 똑같은 어조로 얘기해 봐 줘. 이렇게——."

화면을 '애스크 낫'이 나오는 부분으로 돌려, 준비해둔 일본어 원고를 꺼낸다. 케네디의 말과 비슷한 리듬의 일본어를 대입한 것이다. 우선 내가 읽어 보인다.

"이, 세상이, 당신에게, 무엇을, 해줄, 것인가, 가, 아, 니라."

나카무라가 복창한다.

"이 세상이, 당신에게 무엇을 해 준 것인가, 가 아니라."

"그래그래, 그렇게. 다음은 이거야."

다시 화면을 돌린다. 연설에 맞춰 원고를 읽었다.

"당신이, 모두를, 위해, 무엇을, 할 수 있는, 지, 묻, 겠소."

나카무라가 갉아먹고 있던 유부를 컵 속에 떨어뜨리고, 내 말을 케네디의 말투로 똑같이 따라 했다.

"당신이, 모두를 위해 무엇을 할 수 있는지, 묻겠소."

"응, 좋아. 하지만 밑을 보고 원고를 읽는 모습은 따라 하지 않아도 돼. 그리고 손짓을 흉내 낼 때는, 젓가락은 내려놔 줘. 국물이 튀니까."

"캔 두."

10여 분의 연설을 두 번 반복해 틀고, 군데군데 되감기를 하면서, 나카무라에게 목소리와 형태를 모사시켜 보았다. 멋지다. 이거라면 이번 주 특별강습회에 맞출 수 있겠다.

"그럼, 어제까지 한 것의 복습이다."

나카무라가 두 번째 컵라면, 시푸드 누들의 남은 국물을 아쉬운 듯이 후루룩거린다. 나는 다른 동영상을 불러냈다.

"I have a dream that one day this nation……."

케네디보다 굵직하고 선동적인 목소리가 흘러나온다. 화면에 비친 건 흑인 남성. 마틴 루서 킹 주니어. 1963년 8월, 링컨 기념 공원에서 한 연설이다.

"아이 해브 어 드림."

내가 영어를 복창하고, 나카무라가 그 구절에 원고의 대사를 맞춘다.

"사랑, 은, 어디에 있을까요."

"아이 스틸 해브 어 드림."

"사랑, 하고, 있습니까, 대지를."

"좋았어. 자네는 천재야."

젓가락을 문 채 쑥스러워하며 웃는다. 나카무라도 칭찬받으면 기분이 나쁘지는 않은 모양이다.

선동적인 어조, 힘 있는 몸짓과 손짓은 킹 목사가 최고의 모범이다. 청중을 부추기는 완급을 주는 방법과 말을 끊는 방법은 아돌프 히틀러가 도움이 된다.

"좋아, 다음."

신임 대통령 버락 오바마의 영상이다. 알기 쉬운 심플한 어휘를 구사하며 차분한 바리톤으로 다그치는 그의 스피치를 참고해, 나카무라에게 이런 구절을 암기하게 시켰다.

"영원한 영화도, 영겁의 어둠도, 절대적인 고독도, 구원 없는 불운도 없습니다. 그곳에 있는 것은, 그저 대지뿐입니다."

그 말에 이어지는 클라이맥스 대사는, 그의 캐치프레이즈 'Yes, We Can'의 어조를 그대로 사용해 이렇게 말한다.

"나는, 대지를, 믿습니다. 자, 시작."

"나는, 대지를, 믿습니다."

"그래그래, 오른손을 들어 봐. 이걸로 사람의 눈을 끌어당기고 나서, 말을 함과 동시에 주먹을 쥐며 흔든다."

"나는, 대지를, 믿습니다."

응, 좋아.

점점 잘 되고 있다. 트레이닝을 시작한 지 슬슬 한 시간. 나카무라가 질리고 눈꺼풀이 내려오기 전에, 다음으로 넘어가야 한다.

"다음은, 오바마의 연설③의 1분 22초 부분⋯⋯. 볼륨은 더 이상 높일 수 없어. 귀를 기울이고 잘 들어봐 줘. 으음, 여기다."

"We are, and always will be, the United States of America."

"이 리듬으로 말해 봐 줘, 이렇게."

방구석에 놓인 종이상자에 시선을 흘깃 주고서, 목소리를 높였다.

"부디, 그 그릇을, 당신의 마음으로, 채워 주십시오."

종이상자 안에는, 대지의 모임에 최초로 본격적인 이익을 가져다 줄 물품들이 들어있다. 교주 오오시로가 만든 '그릇'이다. 이번 주 수요일의 특별강습회에서 옥션을 열게 된다.

지난달에 도치기 현의 마시코까지 간 것은, 마시코야키로 유명한 이 마을에 있는 가마터를 방문하기 위해서다. 요즘은 어느 가마나 일반인을 대상으로 한 도예교실을 열고 있다. 성형만 마친 작품을 맡기고 약간의 돈을 지불하면, 공방이 남은 공정을 맡아서 굽고 그 후에 배송해 준다.

마시코를 찾아간 그날은, 나카무라에게 수행복을 입히고 나는 검은 양복 차림으로 가마터에 들렀다. 두 사람 모두 가명을 쓰면서 어디까지나 종교가와 그 제자라는 연기로 밀고 나갔다. '선생님께서 영감을 느끼신 듯하니, 이곳에서 그릇을 만들게 해 주었으면 한다' 너무나도 우연히 들렀다고 가장하며.

나카무라의 용모는 눈에 띈다. 앞으로 교주 오오시로가 전국구가 되었을 때, 내가 교주를 '나카무라 군'이라고 부르며 명령을 내렸다는 소문 같은 건 일어나게 만들고 싶지 않았다.

전국구. 류사이는 웃지만 물론 나는 진심이다. 그렇게 될 거라 믿고 있다. 아이 해브 어 드림.

오산이었던 건, 나카무라가 터무니없을 만큼 서툴렀다는 점이다. 완성품은 심플한 편이 좋을듯해서, 물레 조작 같은 기술이 필요하지 않은, 손만으로 점토를 반죽해 만드는 핀칭(pinching)이라는 방법을 선택했지만, 두 사람이 완전히 초보라는 사실을 공방 강사에게 금세 들켜버렸다.

결국, 완성된 그릇 대부분은 내 손으로 만든 것이거나, 강사의 눈을 피해 내가 대폭 손을 댄 것뿐이다.

더욱 큰 오산은, 형성된 그릇을 굽고 배송될 때까지 두 달 반이 걸린다는 얘기였다. 그날은 평일이어서 체험자는 우리 두 사람뿐이었지만, 휴일에는 손님이 많이 찾아오기에 굽는 건 순서를 기다려야 한다고 한다. 할증요금을 낼 테니까 좀 더 빨리 안 되겠느냐고 다그쳤지만, 가마주인은 고개를 끄덕이려 하지 않았다.

집요하게 물고 늘어지는 내게 가마주인은 질린 얼굴로 말했다.

"뭣하면 풍로로 구울까요?"

누굴 바보로 아느냐고 노기를 띠었지만, 그런 게 아니었다. 도예에는 가마에 넣지 않고 더욱 간단하게 그릇을 굽는 방법이 없는 것도 아니어서, 풍로를 사용하는 방법도 그 중 하나라는 것이다.

미주알고주알 귀찮아할 때까지 방법을 물어보아, 공방에서 판매하는 흙이며 용구를 산 후, 형성한 그릇들을 그대로 들고 돌아왔다. 그리고 바로 풍로를 샀다.

이런 방법이다.

그릇을 일주일 정도 건조시킨다.

풍로에 불을 붙이고, 상자 모양의 캔을 얹어 거기에 그릇을 넣고 약 불로 굽는다. 여기까지가 본래 도예 공정에 따라 말하자면, 애벌구이.

애벌구이한 그릇을 풍로에 직접 얹고, 재로 덮어, 그 위에 또 다른 풍로를 위에 씌운다. 여기부터는 강 불. 간단하다고는 하지만, 꽁치를 굽는 것과는 격이 다르다. 전체 공정에 두세 시간은 걸리고, 연기도 상당히 난다. 장소를 찾느라 고생했다. 결국, 여기서 5킬로미터 떨어진 다마가와 강변 하천부지까지 나갔다.

풍로로는 큰 건 구울 수 없고, 한 번에 굽는 숫자도 한정된다. 불 조절이 어려워 깨지거나 금이 가버리는 일도 많았다. 하천부지의 방수포로부터 날아오는, 우호적이라고는 하기 어려운 옛 동포들의 시선을 한 몸에 받으며, 이른 아침부터 저녁까지 사흘에 걸쳐 간신히 6개의 그릇을 구워냈다.

완성품은 제법 잘 나왔다고 자부한다. 목장갑을 두 켤레 겹쳐 낀 손으로 위 뚜껑 풍로를 열고, 타고 남은 재 찌꺼기 속에서 젓가락으로 첫 번째 그릇을 집어 올렸을 때는, 무심결에 감탄의 목소리가 흘러나왔다.

그림도 그려져 있지 않고, 광택이나 매끈함을 주기 위한 유약도 바르지 않았다. 애초에 물레를 쓰지 않아서 울퉁불퉁하고 여기저기에 손가락 자국도 남아있다.

하지만 그 대신에——아니 바로 그렇기에, 심플하고 힘차다. 풍로는 정답이었다. 공방에서 깔끔하게 완성되어 배송되었다면, 이렇게 나오지는 않았으리라. 흑갈색의 색깔은 인공염료로는 만들어낼 수

없었을 빛깔이고, 불길이 남긴 얼룩은 일반인이 만든 어떤 그림보다
도 멋이 나는 무늬가 되었다. 군데군데 금이 가있는 것까지 꾸미지
않은 디자인처럼 보인다.

대지의 모임 교주 작품에 걸맞은 물건이라는 생각이 들었다. 무엇
보다 추상화와 마찬가지로, 솜씨가 좋은지 나쁜지 판별하기 어려워
서 미숙한 실력이 들키지 않는다는 점이 좋다. 이름 있는 미술품이라
고 말하면, 일반인의 눈에는 그렇게 보이리라.

"부디, 그 그릇을 당신의 마음으로, 채워주십시오."

나카무라가 미 대통령에게 직접 전수받은 바리톤으로 말한다.

"응, 좋아, 좋아. 남은 건 시선이야. 여긴 그의 흉내를 내지 않아도
돼. 눈을——."

나카무라의 앞에 집게손가락을 내밀고, 왼쪽에서 오른쪽으로 움직
인다. 눈썹이 긴 커다란 눈이 나의 손가락 움직임을 쫓아 움직였다.

"그래그래, 그런 느낌이야. 자네 주위에 사람들이 모여 있는 모습
을 상상해 봐. 그 한 사람 한 사람의 위치에 시선을 맞추고, 오른쪽에
서 왼쪽으로 천천히 움직인다. 그다음은 왼쪽에서 오른쪽으로. 그렇
게 하면 자네를 둘러싼 사람들 누구나, 방금 자네가 자기를 봤다고
생각하게 만들 수 있어."

성격인지 버릇인지, 나카무라는 사람과 이야기할 때 눈을 마주치
려 하지 않는다. 거꾸로 그것이 효과를 보일 것 같았다.

"그럼 이번에는 손가락 없이 해 보지."

왼쪽 문이 열리고, 류사이가 얼굴을 내민다. 우리 눈앞을 이것 보라
는 듯이 지나가, 주방으로 가서 냉장고에서 츄하이[22] 500㎖ 캔을

---

22) 酎ハイ : 탄산음료를 탄 소주.

꺼냈다.

"아직도 하는 거냐."

"이제 금방 끝나. 앞으로 15분 이내에 끝낼 거야."

"이미 늦었어. 라디오 뉴스로 들었다고. 또 졌어. 당신 탓이야."

"미안하군. 내일은 꼭 이길 거야."

이것도 트레이닝이라고 생각한 건지, 나카무라가 버럭 오바마 말투로 말한다.

"미안하군. 내일은, 꼭, 이길 거야."

"내일은 시합이 없다고."

류사이는 츄하이 한 모금에 '우에에'하고 목소리를 흘리더니, 또 일부러 보란 듯이 눈앞으로 걸어가다, 냉랭한 곁눈질을 보내왔다.

"언제까지고 그 녀석을 복화술 인형 취급하면, 언젠가 보복을 당할 거다."

점술가의 고마운 예언. 따돌림을 당해 움츠려 들어있는 류사이에게, 중재하는 어조로 말해 보았다.

"수요일 옥션, 당신도 나올 거지. 모두 함께 분위기를 고조시켜야지. 개런티는 간담료 3회분으로 어때."

"그런 거 필요 없어."

난폭한 소리와 함께 방문이 닫혔다. 어깨를 으쓱이며 나카무라를 돌아본다.

"자네를 복화술 인형이라고 생각하지 않아. 힘내자. 언젠가, 이 화면 속처럼 우리들의 말을—— 자네의 목소리를 듣기 위해서, 많은 사람들이 모일 날이 올 테니까."

나카무라는 내 형태모사까지 하듯이 어깨를 으쓱이고, 빈 컵라면과 컴퓨터 화면을 번갈아 보더니, 흉내 내지 않는 목소리를 냈다.

"언젠가? ……언젠가 라니, 언제?"

소리가 사라지고 까매진 화면으로 시선을 돌리며 대답한다.

"그렇게 멀지 않은, 언젠가 야."

청중은 현재 나 한 명. 하지만 내 눈은, 컴퓨터 화면이 아니라 나카무라 앞에 꿇어 엎드린 끝없이 펼쳐진 군중을 바라보고 있었고, 귀는 커다란 환성을 듣고 있었다.

11

이이무라 타쿠토가 개설자임이 틀림없는 블로그 '어리광쟁이장군 DX,'를 열어 보았다.

이미 공중부양을 하는 신장 2미터 교주의 화제는 자신의 손을 떠나버렸는지, 새로운 댓글은 없었다. 새로운 글은커녕 줄어있었다. 어젯밤에 봤을 때는 있었을 터인 몇 개의 중상적인 댓글이 사라지고 없다. 이이무라가 자기에게 불리한 의견을 지워버리고 있는 걸까.

나는 키보드를 두드렸다. 블로그 댓글이다.

친애하는 장군님

어리광쟁이장군DX, 늘 기대하고 있어요.

문장에 나이가 드러나지 않도록 주의한다. 한자는 삼가고. 엔터는 많이. 어려운 표현은 피한다. 사어(死語)는 당치않다.

나도 공중부양을 보고 싶어서,
이케가미에 갔어요. 하지만,
도쿄 히어링 센터 장소를 몰라서.
자세한 주소를 블로그에 공개해줄 수 없나요?
알고 있으면 전화번호도.

그러는 편이 좋을 것 같아서, 젊은 여자아이로 가장한다. 키보드를 치는 손의 새끼손가락이 치켜 올라갈 것 같다.

오오시로 선생님이라는 사람한텐,
다른 기적은 없나요?
혹시, 알면서 말하기 아까워하고 있다든가?
그것도 알고 싶은 데에.

엉덩이가 근질근질해지는 걸 참으며 써나간다.

질문만 해서 미안해요.
장소를 알면, 나도 한 번 더,
도쿄 히어링 센터에 가볼까 해요.
용기를 내서.
왜냐면, 어쩌면,

장군님을 만날 수 있을지도 모르고.

못하겠어. 이제 한계야.
송신.
자아, 나와라, 은둔 청년. 미적지근한 은신처에서.

12

1층의 '회당'에 모인 13명의 참가자 앞에 서서, 정중하게 선언한다.
"그럼, 시작하도록 하겠습니다."
오늘은 단상 앞에 커다란 천을 장막처럼 늘어뜨렸다. 그 앞에 검소한 나무 테이블이 하나.
안쪽 문에서 검은 양복 차림의 류사이가 등장한다. 흰 장갑을 낀 손으로 커다란 목제 쟁반을 호들갑스럽게 껴안고 있다. 쟁반에는 도기(陶器)라기보다는 토기(土器)를 떠올리는 도자기가 얹혀있다.
류사이에게서 건네받은 쟁반을 신중하기 이를 데 없는 손길로 테이블에 내려놓고, 또 정중하게 일부러 천천히 도자기를 늘어놓았다. 풍로로 구운 작은 물건들뿐이다. 찻잔, 대접, 작은 접시, 한 송이용 꽃병.

"만져봐도 되나요?"

"물론이지요."

점잖게 내민 나의 손은 류사이와 마찬가지로 하얀 장갑을 끼고 있다.

처음 참가하는 중년 여성이 찻잔을 손안에 굴리면서 중얼거렸다.

"이거, 무슨 영험함이 있는 걸까."

혼잣말처럼 말하긴 했지만, 호의적이라고는 할 수 없다. 수상쩍어하는 어조였다. 참가자들의 적지 않은 수가 같은 생각을 한 모양인지, 대답을 듣고 싶다는 듯이 시선이 내게 모였다.

"영험함, 말입니까? 으음, 어떻게 말씀드리면 좋을까요."

거기까지 말하고 나서, 안쪽 주머니에 숨겨둔 보이스리코더 전원을 켠다.

"그릇은 그릇. 오오시로 선생님께선 그렇게 말씀하십니다. 장식하거나, 가꾸거나 하지 않고, 식기는 식기로서, 꽃병은 꽃병으로서, 일상 속에서 극히 평범하게 사용된다면 그걸로 충분하다고. 영험함, 복을 부른다든지, 위대한 신령, 초자연적인 힘, 그런 것들은 기대하지 말아 주십시오. 그것은 오오시로 선생님의 본의가 아니 오니."

이 말은 중요했다. 지금 하고자 하는 것은 영감상법에 아슬아슬하게 걸쳐진 행위이지만, 이쪽이 '영감'을 부정해두면 뭔가 일이 생겼을 때 비난을 피할 수 있다.

"마음에 들지 않으실 때는, 언제든 반품해 주십시오."

쿨링오프(cooling-off)가 가능하다는 사실도 덧붙여 둔다. 빠른 말투로.

츠보이 가즈코가 누구에게랄 것도 없이 말을 던졌다.

"하지만 오오시로 선생님의 작품이잖아요. 분명 가지고 있으면 좋은 일이 있을 거예요."

리코더의 집음 마이크 부분을 손바닥으로 막으며 대답한다.

"그것은, 갖고 계신 분에게 달린 것이 아닐까 합니다만……."

참가자는 모두 지출에 까다로운 중장년 여성들뿐이다. 구체적인 메리트가 없다면 지갑을 열고 싶지는 않은 모양이라, 다들 뜨뜻미지근한 대답이 불만스러운 듯하다. 나는 곤혹스러운 표정을 지어 보이며, 갑자기 떠오르기라도 한 듯이 말했다.

"아무래도 저로서는 잘 설명할 수 없는 듯하니, 오오시로 선생님 본인에게 여쭈어 보지요."

"어머, 선생님, 계셨나요?"

"그런 건 얼른 얘기해줘요."

불만스러운 얼굴은 나카무라의 모습이 보이지 않는 것도 원인이었다. 참가자들의 목소리가 갑자기 화색을 띠더니, 머리를 매만지거나 옷깃이며 소매를 바로 하는 등, 분주하기 시작한다.

"예, 아까부터, 저쪽에."

단상 바로 앞의 장막을 손으로 가리켰다.

"자신의 작품이 상품이 되는 것이 불만이신 듯, 나오시질 않아서요. 쑥스러워하는 것뿐일지도 모르지요. 선생님 ──."

장막 너머로 말을 건넨다. 대답은 없다.

"말주변이 없으신 분은 아니지만 과묵하시고 수줍은 분이셔서, 늘 저를 전령으로 쓰시기만 하시고. 저도 곤란하답니다. 가끔은 선생님의 입으로 이야기를 듣도록 합시다."

"선생니 ── 임."

츠보이 가즈코와 요시오카 마사에가 교성을 지른다.

막을 걷었다. 단상 위에는 나카무라가 명상하고 있다.

"졸고 계신 게 아니면 좋겠습니다만."

다들 웃었지만, 나는 진심으로 걱정하고 있었다.

"선생님."

다시 한 번 말을 건네자, 나카무라가 눈을 뜨고 미리 의논한 대로 일어서서 단상 가장자리까지 흔들흔들 다가갔다. 평소에는 맨발이지만, 오늘은 샌들을 신고 있다. 화려한 데뷔를 위한 정장이다.

"듣고 계셨지요? 이 그릇을 어떻게 생각하면 좋을지 여러분께, 그리고 공부가 부족한 제게도, 설명을 부탁합니다."

나카무라는 평소처럼 애매한 시선을 오른쪽에서 왼쪽으로 천천히 움직여간다. 참가자들은 각자 자신과 눈을 마주쳤다고 믿으며 눈을 반짝였다.

좀처럼 입을 열지 않았다. 혹시 대사를 잊어버린 건지 불안해졌을 무렵, 간신히 말하기 시작했다. 많이 들어 익숙한 나도 홀딱 넘어갈 정도로, 낮지만 맑은 목소리로.

"그 그릇은, 평범한 그릇입니다. 텅 빈 그릇입니다. 어떻게 쓰일지, 나는 조금도 상관없습니다. 하지만——."

여기서 말을 끊고 한 손을 든다. 아돌프 히틀러 부분이다.

"쓰임새에 따라 평범한 흙덩어리가 될 수도, 소중한 보물이 될 수도 있을 테지요. 한 사람 한 사람 생각해 보십시오. 그 그릇이, 당신에게 무엇을 가져올지가 아니라, 그 그릇에, 당신이 무엇을 채울 것인지를."

손바닥을 참가자들 앞으로 쑥 내밀었다. 물을 퍼올리듯이. 그것이

하나의 그릇이라는 듯이. 그 손바닥에 시선을 떨어뜨리고 말을 잇는다.

"만약, 채워지지 않는 마음이 있다면, 그 자그마한 그릇에, 자그마한 한숨을 부으십시오. 마음이 가득 차 있을 때는, 내일도 또한 행복하도록 그 그릇에 기쁨의 조각을 담아 두십시오. 그렇게 하면, 현세계가 어떠하든 당신의 마음은 평온과 행복으로 가득 채워질 것입니다."

류사이가 생각해낸 대사라고는 믿어지지 않는다. 문장과 인간성은 별개인 모양이다. 손바닥을 이번에는 하얀 수행복을 입은 왼쪽 가슴에 대고, 조용하게 하지만 힘찬 목소리로 나카무라는 말했다.

"부디, 그 그릇을, 당신의 마음으로 가득 채워주십시오."

여기저기서 깊게 숨을 쉬는 소리가 나고, 그리고 방이 쥐 죽은 듯이 조용해졌다. 나카무라의 육성은 예상 이상으로 효과적이었다. 나부터가 이 자리의 온화한 침묵을 깨는 것이 망설여질 정도로.

"어——, 그러면 이제 옥션을 시작하도록 하겠습니다. 처음 금액은, 이쪽에서 시작하도록 하겠습니다. 오오시로 선생님께서 몸소 붙이신 금액입니다."

대접을 공손하게 두 손으로 들고 목소리를 높였다.

"450엔."

놀라움의 목소리가 인다. 웃음소리도.

"선생님, 너무 심오해요."

요시오카가 감탄인지 아연한 건지 알 수 없는 목소리를 낸다.

"솔직히, 저도 그렇게 생각합니다. 어지간한 미술품에 뒤지지 않는다고 저는——, 어디까지나 제 생각이지만요."

대접을 장갑 너머로 사랑스러운 듯이 쓰다듬으며 한숨을 쉬어 보인다. 나카무라는 단상 안쪽으로 돌아가, 자기와는 이제 상관없다는 듯이 명상을 재개했다.

"조금 더 내도 좋다고 생각하시는 분은 계십니까."

"음, 4천5백 엔……. 10배라는 걸로."

단골 노부인이 머뭇머뭇 소리를 높인다. 나는 곤혹스러운 얼굴을 만들었다. 테이블 옆에 보디가드처럼 우뚝 서 있던 류사이가 화가 난 얼굴로 노부인을 노려본다. 이것도 미리 의논한 대로다.

'처음 금액을 꺼낸 사람에게는, 무언의 압력을 주자.'

류사이에게 카운슬링 외의 일을 의뢰할 때는 매번 사전에 개런티 교섭을 했지만, 어째선지 이번에는 '필요 없어'라는 말밖에 하지 않으며 이 옥션에 참가했다. 나와 류사이의 안색을 눈치챈 노부인은, 면목 없다는 듯이 말을 고쳤다.

"……아, 아니. 그건 그렇죠……1만이면?"

나는 작게 헛기침을 했다. 나카무라에게 보내는 신호다. 단상 위의 나카무라가 천천히 눈꺼풀을 든다. 희미하게 미소 지으며, 은근슬쩍 츠보이에게만 시선을 던졌다. 정말로 돈이 잘 돌게 된 그녀는, 갓 구입한 골프백을 짊어지고 여기에 올 때도 있다.

시선이 마주친 순간, 츠보이가 몸을 떨었다. 잔뜩 부푼 지갑이 들어 있을 터인 백을 가슴에 끌어안고, 목소리를 높인다.

"5만 엔."

몇 사람의 한숨이 흘러나왔다. 나도 남몰래 숨을 토했다. 휘파람을 불듯이. 다마가와 강 하천부지에서, 1킬로 2백 엔짜리 흙을 풍로로 구운 그릇이, 5만 엔. 역시 나쁘지 않은 장사다.

"그 밖의 다른 분은."

형식적으로는 그렇게 말했지만, 츠보이의 마음이 바뀌기 전에 낙찰하고 싶어 몸이 근질근질했다. 물음을 던진 2초 후엔, 해머를 두드리는 대신에 두 손으로 힘껏 손뼉을 쳐서 소리를 울려 버렸다.

"그럼 ——."

결정되었습니다 —— 하고 말하려 한 그 순간, 참가자 무리에서 조금 떨어진 곳에서 손이 올라왔다. 무거워 보이는 귀금속이 손가락에 끼워진 손. 사사키 하루미다.

사사키가 츠보이에게 곁눈질을 보내며 의기양양한 목소리로 말했다.

"10만 엔."

회당에 한숨의 물결이 일었다.

"에엣."

놀라움인지 항의의 목소리인지 모를 소리를 지른 사람은 요시오카다. 정말로 소리치고 싶었던 건 옆에 선 츠보이지만, 눈치 빠르게 그녀를 대신해 목소리를 높였다. 츠보이는 지갑을 열던 포즈 그대로 굳어버렸다. 자기 입도 벌린 채로.

사사키는 자기 말의 여운을 음미하듯이 하얀 얼굴 속의 붉은 입술을 핥고, 내게 시선을 보내온다. 회원들의 소동에는 눈길도 주지 않았지만, 주목을 받고 있다는 사실은 충분히 의식하고 있었다. 흐트러지지도 않은 머리카락을 쓸어 올리는 몸짓을 한다.

"10만, 이면 괜찮으려나."

시늉만 좌우를 돌아보는 몸짓을 하고, 백에서 지갑을 꺼냈다. 백과 똑같은 두 개의 C를 마주 댄 모양인 잠금쇠의 브랜드 로고가, G끼리

마주 댄 로고가 들어간 지갑을 껴안은 츠보이의 표정을 점점 굳어지게 만든다.

"십⋯⋯."

츠보이가 목소리를 쥐어짜 냈다.

"⋯⋯12만."

금액이 치솟았다. 잠금쇠를 풀고 손가락을 집어넣던 사사키의 눈썹도 치솟았다. 지갑에 시선을 떨어뜨린 채, 내용물에 말을 건네듯이 말한다.

"20."

단골들 대부분은, 메서드를 위해 미리 바지나 청바지를 입고 오든가 트레이닝복 혹은 헐렁한 바지로 갈아입지만, 그녀는 검은 레오타드에 트레이닝팬츠 차림이다. 실제 나이보다 훨씬 젊어 보이는 몸의 라인이 자랑인 모양이다. 유방의 형태를 확실히 알 수 있는 가슴을 젖히며 츠보이에게 곁눈질을 보낸다.

츠보이는 입술을 꾹 다물며 고개를 옆으로 흔들고 있다. 요시오카가 '이제 그만해'하고 말하는 것이 들렸다. 하지만 그 말이 거꾸로 투지에 불을 붙인 것 같았다.

"카드도 돼요?"

마치 현금이 아니면 얼마든지 낼 수 있다고 말하는 듯했다.

"아니, 그것은⋯⋯하지만, 지불은 물론 나중에 하셔도 전혀 상관없습니다."

가능하면 30일까지. 집세를 내는 날이다. 앞으로의 지출을 계산에 넣으면, 이번 달 집세를 낼 수 있을지 어떨지 아슬아슬했다.

"그럼, 22⋯⋯아니, 25만 엔."

놀랐다. 처음 5만 엔으로도 만만세다. 오늘 진열한 다섯 개의 그릇을 모두 합쳐 한 달 치 집세 22만 엔을 벌 수 있으면 많이 버는 거다, 그 정도의 독장수셈이었는데. 대접 하나로 그 금액을 넘어 버렸다.

이렇게 되면, 어디까지 금액이 치솟을지 봐 주지. 나카무라에게 눈짓한다. 깨닫지 못한다. 이럴 땐 감이 둔한 남자다. 헛기침하자, 겨우 사인을 떠올리고 사사키에게 고양잇과 동물 같은, 한가로워 보이기도 하고 위험해 보이기도 한 미소를 던진다.

하지만 사사키는 나카무라를 보고 있지 않았다. 내게 시선을 던지며, 표정으로 뭔가 말을 걸어온다. 장난을 치려는 소녀 같은 얼굴. '잘 보고 있어요'라고 말하는 것 같았다. 혀끝으로 입술 가장자리를 핥고서 츠보이의 망설임을 비웃듯이 단호히 말한다.

"30."

츠보이의 얼굴이 일그러진다. 둘이서 스포츠 경기 랠리라도 하는 것 같다. 여자는 모르겠다. 내가 말하는 것도 뭣하지만, 고작해야 이런 대접 하나에 어째서 불타오를 수 있는 건지. 기뻐해야 할 사태이기는 하지만, 등골이 살짝 차가워지기도 했다.

남자가 여자에게 돈을 바치는 건 단순히 섹스와 대가를 교환하고 싶다는 뻔한 이유이지만, 여자가 호스트바에서 고가의 샴페인을 주문하는 건, 자신이 아끼는 호스트의 성적을 올려주는 게 기쁨이기 때문이다. 그런 얘기를 들은 적이 있다.

정말로 바라는 건, 이 모임 안에서의 여왕님이라는 의자인가?

남자 중에 도박에 의존하는 사람이 많듯이, 쇼핑을 뭔가의 대가 행위로 삼는 여자가 적지 않다. 미나코도 그랬다. 같은 브랜드의, 내 눈에는 똑같은 물건으로밖에 보이지 않는 백을 몇 개나 사곤 했다.

신용카드 회사로부터 때때로 터무니없는 청구서가 날아왔다. 추궁하면 당신 술값이나 골프 비용에 비하면 귀여운 축이라며 역습해왔다.

사사키가 '이제 됐어?'라는 듯한 시선을 츠보이에게 던졌다. 하지만 츠보이는 승부를 포기하지 않은 모양이었다. 허공과 상담을 하듯이 위쪽으로 시선을 흘리고, 입술을 깨물고 있다. 벌름거리는 콧구멍에서 뿜어져 나오는 숨은 거칠어 보인다. 머릿속에서 계산기를 두드리고 있는 것이리라. 건전지가 아니라 여심(女心)으로 움직이는 계산기를. 나는 일이 이렇게 되어 곤혹스럽다는 표정을 지어 보이며, 성실한 사무국장의 어조로 두 사람에게 말을 걸었다.

"너무 무모한 행동을 하지 말아 주십시오. 가즈코 씨, 사사키 씨도."

굳이 츠보이만 시선을 마주하고 이름으로 부른다. 여자 스포츠 팀의 감독이나 코치가 써먹는 심리유도 테크닉 중 하나다. 일부러 편애해 경쟁심을 부추기는 거다. 물론 안주머니의 리코더에 담기도록 목소리를 높였다.

효과는 곧 나타났다. 허공을 노려보는 츠보이가 입을 열기 전에, 사사키가 굳은 목소리로 스스로 제시한 금액을 더 올린다.

"35."

랠리에서 열세에 놓이고 있던 츠보이도 소생한다.

"38만."

하지만 곧 회심의 스매싱이 날아왔다.

"50."

사사키가 또 내 얼굴을 들여다보았다. 한쪽 뺨을 불룩하게 부풀리고 있다. 요새 젊은 아가씨도 하지 않을 법한 불만을 드러내는 표정이다. 뭘 요구하고 있는지는 이해했다.

"하루미 씨."

이름으로 부르자, 목을 어루만질 때의 고양이 같은 얼굴이 된다. 회원에게라기보다 안주머니의 리코더에 말하기 위해서 말을 이었다.

"기분은 감사합니다만, 저희는 영감상법을 하는 것은 아닌지라."

그렇다, 이쪽은 전혀 강요하지 않고 있다. 안 사면 좋지 않은 일이 일어나네, 운이 안 좋아지네 하고 공포 판촉을 한 것도 아니다. 이 옥션은 어디까지나 츠보이와 사사키가 멋대로 가격을 올린 것이다.

"무리는 하지 말아 주십시오. 저희는 가난한 살림이니 도움이 되는 것은 사실입니다만……."

'No but'의 법칙. 부정하듯이 말하며 긍정한다. 이쪽은 증권영업 시절 몸에 익힌 테크닉이다.

'양심적'인 나의 말에, 회원들은 감동한 듯이 깊이 끄덕이고, 단란해야 할 모임 분위기를 망친 사사키에게 차가운 시선을 던졌다. 조금 지나쳤나.

"키지마 씨 말이 맞아. 선생님도 평범한 그릇이라고, 몇 십만이나 낼 건 아니라고 하셨고. 머리를 식히자고요."

요시오카가 손이 닿지 않는 금액의 옥션에 참가하지 못하는 것을 변명하는 듯한 어조로, 츠보이의 팔을 잡는다. 나카무라는 몇 십만이나 내지 말라고는 한마디도 하지 않았지만, 여기선 요시오카의 말에 끄덕이는 수밖에 없었다.

"예에, 이제 이 정도로……."

하지 않아도 상관없지만, 아무튼 츠보이는 이제 기브 업인 것 같았다. 입술을 떨고 있을 뿐 말은 나오지 않는다.

사사키가 유럽인같이 과장된 제스처로 어깨를 으쓱여 보인다. '더 할래?'라고 묻는 듯한 시선을 츠보이에게 보냈다. 츠보이는 사사키에게라기보다, 모여 있는 전원에게서 고개를 홱 돌려 버렸다. 승부가 난 모양이었다.

놀랍게도 사사키는 50만 엔을 즉시 현금으로 지급할 모양이었다. 브랜드 로고가 자랑스럽게 빛나는 잠금쇠가 소리를 낸다. 무료급식소 행렬에 줄을 서고 있을 때처럼 몸이 떨렸다. 뻗어 나갈 것 같은 손을 꽉 쥔다. 나카무라가 사사키의 지갑을 들여다보려 고개와 코를 길게 뻗고 있었다.

아, 바보——. 교주가 그런 욕심나는 얼굴을 하지 마.

"잠깐만."

목소리가 났다. 츠보이 가즈코가 아니다. 테이블을 둘러싸고 있는 인파 바깥에서였다.

목소리의 주인은, 오늘이 두 번째 참가인 아직 새로운 얼굴이다. 옥션이 시작되고서도, 그저 혼자 관심이 없다는 듯이 바닥에 깔린 카펫 위에서 '심신정화 메서드' 연습을 하고 있던 여자다.

회원등록은 아직 하지 않은지라, 본인이 소개한 '사이토'라는 성 외에는 모른다. 지난번 강습회 때 홀쩍 찾아왔다. 이곳의 평판을 들었다는 얘기였다. 그렇다고 다른 멤버와 면식이 있는 것도 아니었다. 연령은 회원들에게 비하면 한두 세대나 젊다. 아직 삼십 대이리라.

미혼인지 기혼인지도 불명. 좌우 양쪽 넷째 손가락에 실버 링을 끼고 있다. 주부라는 분위기는 아니다. 머리 위로 느슨하게 묶은 밝은 색깔의 롱 헤어는, 양쪽으로 늘어뜨린 흐트러진 머리카락도 계산한 스타일이리라. 한낮의 와이드 쇼 객석에 나란히 앉아 있을 듯한 타입의 회원들과는 다른 카테고리에 있는 여자다. 화장은 옅고 힐에 기장을 맞춘 옷자락을 아무렇게나 말아 올린 청바지와 티셔츠라는 캐주얼한 복장이지만, 사사키 하루미의 레오타드에는 반응이 없던 류사이도 그녀에게는 '오오, 또 왔다고, 요전의 미인'하고 은근히 칭찬을 보냈다.

사이토는 웅성거리는 인파 위로 연배 여성들보다 머리 반 정도는 큰 키를 뻗어 이쪽으로 손을 흔들었다. 묻지도 않았는데 자기소개를 한다.

"아, 사이토입니다. 사이토 마유미."

"무슨 일이신가요, 사이토 씨."

내가 물어도 사이토의 눈은 나카무라밖에 보지 않는다. 지난번에도 그랬다. 들었다는 평판이라는 건, 나카무라의 용모에 대한 소문이리라.

다른 멤버들은 연배의 여성다운 조심성인지, 나카무라에 관해서는 농담으로 얼버무리며 남자다운 외모를 놀리든가, 아들 삼고 싶다며 본심을 얼버무리든가, 오히려 관심 없는 척을 하든가, 조심스럽게 훔쳐보든가, 그런 귀여운 반응을 보였지만, 그녀는 노골적으로 유혹하듯이 시선을 보낸다. 나이가 비슷한 자신이라면 진짜 상대라도 오케이. 자신은 현역 여자라는 자신감에 가득 찬 시선이다.

나카무라가 반사적으로 웃음을 지어 보이자, 사이토 마유미가 오른손을 펼치고, 왼손 집게손가락을 내밀었다.

"나는 51만, 낼게요."

한숨인지 분개의 목소린지 알 수 없는 외침이 일제히 일었다.

"농담이면, 화낼 거예요."

사사키가 뾰족한 목소리를 내며 새로운 서브를 친다.

"52."

"그럼, 80만."

끓어오른 웅성거림이 멈추지 않는다. 사이토가 구김살 없는 웃음을 띠고, 양손의 손가락을 여덟 개 세웠다. 불안해졌다. 농담이면, 화낼 거다, 나도.

"저기, 정말로 괜찮으신가요."

"수표, 쓸까요?"

방 한쪽에 준비한, 코트며 짐을 놓기 위한 바구니까지 걸어가 몸을 숙인다. 모양 좋은 엉덩이를 그만 넋을 놓고 쳐다보아 버렸다.

사이토가 꺼낸 백을 본 순간, 진심이라는 걸 알았다. 딱히 명품을 잘 아는 건 아니지만, 그건 미나코가 여봐란듯이 펼치며 한숨을 쉬던, 상품 카탈로그 속의 최상급이다. 그리고 안에서 정말로 수첩을 꺼냈다.

새로운 랠리는 깨끗이 종료되었다. 사사키가 입술을 벌리려 했지만 결국, 깨물었을 뿐이었다. 어느새 레오타드 위에 카디건을 걸치고 있다. 그녀도 나이치고는 젊지만, 진짜 젊음과는 비교당하고 싶지 않은 모양이다.

"결정됐네요."

사이토 마유미가 내미는 손가락을 두 개로 바꾸었다.

"소비세는 별도?"

농담할 생각이었던 것 같지만, 아무도 웃지 않는다. 나도 말없이 고개를 저으며, 이런이런, 이러려던 게 아니었는데 ── 하는 연기를 해 보이는 게 고작이었다. 류사이가 하얀 장갑으로 정중하게 대접을 들어 올려, 손으로 뜬 한지로 포장했다. 내가 그것을 내민다.

"나무 상자가 있으면 좋겠습니다만."

"어차피 받을 거면 오오시로 선생님께 건네받고 싶은데."

"뭐야, 이 사람. 뻔뻔스러워."

츠보이가 들으라는 듯이 중얼거리고, 사사키가 그 말에 끄덕인다.

"에, 아아······ 나카······ 선생님, 어쩌신가요."

나카무라가 NO라고 할 리가 없다. 커다란 몸치고 가벼운 동작으로, 훌쩍 단상에서 뛰어내렸다.

"부디, 그 그릇을, 당신의 마음으로——."

사이토가 갑자기 안겼다. 회원들에게서 일제히 비난의 목소리가 인다. 사이토는 전혀 상관하지 않는다.

"허그, 허그으, 아, 가슴 근육 굉장해애."

나카무라는 싫은 내색 한 번 하지 않는다. 조건반사처럼 살짝 이긴 했지만, 빈틈없이 양손을 감아 사이토의 허리를 껴안는다. 회원들의 안색이 변했다.

어색한 분위기가 생기기 시작했다. 빨리 끝내고, 다음으로 넘어가자. 회원들에게 얼굴을 돌리고 나카무라에게 윙크한다. 물품이 팔렸을 때 정해진 대사를 하라는 신호다.

나카무라는 멍하니 내 쪽을 마주 볼 뿐이다. 미리 의논한 것을 잊어버린 건지, 내 표정 사인에 곤혹스러운 얼굴이 된다. 정말이지, 언어에 관해선 그렇게나 좋은 기억력이 어째서 이런 건 잊어버리는 걸까.

목소리를 내지 않고, '대, 사'하고 입술을 움직인다. 그러자 간신히, 사이토에게 껴안긴 채 트레이닝으로 단련된 목소리를 펼쳤다.

"여러분, 고마워요. 우리들의 활동을 위해서, 소중히 쓰도록 하겠습니다. 정말로 고마워요. 사람과 대지를 지키기 위해서, 이 몸을 바쳐 보답하겠습니다."

당신에게 신의 가호가 있기를. 대통령 연설의 마지막 십팔번인 'God bless you' 리듬으로, 마지막 결정타.

"더욱, 대지에, 사랑을."

그리고 내가 가르쳐준 기억이 없는 대사를 말했다.

"나의 모든 것을 바치겠습니다."

사이토가 소녀 같은 교성을 지른다. 희귀종 신입을 향한 회원들의 시선은 냉랭했지만, 어느 얼굴이나 자신이 꺼안긴 듯이 뺨이 상기되어 있었다.

13

"일, 이, 삼……."

가구가 없는 휑뎅그렁한 방바닥에 만 엔짜리 지폐를 늘어놓았다. 류사이가 그것을 세고 있다.

"칠, 팔, 구……."

카드 명인처럼 앞으로 기울인 자세로 손가락을 가리키면서 세고 있는 건, 지폐 한 장 한 장이 아니라 10장씩 묶은 다발이다. 나카무라는 다발들이 흐트러지게 놓인 게 신경 쓰이는 지, 한 다발 한 다발 똑바로 각을 맞추고 있다.

"열둘, 열셋……."

사이토 마유미는 대접을 80만 엔에 낙찰한 것으로 만족했는지 그 후의 경쟁에는 참가하지 않았지만, 사사키 하루미와 츠보이 가즈코는 뒤에서 다시 스트레칭을 하기 시작한 그녀에게 내몰리듯이 지갑을 라켓 삼아 랠리를 계속했다. 대접에 붙은 80만이라는 가격이 옥션의 허들을 크게 올린 것이다. 결국, 사사키에게 한 송이용 화병과 찻잔이 각각 40만 엔과 30만 엔으로 낙찰되고, 츠보이가 두 개의 접시를 합계 32만 엔에 구입했다.

"십칠…… 십팔…… 180만인가."

류사이가 돈다발에 박장배례를 한다.

"정확히는 182다. 지금 당신이 무릎 밑에 숨긴 걸 넣어서."

"아…… 오오. 숨겼다니 듣기 안 좋게. 몰랐어, 너무 많아서."

나카무라가 류사이의 무릎을 손등으로 치며 깔렸던 만 엔짜리 지폐의 주름을 펴서, 열의 가장자리에 더한다. 정말이지 방심할 수 없다. 이 돈으로 우선 사야 할 것은 금고일지도 모르겠다. 하지만 슬쩍 가로채일 뻔했던 나도, 얼버무리려 했던 류사이도 기분은 나쁘지 않았다. 나카무라도 강아지풀을 앞에 둔 카이처럼 눈을 빛내고 있다.

"축배를 들자고."

류사이가 냉장고로 향한다. 나는 10만 엔씩 쌓은 다발을 몇 개의 산으로 나누었다. 가장 커다란 산에 류사이에게서 받아든 발포주 캔을 문진 삼아 내려놓는다.

"이건 집세, 생활비, 앞으로의 활동자금이다. 아직 여러 가지를 준비하느라 돈이 들 것 같으니까 말이야."

120만 엔. 회원이 늘어남에 따라 지출도 늘어나게 되었다. 때로는 서비스도 필요하다. 회원들에게 맞춤 수행복을 선물할까——하고 나는 생각 중이다. 싸구려 액세서리를 여자에게 선물해 준 만큼 받았다고 생각하게 만드는 기둥서방처럼.

남은 산 중 하나를 류사이에게 건넨다.

"괜찮겠어? 이렇게나. 오랜만이잖아, 이 정도의 현금을 쥐는 건."

30만이다. 류사이에게 못을 박는다.

"아아, 하지만 도박해서 시궁창에 버리지는 마. 다음은 언제 얼마나 줄 수 있을지 몰라."

"안다니까. 맞는 마권밖에 안 산다고."

나카무라에게도 같은 액수만큼 건네자, 눈을 감고 양손을 합장하고서 받아들었다. 나카무라는 사생활에서도 조금씩 교주다워지고 있다. 기쁜 일이다. 손에 든 다음에는, 도둑고양이처럼 재빨리 단벌 운동복 주머니에 밀어 넣었지만.

"요즘, 샹메리뿐이라 미안했어. 이걸로 앙드레 보포르를 사게. 아, 아니, 내가 사오지."

나카무라는 외출을 싫어해서 외출은 조깅할 때 정도인 것이 다행이었다. 회원들은 오오시로가 이곳에 있는 건 강습회가 있을 때뿐이라고 믿고 있다.

류사이가 발포주 캔으로 활동자금 더미를 가리켰다.

"주식으로 늘리면 어때? 장기잖아."

나는 웃으며 고개를 저었다.

"당치도 않아, 그런 위험한 다리를 건널 수 있을까."

영업사원 시절 손님이 들었다면 뒤로 쓰러질만한 소리지만, 진심이다. 손님 반수는 돈을 벌게 해준 대신에, 남은 반수는 손해를 봤다. 딜러 시절에도 종종 큰 손해를 냈었다. 회사의 돈이니까 큰 승부를 할 수 있었던 것이다. 주식이란 그런 거다. 이 정도의 돈으로 거래하는 게 제일 위험하다.

"좀 더 여유가 생기면, 그때는 운용방법의 하나로 생각해보지."

"오오, 운용이라고 나왔냐. 굉장한 걸, 부자 선생님."

남은 2만 엔만 내 품에 넣는다. 아직 지금 상태로는, 번 돈을 손에 들 수는 없다. 애초에 노숙자를 경험했던 지금의 나는 세 번의 식사와 비를 피할 수 있는 집 외에 바라는 것을 떠올릴 수 없었다.

류사이는 일찌감치 두 번째 발포주에 착수하고 있다.

"또 하자고, 옥션."

"아니, 조금 시간을 두지. 그보다 빨리 책을 써 줘. 이 상태면 책도 팔릴 거야."

어차피 싫은 표정을 지을 테지 —— 하고 생각했는데 히죽히죽 웃음을 지어왔다.

"어제는 단숨에 원고용지 10장이야. 총 50은 넘었다고."

할 마음이 생겼다니 다행이다. 류사이가 돈다발을 부채처럼 만들어 싱글벙글 웃는 얼굴로 부채질한다.

"벌리는구나아, 종교는. 좋은 걸 찾아냈잖아, 당신."

나는 방심은 금물이라고 타이르는 대신에 정색한 표정을 지어 보이고, 하지만 확신에 가까운 자신감을 담아 대답했다.

"아직 멀었어, 이제부터다."

그래, 이제부터다.

나를 길거리에 버린 세상에는.

아직 한참 빛이 남아 있다.

14

도쿄 히어링 센터를 오랜만에 방문한 건, 블로그에 자신의 팬이라
는 댓글을 쓴 여자를 만나고 싶었기 때문은 아니다. 이이무라 타쿠토
는 단호히 그렇게 생각하며 자전거를 멈추고 지지대를 세웠다.

똑같은 여자가, 그저께도 코멘트를 적어왔다.

친애하는 장군님.
도쿄 히어링 센터의 지도, 올려줘서 고마워요.
설마, 나를 위해서???
라니, 그런 일이 있을 리가 없죠. 우연인가.
그래서 냉큼 다녀왔습니다.
깜짝 놀랐어. 오오시로 선생님, 장군님의 기사 그대로였어요!!!
과연 인기 블로그. 장군님은 거짓말은 하지 않아. 굉장한 취재력.
코멘트를 쓰는 사람 중에 의심하는 사람도 있는 것 같지만, 가보면 알 거에요.
모레 토요일, 이 도쿄히어(여기에 모이는 사람이 썼던 말. 내가 갔을 때는
젊은 사람이 많았다)에서, 메디테이션 어쩌구(자세히 기억하지 못해서 미안해

요)라는 이벤트가 있다고 합니다. PM2:00부터.

　　가볼까나.

　　닉은 mina. 정말로 젊은 여자일까. 문장이 군데군데 나이 많은 냄새가 나는 게 신경 쓰인다. 인터넷 트랜스일 가능성도 있다. 하지만 요즘은 줄어든, 타쿠토의 기사를 두둔해주는 코멘트라 기뻤다. 아무튼, 타쿠토의 블로그 '어리광쟁이장군 DX,'에 실은 『기적! 대지의 모임 리포트』는 집요한 공격을 받고 있었다. 그래서 타이틀에 '제1탄'이라고 덧붙였는데, 아직 제2탄을 올리지 못하고 있었다.

　　이거 쓴 사람, 어리광쟁이라기보다 그냥 애 아냐? 유치해. 완전 웃겨.

　　어이, 너희들, 이런 자작극 똥 블로그는 보지 말라고. 내가 한마디 하자면, 눈이 썩을 뿐이다.

　　이 블로그, 약소 컬트가 스폰서라는 소문입니다. 과거 로그를 봐도, 분위기 이상하고. 얼마 받았어?

　　떠올리기만 해도 열 받는다. 이건 이지메잖아. 이런 녀석들이 있으니까 키보드를 한 손가락으로 두드리는 촌스런 아저씨들이 멋대로 인터넷의 어둠이네, 정보의 거름구덩이네 같은 소리를 하는 거다. 조금도 기쁘지는 않지만, 접속자 수가 로망이었던 주간 1,000을 가볍게 넘었다. 리포트 기사를 삭제하고 싶은 마음이었지만, 그건 한번 해 버리면 블로그가 순식간에 신용을 잃는다. 계속해서 열심히 댓글 삭제 버튼이나 누르는 수밖에 없었다.

　　이곳에 온 가장 큰 목적은, 기사회생의 제2탄을 쓰기 위해서다. 스스로 그렇게 생각하고 있다. 비평 코멘트에 대한 섣부른 반론은

'먹잇감'이 되기 쉬우니까, 내용과 올릴 시기는 신중히 생각할 필요가 있지만.

접수 로비에는 요전과 똑같은 아저씨가 있었다. 입고 있는 옷도 넥타이도 완전히 똑같다. 그 이후로 계속 이곳에 서 있었다고 해도 믿을 것 같다.

"어서 오십시오. 오랜만이군요. 이이무라 씨."

놀랍게도 타쿠토를 기억하고 있었다. 이쪽은 아저씨 이름을 잊어 버렸는데. 수수한 캐릭터라는 것을 스스로 알고 있는지, 자기 쪽에서 이름을 밝혀왔다.

"사무국장인 키지마입니다. 오늘은 메디테이션 프로그램을 ── 젊은 분을 대상으로 명상 트레이닝 강습회를 열고 있습니다만, 이이무라 씨도 어떠신가요? 이미 시작했습니다만."

"아아, 그렇구나."

물론 알고 있다. 하지만 그런 말은 하지 않는다. 시작시간도 기억하고 있지만, 시간대로 가면 너무나도 노리고 찾아온 거 같으니까 일부러 늦게 왔다. 망설이는 척하고 있었더니 키지마가 눈을 가늘게 뜬 얼굴을 가까이 들이댔다.

"참가비는 동전 하나니까, 가벼운 마음으로."

동전 하나? 5백 엔이라는 소리야? 전보다 훨씬 싸졌다. 돈이 벌리지 않나? 아니, 거꾸로 벌리는 건가. 키지마가 손목시계를 흘깃 보았다.

"아, 벌써 시작한 지 40분이 지나 버렸군. 뭣하면 무료라도 괜찮습니다."

"무료?"

굉장히 인심이 좋다.

"예에, 이이무라 씨는 개설 초기부터 소중한 손님이시니까요."

바로 하겠다고 대답하면 흑심이 있어서 온 것처럼 보일 것 같아서, 귀찮은 듯이 '그럼, 해 볼까'하고 대답했다.

키지마가 열어준 문 너머는, 예전에 본 방과는 다른 곳 같았다.

블라인드가 내려져 있고, 낮인데도 안은 어둡다. 조명은 여기저기 놓여있는 글라스 캔들뿐이다.

음악이 흐르고 있다. 오늘도 트랜스. 쾅쾅 틀어대는 것이 아니라 멀리서 들려오는 느낌으로 볼륨이 낮춰져 있었다.

향을 피우고 있다. 남국의 꽃이 연상되는 냄새다. 천장에서 커다랗고 얇은 천이 몇 장이나 늘어뜨려져, 방을 작은 구역으로 나누고 있다. 천은 변덕스럽게 배치된 듯 보이지만, 일단 레이아웃이 있는 모양이다. 얇은 천으로 구획된 좁은 공간 속에 하나씩 사람의 실루엣이 보였다. 마치 가늘고 긴 고치가 늘어서 있는 것 같다.

"이이무라 씨는, 이쪽 안쪽 부스로."

키지마에게 안내받아 걸어간다. 어두운데다 얇은 천이 잔뜩 펼쳐져 있어서, 방 전체가 한 번에 보이지 않는다. 그래서인지, 그다지 큰 방은 아닐 터인데 오늘은 꽤 큰 공간처럼 보인다.

키지마의 뒤를 쫓아가면서 좌우로 시선을 움직였다. 개인실 같기도 하고, 이어져 있는 듯 보이기도 하는 각각의 천 안쪽에 사람들은 책상다리를 하거나, 무릎을 세우거나, 일어선 채 양손을 합장하고 있거나, 각자 자세를 취하고 있다. 어스름해서 확실한 얼굴까지는 모르겠지만, 모두 젊다. 타쿠토와 그다지 차이 나지 않는 연령의 사람들뿐이다. 연하 같은 녀석도 있다. 언뜻 봐서는 여자는 두세 명. mina

는 왔을까.

안으로 들어가 보니 얇은 천으로 구획된 공간은 의외로 넓다. 인터넷 카페의 개인실 정도는 되었다. 여기에 앉으라는 듯이, 짚으로 만든 방석이 깔려있다.

주위를 배려해 작은 목소리로 이야기하는 키지마로부터 오오시로식(式) 메디테이션법이라는 것을 배우는 동안에도, 타쿠토는 mina가 어디에 있는지 신경 쓰여 어쩔 줄 몰랐다. 제대로 설명을 듣지 않은 채 우선 적당히 책상다리를 해 본다.

눈은 감지 않고 주위의 모습을 살폈다. 오른쪽은 남자다. 실루엣만으로 드레드 헤어라는 걸 알 수 있었다. 낮은 목소리로 뭔가 중얼중얼거리고 있다. '자 러브'라는 말만 들렸다.

왜 이렇게 안쪽으로 보내는 거야. 왼쪽은 벽이다.

전방에는 천이 늘어뜨려져 있지 않지만, 중앙에 있는 모양인 이 방석에 앉아서는 바로 정면과 오른쪽 대각선 공간밖에 보이지 않는다.

오른쪽 대각선도 남자다. 흘러나오는 트랜스 음악에 맞춰 흔들흔들 목을 흔들고 있다. 드레드의 동료일 테지. 버섯 같은 털실 모자를 쓰고 있었다. 어느 쪽이고 사이가 좋아질 것 같지 않은 타입이다.

바로 정면에는 사람이 없다. 여기만 양사이드 천이 이중으로 되어 있었다. 게다가 안쪽을 감싸 안듯이 곡선을 그리며 매달려있어 다른 곳 이상으로 안을 엿보기 어렵게 되어 있다. 종류도 다른지 광택이 있는 천의 밑자락은 잔뜩 남아서 바닥 위에서 파도치고 있다. 특등석처럼 보였다. 아무도 없는 대신에, 어째선지 장미 꽃다발이 놓여 있다. 몇 송이나 될까. 커다란 꽃다발이다. 하얀 천 사이에 있는 그

붉은색은, 어둠 속에서도 선명하게 보인다.

주위를 모두 관찰하고 나니 달리 할 일이 없어졌다. 반도 듣지 않았던 설명을 떠올리면서, 명상 흉내를 내 본다. 키지마는 이렇게 말했다. '어렵게 생각할 건 없습니다. 우선, 자신에게 가장 편안한 자세를 취해 보십시오. 머리를 비우고, 청각과 후각을 날카롭게 만드는 것입니다. 눈은 반드시 감아야 하는 건 아닙니다.'

가볍게 눈을 감았다. 그 순간에 향냄새가 강해진 듯한 기분이 들었다. 흘러나오는 트랜스 음악이 머릿속에서 마구 춤춘다. 확실히 마음이 약간 진정된다. 하지만 그것도 5분 정도였다. 머리를 텅 비울 수는 없었다. 어떻게 해도 mina를 생각해 버린다. 타쿠토의 상상 속 mina는 호리키타 마키를 닮았다. 목소리는 성우 히라노 아야. 몸은——.

머리와 고간이 근질근질해 눈을 떠 버렸다.

언제 왔는지 바로 앞에 오오시로가 앉아 있었다. 요전에 봤을 때와 똑같은 하얀 수행복. 인터넷에서 무슨 소리를 하든 역시 압도적인 존재감이다. 다른 곳과 똑같은 넓이일 터인 부스가 좁아 보인다. 책상다리를 하고 두 무릎에 위로 펼친 손바닥을 얹고 있었다.

눈을 감고 똑바로 앞을 향한 얼굴은, 마네킹처럼 완벽한 좌우대칭이다. 촛불의 어스름한 불빛이 음영 깊은 얼굴에 더욱 짙은 그림자를 드리우고 있다. 저런 모습으로 태어났으니 여자는 아쉽지 않았을 것이 틀림없다. 호리키타 마키도 히라노 아야도, 안젤리나 졸리도 몽상이 아니라 현실 속에서 자기 여자로 삼을 수 있을 테지.

장미꽃다발은 무릎 위에 놓여 있다. 오늘 와 있는 여자 중 누군가에게서 받은 선물인지도 모른다. 설마 mina? 타쿠토는 머릿속에서 아직 얼굴도 모르는 여자를 빼앗길 순 없다며 질투했다.

아니잖아. 자신을 타박한다. 그렇고말고, 오늘의 나는 잠입취재를 하러 온 거라고. 파카 주머니에서 휴대전화를 꺼냈다. 일단 지난번에는 찍지 못했던 사진을 휴대전화로 찍어두자고 생각한 것이다. 오오시로의 사진을 블로그에 실으면 공중부양은 어쨌든, '경이적인 외모'에 관해서는 누구도 비평 코멘트를 쓸 수 없게 되리라.

휴대전화를 겨눈다. 금방이라도 오오시로가 책상다리 포즈를 한 채 공중으로 뜰 것만 같았다. 카메라 셔터 소리를 지우는 비밀 기술은 알고 있지만, 그걸 사용하면 저장을 할 수 없게 된다.

배경음악이 갑자기 끊겼다. 새롭게 시작된 곡이, 금속음 같은 트랜스인 것은 절호의 기회였다. 인트로가 끝나기 전에 셔터를 눌렀다.

오오시로가 눈을 떴다. 이런. 황급히 전화기를 주머니에 밀어 넣는다. 명상하는 척하면서, 들켰는지 어떤지 실눈을 뜨고 상황을 살폈다.

오오시로는 고개를 좌우로 흔들고 있었다. 셔터 소리가 난 곳을 찾는다기보다, 주위를 살피는 것처럼 보인다. 교주치고는 침착하지 않은 몸짓이다. 무릎 위의 꽃다발에 시선을 떨구고, 장미꽃 하나를 줄기에서 뜯었다. 손바닥에 그 꽃을 쥔다.

뭘 하는 거야? 실눈의 폭을 2밀리미터 정도 넓혔다.

이쪽으로 옆얼굴을 보이며, 꽃을 쥔 주먹을 이마에 대고 있다. 눌러 죽인 타쿠토의 호흡 세 번만큼 그러고 있더니, 천천히 원래의 포즈로 돌아왔다. 눈을 감고, 책상다리를 하고, 손은 위를 향해 펼치고 무릎 위에——.

어? 손은 위를 향해 무릎 위에——.

어? 어?

오오시로의 손안에서 장미꽃이 사라지고 없었다.

상대가 눈을 감은 것을 기회로 눈을 깜빡거려 보았다.

역시, 장미는 어디에도 없다. 어둠 속이긴 하지만 모노톤 속에서 유일한 붉은색이었다. 오오시로가 쥘 때까지 장미는 타쿠토의 눈에 한 점의 포인트처럼 뚜렷하게 새겨져 있었다. 여기는 바로 정면이고 오오시로는 손등을 한 번도 이쪽으로 향하지 않았다. 어딘가에 떨어졌다면 금방 알았을 터.

무슨 일이 일어난 건지 잘 이해할 수 없었다. 시각과 뇌수를 잇는 뭔가가 끊어져 버린 듯한 기분이 들었다. 명상이란 게 환각이 보이는 건가?

방금 바뀐 배경음악이 또 새로워졌다. 타쿠토의 심장을 스틱으로 두드리는 듯한, 퍼커션이 메인인 트랜스.

오오시로가 부르르 몸을 떨더니, 소리를 내지 않고 재채기를 했다. 황급히 실눈으로 돌아와 주변을 살피고는, 바닥에서 천 가장자리를 집어 올려 무릎 덮개 대신인지 하반신을 푹 덮었다. 사람을 명상하게 시켜놓고 하고 싶은 대로 다 한다. 엄격한 교주라기보다, 아이 같은 자유인이다.

참을 수 없다는 듯이 오오시로가 눈꺼풀을 열었다. 타쿠토는 실눈을 더욱 1밀리미터로 가늘게 뜬다. 또 좌우를 둘러보기 시작했다. 장난을 치려는 아이 같은 표정으로. 바로 정면으로 얼굴을 돌려 눈을 감았나 싶더니, 이번에는 코를 훌쩍이며 꿈지럭 꿈지럭 엉덩이 위치를 바로 하기 시작한다. 그 몸짓에 무릎 위의 천이 미끄러져 떨어졌다.

거 —— 짓 —— 말.

무릎 위의 꽃다발이 사라지고 없었다.

소리 지를 뻔한 것을 애써 억눌렀다. 자기 대신에 옆자리의 드레드가 소란을 피우지 않을까 했지만, 오른쪽 옆의 실루엣은 꿈쩍도 하지 않는다. 옆에서는 오오시로의 모습이 보이지 않는다.

또 봐 버렸다. 나만.

어떻게 하면 믿어 줄까?

음악이 멈추고 방이 갑자기 밝아졌다.

여기저기서 사람이 움직이는 기척과 얘기 소리가 들려오기 시작했지만, 타쿠토는 머리가 멍해서 일어설 수가 없었다. 몸과 뇌수를 잇는 선까지 끊어져 버린 것 같았다.

키지마의 목소리가 들렸다.

"여러분, 어떠셨습니까. 몸과 마음이 가벼워지지 않으셨습니까."

잠시 키지마가 말을 이었지만, 무슨 소리를 하는지 귀에는 들어와도 머릿속까지는 닿지 않았다. 그러는 사이에 다른 목소리가 시작되었다.

"마음속을 더듬는다는 것은, 모든 것의 진리에 가까이 가는 행동입니다. 세계의 형상을 엿보는 것입니다."

오오시로다. 장미를 없애버린 후, 고작 몇 분 만에 부스에서 사라져 버린 침착하지 못한 아이 같은 느낌의 교주. 태어나 처음으로 본 진짜 초능력자. 제대로 얘기하는 목소리를 처음으로 들었다. 대형 목관악기를 연상시키는 목소리였다. 낮지만 탄력이 있는 그 목소리는 트랜스 음악이 계속되듯이, 마비된 타쿠토의 머리를 더욱 마비시켰다.

"마음속으로 깊숙이 들어가면 우주를 볼 수도 있습니다. 마음은 우주와 이어져 있습니다. 여러분 한 사람 한 사람의 마음이, 바로 우주인 것입니다."

누군가가 손가락 휘파람을 불었다. 라이브 사회자에게 호응하는 듯한 반응이다.

"우주에서 지구를 바라보십시오. 대지를 바라보십시오. 인간의 작은 존재를 느끼십시오. 어리석음을 애처로워하십시오. 과오에 분노하십시오. 그 행위를 사랑하십시오."

같은 멜로디를 반복하는 듯한 오오시로의 목소리에 등을 떠밀려, 타쿠토는 부스에서 고개를 뻗었다. 방 한가운데만 천이 거둬져 있다. 그곳에 오오시로가 서 있었다. 참가자가 둘러싸듯이 앉아 있다. 좀 더 많은 거 같았지만, 전부 여덟 명이었다.

남자 다섯 명은 모두 드레드의 동료일지도 모른다. 모두 레게 패션이다. 여기에 오지 않았다면 동년배라는 것 이외에는 타쿠토와는 전혀 접점이 없을 무리들이다. 누구도 어른의 설교 따위는 1초도 듣지 않을 타입 같은데, 오오시로의 말에 하나하나 거창하게, 라이브에서 흥에 겨워 고개를 흔드는 것처럼 끄덕였다.

여자아이들 세 명은 한곳에 모여 있다. 타쿠토보다 조금 연하일까. 여대 1, 2학년 같아 보인다. 특별히 화려하지도 얌전하지도 않은, 극히 평범한 아이들이다. mina는 누구일까. 가운데 쇼트커트 아이면 좋겠는걸. 왼쪽의 뚱뚱한 아이는 봐줬으면 좋겠다. 방금 본 새로운 기적을 빨리 얘기하고 싶었다.

뒤처져버린 타쿠토가 일어서려 했더니 키지마가 다가와, 바닥에 밀어 누르듯이 어깨를 두드려왔다.

"이쪽은 이이무라 씨. 청년부에서는 초대회원. 여러분의 선배입니다."

레게인지 힙합인지 헤비메탈인지, 완벽히 그쪽 패션인 무리들로부터 존경스러운 시선을 받은 것은 처음이다. 여자애들도 모두 이쪽을 보고 있다. 쇼트커트 아이와 눈이 마주친다. 가슴 속의, 아까 기적을 봤을 때와 다른 부분이 두근거렸다.

오오시로가 양손을 가슴 앞에서 벌리고, 얼굴을 비스듬히 위로 들었다. 하늘을 살피는 듯한 그 포즈로 조용히, 하지만 힘주어 말했다.

"더욱, 대지에, 사랑을."

드레드가 일어서 같은 대사를 되풀이했다.

"더욱, 대지에, 사랑을."

앙코르를 요구하는 관객처럼 몇 명인가가 그 뒤를 잇는다.

"더욱, 대지에, 사랑을."

"그럼, 오늘은 여기까지입니다. 다음 주도 토요일. 오후 2시부터 시작합니다. 부디 적극 참석하시기를. 친구분들도 가벼운 마음으로 함께 오십시오."

키지마가 종료를 알렸다. 여자애 중 한 명이 자신에게 다가오는 장면을 타쿠토는 마음속에 그렸지만, 아무도 다가오지 않았다.

세 사람은 일행인 듯 보였다. 친구들 앞이라 타쿠토에게 말을 걸기 어려운지도 모른다. 타쿠토는 참을성 있게 말을 걸어오길 기다린다. 이런 시추에이션은 익숙했다. 말을 걸어오면 바로 대답할 수 있도록 할 말을 준비해 둬야지. 물론 처음에 할 얘기는, 오오시로 교주의 새로운 기적. 아니, 아니, 그 전에 먼저 자기소개다. 인터넷에서 이미 알고 있다고는 해도, 직접 얼굴을 마주하는 건 처음이니까 말이야.

멀리서 바라보는 동안, 드레드가 여자아이들에게 다가가 말을 걸기 시작했다. 전부터 아는 사이라는 느낌은 아니다. 오늘 처음 만난 것 같다. 어이, 나는 '어리광쟁이장군'이라고, 오오시로의 기적을 두 번이나 목격했단 말이다. 초창기부터의 회원이라고. 회원? 어라? 언제부터 그랬지?

타쿠토를 내버려두고, 여덟 명은 접수 로비로 가 버렸다. 뒤를 쫓는 듯이 보이지 않을 정도의 시간을 두고서, 서둘러 쫓아갔다.

돌아간 건 아니었다. 접수 카운터에 쌓인 티셔츠를 사고 있다. 'Think the earth'라는 글자가 들어간 오렌지색.

전직 웹디자이너(수습)였던 타쿠토의 눈으로 보자면, 그다지 센스 있다는 생각은 들지 않았고, 2천 엔이라는 가격도 싸지 않다. 그런데 다들 사는 건 영문자 밑에 교주의 얼굴이 프린트되어 있기 때문인가.

티셔츠 따위 필요 없었지만, mina일지도 모르는 여자에게 말을 걸 계기가 필요해서 줄을 선다. 서 있는 동안 세 명 모두 금세 밖으로 나가 버렸다. 아——아.

세 명 모두 mina가 아니었나. mina는 오지 않았던 건가. 생각하고 싶지는 않지만, 타쿠토는 가장 높은 가능성에 관해 생각하지 않을 수 없었다. 얼굴을 내민 나의 외모가 마음에 들지 않아서 무시했다?

처음부터 그럴 줄 알았다는 생각이 들었다. 그래. 난 멋지지도 않고 말이야. 원래부터 격이 다른 오오시로는 제외하더라도, 오늘 온 다른 남자들 쪽이 인기 있을 듯한 얼굴에 변죽도 좋다. 전에 딱 한 번 참가 했던 오프모임에서 들었던 적이 있다. '뭔가, 이미지와 다르네' 인터넷에서만 사귀고, 서로 꿈만을 꾸는 편이 나았을지도 모른다.

갑자기 블로그 따위 아무래도 상관없다는 기분이 들었다. 오오시로의 기적도 잘 생각해보면 뭔가 허술해 보인다. 뭔가 트릭이 있었는지도 모른다.

어쩌다 보니 2천 엔을 꺼내 버린 타쿠토에게, 키지마가 붙임성 있게 말을 걸어온다.

"아까는 죄송합니다, 그만 초대회원이라고 말해 버렸습니다만 회원등록은 아직 하지 않으셨지요. 혹시 괜찮으시면, 지금 여기서 하시겠습니까. 비용은 일절 들지 않는답니다——."

농담이 아니다. 이제 와서 필요 없다고는 할 수 없지만 돌아가면 티셔츠는 발 매트로 써주겠어. 누구에게도 분노를 부딪칠 수 없는 타쿠토는, 티셔츠를 키지마의 손에서 거칠게 빼앗는다.

"저기, 아까 그거."

"하, 아까라고 하시면?"

"트릭이에요?"

"무슨 말씀이신지…….."

타쿠토의 갑작스러운 말에 키지마가 눈을 동그랗게 떴다. 이 아저씨가 거짓말을 하지 못하는 타입이라는 건 지난번 일로 알고 있다. 트릭이었다 해도, 말단인 키지마는 아무것도 듣지 못했으리라. 만약 이 표정이 연기라면, 어른 따위 평생 믿지 않을 거다.

"뭐, 됐어요."

이젠 아무래도 상관없어.

마음 한구석에서는 아직 친구와 억지로 헤어진 mina가 서성이며 타쿠토를 기다리는 장면을 기대했지만, 미닫이문 밖에는 역시 아무도 없었다. 이제 그만두자, 비참해질 뿐이야——하고 생각하면서도 좌우를 둘러보게 된다.

드레드 일행과 여자애 세 명이 나란히 역과는 반대 방향 모퉁이를 돌아가는 모습이 보였다. 타쿠토는 한숨을 쉬며 자전거 스탠드를 발로 찬다.

페달을 밟으려 하는데 키지마가 당황한 듯이 나왔다.

"오오시로 선생님으로부터, 당신에게 전언이 있었습니다."

"뭐야."

그만 기분 나쁜 목소리가 된다.

"오늘의 이이무라 씨가 석연치 않은 얼굴을 하고 계셨기에, 걱정하신 모양입니다. 묘한 말씀을 하셨어요. 음, 그러니까."

키지마가 주머니에서 메모를 꺼냈다. 과연 집사. 제대로 메모를 보지 않고 술술 읽어낸다.

"기다리고 있기만 해서는, 어떤 일도 시작되지 않습니다."

왜 여기까지 와서 설교를 들어야만 하는데. 이제 됐어.

뭐가, 더욱, 대지에, 사랑을, 이냐. 더욱, 내게, 사랑을, 이다.

"당신이 뭔가를 바라신다면, 우선 당신이 첫걸음을 내딛어야 합니다."

네네.

"당신의 말을 기다리고 있는 누군가가 있습니다."

네네——어, 뭐?

마치 내 마음속을 읽은 듯. 텔레파시라도 쓰는 건가?

"무슨 뜻이에요, 그거."

키지마도 고개를 갸웃거린다. 나한테 물어봤자——라는 얼굴이다. 계속해보라고 말하는 대신, 미묘하게 피하고 있던 키지마의 눈을 들여다보자, 고개를 원래대로 하고 다시 읽어 내렸다.

"당신 바로 가까이에, 당신을 생각하는 누군가가 있습니다. 아직 아주 자그마한 마음일지도 모르지만, 그 마음을 지나쳐서는 안 됩니다. 더는 후회하지 않도록. 부디 나를 믿으십시오. 이상입니다. 그리고 이거——."

키지마가 안주머니에서 꺼낸 것은 장미꽃이다. 줄기를 짧게 자른 장미 한 송이.

"이것을 당신에게 건네주라고."

받을지 말지 망설일 틈도 없이, 장미꽃을 자전거 앞 바구니에 던져 넣었다. 오오시로에게 '네가 보고 있는 걸 알고 있다'는 말을 들은 것 같았다. 들킨 걸까.

드레드 일행의 뒤를 쫓을까, 순간 생각했지만, 생각했을 뿐이었다. 그런 짓을 해봤자 어떻게 되는 것도 아니고, 애초에 타쿠토의 집과는 반대 방향이다. 부자연스럽다. 역으로 이어진 길이 타쿠토의 귀갓길이었다.

느릿느릿 자전거 페달을 밟는다. 바구니 속 붉은 장미의 의미를 생각하면서. 오오시로의 전언이라는 걸 떠올리면서. 쓸데없는 참견이지만, 오오시로의 말은 틀리지 않았다.

확실히 그렇다. 기다려봤자, 아무것도 시작되지 않는다.

다음 주 토요일, 다시 한 번 여기에 와 볼까——하고 생각하면서 첫 번째 모퉁이를 돌아가려 했을 때였다.

뭔가가 내려왔다. 꽃비다. 붉은 꽃비.

장미 꽃잎이다.

올려다보았지만, 물론 거기에는 하늘밖에 없다.

푸른 하늘에서 꽃잎이 잔뜩 춤추며 떨어져 내렸다.

푸른색 속에 흩어지는 도트 무늬의 붉은색은, 꿈처럼 예뻤다.

이이무라 타쿠토는 또다시, 기적을 보았다.

15

"수고했어."

"식은 죽 먹기지. 세탁물 말리던 아주머니가 묘한 얼굴을 했지만 말이야. 청소하러 온 관리인인 척하면서, 급수탑 그늘에서 휙."

류사이에게 부탁한 일은, 맨션 옥상에서 밑을 지나가는 자전거를 향해 양동이 속의 꽃잎을 뿌리라는 것이었다. 표시는 바구니 속의 붉은 장미.

"뭔가 효과가 있는 거야? 저런 애송이 하나한테 정성을 들여서."

"효과? 있을 거라 생각해. 급작스러운 게 아니라, 서서히 말이지. 그는 저래 봬도 유명인이거든. 인터넷 세계에서는 말이야. 소극적으로 보이니 바깥 무대로 끌어내 줄까 싶어서."

'어리광쟁이장군DX,'는 날에 따라서는 접속자가 백을 넘고, 합계 방문자 수는 3만을 넘는다. 일반인치고는 상당한 숫자다.

"오오시로 선생님도 수고했어. 고생했지."

나카무라의 노고도 치하한다. 이전에 하마터면 나카무라 군이라고 입이 미끄러질 뻔했던 일 이후, 사생활에서도 되도록 오오시로 선생님이라고 부르고 있었다.

그다지 고생은 아니었다. 장미꽃을 소실시키는 트릭은, 짧은 시간에 배울 수 있는 단순한 것이다.

처음에 이이무라가 보았을 터인 손바닥에서 사라진 장미는, 드라이 플라워다. 붉은 물감으로 칠해 꽃다발 속에 한 송이만 섞어두었다. 방이 밝으면 차이는 일목요연하지만, 저 어둠 속에서는 분별하지 못할 테고, 꽃이나 인테리어를 좋아하는 여자라면 모를까, 애초에 젊은 남자라면 드라이 플라워일지도 모른다는 발상은 머릿속을 스치지도 않았을 터.

그것을 나카무라가 손안에서 쥐어 부순다. 가루가 된 파편은, 광택 있는 천과 어둠 속에서는 육안으로도 포착하기 어렵다. 파편은 수행복의(마술에서는 빼놓을 수 없는) 넓은 소매 속에 털어 넣는다.

꽃다발 자체를 소실시킨 것도, 초보적인 마술 테크닉을 응용한 것이다.

이이무라는 나카무라의 갑작스러운 거동이나 좌우로 흔드는 고개의 움직임에 시선을 빼앗겨 눈치채지 못했을 테지만, 장미를 안에 감춘 천은 두 장이다.

꽃다발 때문에 봉긋 솟은 듯이 보이는 불룩해진 천은, 실은 함께 집어넣은 나카무라의 왼손 때문이다. 왼손을 조금 띄워 두면, 꽃다발이 아직 거기에 존재하는 듯 보인다. 실제로는 감춘 순간에 바깥쪽 천으로 싸서 벽 방향으로 밀어냈다.

이쪽은 결코 손재주가 좋은 건 아니지만 보통 사람보다 유달리 긴 나카무라의 팔이 있기에 가능한 트릭이다. 이것도 특정 배경음악이 스타트 신호였다.

이이무라가 조금 안됐다는 마음도 들지만, 가끔은 자기 마음만 편한 은신처에서 나와 보는 것도 나쁜 일은 아니리라.

"그거, 한 번으로 끝내기엔 아까운걸. 있지, 너, 나랑 팀 짜서 마술 쇼라도 안 해 볼 테야?"

류사이에게 너라고 불린 나카무라는 훌륭한 대칭을 이루는 눈썹 한쪽을 꿈틀 치켜들었다.

16

"저기요, 키지마 사무국장님."

시미즈 카즈야가 히어링 센터에 들어오자마자, 드레드 헤어를 흔들며 다가왔다. 카즈야는 지금 대지의 모임에서 제일 열성적인 회원이다. 강습이 없어도 일주일에 두세 번은 얼굴을 내밀고 있다.

"레이브, 안 하실래요."

"레이브? 뭐야 그건."

청년부의 부장인 그는 이제 '손님'이라고는 부를 수 없다. 높임말을 쓰지 않을 때도 많아졌다.

"이런 거예요. 요전에 했던 야외 레이브인데요."

종이 한 장을 내밀어 온다. 음악 이벤트를 알리는 리플릿이다. A5 사이즈 지면에 극채색의 사이키델릭 무늬가 소용돌이치고 있었다. 아저씨답게 고개를 갸웃거려 보였지만, 실은 레이브에 대해선 알고 있었다. 카즈야가 KAZZ라는 이름으로 올리고 있는 블로그를 자주 체크하기 때문이다.

"시골 고원 같은데 가서, 트랜스 같은 걸 쾅쾅 틀고, 모두 함께 하룻밤 내내 춤추는 거예요. 동료 중에 그런 걸 하는 녀석이 있거든요. 우리도 참여하지 않을래요? 거기에 오오시로 선생님께서 나와 주실 수 없을까 해서요."

"오오시로 선생님에게, 댄스를 추라고?"

"아뇨, 당치도 않아요. 하지만 스테이지에 올라가 주시기만 해도 분위기가 달아오르지 않을까 하거든요."

"재밌을 것 같군. 선생님께서 뭐라 하실지 모르겠지만."

뭐라 하실지는, 알고 있다.

하권에 계속

모래의 왕국 (上)

초판 1쇄 발행 2012년 6월 20일

지은이 오기와라 히로시
옮긴이 장세연

발행인 박광운
편집 박재은
디자인 장형준
용지 세종페이퍼
인쇄 정민P&P
제본 정민문화사

발행처 도서출판 손안의책
출판등록 2002년 10월 7일 (제25100-2011-000040호)
주소 서울 강북구 수유3동 167-86 현대쉐르빌 303호
전화 02-325-2375 **팩스** 02-6499-2375
홈페이지 http://www.bookinhand.co.kr, http://cafe.naver.com/bookinhand
이메일 book@bookinhand.co.kr

ISBN 978-89-90028-77-8 04830

* 이 도서의 국립중앙도서관 출판시도서목록(CIP)은 서지정보유통지원시스템 홈페이지
(http://seoji.nl.go.kr)와 국가자료공동목록시스템(http://www.nl.go.kr/kolisnet)에서 이용하실 수 있
습니다.(CIP제어번호: CIP2013007114)」